라 발스

La Valse

라 발스(La valse)

초판 1쇄 찍은 날 § 2008년 3월 21일
초판 1쇄 펴낸 날 § 2008년 4월 1일

지은이 § 채현
펴낸이 § 서경석

편집장 § 문혜영
편집책임 § 이종민
편집 § 한지윤

펴낸곳 § 도서출판 청어람
등록번호 § 제1081-1-89호
등록일자 § 1999. 5. 31
어람번호 § 제5-0186호

주소 § 경기도 부천시 원미구 심곡1동 350-1 남성B/D 3F (우) 420-011
전화 § 032-656-4452 팩스 § 032-656-4453
http://www.chungeoram.com
E-mail § eoram99@chollian.net

ISBN 978-89-251-1243-5 03810

채현 지음

라 발스
La Valse

도서출판
청어람

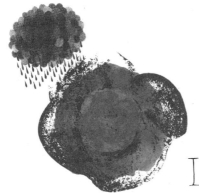

La Valse

La Valse ...prologue

뭔가 시끄러운 소리가 잠을 깨우고 있었다. 그러나 피로에 찌든 머리는 오래된 컴퓨터처럼 워밍업이 오래 걸렸다. 얼마 동안 멍하니 누워 있었을까. 그제야 그 소리가 침대 옆 사이드 테이블에 놓여 있는 자명종 소리라는 걸 알았다. 사이드 테이블을 더듬거리다 떠지지 않는 눈을 간신히 떠서 자명종을 끄고 상체를 일으켜 앉았다.

머리를 흔들면 잠이 좀 달아날까. 잠자리가 뒤숭숭했는지 머릿속도 복잡했다. 흘러내리는 머리를 흔들면서 아직 여명도 채 밝지 않은 어두컴컴한 방을 바라봤다. 어둠 속에 아직도 악몽이 숨어 있는 것 같은 기분이 들었다. 왠지 입 안도 칼칼했다. 결국 사이드 테이블에서 컵을 찾아 단숨에 찬물을 마시고 조금 숨을 돌렸다. 그때야 새벽 공기가 벗고 있는 그녀의 가슴에 차갑게 다가왔다. 갑자기 한기에 몸이 으슬해지면서 팔뚝에 소름이 돋는 게 느껴졌다.

뭔가 걸칠 걸 찾으려고 침대에서 한 발 내리려는 그때, 갑자기 강한 팔이 허리에 둘러졌다. 주말마다 치는 테니스 때문인지 적당히 그을은 그 팔은 강한 소유욕을 갖고 은조의 허리를 안아 왔다. 은조는 흠칫하며 아래를 내려다보았다. 옆에서 자고 있던 승제가 어느새 깼는지 강하게 자신의 허리를 끌어안고 있었다. 잠에서 막 깨어나서인지 약간 허스키해져 있는 목소리로 말했다.

"아직 해 안 떴잖아. 좀 더 자."

그냥 슬쩍 내려다볼 뿐 그녀는 아무 말도 하지 않았다. 그는 별로 대답을 바라지 않았다는 듯 일어나 앉더니 그녀의 어깨를 감싸 안았다. 그의 단단한 팔이 다정하게 한쪽 어깨를 안고서 이마에 송송 솟은 식은땀을 다른 손등으로 가만히 닦았다. 으슬 했던 몸이 따뜻한 다른 사람의 몸에 닿는 것은 기분이 좋았지만 승제의 그 다정한 몸짓 자체가 현재는 그다지 반갑지 않았다.

일어나기 직전 꿈에서 아버지를 보았다. 최근의 납빛의 창백한 안색 대신 예전의 건강해 보이는 모습으로 행복하게 손을 흔드는 아버지. 아빠 하면서 달려갔지만 거리가 점점 멀어지기만 할 뿐 가까워지지가 않았다. 그게 너무 슬퍼서 발을 동동 구를 때 자명종 소리에 깨어난 참이었다.

꿈이 생각나자 치근덕거리는 손길이 귀찮기만 했다. 살짝 뿌리치려고 어깨를 움직이려 하자 그녀의 가냘픈 몸짓을 먼저 감지한 승제의 팔에 자연스레 힘이 들어가더니 어깨를 강하게 움켜잡았다.

"아파……."

라고 말을 끝내기도 전에 승제의 입술이 그녀의 입술을 점령해 버렸다. 도톰한 입술을 강한 혀가 날카롭게 가르며 들어와서 혀를 희롱하고, 허리에 있던 손은 어느새 가슴을 부드럽게 어루만지고 있었다. 그러나 잠시 후에 부드럽게 시작했던 입맞춤은 어느새 격하게 변해 있었다. 도망가려는 은조의 혀를 쫓아가서 잡듯이, 그의 상냥한 행위를 거부한 그녀를 벌주기라도 할 듯이 그는 강하게 그녀의 입술을 빨아들였다. 남자의 입이 목 선을 타고 내려가자 그녀는 헐떡거리며 어깨에 둘러진 팔을 빼려고 발버둥쳤지만 남자는 꿈쩍도 하지 않았다. 가냘프게 항의를 해 보았다.

"애들 곧 깨요."

그러나 남자는 놔주는 대신 온몸으로 덮치듯 누르고 다시 입을 막아버리려 했다. 하지만 아래에서 계속 꿈틀거리면서 반항하는 여자한테 쓴웃음을 지으면서 결국 놔주고 말았다. 하반신에서는 익숙한 열기가 올라오고 있었지만 아침부터 싫다고 거부하는 여자를 무리해서 안고 싶지 않았다. 사실 그녀와 다정한 스킨십을 나누고 싶었던 거지, 안고자 하는 욕망은 없었다.

그의 품에서 벗어난 여자가 등을 돌리고 삼단같이 긴 머리카락을 허리까지 드리운 채 다시 침대에 앉았다. 어슴푸레한 여명 속에 하얀 살 여기저기 흩뿌려진 그 자국들이 묘하게 저속해 보였다. 끊어질 것처럼 가느다란 허리와 비교되는 풍만한 가슴선에 침이 꿀꺽 삼켜졌다. 이 여자는 어떻게 매번 자신에게 이런 반응을 끌어낼 수 있는 것일까. 방금까지의 생각은 어디론가 가고 지금이라도 끌어다가 자신의 몸 아래에 눌러 버리고 싶었다. 자신의 숨겨져 있는 원초적 수컷의 본능을 자극하는 그녀가 가끔은 증오스러울 때도 있었다.

남자의 이런 애증 어린 시선을 알아챈 듯이 여자가 급하게 일어나 의자에 놓아둔 속옷을 찾아 입기 시작했다. 검은색 비단실처럼 늘어진 머리타래가 새하얀 등에 대비돼 더욱 진해 보였다. 면으로 된 팬티를 입고 역시 하얀 브래지어의 후크를 채운 여자가 의자에 걸쳐 놓았던 헐렁한 잠옷을 뒤집어썼다. 잠옷으로 헐렁한 트레이닝복을 입는 게 마음에 안 들어서 남자가 사다 준 것이었다. 처음에 사다 줬던 실크 잠옷은 너무 부담스러워서 자잘한 꽃무늬의 면으로 된 것으로 다시 사주었다. 왠지 여자가 예쁜 걸 입으면 보기 좋았다. 어린 소녀의 원피스 같은 잠옷을 입고 있는 여자는 소녀처럼 어려 보였다. 기다란 머리를 펄럭거리며 뒤를 돌아보며 간단하게 말했다.

"더 쉬세요."

이 말만 남긴 채 어느 때처럼 사라지는 여자를 바라보던 남자는 한숨을 쉬며 다시 누웠다. 도둑질을 하듯 언제까지 이렇게 만나서 안고 등을 돌리고 사라지는 여자를 바라봐야 하는 걸까. 그러나 잘못 단추를 끼운 것은 그였으니 그가 모든 걸 책임져야 할 터였다. 몸만 갖고 마음은 바라보기만 하는!

곧장 일층으로 내려온 은조는 평소에 쓰는 거실의 욕실로 들어왔다. 샤워하려고 옷을 벗을 때가 제일 끔찍하다. 남아 있는 그의 흔적을 지우고 싶었다. 옷을 모두 벗고 샤워부스 안으로 들어가려는데, 세면대 앞 거울에 지쳐 보이는 이십대 중반의 자신이 희미하게 비쳐 보였다. 그녀는 거울에 보이는 자기 몸을 무심하게 보았다.

어젯밤 승제가 안았던 흔적이 열꽃처럼 가슴에 남아 있었다. 그는 어린아이처럼 집요하게 자신의 가슴에 달라붙어 있었다. 승제가 강하게 흡입할 때마다 입에서 자기도 모르고 잦은 신음을 뱉어냈던 게 떠오르자 목까지 붉어질 정도로 온몸이 빨개졌다. 가슴과 엉덩이에 남아 있는 멍을 볼 때마다 자기가 거리의 여자같이 몸을 팔고 있다는 생각에 괴로워지곤 했다. 더 괴로운 것은 정상적이지 못한 관계임에도 불구하고 그를 좋아하는 자신이었다.

정상적이지 못한 관계, 남에게 밝힐 수 없는 관계, 새벽이 오면 남들 눈에 띌까 무섭게 자기 방으로 돌아가야 한다. 밖에선 절대 만날 수 없고, 오직 승제의 침실에서만 존재하는 그런 관

11

계였다.

　이런 생각을 하자 서글픔이 몰려왔다. 은조는 생각을 지우려는 듯 뜨거운 물을 틀었다. 열기에 수증기가 좁은 샤워부스 안에 차기 시작하면서 거울 속의 은조도 사라졌다.

La Valse ...one

초봄의 아직 차가운 하늬바람에 아직 새순도 못 돋은 앙상한 나뭇가지가 흔들리고 있었다. 하늘은 누군가의 시처럼 에메랄드처럼 맑아서 구름 한 점 보이지 않았다. 뺨을 스치는 바람은 차가웠지만 햇살만은 따스했다. 양지에는 겨우내 쌓였던 눈과 얼음이 녹으면서 진흙탕이었건만 나무 아래 응달에는 아직도 덜 녹은 눈이 보이고 있었다.

3월 새학기가 시작된 지 얼마 안 되었다. 그래서인지 캠퍼스 여기저기 보이는 보송보송한 얼굴들이 활기차게 몰려다니는 게 눈의 띄었다. 은조의 처진 어깨 옆으로 막 들어온 새내기인 듯 싶은 애들이 왁자지껄하게 떠들면서 그녀를 스쳐 갔다. 강의를 들으러 다른 건물로 이동하는 듯했다. 그걸 지켜보던 은조의 가냘픈 어깨에서 저절로 힘이 빠지면서 축 늘어졌다.

이번 학기만 다니면 졸업이었다. 그래서 이번엔 제대로 다니려고 했는데 결국엔 다시 휴학하게 됐다. 이제 스물다섯 살이었다. 이대로 가면 언제 복학할 수 있을지 장담할 수 없었다. 병상에 누워 있는 거의 뼈만 남은 시체 같은 아버지를 생각하면 더욱 가슴이 답답해졌다. 울렁일 것 같은 속을 다잡으면서 시큰해지는 눈시울을 꾹꾹 눌렀다. 이제 더 이상 울 눈물도 남아 있지 않을 것 같은데 이 주책스런 눈물은 시도 때도 없이 튀어나와 그녀를 창피하게 만들곤 했다. 그냥 봄 햇살에 눈이 부신 거라고 생각하고 싶었다. 그때 등 뒤에서 누군가 자신의 이름을 부르는 소리가 들렸다. 낯익은 목소리였다.

"은조야, 우은조!"

어느새 경제가 은조의 옆에 와 있었다. 그러자 경제의 긴 그림자가 은조의 그림자 옆에 겹쳤다. 경제는 은조의 과 선배였다. 세 학번 위인 경제는 지난 2월에 졸업했을 텐데 웬일이지? 은조는 약간 의아한 생각을 하면 그를 반갑게 맞았다. 그러고 보니 경제가 졸업 후에 유학 갈 거라고 말했던 기억이 났다.

"아, 선배."

은조의 작은 얼굴에 미소가 떠올랐다. 지난 학기에 들었던 수업에서 우연찮게 같은 조로 발표를 하면서 부쩍 친해진 선배였다. 유복한 집에서 아무 어려움 없이 자란 사람이 갖고 있는 그 여유있고 느긋한 분위기에, 적당한 선의 예절과 눈치도 빨라서 은조는 그에게 꽤 호감을 갖고 있었다. 하지만 그의 집안을 아는 순간, 경계를 하게 되고 말았지만.

"지나가면서 보니까 너인 것 같더라. 학교엔 무슨 일이야? 잠깐 얘기할 시간 있어? 전화할까 하던 참이었어."

경제는 은조를 보자마자 속사포처럼 말을 쏟아냈다. 언제나 침착하고 여유있던 그답지 않은 이야기 전개에 은조가 고개를 갸웃하며 아무렇지 않은 척 말했다.

"휴학하러 잠시 들렀어요. 선배는요?"

그 말에 경제가 이맛살을 찌푸렸다. 결국 다시 휴학을 하게 된 후배를 바라보는 그의 표정이 좀 어두웠다.

"나…… 유학 가려고 준비 중이었던 거 알지? 그래서 요즘 매일 도서관에 나와. 시간 괜찮으면 잠깐만 얘기 좀 할래?"

졸업도 못하고 휴학하고 만 후배가 딱했는지 유학이란 말에서 소리가 잦아드는 그를 바라보며 은조는 안타까운 마음이 들었다. 지난 학기에 워낙 친하게 지낸 데다가 집안일과 아르바이트에 쪼이는 은조를 많이 도와줬던 사람이었다. 그런 만큼 경제에게만은 다른 사람들처럼 거리를 두고 싶지 않았다. 은조는 손목에 차고 있는 허름한 시계를 들여다보고는 고개를 끄덕였다. 아직 여유 시간이 삼십 분 정도는 있었다.

"잠깐은 괜찮아요."

경제가 근처 커피 자판기에서 커피를 한 잔 뽑아주었다. 은조는 사양하지 않고 받았다. 경제는 조금은 긴장이 되는 태도로 커피를 들고 근처 벤치에 앉았다. 그리고는 뭔가 말문이 잘 안 트이는지 그닥지 않게 뜸을 들이고 있었다. 은조는 종이컵을 들고 앞을 바라보며 머뭇거리는 그를 바라보았다. 경제는 뭔가 신경이 쓰이는지 이맛살을 찌푸리고 있었다.

성격이 유한 편인 경제가 이맛살을 찌푸릴 정도의 일이 무엇인지 은조는 궁금했다.

"혹시…… 괜찮은 일이 있어서 내가 소개해 주면 할 의향 있어?"

"네?"

뜬금없는 얘기에 은조는 조금 어안이 벙벙했다. 경제는 절대 실없는 사람이 아니었다. 진지한 얘기일 거라고 생각했는데 막상 하는 얘기는 좀 당황스러웠다.

"무슨 일인데요? 전 돈 많고, 시간이 좀 나고, 사회적으로 물의를 일으키지 않는 일이라면 다 좋아요."

은조가 농처럼 받아쳤다. 경제가 허투루 은조에게 이상한 제안이나 할 사람이었다면 절대 이렇게 믿고 따르지는 않았을 터였다. 경제는 은조의 눈을 바라보더니만 생각지도 못한 얘기를 들려줬다.

"내가 아는 집에서 애들 가정교사를 구한다고 하는데 네가 하면 어떨까 해서."

은조는 잠시 어안이 벙벙해서 들고 있는 종이컵에서 커피를 한 모금 마시고 대답했다.

"저 선배, 아시다시피 제가 아무리 학교를 오래 다닌다지만 법대생이지 사범대생은 아닌데요."

"알아, 알아. 그게 아니라……."

경제도 말문이 잘 안 풀리는지 한숨을 작게 들이쉬었다.

"아마 너도 알 거야. 왜, 우리 사촌형 있잖아. 우리 과 선배라는. 법무법인 미래에 다닌다고 전에 내가 얘기했잖아. 그 사촌형 형수가 몇 년 전에 미국에서 교통사고로 죽었거든. 그런데 아직 딸 둘이 많이 어리거든. 그동안 애들을 애들 봐주는 할머니들한테 맡기고 그랬는데 아무래도 그게 힘들다고 생각했는지 가정교사를 붙이고 싶대. 큰애가 이제 초등학교 들어갔거든."

그가 전에 농담하길, 자기네 집안에 돌을 던지면 맞는 사람이 다 판사, 검사, 변호사 셋 중 하나라고 했다. 그 자신은 그 틀에서 벗어난 검은 양이라고 하면서. 잠깐만 법무법인 미래라고 하면…… 순간 은조의 얼굴이 팍 일그러졌다 다시 펴졌지만 경제는 알아채지 못했다. 왠지 그 집안일이라고 하니 뭔가 더 얘기를 들어보고 싶었다.

"가정교사라고 하면 어떤 일인데요?"

"큰애 예린이가 여덟 살이라서 이제 학교에 들어갔거든. 아무래도 보모나 이런 사람들이 돌보기엔 문제가 있어서 입주하면서 애들 공부도 봐주고, 애들이랑 같이 있어줄 사람을 구하더라고. 작은애는 다섯 살이고 유치원 다녀서 완전히 어린애도 아니야. 형이 아무래도 해외 쪽 일을 많이 하다 보니까 출장을 많이 다니거든. 그런데 큰아버지한테 맡기는 것도 하루이틀이 아닌데다 그게 좀 불편한 사정이 있어서……."

당연히 불편하겠지. 죽은 본처 사망신고에 잉크도 제대로 마르기 전에 맞은 후처를 전처 아들이 좋아할 턱이 없었다. 은조는 낯익으면서도 낯선 그 여자의 얼굴을 생각하자 가슴속에서 불길이 이는 것 같았다.

"그건 제 일이 아닌 것 같아요."

은조가 단호하게 말했다. 그 여자와 관련된 일은 어떤 것도 다 싫었다. 사실 처음부터 경제가 그 집안 출신이란 걸 알았으면 절대 이렇게 친하게 지냈을 리가 없었다. 이미 친해진 뒤에야 알게 됐으니 은조 자신이 바보나 다름없었다.

"보수가 상당해서 너한테 도움이 될 거 같아. 아무래도 지금 하는 학원 강사일보다는 시간도 좀 더 자유로운 편이고. 너 공부하고 싶어했잖아."

여유 시간과 공부란 말에 귀가 좀 트였다. 지금은 하루 잠자는 시간 외의 대부분을 과외와 학원 강의에 투자하고 있었다. 물론 그렇게 버는 돈이 적은 건 결코 아니었다. 하지만 그 돈으로 빚 갚고 아버지 병원비 대는 건 다른 얘기였다. 만일 아버지 경과가 좋아지셔서 퇴원하게 된다면 집도 필요할 텐데, 그럼 집 전세금이라도 미리 만들어둬야 할 터였다.

게다가 지금 밀린 병원비가 상당히 많이 있었다. 그것만 생각하면 가슴속에 커다란 돌이라도 얹힌 것처럼 숨이 턱하니 막혀 왔다. 숨만 막혀, 그 압박감에 밤잠을 설친 게 한두 번이 아니었 다. 돈이 사는 데 이렇게 중요한 것이라는 걸 왜 예전엔 미처 몰 랐을까.

"한 달에 얼마나 준다고 하는데요?"

사실 생각보다 적기를 기대했다. 그래야 마음 놓고 거절할 수 있을 테니까. 그 집에 들어가지 말아야 할 이유는 끝없이 길어 도, 들어갈 이유는 단 하나밖에 없었다.

"이백."

"네?"

생각보다 많은 금액에 놀라 버렸다.

"정말 이백만 원. 대신 일요일 하루 빼고 애들이랑 계속 시간 을 보내야 해. 그 집에 들어가 살아야 하고. 너 지금 있는 고시 원 삼십 만 원도 아깝잖아."

은조는 경제를 가만히 바라보았다. 머릿속에 떠오른 그 얼굴 만 생각하면 주먹에 힘부터 들어가는데 과연 이 일을 받아들여 도 되는 걸까. 하지만 아버지 병원비는? 그렇게 생각하니 머릿 속에선 그 여자 의붓아들이 주는 돈을 받지 말아야 하는 이유는 없단 생각이 들었다. 그리고 그녀가 알아볼 경우에 어떻게 나올 것인지도 궁금했다.

경제는 뭔가 생각에 잠겨 있는 은조를 슬그머니 바라보았다. 하얗고 자그마한 얼굴, 안경에 가려서 눈이 잘 보이진 않았지만 그 눈이 얼마나 아름다운지는 그는 익히 알고 있었다. 자그마하고 뾰족한 턱, 도톰하고 약간 큰 듯한 입술은 어린아이 입술처럼 보드라워 보였다. 마치 오래된 카메오의 소녀 같은 옆모습이었다.

하지만 커다란 뿔테 안경이 얼굴의 반을 가리고 있어서 그 미모는 거의 드러나질 않았다. 경제가 보기에 은조는 자신의 외모를 부담스러워하는 것 같았다. 보통 예쁜 여자들은 어릴 때부터 찬사에 길들여져 있기 마련이고, 본인이 그런 걸 잘 알고 이용한다. 하지만 은조에게는 그런 기색이 전혀 없었다. 새침한 구석이 전혀 없는 은조의 성격이 처음에는 그냥 후배로서 마음에 들었던 듯했다. 그러다 어느 날인가 은조와 도서관에서 만났을 때 그녀가 '선배!' 하면서 반가운 미소를 짓는 순간 가슴이 두근거리기 시작했다. 그때야 비로소 자기가 이 아가씨를 마음속에 담고 있다는 걸 알았다.

경제는 법조계 대신 학계로 들어가겠다고 마음먹고 아예 처음부터 대학 다닐 때 군대에 다녀와서 은조가 3학년 올라갈 때쯤 복학을 했다. 그러다 보니 자연스레 같은 수업을 여러 개 들었다.

아무래도 여자가 아주 많지 않은 법대에서 우은조는 눈에 띄는 존재였다. 커다란 올빼미 같은 안경으로 얼굴을 가리고, 헐렁한 옷으로 몸매를 감추려고 해도 과 남학생들은 은근스레 우은조에게 관심을 보이고 있었다. 신입생이던 때부터 명석하고 지적이면서도 성격도 무난한 은조에게 꽤 여럿이 호감을 보였지만 전혀 반응이 없었다고 했다. 적절한 선을 넘었다 싶으면 바로 뒤로 물러나는 걸 여러 번 볼 수 있었다.

하지만 은조는 3학년 1학기까지만 제대로 다녔고, 2학기부터는 갑자기 암 투병을 시작한 아버지 간호로 계속 휴학과 복학을 반복해야 했다. 처음엔 수술하고 나서 요양 기간을 거친 후에 은조는 복학해서 학교를 좀 다녔지만 암이 다른 곳에 전이가 되는 바람에 그녀의 아버지는 다시 입원해서 수술을 해야 했다. 그러는 사이 그동안 좀 친하던 선후배, 동기는 다 졸업하고 결국에는 경제만 남아 있게 됐다.

저 올빼미 같은 두꺼운 안경 뒤의 맑은 눈, 기분 좋을 때 생기는 볼의 보조개나, 농담에 웃을 때의 청량한 웃음소리까지. 하지만 경제는 이 경계심 많은 후배에게 어떻게 접근해야 할지 잘 몰라서 그냥 적절하게 본인이 원하는 거리를 유지하고 있을 뿐이었다. 그녀가 평범한 다른 여자처럼 자기의 조건이나 외모를 본다면 얼마나 좋을까 하는 생각을 종종 했다. 하지만 그렇지 않기에 우은조가 더욱 빛나는 존재라는 걸 자신도 잘 알고 있었다. 그래서 더욱 안타까운 마음이 들었다.

은조는 경제의 제안이 그다지 나쁜 조건이 아닌 걸 알고 있었다. 몸이 부서져라 학원, 과외 알바를 뛰면서 아버지 병간호에 학교는 내팽개친 지 오래였다. 이제 더 버틸 힘도 없고 최근 들어 몸이 안 좋아서 이대로 가면 자신도 쓰러지겠구나 싶어서 좀 쉬어야 하지 않을까 싶었다. 그러나 밀린 병원비의 압박 때문에 그것도 제대로 못하고 있어 고민하던 차였다.

입주하게 되면 오히려 괜찮을지도 모른다. 일단 식비와 교통비, 고시원 비용을 제하게 되고 애들 학교나 유치원 간 사이에 공부도 할 수 있을 테니 틈틈이 고시 준비를 할 수 있을지도 몰랐다. 사법고시는 아버지의 오랜 소원이었다. 〈네 할아버지한테 다른 건 하나도 안 죄송스러운데 그걸 포기한 것은 무척 죄송했다〉라고 언젠가 아버지가 회한에 잠긴 듯한 표정으로 말씀하신 적이 있었다. 그래서 은조는 일부러 법대에 들어왔다.

아버지가 편찮으시고 집안이 어려워지면서 공부는 잠시 접은 상태였지만 절대 꿈을 포기한 적은 없었다. 지금 같은 상태에서 괜찮은 조건이었다. 더 생각할 것도 없었다. 어차피 자신에겐 선택지가 없는 상태였다. 하지만 사진으로 익숙한 얼굴이 떠오르자 인상이 팍 써졌다. 아마 은조 자신의 이름을 들으면 그 여자가 기억하겠지? 순간 자신의 힘든 일상이 갑자기 억울하게 느껴졌다. 그 여자가 명품 쇼핑이나 하고 다닐 때 계산기 두들겨 대면서 식비 계산이나 하고 있는 자신이. 그 생각을 하자 더 생각하고 자시고가 없었다.

"할게요."

은조가 단호하게 내뱉었다. 그걸 보면서 경제가 슬그머니 웃었다. 첫발이 좋았다. 하지만 그는 은조가 그 말을 하면서 주먹을 불끈 쥐는 것까진 보지 못했다.

승제가 경제의 어머니인 작은어머님께 애들 과외선생 겸 보모를 할 여대생을 구한다고 말했을 때 그는 꽤 절박한 상태였다. 큰딸 예린이가 초등학교에 들어가면서 숙제 챙기는 일부터 시작해서 학교에 가는 일까지 대신 챙겨줄 여자가 필요했는데 기존의 나이 많은 아줌마들로는 아무래도 부족하다 싶었다. 두 딸이 아무래도 엄마 없이 자라서인지 뭔가 좀 늦된 게 아닌가 하는 걱정까지 있다 보니 그냥 있을 수가 없었다. 그래서 작은어머님께 애들 입주 가정교사 얘기를 꺼낸 것이었다. 대신 시간을 사는 것이니 보수는 넉넉하게 줄 생각이었다.

또한 예린이, 예은이 과외뿐만 아니라 생활을 전반적으로 보살펴 주는 여자가 필요했다. 하지만 다시 결혼 같은 지옥으로 걸어 들어갈 생각은 조금도 없었다. 예린이, 예은이는 금쪽같이 귀한 자식이었지만 다시는 여자와 상종하고 싶지 않았다. 승제에게 그런 지옥은 한 번으로도 족했다.

예린이가 다니는 사립학교는 수업은 물론 방과 후 수업도 괜찮아서 일부러 커리큘럼을 보고서 등록시킨 곳이었다. 유치원부터 다니게끔 돼 있어서 한국 들어오자마자 한국어도 제대로 못하는 예린이를 무조건 등록시켰다. 그때까지만 해도 괜찮은 사립 유치원에 등록시키면 모든 게 해결될 줄 알았다. 그래서 예은이까지 같은 유치원에 보냈다. 이미 같은 유치원에 애를 보내본 적이 있는 사촌누나가 이런저런 정보를 쉽게 준 덕에 거기까지는 그럭저럭 할 수 있었다. 하지만 예린이가 초등학교에 올라가기 직전 누나가 닦달을 하기 시작했다.

[예린이 과외 뭐 안 시켜?]

"지금 피아노랑 한글교실 하는데 그걸로 됐지 뭐."

승제가 아무렇지 않게 말하자 전화기로 효진 누나가 소리를 버럭 질렀다. 워낙 어릴 때부터 격의없이 자라서인지 나이 들어서도 여전히 편하기만 했다. 치과의사인 효진은 어떻게 두 아들을 키우는지 가끔 보면 신기할 정도였다.

대학병원 치과 의사가, 집안 살림이야 도우미 아줌마한테 맡긴다지만 애들 키우고 집안 경조사 쫓아다니면서 간간이 꽃꽂이라든지 이태리 요리니 퀼트 같은 걸 배우러 다니는 걸 보면 보통 체력이 아니구나 싶었다. 심지어 이모마저 혀를 끌끌 차며 이런 얘기를 할 정도였다. 〈쟤는 시간을 만들어 쓰는 게 분명해〉. 생일 선물로 이모에게 커다란 퀼트 이불을 해줬을 때 이모가 경악하며 하신 말씀이었다.

[애가, 애가 진짜 아무것도 모르네. 빨리 재혼해서 애들 엄마 붙이든지 해라, 차라리.]

효진이 설레발을 치며 승제를 다그쳤다. 왜 그 얘기가 안 나오나 싶었다. 사람들은 모든 화제는 그냥 평범하게 시작하는데 결론은 모두 그의 재혼으로 났다. 그래서 요즘 들어 친구들 만나는 것조차 싫을 때가 있었다. 삼십대 남자 혼자 딸 둘을 키우는 게 그렇게 이상하단 말인가.

"싫어."

승제가 단호하게 칼같이 잘랐다. 이미 한국에 들어올 때 다짐한 것이었다. 다시는 자기 인생에 여자를 들이지 않기로.

[그럼 애들은 어떻게 하려고? 예린이 초등학교 들어가는데 그냥 있을 거야? 이제 본격적으로 과외도 시작해야 하는데!]

아무래도 이런 물정에 밝은 효진이었다. 도대체 누나는 이런 정보들은 어디서 용케 잘 물어오는지 궁금하기까지 했다. 피아노는 어디로 보내고, 미술은 어디로, 요즘 사립 초등학교 중에서 이 학교는 뭐로 유명하고, 저 학교는 뭐로…… 그가 듣기만 해도 머리가 아플 것들을 잘도 알아내서 그 앞에서 줄줄 읊는데 듣다 보면 미쳐 버릴 것 같을 때도 있었다.

"애가 놀아야지 무슨 공부만 해. 애 바보 만들 일 있어?"

[이 사람아, 지금 과외 안 시키면 애 평생 바보 된다네.]

누나가 비웃듯이 말했다. 그러고 보니 누나가 애들을 닦달해서 과외로 내몰리는 열혈엄마는 아니었던 듯싶었다. 오히려 좀 편하게 키우는 편이었다. 그냥 중상만 하면 만사 오케이라고 할 정도로 느긋한 구석도 있었다.

[그리고 요즘엔 과외 안 하면 친구 사귀기도 힘들어. 놀이터에 나와서 노는 애라도 있어야 친구를 사귈 텐데, 요즘 그런 애들이 통 있어야지.]

그 말에 승제는 한숨을 푹 쉬었다. 그러고 보니 예린이는 친구도 별로 없는 듯했다. 마음 같아선 집에서 놀게 하고 싶지만 놀 친구가 없으니 친구를 만들기 위해서라도 과외를 시켜야 했다. 당장 한국의 교육 현실에 한숨을 쉬며 걱정하기보다 집에서 단둘이 노는 딸들이 불쌍해서라도 과외를 시켜서 친구를 사귀게 만들고 싶었다.

[다른 집 시키는 것만큼만 해. 그리고 요즘엔 다 그룹 과외니까 예린이 친구 그룹 중에 혹시 낄 수 있는 데 있나 좀 알아보지 그래?]

누나가 달래듯이 차근차근 말해줬다. 이런 걸 승제가 혼자 챙기는 것 자체가 불가능했다. 회사 일로도 충분히 바빠서 집안일이 어떻게 돌아가는지조차 모르고 있었다. 스스로가 생각해도 자신은 낙제점 아빠였다. 대신 돈은 넘쳐 나게 많으니 사람을 구하면 되는 일이었다.

하지만 애들을 돌보는 보모는 주로 아줌마나 할머니인 탓에 마음에 드는 사람 구하기가 쉽지 않았다. 아직 한국어에 서툰 예린이나 예은이는 늘 아빠를 그리워하지만 승제는 회사 일로 바빠서 언제나 애들하고 있어줄 시간도 없었다. 만일 어머니가 살아 계셨다면 부탁할 수 있었을 텐데 오래전에 돌아가신지라 마땅히 부탁할 사람도 없었다.

그때 그의 머릿속에 스쳐 가는 얼굴에 인상을 확 써버렸다. 새어머니가 집에 들어온 지 이십 년이 다 돼가지만 그는 아직도 그 여자가 싫었다. 그에게 그녀는 예전에 아버지가 바람피우던 그런 여자일 뿐이었다. 침대에 앉아 멍하니 텔레비전을 틀어놓고 계속 창가만 바라보던 창백한 얼굴이 기억날 때마다 가슴속에선 서늘한 바람이 일었고, 어머니만 생각하면 불길이 이는 듯싶다가도 오랜 그리움에 목이 메는 것 같았다. 그래서 그는 아버지의 여자를 인정할 수가 없었다.

재혼하는 게 어려운 일은 아니겠지만 애들을 생각하면 애들에게 같은 아픔을 주는 게 아닐까 싶어서 결국 포기하게 됐다. 하지만 결국 계속 바뀌는 일하는 아줌마들 틈바구니에서 예린이나 예은이 둘 다 성격만 나빠지는 것 같아서 한참 생각한 승제는 결론을 내렸다.

물론 제대로 된 유모 구하는 것도 쉬운 일이 아니었다. 그리고 예린이나 예은이가 필요한 것은 적당히 비위 맞춰주는 유모가 아니라, 옛날식으로 돌봐주는 가정교사였다. 그런데 요즘엔 가정교사를 어떻게 구하더라? 아무래도 집에서 계속 어린 딸들이랑 같이 있으려면 여자여야겠지. 나이가 너무 많으면 자신이 불편하니 어리면 어릴수록 괜찮을 듯했다.

일단 주변에 여대생을 구한다는 광고를 내고 어느 정도 애들을 장기적으로 돌봐줄 사람을 구하기로 했다. 하지만 집에 상주하면서 애들을 돌볼 만한 젊은 사람을 구하는 일은 쉽지가 않았다. 그런데 작은어머님이나 이모들이 나서서 사람을 구하려고 알아보고 있는 차에 뜻밖에도 사촌동생인 경제한테 전화가 왔다. 아무래도 나이 차가 많이 나서인지 효진처럼 격의있게 지내는 사촌은 아니어서 의외다 싶었다.

[형, 예린이랑 예은이 돌봐줄 사람 구한다면서요?]

"응. 작은어머님께 들었어?"

[네. 내 후배 중에 괜찮은 애가 하나 있는데…….]

아무래도 나이 차가 좀 나다 보니 어린 시절부터 경제는 승제를 어려워했고, 승제가 결혼한 뒤부터는 자연스레 경어를 사용하고 있었다. 그런 경제의 후배라면 승제의 후배기도 했다. 다른 사촌들 대부분이 법조계로 진출한 것과 달리 어릴 적부터 조용하고 공부만 좋아하던 경제는 학자가 되겠다면서 유학 가겠다고 나섰다는 게 기억났다. 진중하고 세심한 경제가 추천하는 사람이라니 괜찮을 것 같단 생각이 들었다.

"친한 후배야?"

[네.]

경제는 언제나 승제가 어렵기만 한 사촌형이었다. 별로 표정이 없던 사촌형은 큰어머님 돌아가시고 형수님이 교통사고로 죽고 하는 통에 일에 묻혀만 살았다. 어릴 적부터 큰아버님이 하는 로펌 물려받을 후계자로 자란 승제는 타고난 카리스마로 그냥 가만히 서 있기만 해도 주변 시선을 집중시킬 정도로 존재감이 있는 남자였다. 이런 사람이랑 한 집 안에 은조를 둬도 되는 걸까? 한편으로 이런 불안감도 들었다. 표범 노는 데 토끼를 내모는 게 아닌가 하는 생각을 잠시 했지만 지금 은조의 사정을 생각하면 가장 안심할 수 있는 일터였다.

"부모님은?"

[어머니는 안 계시고, 아버지는 지금 암으로 병원에 입원 중이에요. 전에 초등학교 선생님이셨대요.]

"흐음."

어머니가 안 계시단 말에 귀가 번쩍 뜨였다. 아무래도 어머니가 있는 집안 애들이랑 예린이, 예은이는 다를 수밖에 없었다. 그런 처지를 누구보다 더 잘 이해해 줄 테니 믿을 만한 상대가 아닐까 하는 생각이 들었다.

"일단 간단하게 이력서 만들어서 이메일로 보내달라고 해. 그리고 그 후에 약속 잡아서 같이 한번 보자."

[네.]

경제는 여기까지 얘기하고 나서 어떻게 해야 할지 몰라 잠시 당황했다. 승제 역시 침묵이 부담스러운지 아무렇지 않게 경제의 공부 얘기를 꺼냈다.

"유학 준비는 잘돼가?"

[뭐, 그렇죠.]

경제는 별말하지 않는 게 빨리 통화를 끝내고 싶어하는 기색이 역력했다.

"도와줄 일 있으면 연락해라."

[네.]

"그럼 그때 보자."

그렇게 간단하게 통화는 끝냈다.

경제는 식은땀이 좀 나는 손을 청바지에 문질러 닦은 뒤에 은조의 번호를 찾아 전화를 했다.

"은조니? 나 경제."

[선배!]

수화기 너머로 반가워하는 은조의 목소리가 들려왔다. 만일 자기가 가슴속 깊이 간직한 호감을 드러내는 그 순간에도 은조는 이렇게 반가워할까?

"지금 통화하기 괜찮아?"

경제는 가슴 깊은 곳에서 치밀어 오르는 감정을 꾹 누르고 다정한 선배인 양 물었다.

[당연하지.]

"전에 말한 거 있잖아. 형이 네 이력서 보고 싶다고 하거든. 이력서랑 주민등록등본이랑 해서 이메일로 보내면 될 것 같아. 이메일 주소는 내가 문자로 찍어줄게. 그리고 그 이후에 나랑 같이 한번 보자고 하거든."

[그래요, 그럼. 언제까지 보내면 돼요?]

"이번 주말까지만 보내면 될 거야. 가급적 빨리 보내라."

[네, 선배. 잘되면 내가 밥 한번 살게요.]

"어, 그것도 좋지."

그리고 둘은 그냥 안부 정도를 주고받고 전화를 끊을 수밖에 없었다.

[선배, 미안요. 저 지금 강의 들어가야 돼요.]

이 말에 아쉬운 기색을 보이며 경제가 전화를 끊었다.

핸드폰을 가방 안에 넣으며 은조는 단호하게 주먹을 불끈 쥐었다. 어떻게든 이 기회를 잡아야 했다. 아니, 잡을 것이었다. 자신만을 위해서가 아니라 아빠를 위해서라도!

결국 일요일에 옥수역 앞에서 경제를 만나기로 했다. 경제가 모는 차를 타고 두 사람은 한남동의 빌라촌으로 향했다. 학교 밖에서 영화를 보거나 밥을 먹거나 한 적은 있었지만 은조는 경제가 이런 차를 모는지 여태 모르고 있었다. 검은색 중형 세단을 익숙하게 모는 경제와 자신의 처지가 선명하게 비교되는 듯해 마음이 싸해졌다.

유학을 간다는 경제, 아직 대학도 졸업 못한 자신. 대한민국은 민주주의 국가라는데 아직도 신분의 벽은 존재한다. 이런 식으로 부는 세습되고 가난 역시 세습되는 것이다. 이런 생각을 하자 가슴이 찡해졌다. 부자는 아니었지만 아빠랑 단둘이 단란하던 그 시절로 돌아가고 싶었다. 그게 몇 년 되지도 않았는데. 지친 은조의 눈에 거리가 휙휙 지나가고 있었다.

"형이 좀 까다롭긴 한데 애들은 진짜 예뻐하거든. 그래서 여태 본 사람들 모두 마음에 안 드나 보더라."

경제가 느긋하게 핸들을 돌리며 말했다. 은조가 뭔가 다른 생각을 하는지 입을 다물고 심각한 표정을 짓고 있는 게 왠지 마음에 걸렸다. 그래서 뭔가 얘기라도 하려고 꺼낸 화재였다.

"애들은 어때요?"

"예린이랑 예은이? 전에 말해줬지? 예린이는 여덟 살이고, 미국에서 유치원을 다니다 한국에 온 지 몇 년 안 돼서 처음엔 한국말도 잘 못했어. 예은이는 다섯 살인데 예은이도 말이 좀 어눌하다고 하더라고. 형수님은 사 년쯤 전에 미국에서 교통사고로 돌아가셨고. 형은 지금 법무법인에 간판 변호사라서 무척 바쁘셔. 한국에서 고시 패스 후에 경력을 좀 쌓고 미국에서 로스쿨까지 다녔어."

고시 패스도 대단한데 로스쿨까지 다녔다는 건 날개가 하나 더 달린 거나 마찬가지였다. 한국에서뿐만 아니라 미국 변호사 자격증까지 있는 셈이었으니까. 확실히 그가 일하는 법무법인은 국제 소송 쪽으로 유명한 데였다. 기가 죽는 것 같았다. 아니, 이럴수록 좀 더 당당해야겠지. 원래 처음 출발선부터 다르지 않은가. 만일 아버지가 엄마만 만나지 않았더라면 남들처럼 졸업 후에 고시를 보고 무난하게 합격하지 않았을까. 그랬다면…….

이런 생각을 하는데 경제가 끄는 차는 한남동 고갯길에 있는 빌라의 관리 사무소 앞에 멈춰 섰다.

"201호 임승제 씨 만나러 왔는데요."

그러자 수위가 확인 전화를 하고 나서야 들어갈 수 있게 해줬다. 차는 지하주차장 안으로 들어갔다.

"여기야, 내려. 형이 꽤 점잖은 사람이라서 무슨 일 생길까 걱정할 필요는 없어. 나도 그러니까 믿고서 너 소개한 거야."

경제가 은조가 좀 긴장한 걸 아는지 다독거려 주었다.

"선배가 소개한 일인데 뭔가 수상할 거라곤 생각 안 했어요."

경제는 옆에서 내리려고 하고 있는 은조를 바라보았다. 중키 정도에 굉장히 마른 체격이었다. 뼈대가 원체 가는지라 헐렁한 소매 사이로 나와 있는 손목 역시 부러질 것처럼 가늘었다. 하지만 허리는 버드나무처럼 낭창하면서 의외로 가슴이 좀 있어서 몸에 붙는 옷만 입으면 여성스러운 라인이 돋보일 텐데 은조는 헐렁한 옷으로 감추려고만 들었다. 새하얀 창백한 얼굴에, 두꺼운 뿔테 안경으로 가리고 있지만 오뚝한 코에, 도톰한 아랫입술, 굉장히 예쁜 얼굴이었다. 저 하얀 목줄기에 한 번만 입술을 대보고 싶다는 이 기분을 넌 이해할까? 이런 생각을 하자 묘한 자조감에 젖어들었다.

"안 내려요?"

"어, 어."

경제는 먼저 내려 자신을 바라보는 은조를 아쉬운 듯 쳐다보았다. 방어막이 너무 강해서인지 남자에게 곁을 주지 않던 그녀였다. 그런 그녀의 옆을 눈치 빠른 경제가 낚아챌 수 있던 건 은조에게 절대 남자로 다가간 적이 없어서라는 걸 잘 알고 있었다. 이 기회에 우은조와 잘해보고 싶어서 자신이 꾀를 쓰고 있는 건 본인이 알고 있는지라 조금 머쓱하기까지 했다.

그는 한 층당 한 집만 있는 이 복층 빌라의 이층에 살고 있었다. 미리 기다리고 있던 듯이 문이 열리고 키가 큰 남자가 나왔다. 삼십대 중후반으로 보이는 남자는 키가 크고 날카로운 인상이었다. 별말없이 서재로 경제와 은조를 안내한 그가 자기소개를 했다.

"경제 사촌형인 임승제입니다. 우은조 씨 소개는 경제한테 대충 들었습니다."

"아, 네."

"나는 애들한테 오냐오냐하는 사람은 별로 필요하지 않아요. 내가 필요한 건 애들 스케줄을 관리해 줄 코디네이터입니다. 그래서 일부러 유아교육학과 출신은 피하고 있어요. 애들 시간 때우기를 시킬 사람은 필요없어요. 큰애 예린이는 초등학교 1학년 막 들어가서 아침 여덟 시 십오 분쯤에 통학버스 타고 학교에 가서 오후 한 시쯤 와요. 매주 세 번씩 한글, 한자, 수학 학습지 선생님이 와서 십오 분 정도 봐주고 갑니다. 그 이외에도 한 주에 월수금 세 번은 피아노를 배우러 가고, 화목에는 피겨 스케이팅을 배워요. 그리고 금요일에는 피아노 갔다 온 뒤에 미술학원에 갑니다. 월수에는 저녁 시간에 영어 개인 과외가 있습니다. 우은조 씨가 앞으로 저런 스케줄뿐만 아니라 예린이 학교 숙제와 과제물 등을 챙겨주는 일을 해줘야 돼요. 물론 예은이는 저것보다는 느슨하긴 해도 마찬가지로 바쁩니다. 이게 절대로 쉬운 일이 아니란 걸 알기 때문에 보수는 이에 상응하는 정도로 넉넉하게 챙겨 드릴 생각입니다."

은조는 할 말이 별로 없었다. 처음 생각했던 것보다 더 타이트한 스케줄에 본인도 놀라고 있었다. 요즘 초등학생이 제일 바쁘다더니 사실이었나 보다.

"할 수 있겠습니까?"

은조는 잠시 생각해 보았다. 그러나 이미 학원에도 그만두려고 다 말한지라 울며 겨자 먹기로 받아들이는 수밖에 없었다. 사실 힘들다고 해도 지금처럼 힘들 것 같지도 않았다.

"네."

은조가 자신을 뚫어져라 보고 있는 승제와 눈을 마주치고 얌전하게 말했다.

"가족 관계가 어떻게 됩니까?"

"아버지 한 분 계세요."

"우은조 씨, 그럼 아버지 외에 다른 가족은 없습니까?"

"무남독녀고 어머니는 저 어릴 때 돌아가셨어요."

아무래도 어린 딸들에게 엄마가 없는 게 얼마나 큰 상처인지 알기 때문에 역시 어릴 때 엄마가 없었던 은조가 그 심정을 더 잘 이해해 주지 않을까 싶었던 것이다. 물론 은조의 주민등록번호를 받아서 심부름센터에 보내서 대충 뒷조사 조사는 끝낸 상태였다. 한 가지 걸리는 점은 호적에 어머니 란이 공란이라는 것이었다. 그렇다면 사생아라는 것인데 믿어도 되는 걸까? 그래도 일단 본인 입으로 자기가 아는 사실들을 확인하고 싶었다.

"지금 사시는 동네가 어딘가요?"

"학교 앞 고시원요."

은조는 망설임없이 얘기했다. 그러나 집안 사정을 물을 땐 아무 대답도 할 수가 없었다.

"왜요?"

"사정이 좀 있는데 묻지 말아주시겠어요?"

집안 사정이란 건 원래 말하고 싶지 않았다. 아빠가 편찮으시기 시작한 이후로 다른 사람들한테 그 사정을 잘 말을 못했다. 남들의 동정이 싫었다. 엄마가 없다는 게 알려지면 애들이 모두 안됐다는 인상을 짓곤 했다. 그게 싫었다.

"그 사정이란 걸 내가 알았으면 좋겠는데요?"

그러자 은조가 한숨을 쉬고서 사실대로 말했다. 여기까지 와서 숨겨서 뭘 하겠어.

"아버지가 암 투병 중이세요."

그 말에 승제는 고개를 끄덕였다. 사실 이미 알고 있는 사항이었다. 이력서에 나와 있는 것과 크게 다른 사항이 없었다. 어머니는 안 계시고, 아버지는 폐암 말기 환자로 대학병원에 입원 중이었다. 사실 이런저런 질문은 이미 갖고 있는 정보와의 비교 밑 확인 차원에서였다.

"그러면 지금 휴학 중일 테니 우리 집에 들어와 있는 건 어때요? 아침에 출퇴근하는 것보다는 훨씬 나을 테니. 이미 방 하나 치워놨어요. ……이사 오겠습니까?"

그는 은조가 마음에 들었는지 당장 일을 시작해 줬음 하는 바람을 강하게 표출했다.

"내일이라도 당장 올게요."

"그럼 우리 애들 불러서 소개해 드리지요."

승제가 나가더니만 여자아이 둘을 데리고 왔다. 큰애가 예린이고, 작은애가 예은이라고 했다. 애들이 별로 마뜩잖아하면 자신 마음에 들어도 자를 생각이었다. 이제 초등학교 1학년에 들어간 예린과 유치원에 다니는 예은은 낯을 좀 가리는 편이었다. 아무래도 어릴 때 엄마가 죽고 나서 계속 돌봐주는 사람이 바뀌어서인지 쉽게 사람한테 마음을 열지 않았다.

두꺼운 뿔테 안경을 쓴 아가씨는 헐렁한 옷차림에다 좀 딱딱한 인상이라서 애들이 무서워하거나 싫어하지 않을까 걱정이 들었다. 하지만 기존의 유모들이 조선족이나 나이 많은 사람들이어서 애들 챙기는 게 승제의 눈에는 영 마뜩잖았다. 심지어 믿고서 외할머니에게 맡겨놨더니만 예은이에게 초콜릿이나 사탕 같은 걸 계속 먹여서 이가 썩기까지 했다. 오래전에 돌아가신 어머니가 얼마나 자신을 애지중지 키웠는지 승제는 다시 한 번 깨달을 수 있었다.

"예린이, 예은이 언니한테 인사해야지. 앞으로 너희를 봐줄 언니야."

승제가 다정하게 말하자 애들이 아빠 눈치를 보면서 인사를 했다.

"안녕. 언니 이름은 은조야, 우은조. 언니는 지금 스물다섯 살이고 대학에 다니고 있어."

동생을 가져본 적이 없는 은조는 좀 당황스러웠지만 침착하게 아이들하고 얘기하려고 했다. 이만한 나이 때 자기는 어땠더라.

　"앞으로 언니가 예린이 숙제 봐주고, 아빠 안 계실 때 집에 같이 있어주려고 해."

　"언니는 대학에서 무슨 공부 하는데요?"

　예린이가 당돌하게 물었다.

　"대학에서 법학 공부해."

　"그럼 아빠처럼 변호사 되는 거예요?"

　"글쎄, 아직 졸업을 안 해서 뭐가 될지 잘 모르겠는데 앞으로 생각해 보려고 해. 무얼 하면 좋을지 알게 되면 예린이한테도 말해줄게."

　은조가 침착하게 설명했다. 은조의 이력서는 완벽했다. 자기가 나온 법대 후배라는 것만으로 이미 플러스 점수였다. 집안 사정으로 학교를 제대로 못 다녔다고 하지만 여기저기 학원 강사 경력이 상당한 게 애들 다루는 건 어느 정도 믿을 만할 것 같았다.

　"예은이는 뭐 물어볼 거 없어?"

　언니 손을 꼭 잡고 언니한테 반쯤 숨어 있다시피 한 예은이가 자기 이름을 부르자 눈을 동그랗게 뜨고 올려다봤다.

　"예은이는 낯선 사람하고 말 안 해요."

　예린이가 대신 말했다. 예은이는 낯을 심하게 가리는 편이어서 승제 역시 걱정이 많았다. 승제가 큰소리라도 낼라치면 울고부터 보는 예은이었다. 유치원에서도 별말없이 조용히 있고 친구들이랑 잘 못 어울린다며 선생님마저 걱정하고 있었다. 엄마를 닮아서 둘 다 외모 면에선 굉장히 예쁜 소녀들이었다. 하지만 두 소녀 다 얼굴엔 그늘이 가득했다. 십대 중후반에 어머니가 돌아가셨을 때의 그 고통은 승제 역시 알고 있었다. 그래서 딸들 역시 그런 고통을 겪게 하고 싶지 않았지만 일이 이렇게 돼버렸다.

"앞으로 낯선 사람 아니게 되면 그때 찬찬히 얘기해 보자."

은조가 생긋 웃으며 얼굴을 낮추고 예은을 바라보며 또박또박 말했다. 그때 예은이가 한쪽 팔에 안고 있는 게 눈에 들어왔다. 자기도 갖고 있던 그것이었다. 오래전에 아빠 없는 빈집에서 저 인형 하나만 안고 있던 어린 자신이 기억났다. 저 빨간색 북실거리는 인형을 안고 있는 어린 소녀의 얼굴에서 어린 시절 자기를 연상해 냈다.

"예은이는 쿠키 몬스터 좋아하는구나."

"응. 예은이 쿠키 몬스터 좋아해."

아직 혀 짧은 소리로 예은이가 자기가 좋아하는 인형을 알아봐 준 게 몹시 기쁜지 웃으며 말했다. 승제는 이름을 들어도 기억도 못하는 저 시뻘건 털북숭이 인형이 없어지면 집안이 떠나가라 울고 떼를 쓰는 걸 사실 잘 이해 못하고 있었다. 예은이는 자기가 좋아하는 인형을 은조가 관심을 보여주자 은조가 마음에 드는지 얼굴을 보고 생글생글 웃었다.

예린이는 낯가리는 동생이 은조에게 웃어주자 좀 샘이 나는 듯했지만 역시 자기를 어른 대접해 준 은조가 싫은 내색은 아니었다.

"경제야, 나가서 애들이랑 좀 놀고 있을래?"

"네, 형."

경제가 예린, 예은을 데리고 나가자 승제가 파일 폴더에서 뭔가 찾아서 내밀었다. 복잡한 법률 용어가 빽빽하게 적혀 있는 게 보였다.

"이게 뭔가요?"

"계약서요."

은조가 고개를 끄덕이더니 꼼꼼하게 읽기 시작했다. 뭐가 있는지는 일단 알아야 사인을 하든 말든 할 것이 아닌가. 은조가 법대에서 배운 건 사인하기 전에 계약서는 철저하게 라는 것 하나였다.

승제는 앞에 앉아 있는 여대생을 찬찬히 살폈다. 머리야 이미 경제 통해서 확인한 바였다. 아가씨 인품도 경제가 확실하다고 말했다. 나이치고 사회생활을 제법 했을 텐데 닳은 기색이 없는 것도 마음에 들었다. 게다가 여자로서 자신을 어필하지 않고 있는 게 제일 마음에 들었다.

파마조차 하지 않은 긴 머리는 그냥 검은색 고무줄로 질끈 묶어 늘어뜨리고 얼굴에는 화장기조차 보이지 않았다. 두꺼운 돋

보기 같은 뿔테 안경은 얼굴의 반을 가릴 정도로 커서 올빼미 같은 인상이었다. 게다가 헐렁한 셔츠에, 치노 팬츠가 몸선을 거의 삼켜 버리다시피 해서 이보다 더 볼품없을 순 없단 생각마저 들었다.

이미 아버지의 여자관계에 신물이 난 승제는, 어릴 때부터 행동거지를 조심하였다. 어떤 여자들은 자기를 임승제 자체가 아니라 뒤의 배경을 보고 다른 생각을 품는 일이 워낙 잦았으니까. 그래서 은조를 보기 전까지 혹시 애들한테 말고 자기한테 관심이 있는 여자이면 어쩌나 싶어 고민이 됐던 것이다. 하지만 막상 본 은조는 여자로서의 자신에 별 관심이 없는 타입인 듯했다. 그것 역시 승제의 마음에 들었다. 하지만 핏줄이 보일 만큼 창백한 하얀 자그마한 얼굴과 대조가 될 정도로 붉은 입술이 승제의 마음을 산란하게 만들고 있었다. 이 어린 아가씨가 자기한테 관심이 없으면 다행인 일이지만 자기가 만일 관심을 갖게 된다면? 그건 큰 문제일 수도 있고 아닐 수도 있었다. 여태 자기가 원해서 손에 안 들어온 게 있었던가?

고개를 숙이고 계약서를 읽는 여자의 하얀 긴 목, 그리고 안경 아래로 보이는 긴 속눈썹에 언뜻 보이는 촉촉한 물기 어린 눈망울이 왠지 가슴을 산란하게 만드는 듯했다. 그때 왠지 모를 망설임에 그는 대충 돈 얼마 정도 쥐어 보내고 여기서 관둬 버릴까 하는 생각도 들었다.

꼼꼼히 계약서를 다 본 은조는 별문제없는 걸 확인하고 사인

했다. 어차피 여기서 뭘 어떻게 할 수 있는 처지가 아니지 않는가. 거미줄에 걸린 나비 같은 게 자기 인생인 걸 익히 알고 있었다. 언제 거미가 와서 한 큐에 날려 버릴지 모르지만. 인생은 언제나 은조에게 비우호적이었다.

무엇보다 걸리는 건 자기 앞에 앉아 있는 저 남자였다. 어머니의 의붓아들이자, 자기의 의붓오빠뻘이 될 이 남자. 전에 얼핏 사진으로 본 것보다 훨씬 멋지고 젊어 보이는 남자. 그 남자의 날카로운 눈매에 가슴 깊은 곳을 관통당한 것처럼 알 수 없는 떨림에 저절로 몸이 긴장됐다. 여기서 그만둔다고 말할까, 하지만…….

"마음 결정했습니까?"

남자의 엄한 목소리에 정신을 차린 은조는 고개를 끄덕이고 사인을 했다. 사인을 들여다본 남자가 자기도 사인을 하더니 도장을 찍고 한 장을 은조에게 넘겨주었다.

"운전면허 있어요?"

"네."

"집에 소형차 한 대 있으니까 그걸로 애들 등하교 시키고, 고궁 같은 데 데리고 가주세요."

"네."

"매주 주말에 월요일부터 토요일까지 한 일 보고서로 제출해주세요. 월요일 오전에는 한 주에 할 일 스케줄로 짜서 보내주고요. 이메일 주소는 내 명함에 있어요. 내가 출장 때문에 자주 집을 비우는데 그럴 때는 일요일에도 시간 외 수당 확실히 챙겨 드리겠습니다. 또, 애들 때문에 나가는 개인 비용이 있으면 영수증이랑 해서 월요일에 제출해 주세요. 그것도 처리해 드릴 테니."

이건 거의 회사나 다름없었다. 애들도 회사 관리하듯 하는 저 남자가 좀 무섭다는 생각마저 들었다. 원체 표정이 그다지 없는지 이마에 눈썹을 찌푸릴 때마다 생기는 주름살이 꽤 깊었다. 금속 프레임의 안경에 깔끔하게 정리한 머리, 휴일 집에서도 입고 있는 다림질이 잘된 검은색 셔츠에 바지까지 어디 하나 흠 잡을 데가 없었다. 이런 아버지 밑에서 자라는 애들이 좀 불쌍하다 싶을 정도였다. 분명히 잘생긴 얼굴이었는데 메말라 보이는 이 남자가 은조는 좀 무서웠다.

"내일 몇 시쯤 이사 오시겠습니까?"

"내일 당장요?"

남자가 고개를 끄덕였다. 남자의 날카로운 눈매가 은조를 직시했다. 눈을 먼저 피한 것은 은조였다. 아무래도 사람과 접촉이 많지 않다 보니 좀 낯설었다.

"오후 두세 시쯤에 올게요."

고시원에는 그녀의 짐이 그다지 많지 않았다. 책과 옷 정도밖에 없었다. 삼 년 전에 아버지가 처음 병원에 입원해서 수술한 뒤 항암 치료를 받을 때는 그래도 희망이 있었다. 하지만 아버지가 항암 치료 받는 도중, 큰아버지 사업이 부도가 나버렸다.

알고 보니 큰아버지가 급한 김에 공무원이었던 아버지에게 보증을 부탁한 게 있었고, 부도가 나면서 결국 집이 차압을 당했다. 어린 자기 때문에 꿈을 포기하고 초등학교 교사가 됐던 아버지에겐 집 외에는 모은 돈도 없었다. 때문에 갑자기 당한 일에 속수무책이었다. 그때 은조는 자기가 법대생이지만 이런 현실적인 일을 처리하는 게 무척 힘들다는 데 좌절했다.

결국 큰아버지는 사업 실패에 대한 정신적 충격인지 부도 후에 바로 돌아가셨다. 집은 이미 날아갔고 연금 나오는 걸로는 겨우 병원비 대기도 바빴다. 은조에게 미안하다고 고개를 숙인 아버지를 보는 순간 화가 벌컥 났다. 〈아빠 잘못 아니잖아요. 돈은 제가 벌면 돼요!〉라고 은조가 일부러 큰소리쳤다. 사촌들은 유산 상속을 포기해서 빚을 해소했지만 그전에 법원 경매에 넘어간 은조네 집은 어쩔 수가 없었다. 그때도 아버진 별말없이 한숨만 쉬고 은조에게 큰아버지를 너무 원망하지 말란 말만 하셨다.

그만큼 돈 버는 데 관심이 없던 아버지였다. 왜 아버지가 결혼도 안 하고 자기만 바라보고 살았는지 나중에 큰어머니에게 잠깐 들을 수 있었다. 그리고 은조는 자신을 위해 인생을 포기한 아버지를 위해 그간 과외로 모아뒀던 돈으로 전세방을 얻어 이사했다. 이렇게 정리되고 나서 한동안 괜찮은가 싶어 학교 복학해서 좀 다닐 때쯤 바로 또 암이 전이된 게 발견됐다. 다시 수술 받고 항암치료에 들어갔다. 그 모든 일이 겨우 삼 년 사이에 벌어진 일이었다. 지난 삼 년 동안 겪은 일은 아직 이십대인 은조가 감당하기 너무 힘든 것들이었다.

하지만 항암치료나 수술에 들어가는 돈도 만만찮았고 호스피스를 구해야 했기 때문에 결국엔 아버지 짐은 큰집에 맡기고 자기는 짐을 모두 정리해서 고시원에 들어가 버렸다. 그런 은조 손을 잡고 환갑 넘은 지 한참 된 큰엄마가 우셨다. 아직 어린 은조가 안쓰럽고 미안해서 어쩔 줄 몰라 하는 큰엄마를 은조가 대신 안고 달래 드려야 했다.

그런 은조의 상념은 갑자기 들려온 낮은 남자 목소리 때문에 깼다. 그가 은조를 관찰하는 듯한 시선으로 바라보고 있었다. 그의 날카로운 시선 아래, 은조는 눈을 돌릴 수밖에 없었다.

"도우미 아줌마한테 말해놓겠습니다."

"네. 저, 그런데요."

그가 안경 너머로 무슨 다른 할 말이라도 있냐는 듯이 날카로운 시선을 던졌다.

"매일 오전에 애들 학교 가고 나서 아버지 문병을 다니고 싶은데 가능한가요?"

그러자 그가 고개를 끄덕였다. 그런 자유 시간은 어떻게 쓰든 상관없었다. 어린 시절 그도 심장병이 있던 어머니가 입원과 퇴원을 반복하는 걸 지켜본 적이 있었다. 그래서 이 아가씨의 심정을 조금은 이해할 수 있었다.

"그건 괜찮은데 애들 돌아오기 전까지는 집에 와 있어야 합니다."

"그건 꼭 지킬게요."

은조는 입을 꾹 다물고 그에게 인사를 하고 밖으로 나왔다. 은조의 고시원 방 몇 개라도 들어갈 수 있는 거실에서 조카들하고 놀던 경제가 반갑게 맞았다.

"얘기 다 끝났어?"

"네."

은조가 경제에게 활짝 웃었다. 예은이가 머뭇거리면서 은조에게 다가와 쿠키 몬스터에 대해서 뭐라고 웅얼거리는 걸 들으며 은조가 활짝 웃었다.

"언니도 쿠키 몬스터 있어?"

아마 어딘가 큰엄마네 집에 있는 박스 하나에 있었을 것 같았다. 버릴 수가 없어서 잘 보관해 뒀으니.

"응. 그런데 아주아주 오래전에 있던 거라서 예은이 것처럼 그렇게 예쁘진 않아."

자기 게 더 예쁘단 말에 예은이가 활짝 웃었다.

"그럼 언니 내일 올 테니까 내일 보자."

두 소녀의 마중을 받으며 경제와 함께 집을 나섰다. 아버지에 겐 사실 그대로 말씀드리지 말고 대강 윤곽만 말씀드릴 생각이었다. 예전에 아버지가 처음 암인 게 발견됐을 때 잠깐 그 자신의 친모인 그 여자에 대해서 얘기를 꺼낸 적이 있었다. 지금 그렇게 소원이던 변호사 부인으로 잘살고 있단 얘기만 흘리셨다.

그 말에 호기심이 머리를 쳐들어서 슬그머니 조사를 해보니 어렵지 않게 그녀가 어떻게 사는지 알아낼 수 있었다. 어린 은조를 놓고 도망갔던 여자는 한국에서 세 손가락 안에 드는 미래법무법인의 대표 임정훈의 정부로 몇 년 지내다 본처가 죽자마자 바로 정부인 자리를 꿰찬 모양이었다. 당연히 그렇게 좋은 얘기는 들리지 않았다. 사람들은 원래 추한 얘기 떠드는 걸 좋아했다. 임정훈의 단 하나의 실수는 그 여자라는 얘기까지 들었다.

그런 걸 알자 얼굴에 쓴웃음이 저절로 그려졌다. 그 더러운 피가 자기 몸에도 흐른다고 생각하니 왠지 오싹해졌다. 하지만 누가 누구를 정죄한단 말인가. 그리고 그렇게 은조에게서 잊혀졌을 뿐이었다. 그런데 이런 인연으로 그 집안에 들어올 줄 누가 알았단 말인가.

La Valse ...two

다음날 오후 이사했을 때는 학교와 유치원에서 돌아온 예린이와 예은이가 자신을 기다리고 있었다. 아무래도 여태 돌봐주던 할머니들보다는 이모 같은 은조가 마음에 든 모양이었다. 바로 짐 정리하고 나서 예린이 숙제 봐주고, 예은이랑 놀아주고 나니 시간이 후딱 가버렸다. 아줌마가 차려주는 저녁상 앞에 셋이 앉았다. 하지만 승제는 올 기미가 보이지 않았다.

"아빠 평소에 늦게 오시나 봐?"

슬그머니 애들한테 운을 떼어보았다. 아무래도 낯선 남자와 같은 지붕 아래 살게 된 것도 불편하고 가급적 마주치고 싶지 않아서 그의 행동 반경을 파악해 보려는 의도였다.

"집에만 와도 좋지. 출장 가서 아예 집에 안 돌아오는 때도 있어."

예린이가 입을 삐죽 내밀었다. 그리고는 바가지 긁는 부인같이 예린의 입에서 불평이 터져 나왔다.

"할머니, 할아버지는 어디 사셔?"

그러자 예린이와 예은이가 할머니, 할아버지에 대해서 얘기를 늘어놓기 시작했다.

"할아버지랑 새할머니는 가끔 와. 아니면 우리가 가끔 가거나. 할머니 무서워."

"할아버지랑 새할머니랑 왜 같이 안 살아?"

호기심이 슬그머니 고개를 들었다. 애들한테서 이런 정보를 얻는 게 조금 껄끄러웠다. 게다가 아직 경계하고 있는 예린을 생각해서라도 물으면 안 되는데 아직 어린 예은이는 순진하게 넙죽넙죽 잘도 말해주고 있었다.

"아빠가 새할머니 안 좋아하니까."

"근데 왜 새할머니라고 불러?"

"아빠 새엄마니까. 우리 진짜 할머니는 옛날에 돌아가셨대."

예은이가 나름 차근차근 답을 잘했다.

"그렇구나. 언니도 할머니 있어?"

예린이 호기심 가득한 눈으로 물어보았다.

"언니 할머니도 우리 아빠 어릴 적에 돌아가셨어."

예린이가 자신과 비슷한 상황인 걸 알자 나름 호기심을 보였다.

"그래서 언니네 할아버지도 새할머니랑 다시 결혼했어?"

그 꼬장꼬장한 영감이 새장가를 갔으면 좋았을 텐데 큰엄마 괴롭히다 죽은 게 기억이 났다. 은조를 무척 미워해서 할아버지 살아 계실 적엔 큰집 근처도 잘 못 갔다. 어릴 적부터 총명해서 할아버지의 자랑거리이자 잘나갈 줄 알았던 막내아들이었던 아버지가 집에서 쫓겨날 정도로 사랑했다는 그 여자, 그 여자의 딸인 자기를 할아버지가 결코 좋아할 리가 없었다.

"아니, 새할머니랑 다시 결혼 안 하셨어. 외할아버지랑 외할 머니는?"

화제를 돌려 버렸다. 이런 건 너무 복잡하다.

"외할아버지랑 외할머니는 전엔 자주 왔었는데 아빠가 안 좋 아해서 이젠 안 와. 외할머니가 전에 나 재롱잔치나 운동회 때 몇 번 왔는데 아빠가 화내서 그 뒤부턴 잘 못 봐."

예린이가 시큰둥하게 말했다. 가족끼리 뭔가 알력이 있는 모 양이었다. 예은이는 아직 어리고 순진해서 은조가 물어보면 다 대답을 해주지만 예린이는 아직 경계하고 있는 듯했다. 은조도 더 물어볼 마음도 안 생겨서 그쯤에서 다른 얘기를 꺼냈다.

"예린이는 피아노 몇 년이나 쳤어?"

"다섯 살 때부터 치기 시작했어."

"그럼 제법 잘 치겠구나."

"언니도 피아노 쳐?"

"언니도 다섯 살 때부터 쳤어."

그때 아빠가 막 초등학교 선생님이 된지라 바쁘셨더랬다. 그 무렵엔 큰엄마네 집 근처에서 살았는데 할아버지 때문에 은조는 유치원 다녀와서도 계속 피아노 학원이나 미술학원 같은 데를 다녀야 했다.

"예린이는 피아노 말고 바이올린도 한다면서?"

"응, 작년에 시작했는데 아직 잘 못해. 그런데 재미있어. 아빠가 나한테 잘한다고 앞으로 열심히 하랬어. 아빠도 바이올린 잘해."

그리고 보니 어린아이답지 않게 바이올린 연습을 꽤 집중해서 하는 게 신기하기도 했다. 그러고 보니 벽에 바이올린이 장식돼 있었다. 거실에 그랜드 피아노도 있었다. 확실히 예린이, 예은이 과외 일정은 대부분 피아노와 바이올린 위주로 짜여 있었다. 그는 딸들에게 음악 교육을 시키고 싶어하나 보다란 생각이 들었다.

당분간은 예린, 예은이 어떻게 사나 일정 체크하는 기간이 될 듯해서 조금 느슨하게 가기로 결심한 터라서 거의 대부분 얘기만 들어줬다. 예린은 또박또박 말을 잘하지만 예은은 좀 늦된 편인지 말을 잘 못했다. 예전부터 자주 보던 큰댁 언니 오빠네 아기들과 비교해도 확실히 좀 느린 듯했다.

승제는 결국 아홉 시가 다 되어서 딸들 자기 직전에 들어왔다. 도우미 아줌마조차 퇴근한지라 은조랑 있던 아이들은 아빠가 들어오자마자 현관으로 달려갔다. 분명 애들이 엄격한 아빠를 무서워하는 기색은 보였지만 나름 애들한테 잘하는지 애들이 꽤 좋아하는 게 눈에 보였다.

그가 일하는 법무법인은 한국에서 세 손가락 안에 드는 회사였다. 대표였던 그의 아버지는 거의 일선에서 슬슬 발을 빼고 있어서 갈수록 그의 업무 비중이 높아지고 있었다. 그런 위치에 올라가면 제일 피곤한 것 중 하나가 사람을 만나는 일이었다. 밑에서 일 시키는 변호사들 관리부터 해서 업무상 만나야 하는 사람, 사회적으로 좀 알아둬야 하는 사람들까지…… 그는 수없이 많은 사람들을 만났다. 그러나 정작 그가 같이 시간을 보내줘야 하는 딸들하고는 하루에 한 시간 이상 얼굴 보기가 힘들다는 게 말이 되는 걸까.

그의 아버지는 그가 재혼을 해서 집안일은 부인한테 맡겨놓고 회사 일에만 24시간을 보내기를 바랐다. 그런 얘기를 넌지시 꺼낼 때마다 생각나는 건 창백한 얼굴로 문만 바라보던 어머니였다. 병원에 입원해서도 절대 오지 않는 아버지를 기다리던 어머니. 회사 일로 출장 간다고 말은 했지만 실제로 정부와 해외여행 가는 걸 모를 리가 없었다. 그 정부가 지금 본가 안방을 꿰차고 앉아 있는 것 하나만으로도 승제는 가슴에 불이 이는 것 같았다. 그 불길을 얼마나 오래 억누르며 살아왔던가. 꽁꽁 묶어둔 분노는 이렇게 작은 일 하나만으로도 터져 나올 것처럼 지난 이십 년 동안 그를 괴롭혔다. 그 분노가 딸들에게 전염이라도 될세라 그는 일어났다.

"아빠 씻으러 갈게."

그러자 딸들이 좀 불만인 모양이었지만 평소처럼 얌전하게 '네' 하고 대답했다. 거실 소파에 대충 던져 놨던 재킷을 들고 이층에 있는 자기 방으로 가려다 말고 문득 생각난 듯이 은조에게 말했다.

"은조 씨."

"네?"

멍하니 깜짝 놀란 은조가 멀뚱하니 쳐다보자,

"삼십 분 후에 내 서재에서 잠깐 봅시다."

"네."

마치 직장 상사처럼 지시한 그가 옷을 갈아입으러 자기 방으로 사라졌다. 뒷모습만 볼 땐 누가 서른일곱 살 된 남자라고 생각할까. 하얀 셔츠 하나만 입은 그의 어깨는 마치 패드라도 댄 듯 널찍해 보였다. 얼마나 자기 관리에 철저한지 군살 하나 보이지 않았다. 온몸에서 우러나오는 카리스마와 날카로운 시선이 법정에서 얼마나 위압적일지 상상이 가고도 남았다.

은조는 전에 아버지와 살던 아파트 거실의 두 배는 될 법한 거실을 둘러보았다. 일층에 부엌과 다이닝룸이 있고 예린, 예은이 함께 쓰는 큰 방이 있었다. 공주방같이 예쁘게 꾸며진 방은 두 개의 침대와 책상, 책장, 옷장 등으로 빼곡했다. 그리고 부엌 옆에 전에 유모들이 썼다는 방이 있었다. 작은 방에는 침대와 책상, 붙박이장 정도가 다였지만 은조는 만족했다.

이층은 아마 그가 자기 전용으로 쓰는 모양이었다. 애들도 이층에는 올라가려고 하지 않았다. 아빠를 좋아하긴 하는데 좀 어려워하는 눈치였다. 계단을 따라 이층으로 올라가 처음 면접 때 왔던 문을 두드렸다. 안에서 낮은 저음으로 '들어와요' 하는 소리가 들렸다. 문을 열고 들어가자 넓은 서재 큰 책상 앞에 앉은 그가 보였다. 처음 왔을 땐 어리둥절해서 잘 몰랐는데 지금 보니 상당히 위압적이었다.

"이리 와서 앉으십시오."

마치 상관과 업무상 미팅이라도 하듯 은조는 쭈뼛거리며 의자를 끌어다 그의 앞에 앉았다. 책이 가득 꽂힌 책장과 한쪽에 있는 진공관 앰프와 스피커가 눈에 띄었다. 방 가득 울려 퍼지는 건 멘델스존의 바이올린 협주곡이었다. 책장뿐만 아니라 CD장이 따로 있는 걸 보면 그는 꽤 열성적인 클래식 마니아인 듯했다. 그가 대화하는 데 방해가 된다고 생각했는지 리모컨으로 CD를 껐다.

집에선 편한 옷을 입고 있을 법도 한데 검은색 얇은 면 스웨터에 치노 팬츠를 입고 앉아 있는 그는 무척 단정하고 엄격한 느낌을 주었다. 머리카락 한 올도 흘러내려 와 있지 않았다. 막 샤워하고 나왔는지 머리는 아직 젖어 있었다. 퇴근한 직후엔 좀 피곤해 보인다 싶었는데 샤워한 직후엔 다시 생생하게 살아나 있었다.

"차 한 잔 하겠습니까?"

"예? 괜찮은데요."

그러나 그는 자기가 마실 생각인지 막 소리를 내면서 끓는 전기 주전자에서 뜨거운 물을 찻주전자에 따랐다. 찻주전자를 든 그의 손은 단정했다. 남자답게 마디가 굵고 손가락이 길었다. 멍하니 그의 움직임을 보는데 그가 차를 한 모금 마신 뒤에 얘기를 꺼냈다.

"오늘 하루 어땠습니까?"

첫날 상관이 불러다가 오늘 하루 일 어땠냐고 물어보듯 그의 질문을 받고 어떻게 대답할지 몰라 잠시 멍멍했다.

"아직 잘 모르겠어요. 오후에 와서 예린이랑 예은이 숙제 봐주고, 학습지 같이 풀고, 이런저런 얘기밖에 한 게 없어서요."

그가 은조를 마치 교무실로 부른 선생 같은 눈길로 쳐다보았다. 그의 날카로운 눈과 시선이 마주치자 은조는 눈을 내리깔았다. 그러자 그가 프린터로 인쇄한 뭔가를 내밀었다.

"예린이 예은이 주말 일과표입니다."

"네?"

"애들 과외 가는 것부터 시작해서 학습지 선생님 오는 것까지 다 정리해 놨어요. 이거 갖고서 매일 체크해 주세요. 그리고 월요일 오전까지 그 전주 일과 정리해서 보내주십시오."

승제는 질린 듯한 표정으로 자기가 정리해 놓은 시간표를 바라보는 아가씨를 관찰했다. 사실 이 시간표는 사촌누나인 효진이 거의 만들어준 거나 다름없었다. 하지만 이 일과표대로 하려면 계속 애들을 따라다니는 사람이 있어야 하는데 유모들 갖고는 그게 힘들었다. 그래서 어쩌다 효진과 통화하다가 나온 게 〈옛날 같으면 가정교사라도 붙이는데 요즘엔 그런 사람 구할 수 있나〉라는 한탄이었다. 그러자 효진이 〈야, 돈 좋다는 게 뭔데. 돈은 많잖아. 그 돈 어차피 쓰고 죽을 거 애들 위해 써〉라는 소리를 듣자 못할 것도 없겠다 싶어서 바로 사람 구하기에 들어간 것이었다.

은조는 프린트 한 장당 빼곡하게 정리된 아이들 일과에 혀를 내둘렀다. 미리 일과를 얘기로 듣긴 했지만 마치 회사에서 일과를 정리하듯 정리해 놓은 도표는 보기만 해도 현기증이 날 것 같았다. 결국 모든 게 다 과외로 연결되는 듯했다. 은조가 하는 일은 애들 깨워서 학교랑 유치원 보내고 마중 나가고, 다시 학원 보내고 데려오고, 학습지 선생 오면 챙기고, 숙제하는 것 봐주는 것이었다. 너무 타이트한 아이들 일과표에 은조가 할 말을 잃고 바라만 보았다. 과연 할 수 있을까?

"좀 많이 타이트하네요."

조심스레 한마디 꺼내봤다. 시간은 오전에 애들이 집을 비울 때나 나는 듯했다. 잠깐씩 짬이 나긴 하지만 과연 자기 공부할 시간을 만들 수 있을까.

"보통 초등학생들 요즘 이 정도는 다 한다는군요."

이 말에 기가 질려서 알았다고 고개를 끄덕여 버렸다. 있는 집 애들은 이렇게 하나 보다 라고 생각하고 돈 받기로 했으니 이 정도는 해줘야겠지 싶었다. 은조 자신도 어릴 때 아버지가 봐주는 사람이 없다 보니 피아노니 미술이니 뭐니 이것저것 많이 다니지 않았던가. 그래서 승제 심정도 이해가 안 가는 건 아니었다. 엄마 없는 애들이라고 너무 방치해 놓을 수도 없을 테니.

그가 역시 종이에 프린트된 뭔가를 하나 또 내밀었다.

"이거 내 개인 이메일이랑 회사 직통번호, 핸드폰 번호니까 혹시 무슨 일 생기면 이리로 연락 주세요. 그리고 전에도 말했지만 매주 월요일에 지난주에 뭐 했나 간략한 보고서 형식으로 이메일 보내주세요."

"예."

"그리고……."

그가 머뭇거리며 말했다.

"애들 외할머니나 외할아버지한테 전화 와도 절대 바꿔주지 말고 혹시 집에 찾아와도 그냥 돌려보내 주십시오."

그런 얘기를 하는 그는 좀 짜증나는 듯한 표정을 띠고 있었다. 아무래도 개인적인 영역에 사람을 들여놓는 거라 신경이 많이 가는 모양이었다.

"왜요?"

"집안 사정이니 묻지 마시고 절대 그 사람들이랑 애들 접촉 끊어주세요."

그냥 그렇게 넘어가는 승제에게 은조는 더 할 말이 없었다. 분명 그는 그의 장인, 장모와 뭔가 문제가 있음에 틀림없었지만 그건 은조가 알 바가 아니었다.

"피곤할 텐데 그만 나가보세요."

딱딱하게 말하는 그의 말투에 은조는 가볍게 묵례를 하고 나왔다. 그렇게 첫날이 끝났다. 은근히 긴장됐던 그와의 미팅을 마치고 나와서 방에 들어가 기지개를 쭉 펴고 핸드폰을 확인해 보니 아버지에게서 문자가 와 있었다.

〈공주, 자? 우리 공주 보고 싶다.♡ 아빠 잔다. 내꿈꿔.〉

지치고 긴장된 하루에 아버지의 문자를 보는 게 유일한 낙이나 다름없었다. 은조는 자기도 모르고 슬쩍 웃고 말았다. 그러다 벽에 걸린 거울로 자기를 보았다. 머리를 질끈 동여맨 시들시들한 자기를. 그게 순간 왠지 서러워서 눈물이 날 것 같았다. 형광등 불빛 아래 파리하게 서 있는 자신이 불쌍해서.

다음날, 예린이와 예은이 학교와 유치원 보내는 통학 버스에 실어 보낸 후에, 집으로 돌아오자 그가 출근할 준비를 하고 있었다. 검은색 정장에 눈처럼 하얀 와이셔츠, 푸른 계열의 실크 넥타이를 맨 그는 집에서 보던 것보다 훨씬 엄격해 보였다. 역시 비슷한 정장을 아버지도 학교에 다니실 때 입었던 것 같은데 가느다란 몸에 해사했던 아버지와는 전혀 달랐다. 아버지는 너무 젊어 보여서 은조가 초등학교 다닐 땐 아무도 은조 아빠라고 믿지 않았다. 지금은 병으로 갑자기 늙어버렸지만. 건강해 보이는 승제와 아빠를 비교하면서 마음으로 비통함을 눌렀다.

그가 출근한 뒤에 바로 아버지가 입원해 있는 병원으로 향했다. 마음 같아선 뒷수발을 전부 은조 본인이 하고 싶었지만 그럴 수가 없었다. 자신은 돈을 벌어야 했으니까. 처음 같은 희망은 사라진 지 오래였다. 다만 조금만이라도 더 오래 곁에 있기만 바랄 뿐이었다. 씁쓸한 생각을 속으로 삼키며 도와주는 호스피스 아주머니와 인사한 뒤에, 아버지 옆에 앉았다.

"아빠."

힘없이 누워서 성경을 보시던 아버지 얼굴은 누렇게 떠 있었다. 이제 얼마 남지 않은 것은 아빠도 은조도 잘 알고 있었다. 돌아갈 집조차 없어서 더 서러웠다. 그렇게 고통스러우실 텐데도 아빠는 은조에게 웃어주시는 걸 잊지 않으셨다. 두꺼운 성경을 쥐고 있는 그 가느다란 뼈밖에 없는 손가락마저 은조의 가슴을 아프게 했다.

"왔어?"

겨우 일어나 앉는 아버지. 아파서 시커멓게 된 얼굴을 보면서 은조는 가슴에서 치밀어 오르는 듯한 아픔을 느꼈다. 너무 수려한 외모여서 따르는 여자가 무척 많았는데 자기 하나만 보고 살았다고 큰엄마가 얘기해 주신 적이 있었다. 그 수려했던 외모도 이제 사라지고 없었다.

"저 학원 관뒀어요."

아버지가 놀란 기색이었다. 놀란 아버지 얼굴을 바라보며 은조가 환하게 웃었다. 아버지는 언제나 은조가 빨리 졸업하고 사법시험 준비를 제대로 하기를 바라셨다. 은조가 그의 잃어버린 꿈을 대신 이뤄준다면 저세상에서 할아버지도 자신을 용서할 수 있으실 것 같다고 말씀하신 적도 있었다.

"더 좋은 데 취직했어요."

그 말에 아버지의 안경 너머 눈이 반짝거렸다.

"무슨 일인데 그러니?"

"선배 친척이라는데 그 집에서 딸들 가정교사로 들어갔어요. 부인은 몇 년 전에 죽었대요. 그 선배가 절대 걱정할 일 없다고 보증해서 들어갔는데 월급이 제법 좋아요."

은조는 일부러 아버지가 걱정 안 하게 말을 잘 돌려서 하려고 애썼다. 힘들어서 죽겠어도 아빠 앞에서만은 자신감있는 딸이고 싶었다. 아빠가 다니다 그만둔 학교에 들어간 것도, 아빠가 못 이룬 꿈을 이루기 위해 법학과에 들어간 것도 모두 아빠를 위해서였다.

"딸들 공부하는 것 봐주는 게 다라서 개인 시간도 많고, 낮에 아빠 보러 나오기도 좋고 그래서 하기로 했어요. 거처는 그 집에서 묵고 있어요. 애들 아빠는 개인 사업하는 사람이라서 바빠서 집에 잘 없어요."

변호사라고 사실대로 말하면 혹 아빠가 눈치라도 챌까 은조는 승제 직업에 대해서 거짓말을 해버렸다.

"예린이랑 예은이가 말도 잘 듣고 착해서 별로 어렵지도 않고. 내 개인 시간도 나니까 공부하기도 좋고요."

아빠는 묵묵하게 은조 얘기를 듣고 있었다. 아빠가 모를 리가 없었다. 이제 스물다섯 살 된 처녀인 딸에게 자기가 올려놓은 짐무게를. 어서 가는 것만이 은조를 위한 길이건만. 제 엄마를 쏙 빼닮아 굉장한 미인임에도 은조는 그걸 평생 부담스러워하기만 했다. 똑똑하고 예쁜 딸. 그 딸이 이렇게 자라서 아픈 아버지를 보살피고 있었다. 그냥 지 살길 찾아가도 되건만.

은조는 재잘재잘 잘도 이런저런 얘기를 명랑하게 늘어놓고 있었다. 성원은 그런 딸을 넋 놓고 멍하니 바라봤다. 저 나이 때 성원에겐 이미 은조가 있었는데 은조는 남자랑 데이트 한 번 해봤을까? 남들은 데이트니 뭐니 하면서 친구들이랑 깔깔거리며 몰려다닐 그 나이에, 은조는 뭐 하고 있는지. 그게 아비로서 가슴이 아플 뿐이었다.

"어머, 벌써 시간이 이렇게 됐네. 아빠, 저 가볼게요. 애들 학교에서 돌아올 시간이에요. 아빠, 전화 좀 자주 하세요!"

그 말을 한 은조가 허겁지겁 아빠에게 인사를 하고 달려나갔다. 그런 딸의 뒷모습을 보면서 우성원은 그저 한숨만 쉴 뿐이었다. 은조보다 더 어린 나이에 그녀를 만나 은조를 보았다. 대학 졸업하기도 전에 동거부터 해버린 막내아들을 아버지가 크게 실망하고 원조를 끊어버렸다. 과외도 하고 여기저기 나가서 일을 하면서 어떻게든 가정을 꾸려 나가려고 애썼다. 그러나 가난한 대학생의 부인은 자기가 생각했던 미래가 아니라고 생각한 은조 엄마는 은조를 낳자마자 바로 도망갔다. 그 뒤 인생이 어떻게 꼬여 버린 걸까. 은조를 위해서라도 다른 여자와 결혼을 했어야 하지 않을까. 이미 초등학교 다닐 때 애어른 같았던 그의 딸. 너무 조숙해 버린 그의 딸 때문에 죽음을 앞둔 상태에서도 성원의 가슴엔 한이 맺혔다.

예린이와 예은이를 돌보는 생활이 워낙 바쁘고 정신이 없었다. 승제는 거의 아침 일찍 출근해 저녁 늦게 집에 오는지라 애들 얼굴 볼 틈새도 없는 듯했다. 그런 와중에 어느새 일하는 도우미 아주머니 관리에 애들 학교, 유치원 통학, 간식, 숙제 등 주부가 고민해야 하는 많은 것들을 은조 혼자 감싸 안게 됐다. 사실 집안일만 안 한다 뿐이지 이런저런 자잘한 일들은 자연스레 은조 차지가 됐다.

승제가 아무래도 같이 살고 있는 은조의 입장이나 이런 걸 생각해서인지 식탁에서 앞으로 은조를 언니 대신 〈고모〉라고 부르라고 시킨 뒤로 자연스레 두 어린 소녀는 은조를 고모라고 부르게 됐다. 외동아들인 승제에겐 형제자매가 없는지라 아이들은 〈고모〉라는 호칭을 낯설어하면서도 꽤 마음에 들어했다.

예린이는 자존심이 강하고 민감한 여자아이였다. 엄마가 어릴 때 죽었지만 어느 정도 기억하고 있는 것들이 있는 모양이었다. 반면에 예은이는 엄마 얼굴조차 기억 못했다. 예린이는 한국에서 태어나 승제가 미국에 갈 때 데리고 현지 유치원을 다니다 한국에 귀국한 터라 말 배우는 데 시간이 좀 걸렸다고 했다. 예은이 역시 미국에서 태어나 그런지 말도 좀 어눌하고 낯가림이 심했다.

예린이는 차분하지만 경계를 많이 하는 성격이었다. 두 소녀는 모두 정에 굶주려 있었다. 낯가림이 심하던 예은이도 금세 은조랑 친해져서 기분이 좋으면 '고모야 놀자' 라고 하면서 달라붙었다. 처음에는 경계하던 예린이도 잘 놀아주고 절대 화내지 않고 끈기있게 숙제랑 공부를 봐주니까 금세 은조에게 엄마한테 하듯 달라붙게 됐다. 전처럼 애들이 출퇴근하는 아빠 등 뒤에서 울지도 않고 웃으면서 인사도 잘하게 되고, 예은이는 말수도 늘고 하니 승제는 말로는 안 했지만 한숨 놓을 수 있었다.

"고모, 고모는 엄마 있어?"

예은이가 물었다. 아무래도 예은인 엄마 없이 오래 살아서 예린이보다 엄마 얘기에 덜 민감한 편이었고, 엄마란 어떤 존재인가에 대해서 나름 호기심이 있는 모양이었다.

"아니, 고모도 엄마 없어. 고모 어릴 때 돌아가셨어."

아직 어린 소녀들에게 사실을 말해줄 수는 없었다. 대충 둘러서 말했다.

"아, 고모도 엄마가 없구나."

그 말에 예은이는 좀 안심한 눈치였다. 주변에 보면 다들 엄마가 있어서 유치원에 데리러 오기도 하고, 어딘가 데리고 가주기도 하고 백화점도 가는 눈치였다. 하지만 이 모든 걸 예은이는 언제나 일하는 아줌마들이 해줬다. 요즘에야 고모가 해주지만.

"예린이는 엄마 얼굴 기억해? 고모는 기억도 못해. 너무 어릴 때 돌아가셔서."

은조가 일부러 가볍게 말했다. 그녀도 엄마의 얼굴은 아버지 책에서 나온 사진 한 장으로 본 게 다였다. 아주 오래전에 처음 동거 시작할 무렵에 사진관에 가서 찍은 사진이라고 했다. 해사하고 어린 티가 나는 아빠에 비해서 여자는 동갑이라는데 좀 더 조숙해 보였다. 지금 봐도 대단한 미인이다 싶을 정도로 아름다운 사람이었다.

"응. 엄마 얼굴 기억은 나는데 가끔 생각 안 날 때도 있어."

예린이는 엄마가 아직 종종 그리운 모양이었다. 하지만 예린이의 어른스런 얼굴에 떠오른 표정은 약간 기묘했다. 이 자매의 엄마는 어땠을까? 자신의 엄마처럼 모성을 잘라낸 그런 냉정한 여자는 아니었겠지. 예린이와 예은이를 보면 대단한 미인이었던 것이 분명한데. 당당하고 도도한 미인이지 않을까 하는 생각을 했다. 승제와 함께 서 있으면 꽤 잘 어울릴 법한.

"희미해지면 사진 보고 또 기억하면 되지."

"아빠가 사진 다 없앴어."

예린이가 시큰둥하게 말했다. 그는 왜 애들 엄마의 사진을 없앤 걸까. 그만큼 사랑해서? 아님 증오해서? 사진조차 볼 수 없을 정도로 가슴이 아파서? 혹은 지긋지긋해서? 그의 가슴속엔 어떤 사연이 있는 걸까?

"아빠가 왜 그러셨을까? 고모도 엄마 사진 없어."

예린이는 아무렇지 않게 말했지만 그 속이 어떤 심정일지 은조는 대충 짐작이 되었다. 은조도 어릴 때는 왜 자기는 엄마가 없는 걸까 고민을 많이 했었다. 그러다 우연히 아버지와 큰엄마 대화를 듣게 된 뒤로 다시는 엄마 얘기를 꺼낸 적이 없었다. 아빠와 자기를 버리고 갔다는 엄마. 하지만 예린이나 예은이에겐 엄마가 좋은 기억으로 간직되는 모양이었다. 엄마 사진 한 장 없는 게 슬프다고 말하는 것만으로도 두 어린 소녀가 조금 부러웠다. 은조에겐 엄마에 대한 기억이 요만큼도 없었으니까. 사진 한 장 외에는 말이다.

"고모 생각엔 예린이랑 예은인 엄마 많이 닮았을 거 같아."

"다들 그렇대."

예린이 활짝 웃었다. 미인이었던 엄마를 닮았다는 게 좋은 모양이었다.

"그럼 서로 얼굴 보면서 엄마 얼굴 떠올리면 되겠네?"

"그런가."

둘이 서로 헤헤거리면서 얼굴을 열심히 바라보는 것이었다.

예린이는 아무 말 없는 고모가 좋았다. 숙제도 대충대충 봐주

는 게 아니라 꼼꼼하게 살펴봐 주었다. 완벽주의자인 예린이가
뭔가 실수한 뒤에 못마땅해서 혼자 분에 못 이겨 울 때, 다른 아
줌마들은 예린이 기분을 맞춰서 달래려고 하는데 고모는 달랐
다. 왜 화가 났는지 설명을 들은 다음에 어떻게든 예린이가 성
에 찰 때까지 끈기있게 새로 하게 늘 도와줬다.

예린이가 봐도 이 사람이 정말 자기네 자매를 좋아하는구나
싶을 때가 있었다. 예은이가 유치원에서 싸워서 얼굴을 긁혀 왔
을 때 고모가 무섭게 화를 냈다. 예은이는 혹시라도 혼날까 긴
장했는데 고모는 정말 화가 나서 씩씩거릴 정도였다.

말이 없어서 유치원에서 늘 뒤에 조용히 있던 예은이도 조금
활발해질 정도였다. 예전에 예린이 유치원에 다닐 때 엄마가 없
는 게 얼마나 신경이 쓰이는지 몰랐다. 그런데 고모가 온 뒤부
터는 그 차이가 좀 적어졌달까. 분명 고모는 엄마가 아니었지만
다른 애들 엄마처럼 늘 옆에 있어줬다.

"고모네 아빠는?"

"아, 우리 아빠…… 지금 편찮으셔서 병원에 계셔."

그렇게 말하는 은조는 입가가 살짝 떨려왔다.

"그럼 우리가 꽃 사들고 병원에 가야겠네."

"그래 줄래?"

병원에 찾아오는 사람이라고 자기와 가끔 오는 큰엄마밖에
없었다. 어린애들을 좋아하시니까 예린, 예은이 가면 좋아하시
겠지.

"정말 고마워, 예은아."

"나도 갈 거야, 고모."

예은이가 고모를 독차지한 것 같자 예린이 자기도 간다고 끼었다.

"그래, 우리 다같이 가자."

마치 소풍이라도 가자는 얘기라도 들은 듯이 어린 소녀들은 좋아했다. 사랑을 받아보지 못한 아이들은 은조의 작은 사랑에도 감동해서 달라붙었다. 스펀지처럼 사랑과 관심을 요구하는 이 어린 자매들을 보면서 아버지가 왜 사회적으로 성공하지 못하면서도 자신에게 그렇게 사랑과 정성을 쏟았는지 알 것 같았다. 은조는 사랑을 주면서 사랑을 배웠다.

딸들이 안정이 되니 승제도 한숨을 놓았다. 게다가 은조가 주말에는 고궁이니 전시회니 하는 곳을 곧잘 데리고 나가다 보니, 아빠로서 주말에도 시간 내기가 좋아졌다. 게다가 서글서글한 성격 탓인지 은조는 다른 학부모와도 금방 친해졌다. 전엔 혼자 놀던 예린이한테도 제법 친한 친구가 생기면서 은조가 보호자로 따라다니면서 그룹 과외 받는 데 끼기까지 했다. 다른 엄마들이 아직 젊고 대학생인 은조에게 이런저런 아이들 학업 관련해서 질문도 많이 하는 모양이었다.

저녁에 좀 일찍 퇴근한 날 간만에 식탁에 딸들이랑 앉았다. 아빠가 있으니 좋은지 애들도 들떠 보였다.

"아빠, 희지네 엄마가 자꾸 고모한테 희지도 과외시켜 달라고 졸라."

요즘 친하게 된 친구 이름을 들먹거리며 예린이 제법 자랑스럽게 말했다. 우리 고모가 남한테도 인정받는 게 기분이 좋은 모양이었다.

"그래요?"

승제가 아무래도 예린의 친구 엄마가 그런 부탁을 했다고 하니 뭔가 신경이 쓰이는 모양이었다.

"아무래도 제가 아직 학생이고 하니까 좀 부탁하시더라고요."

젊은 여자가 집에 들어와 사는 게 아무래도 걸리는지라 승제는 예린이 예은이한테 고모라고 부르라고 하고 먼 친척이라고 하라고 이미 신신당부를 한 터였다. 이렇게 같이 식사를 한 적도 별로 없어서인지 서먹서먹하기만 했다. 아침엔 그가 회사 스케줄에 따라서 대부분 일찍 나가서 저녁 늦게 들어오다 보니 같은 식탁에 앉을 일이 거의 없었다.

"예린이 당근 먹기로 했잖아. 예은이는 왜 고기만 먹어?"

은조가 두 딸들에게 잔소리를 하자 입을 삐죽거리면서도 예린이는 당근을 좀 먹는 척하고, 예은이는 샐러드에 손을 좀 대는 모습이 보였다. 그러고 보니 자기는 딸들이 무얼 먹는지도 그다지 신경 써본 적이 없었다. 애들 돌봐주는 아줌마들이 해주고 그는 돈만 낼 뿐이었던 것 같다. 전에는 이모님이 체력이 좀 있으셔서 딸들을 돌봐줬지만 이모도 나이가 드셔서 힘드신지라 계속 맡길 수가 없었다. 어린 나이에 바쁜 아빠 밑에서 딸들이 어린아이답지 않게 우울하고 외로워 보이던 게 그의 가장 큰 고민이었다. 딸들을 위해서 재혼을 해야 하는 게 아닌가 하는 생각을 안 한 건 아니었다. 하지만 그는 어떤 여자도 믿을 수가 없었다. 아버지의 재혼에서 받은 상처나, 전 부인과 그다지 좋지 않았던 관계 때문인지 재혼할 생각이 도무지 들질 않았다.

좀 더 깐깐하고 세심한 배려와 보살핌에 예린이랑 예은이는 물론 떼를 쓰고 화를 내는 날도 있었지만 전체적으로 만족하는 눈치였다. 하지만 엄마라도 된 양 두 딸들 옆에 붙어 있는 은조를 보니 그 식탁에는 그가 낄 자리가 없어 보였다. 그게 왠지 다행이다 싶으면서 마음속에서 이대로 이렇게 둬도 되나 싶은 불안감과 함께 왠지 모를 허전함에 기분이 묘해졌다.

서재에 올라와 간만에 좋아하는 CD라도 들을까 하는데 핸드폰이 울리면서 낯익은 번호와 이름이 떴다.

"어, 누나."

이제 슬슬 전화 올 때가 됐는데 라고 생각하던 차라 효진의 이런 전화가 놀랍지도 않았다.

[전에 구했던 그 아가씨 어때?]

인사도 없이 다짜고짜 효진이 물어왔다.

"괜찮은 것 같아."

[어, 정말? 잘됐네. 그래, 어떤 사람이야?]

효진이 이렇게 전화를 늦게 한 이유는, 은조가 집에 들어올 무렵 컨퍼런스인지 뭔지에 간다면서 출국했기 때문이었다. 갔다 오자마자 바로 전화를 하는 거겠지 싶어 그는 자기도 모르게 웃음이 나왔다. 사촌누이인 효진이 얼마나 성격이 급한지 어린 시절부터 그녀를 겪어온 그는 잘 알고 있었다.

"경제가 소개해 줬는데 스물다섯 살 된 법대생."

[법대생이 그런 일을 해?]

"아버지가 편찮으셔서 계속 아르바이트 하는 모양이더라고."

[어떤 아가씨인지 내가 한번 선봐도 돼? 얘, 차라리 내가 한번 보고 뽑는 게 낫지 않았을까?]

호들갑스럽게 쪼아대는 누나 모습이 눈에 선했다. 생각해 보면 효진이 그에겐 친누나와 다름없었다. 어릴 때부터 두 살 위인 사촌누이랑 같이 커서 그런지 자연스레 그 집에도 많이 놀러 갔고, 효진의 남편도 그가 소개한 사람이었다. 효진 역시 그를 친동생처럼 아끼고 있었다.

"그런가. 누나 어차피 그때 나갈 준비하느라고 바쁠 때라서 힘들었을 거야."

[그래도 남자가 보는 거랑 여자가 보는 거랑 같아? 주말에 애들 데리고 갈게.]

효진이 시원스럽게 통보를 했다. 그러려니 하던 거라 승제 역시 별로 놀랍지 않았다.

"그래, 그러든지."

이런저런 컨퍼런스 다녀온 얘기를 하고 전화를 끊었다. 과연 효진은 은조에 대해서 어떤 평을 내릴까. 만일 그가 믿고 있는 사촌누나 효진이 은조를 마음에 들어하지 않는다면 그는 은조를 내보낼 수 있을까. 순간 그의 마음속에 하얗고 작은 얼굴이 스쳤다. 도수가 높은 안경을 써서 눈이 잘 안 보이지만 콧대가 높은 작은 코나, 도톰한 붉은 입술, 어린애처럼 뾰족한 턱, 넓은 이마, 새하얀 작은 얼굴…… 어느새 그는 은조 얼굴을 떠올리고 있었다. 맙소사! 마흔이 다 돼가는 남자가 첫사랑 소녀 생각하듯 무슨 짓을 하는 걸까. 그는 붉어진 얼굴을 손바닥으로 문지르며 후다닥 일어나 아래층으로 내려갔다.

은조가 마침 방에서 예린은 숙제와 내일 예습을, 예은에겐 그림책을 읽어주고 있었다.

"주말에 손님 올 거야."

손님이란 말에 예린과 예은 눈이 똥그래졌다.

"아빠, 누가 오는데?"

"효진 아줌마."

승제는 무뚝뚝한 어투로 별 설명도 없이 단순명료하게 답을 했다.

"언제 오는데?"

"토요일 오후에 올 거야."

"재원이 오빠랑 재운이도 와?"

효진의 큰아들은 예린이보다 네 살 위이고 작은 아들은 예린이와 동갑이었다.

"응."

예린이랑 예은이는 좋은 모양이었다. 이렇게 간단한 보고를 마친 승제는 애들한테 잘 자라고 인사하고 바로 위로 올라가 버렸다.

효진은 처음 승제에게 가정교사 이야기를 들었을 때 과연 적당한 사람을 구할 수 있을지 걱정이 많았다.

예전부터 훤칠하고 집안 좋은 승제에게는 워낙 달라붙는 여자가 많은 편이었다. 사별 후에도 그 인기는 변하지 않아 혹시나 승제를 노리고 들어온 여자가 아닐까 싶어 걱정이 됐다. 승제가 재혼할 때가 되긴 했지만 아무래도 예린, 예은에게 좋은 엄마가 돼줄 수 있는 여자와 재혼을 해야 좋지 않을까 싶었다.

만일 승제가 좀 더 평범한 집안에서 자란 남자라면 아마 재혼도 좀 더 쉬웠을지도 모른다. 하지만 예민한 사춘기 시절에 어머니가 돌아가시고 바로 아버지가 재혼을 한 게 나름 가슴의 상처로 남았는지 승제는 재혼에 대해서 얘기만 꺼내도 질색했다. 마치 죽은 전 부인에 대한 의리인 양 재혼하지 않겠노라고 고집 부리고 있는 승제를 보면 가슴이 답답했다.

게다가 효진은 승제의 전 부인인 지연을 좋아하지 않았다. 승제가 겉으론 무뚝뚝해 보여도 은근히 섬세한 성격이라서 둘이 잘살까 결혼 전에도 걱정이 많았다. 차라리 연애 결혼이면 신경을 덜 썼을 듯한데 연수원 나오자마자 법무관으로 군대 가기 직전에 본 선에서 만난 지연과 결혼을 덜컥 결정해 버렸다. 아니나 다를까, 결혼하자마자 일에만 신경 쓰고 살던 승제와 지연은 그간 많은 갈등이 있던 모양이었다. 화려하고 외향적인 지연과 워커홀릭인 승제는 잘살래야 잘살 수 없는 부부였다.

게다가 지연과 승제의 새어머니인 나진희 여사 사이가 나쁜지라 승제가 또 그 중간에 껴서 더욱 고생이 심했다. 결국 승제는 미국에 가서 로스쿨을 다니기로 했고, 어느 정도 일단락되는 듯했다. 가서 곧 둘째를 가진 걸 보면서 둘 사이 금슬이 좀 좋아졌나 싶을 찰나에 지연이 교통사고를 내고 죽었다. 승제는 지연의 사고에 대해서 일절 아무 얘기도 하지 않으려 했다. 그 모습 때문에 효진은 뭔가 큰 문제가 있었음이 분명하다고 생각해 왔다.

가정교사를 구하기 전에 자기에게 선을 보임 좋을 텐데 싶었는데 자존심 강한 승제 앞에선 차마 말을 못했다. 하필 그때 해외 컨퍼런스와 일정이 겹치는 바람에 이제야 보러 온 것이었다. 여자의 직감에 조금이라도 뭔가 걸리면 바로 어떻게든 손을 써서 내보낼 생각이었다. 승제가 가급적 말을 잘 들어주는 편인 엄마한테 말해서라도 그 여자를 내쫓을 각오로 효진은 승제의 집에 온 것이었다.

그런데 막상 마주친 아가씨는 생각했던 것과 전혀 달랐다. 앉아 있으면 얼굴이 워낙 작고 뼈대가 가늘어서 그런지 작아 보이는데 막상 서면 제법 키가 컸다. 어른 주먹만 한 작은 얼굴, 반을 뒤덮을 정도로 큰 두꺼운 안경을 쓰고 옷도 수수하지만 깔끔하게 차려입고 있었다. 낯을 좀 가리는지 자신을 보고 약간 경계하는 태도이긴 했지만 전반적으로 요즘 애들답지 않게 예의 바르고 또 예린, 예은과도 잘 지내는 듯했다.

"누나, 인사해. 우은조 씨야."

승제가 대충 효진에게 은조를 소개해 주었다. 은조는 효진이 웃는 상으로 인사는 했지만 자신을 관찰하고 있는 것은 뻔했다.

"안녕하세요, 우은조예요."

"전 예린이, 예은이 아줌마뻘 되는 사람이에요. 저 없는 사이에 승제가 집에 사람 들였다고 해서 구경 와봤어요. 호호호. 예린이, 이제 언니 와서 좋겠네. 공부도 봐주고."

떠보는 듯이 효진이 예린이에게 물어봤다.

"언니 아니에요. 고모예요."

예린이가 깜짝하게 대꾸했다.

"고모?"

그 말에 효진이 놀라 눈이 동그래졌다. 승제에게 자기가 모르는 누이동생이 있기라도 했던가.

"내가 애들한테 고모라고 부르라고 시켰어. 아무래도 젊은 아가씨가 집에 있다 보면 다들 좀 신경 쓰잖아. 그래서 먼 친척이라고……."

승제가 겸연쩍다는 듯이 설명했다. 애들은 고모라고 부르는 게 신기하면서도 좋은지 우리 고모, 우리 고모라고 하고 있었다.

은조 역시 그 자리가 불편했다. 효진은 활달해 보이는 승제와 비슷한 나이 또래 여자였다. 손질하기 편한 머리나, 거의 화장도 안 하고 콘택트렌즈 대신 그냥 뿔테 안경을 쓴 걸 보면 꾸미는 데 큰 관심이 없는 모양이었다. 그러나 있는 자의 여유와 자신감이 느껴졌다. 그래서 더욱 자신이 초라하게 느껴졌을지도 몰랐다. 승제와는 허물없는지 아무렇지 않게 반말을 주고받는 그 둘을 보면서 은조는 가만히 앉아 있었다.

　효진이 보기에 아가씨는 나이에 비해 어려 보이는 인상이어서 애들을 잘 다룰까 싶어 조금 걱정이 됐다.

　"말씀들 천천히 나누세요. 제가 애들 지켜보고 있을게요."

　대충 먹을 것도 먹었겠다 효진의 아들 둘이 뛰어다니고 그 뒤를 예린, 예은이 뛰어다니며 같이 놀고 있었다. 예전부터 사촌오빠, 언니의 애들을 봐준 적 있는 은조는 활달한 남자아이들과도 곧 친해져 곧잘 돌봐주었다.

　"올라가서 편하게 차 한 잔 해."

　하면서 승제가 자기 서재로 효진을 이끌었다.

　"애들이 좋아하네."

　차를 마시면서 대충 컨퍼런스 다녀온 얘기 등을 하다 효진이 은조에 대해서 인상을 말했다.

　"조카들을 어릴 때부터 많이 봐줬대."

　"그런데 너무 예뻐만 하는 거 아니야? 어리광만 받아줘도 그것도 좀 그런데."

효진이 걱정하자 승제가 손사래를 쳤다.

"아, 그건 걱정 안 해도 될 것 같아. 보니까 엄격할 땐 또 엄격한 편이라서 적절하게 화도 좀 내더라고. 전에 예린이랑 예은이가 싸웠거든. 그거 중간에서 잘 타이르더라고."

그리고 얼마 전의 일을 떠올렸다. 자매인 예린이랑 예은이는 종종 싸우는 편이었다. 최근 들어 예은이가 학교에 들어간 언니 물건을 이것저것 만지곤 했는데 자기 물건에 민감한 예린이 화를 내는 게 주요한 싸움의 이유였다. 그날도 결국 예린이 자신의 물건을 만진 예은이에게 무섭게 화를 내고 있을 때 막 승제가 들어왔다. 전후사정도 모르는 승제가 펑펑 울고 있는 예은이를 보고 예린에게 소리를 버럭 질렀다.

"왜 동생 울려?"

그러자 예린이가 닭똥 같은 눈물을 뚝뚝 떨어뜨리더니만 인사도 안 하고 자기 방으로 뛰어들어 갔다. 그걸 보고 있던 은조가 놀라서 승제한테 슬며시 비난의 눈길을 보내더니만 방으로 들어갔다. 결국 승제가 뒤에 남아서 우는 예은이를 달래야 했다. 방에 들어간 은조는 침대에 누워서 울고 있는 예린 옆에서 머리를 쓰다듬으면서 말을 건넸다.

"예린이 속상하지?"

예린이는 베개에 얼굴을 묻고 일어날 생각도 안 했다.

"고모도 속상해. 왜 아빠가 예린이한테 소리 질렀나 몰라. 예린아, 동생한테 소리 지르고 화낸 건 말이야. 고모 생각에도 예린이가 조금 너무한 거 같긴 해. 근데 예린이가 잘못했단 말이 아니야. 예은이는 아직 어리잖아. 예린이가 갖고 있는 게 얼마나 신기하겠어. 근데 예린이 있을 땐 못 보니까 몰래 들어왔던 거야. 고모가 앞으로 예은이 감시 잘해서 이런 일 없게 할게. 그리고 고모는 엄마도 없고 아빠랑 단둘이 살았잖아. 그래서 예은이 같은 동생 있었음 무지 좋을 것 같아. 나중에 아주 나중에는 예린이랑 예은이 단둘이 남잖아. 그러면 그땐 둘이 오손도손 의지하고 살 수 있을 거 아니야. 고모는 그런 동생이 없어서 예린이가 좀 많이 부럽다."

문을 열고 들어온 승제는 은조가 예린을 안고서 뭐라고 속닥거리는 소리를 듣고 있었다. 펑펑 우는 예린이를 은조가 꼭 안고 달래자 점점 그쳤다.

"고모가 나중에 예은이한테 예린이 물건 만지지 말라고 말해 줄 테니까 너무 속상해하지 않기다. 알았지?"

예린이가 곧 일어나 은조가 건네주는 휴지로 코를 팽 하고 풀었다. 졸지에 나쁜 아빠가 된 승제는 이층 자기 공간으로 도망가듯 슬며시 올라가 사라져 버렸다. 얼마 뒤에 막 샤워하고 나온 승제는 내려가서 애들이 화해했나 볼까 하던 찰나 문 두드리는 소리를 들었다.

"네? 들어오세요."

은조가 조심스레 문을 열고 들어왔다. 아까 일에 대해서 할 말이 있는 모양이었다. 그는 은조가 어떻게 말을 할지 궁금했다.

"변호사님, 거기서 그렇게 소리 지르시면 안 되죠. 예린이 입장에선 분명 화가 날 만했어요. 왜 싸웠나 알고서 혼을 내든지 해야죠. 거기서 예은이한테 사과 받고 앞으로 그러지 않기라고 서로 약속하고 넘어가야 하는데 그렇게 어른이 소리를 질러 버리면 예린이가 얼마나 상처받겠어요. 요즘 들어 예은이가 자꾸 예린이 물건 만져서 예린이가 좀 예민해져 있었단 말이에요."

두 소녀가 싸우고 울었던 게 은조도 좀 신경이 쓰였는지 상황을 설명해 주었다. 그제야 승제는 머쓱하게 자기가 잘못된 타이밍에 끼어들었다는 걸 알았다. 그냥 집에 오자마자 예은이가 우니까 짜증이 나서 언니인 예린이를 무조건 나무란 것인데 자신이 잘못한 것 같았다.

"그런가요?"

머쓱하게 머리를 긁적이는 승제에게 은조가 단호하게 말했다.

"네!"

"예은이도 혼나야겠네."

괜히 예은이 핑계를 대자 은조가 얄밉다는 듯이 쳐다봤다.

"이미 예은이 언니 물건에 손 안 대기로 약속했으니까 더 얘기 꺼내지 마세요. 매도 한 번 때려야지, 두 번 때림 안 되잖아요."

이런 문제는 별로 생각해 본 적 없는 게 자신도 외동아들이었던지라 자매들 간의 싸움은 생소하기만 했다. 어릴 때 외동아들인 게 싫어서 무조건 애는 둘 이상 낳아야지 하고 막연한 바람만 있었다. 만나던 여자는 몇 있었지만 아버지가 골라준 여자와 군소리 안 하고 결혼을 했다. 선에서 처음 만난 지연은 차갑지만 아름다운 아가씨였고, 큰 회사 오너의 안주인으로서 적합할 거라고 믿어 의심치 않았다.

하지만 결혼 후에 바로 예린이 생기고, 예린을 낳고 나서 미국으로 가서 둘째인 예은이가 생겼을 때 부인은 임신에 대해 노골적으로 싫은 기색을 보였다. 지연은 회사에 다니고 싶어한다거나 공부를 하고 싶어한다거나 하는 욕구는 별로 없는 사람이었다. 대신 과시욕이나 허영심이 강했던 듯했다. 그래서인지 애를 둘을 낳으면 몸매가 망가진다면서 얼마나 신경 썼는지 모른다.

그는 사실 딸만 둘이어서 아들도 하나 갖고 싶단 생각을 안한 것은 아니지만 부인이 임신을 너무나 싫어하는지라 내색할 수도 없었다. 게다가 예은이가 태어나기 전부터 부인이 와인 한두 잔을 매일 마시기 시작했다. 지나가다 보면서 한두 마디 하긴 했지만 나중에야 그때 자기가 나섰어야 했다는 것을 깨달았다.

예은이가 태어난 후에는 그 술이 와인 대신 스카치위스키가 되었다. 그는 당시 로스쿨 마지막 학기의 가장 바빴던 때였다. 사실 어느 정도 짐작하고 있었을는지도 모른다. 하지만 이런 문제는 무시하고 싶었다. 결국 예은이 한 돌이 좀 넘었을 때 베란

다에 쌓여 있는 술병 더미를 보는 순간 머리꼭지가 돌아버릴 것 같았다. 그제야 이제 더 이상 간과할 수준이 아니란 걸 알았다.

그가 무섭게 화를 내자 부인이 술병을 든 채로 그대로 차를 끌고 나가 버렸다. 그리고 고속도로에서 교통사고로 즉사했다. 당시 혈중 알코올 농도가 0.38% 정도였다. 양가에는 차마 알릴 수가 없어서 죽은 진짜 원인은 감추었다. 결국 그녀를 외롭게 해서 술로 내몬 것은 자신이 아닌가 하는 자책감에 다시는 재혼을 하지 않기로 결심한 터였다. 그는 자신뿐만 아니라 주위 사람 모두 외롭게 만드는 사람이 아닌가 하는 생각을 홀로 하고 있었다. 그래서 딸들까지 자신 같은 인생을 살까 매우 걱정하고 있었다. 그의 고독한 인생의 작은 빛은 딸들밖에 없었는데 그 딸들마저 불행하게 자신처럼 살까 그는 두려웠다.

La Valse ...three

은조는 급하게 나갈 준비를 하는 그를 바라봤다. 일요일 오전에 간만에 늦잠을 좀 잤는지 서두르고 있었다. 그는 한 달에 두 번 정도는 일요일에 대학 동창들이랑 테니스를 치러 나갔다. 오늘이 그날인데 요즘 들어 무리하느라 갑자기 피곤이 몰려왔는지 늦잠을 자버렸다.

요즘 젊은 애들이 보면 부러워할 정도로 긴 다리가 청바지에 쌓여 있었다. 위에는 검은색 점퍼를 입고 속에 티셔츠를 받쳐 입어서 평소보다 젊어 보였다.

삼십대 후반에 홀아비라고 해도 워낙 깔끔한 성격 탓인지 부인이 챙겨주지 않는다는 기색이 전혀 나지 않았다. 양복은 언제나 단정한 검은색이나 진한 남색 계열에, 보수적인 하얀색 와이셔츠에, 꽤 다양한 패턴의 실크 넥타이를 갖고 있었다. 아무래도 사람 만나는 직업이다 보니 스스로 옷에 신경을 좀 쓰는 눈치였다. 게다가 워낙 체격이 좋다 보니 무얼 입혀놔도 잘 어울리는 편이었다. 그리고 꽤 오랫동안 같은 향수만 썼는지 언제나 같은 냄새가 나곤 했다. 젊은 애들이 뿌리는 가벼운 냄새도 아니고 젊은 사람이라면 어울리지도 않을 법한 시원하면서 깊은 남자의 향이었다. 그가 없는 밤에 딸들이 아빠 옷의 냄새를 맡으면서 아빠 냄새가 난다고 좋아할 정도로 그의 물건엔 체취가 강하게 배어 있었다.

예린, 예은과 마중을 나왔다 그때 그가 입은 점퍼의 칼라가 안으로 말려 들어가 있는 게 보였다. 은조는 무의식중에 그의 뒤를 따라가 멈춰 세웠다.

"잠깐만요."

아버지에게 하던 것처럼 그의 점퍼 안쪽에 말려 들어간 칼라를 다정한 손길로 빼서 정리해 주었다. 잠시 멈추었던 그는 약간 당황하는 기색을 보이더니 잽싸게 표정을 갈무리하고선 그대로 나가 버렸다. 순간 그가 당황한 것보다 불쾌해 보여서 그냥 말만 할 걸 그랬나 싶었다. 그의 표정이 너무 날카로워서 은조는 순간 후회했다.

순간 얼굴이 붉어질 것 같았다. 아무렇지 않게 마치 애인이나 부인이라도 되는 듯이. 은조 옆에 핏줄이 드러날 정도로 하얀 목덜미의 피부와 화장품 냄새가 아닌 자연적인 체취에 기분이 묘해졌다. 그는 순간 당황해서 딸들 인사를 받는 둥 마는 둥 허겁지겁 나가서 엘리베이터를 타고 내려갔다. 그녀는 한참 어린 아가씨이고 고용인이었다. 이런 감정은 절대 옳은 일이 아니었다. 정해진 궤도에 따라 움직인 그의 인생에 있어선 안 될 일이기도 했다. 하지만 삼십대 후반의 남성, 이제 봄날은 간 듯한 지친 일상에 이런 봄바람 한번 분다고 해서 해가 될까?

주차장으로 내려와 차에 앉은 그의 얼굴은 묘한 홍조가 자리잡고 있었다. 엄마나 와이프처럼 다정하게 작은 손으로 자신의 옷을 마무리해 주던 은조. 십대 후반에 어머니를 잃고 아무도 그를 돌봐주지 않았다. 그 이후에 결혼한 뒤에도 그의 와이프는 자신에 집중하는 사람이었다. 모든 걸 그가 스스로 알아서 했다. 사실 예린 엄마가 살아 있었더라도 그의 삶이 지금보다 훨씬 나으리라고 그는 장담할 수 없었다. 오히려 더 나쁘면 나빴지. 그래서 그는 딸을 그렇게 키운 장인장모가 예린, 예은에게 간섭하는 걸 참을 수가 없었다.

우은조는 어떤 엄마가 될까? 지금 예린, 예은에게 하는 걸로 봐서는 좋은 엄마가 될 것 같았다. 사랑이 많았고 아낌없이 베풀었고 헌신적이니까. 그렇다면 좋은 아내도 될까? 이 생각을 하자 거기는 자기가 건드려서는 안 될 부분 같아서 갑자기 우울해졌다. 그는 결혼할 수 없는 남자니까, 우은조는 이제 겨우 스물다섯 살이니까. 갑자기 자기 나이가 환갑은 된 것처럼 무겁게 느껴졌다.

아무래도 함께 살다 보니 접촉이 잦을 수밖에 없었다. 이런 것은 생각과 전혀 달라서 부담스러울 법도 한데 그렇지 않았다. 물컵을 건네줄 때의 작은 하얀 손이 자신의 커다란 손에 닿을 때의 그 감촉, 어쩌다 지나갈 때 스칠 때 나는 달콤한 향, 딸들과 목욕을 같이 하고 나오는 붉은 볼, 이런 것들을 볼 때마다 가슴이 박자가 엇나간 것처럼 두근거리기 시작했다. 이런 게 즐겁기도 하고 부담스럽기도 했다. 무엇보다 기대를 갖는 게 싫었다. 더 이상 자신에게 뭐가 있을 것이란 말인가. 부인이 일찍 죽은 것만 빼면 성공한 인생이건만. 은조 앞에서는 자기도 남자이고 싶었다. 예린이 아빠가 아니라.

이상하게 몸이 가볍게만 느껴졌다. 표정이 밝은 승제에게 누군가 좋은 일 있냐고 물을 정도였다. 하지만 승제는 〈별일없어〉라고 짧게 대답했을 뿐이었다. 이런 감정은 소중하게 감춰두고 싶었다.

샤워하고 점심을 먹고 나니 어느새 오후였다. 그 뒤 식당에서 멀지 않은 회사로 갔다. 집에 가도 딱히 할 일도 없고 서류 하나 갖고 가서 검토를 좀 해야 가뜩이나 바쁠 월요일에 조금 더 한가해지지 않을까 싶어서였다. 이렇게 주말도 없이 제대로 쉬지도 않고 가족은 남의 손에 맡겨둔 채, 가끔 무얼 위해 일하나 싶을 때도 있지만 그나마 일이라도 해야 우울함을 피할 수 있었다. 한참 일을 정리하는데 갑자기 문 두드리는 소리가 들렸다.

일요일 오후에 사람이 있다는 것 자체가 드문 일이었다.

"네, 들어오세요."

뜻밖에도 아버지가 들어왔다. 보통 자기 방으로 부르시지 이렇게 몸소 오는 일은 드물었다. 게다가 일요일 오후에 회사에 나와 계신 것은 의외였다. 새어머니와 같이 골프장에 가 계시는 게 더 어울릴 것 같았는데. 아버지 역시 가벼운 차림이었다. 환갑을 넘겼지만 여전히 몸에 군살 하나 없이 탄탄할 정도로 자기 관리에 철저한 아버지였다. 어릴 때 그렇게 무서워했던 아버지. 나이 들어선 증오했던 아버지. 어머니가 사랑했던 아버지. 어머니를 배신한 아버지. 그에겐 아버지가 그런 존재였다. 그래서 딸들에게도 노력했다. 그런 아버지가 되지 않으려고.

"일요일 오후에 뭐 하는 게야?"

아버지가 눈살을 찌푸리며 물었다.

"서류 하나 가지러 들른 거예요. 그러는 아버지는요?"

그러나 아버지는 그의 질문엔 답을 안 하시고 엉뚱한 걸 물었다.

"애들은 잘 있어?"

"네. 새로 온 아가씨가 잘하는 것 같아요."

"집에 사람 새로 들였는데 나도 얼굴이나 봐야겠다. 집에 전화해, 저녁 네 집에 가서 먹어야겠다."

아버지는 그의 일정은 묻지도 않고 이렇게 결정을 내리셨다. 좀 기분이 나쁘긴 했지만 어차피 저녁은 들어가서 딸들이랑 먹을 계획이었다.

"네."

그가 은조의 핸드폰에 전화를 했다. 가느다란 침착한 목소리가 들린다.

[네, 변호사님.]

조금 긴장한 게 느껴졌다.

"오늘 저녁에 애들 할아버지랑 같이 저녁 먹을 테니 그런 줄 아시라고요."

[예.]

그 용건을 말하자마자 그는 바로 전화를 끊었다. 평소라면 이런저런 얘기를 좀 더 하는데 아버지 앞이라서 아무래도 긴장이 됐나 보다. 은조는 용건만 말하고 바로 끊어버리는 그의 전화에 약간 어리둥절해하고 있었다.

한 시간도 되기 전에 승제가 노신사와 같이 집에 들어섰다. 예린이랑 예은이는 할아버지가 온다는데도 그다지 반기는 기색은 아니고 약간 긴장한 눈치였다. 도우미 아줌마가 차려주시는 저녁상을 앞에 놓고서도 별 얘기가 오가지 않았다. 그러다 노신사가 은조에게 말을 던졌다.

"그래, 아가씨 이름이?"

"우은조입니다."

"나이가 어떻게 되나?"

"올해 스물다섯 살인데요."

"경제 과 후배라는데 왜 고시 공부는 안 하고 남의 집에서 가정교사를 하는 거지?"

젊은 시절 유능한 변호사로 이름을 날렸다던 그가 마치 흠집이라도 잡으려는 것처럼 질문을 퍼붓기 시작했다.

"아버지가 편찮으셔서 제가 지금 가장이에요."

"그래?"

은조는 침착하게 그의 질문에 답했다. 자기는 거짓말을 한 적은 없었다. 모든 것은 진실이지, 다만 그의 현 부인인 나진희가 자기 생모라는 걸 말을 안 했을 뿐.

"가족이 어떻게 되나?"

"아버지랑 저 단둘이에요."

그러자 그가 의아하다는 듯이 은조를 바라보았다.

"어머니는?"

그 말에 은조가 잠시 말을 멈추는 게 보였다. 뭔가 조금 머뭇거리는 듯한 기색에 승제는 그녀의 어머니가 실제로 죽지 않았을 수도 있구나란 생각을 해봤다.

"돌아…… 가셨어요."

그래 마음속에선 죽었다. 한 번도 본 적도 없고 실제로 어떤 관계성은 없으니까. 어머니가 안 계신 것은 알고 있었지만 왠지 은조의 기묘한 표정이 마음에 걸렸다. 정말 죽은 걸까.

식사 후에 바로 가실 줄 알았던 아버지는 바로 그에게 차나

한 잔 하자면서 서재로 가서 앉았다. 그러더니만 또 그 얘기를 꺼냈다.

"이제 슬슬 재혼해야지? 언제까지 남의 손에 애들을 맡겨둘 심산이냐?"

아버지가 또 그 얘기를 꺼내자 승제가 인상을 썼다. 딸들에게 자기와 같은 아픔은 주고 싶지 않았다. 순간 아버지의 말을 듣던 승제의 머릿속에 창백한 얼굴 하나가 스쳤다. 지는 꽃처럼 나날이 시들어가던 엄마. 밖으로 떠도는 아버지를 차마 잡지도 못하고 바라만 봤다. 고등학교 들어가던 무렵엔 병원에 입원 퇴원을 반복했고, 아버지는 거의 병원에 찾아오지도 않았다. 그때 뒤에 여자가 있단 얘기를 들었다. 그 여자를 어머니 돌아가시고 얼마 안 돼 본처로 들어앉힐 때 그 치욕과 분노를 그는 절대 잊지 않았다.

침대에 누워 있다가 학교에서 돌아오는 승제를 안고 속삭이면서 울기만 했던 어머니였다. 어린 시절을 생각하면 어머니의 창백한 얼굴과 슬픈 표정, 그리고 눈물만 생각날 뿐이었다.

"아직 생각 없어요."

단호했다.

"언제까지? 애들 생각도 해야 되지 않아!"

아버지가 역정을 내시는 순간, 입에서 올라오려던 말을 삼켜 버렸다. 차마 말을 할 수가 없었다. 그 말은 승제에게 과거의 잔상들을 불러일으켰다. 자신도 모르게 주먹에 힘이 들어가는 게 느껴졌다. 이미 전부터 예상하던 일이었다. 미국에서 돌아온 후, 노골적이진 않으나 은근하게 부딪쳐 오는 아버지의 의사를 알고 있었고 은근히 계속 모르는 척 피했다. 아버지한테 자신과 같은 고통을 주고 싶지 않다고 말을 한다면 아버지가 뭐라고 반박할까. 이런 식의 정신적인 충돌은 피하고 싶었다.

"아직은 제가 준비가 안 됐어요. 제가 때 되면 먼저 말씀드릴 게요."

그의 아버지는 지쳐 보이는 아들을 바라보며 한숨을 쉬더니만 고개를 끄덕였다. 이렇게 몰아붙인다고 들을 아들도 아니고 그러기엔 너무 나이가 들어버렸다. 승제는 서재에 무겁게 가라앉은 침묵이 부담스러웠는지 일 얘기를 꺼냈다.

"저 다음 수요일에 시애틀로 출장 가요."

"그래, 보고서 봤다. 가서 이번엔 확실하게 담판 짓고 와."

좀 복잡한 국제 소송이 있어서 그것 때문에 승제가 좀 정신이 없었다. 그러고 보니 아버지와 일 얘기 외의 것을 얘기해 본 기억이 최근 몇 년 동안 없었다는 걸 알았다. 두 부자 사이에 오로지 〈일〉만 존재할 뿐이라는 게 기가 막혔다. 어머니 돌아가시기 전부터 뭔가 어색하고 머쓱하던 부자 관계는 점점 더 멀어지기만 할 뿐이었다.

아버지를 배웅해 드리고 돌아와서 텔레비전 앞 애니메이션을 열심히 보는 딸들 옆으로 가 앉았다.

"아빠 수요일에 출장 가."

그러자 텔레비전에 고정돼 있던 예린이와 예은이가 승제에게
시선을 돌렸다.

"또?"

예린이가 바가지 긁는 부인같이 한숨을 푹푹 쉬기까지 했다.
애어른인 예린을 보면 가끔 은조는 귀엽기도 하고 안쓰럽기도
하단 생각이 들었다. 자기 어릴 때도 저랬을까. 어른들도 은조
를 보고 애어른이라고 불렀더랬다.

"선물 사다 줄게."

승제가 살살 꼬드겨서 기분을 풀어주려고 하는 모양이었지만
선물도 한두 번이지 매번 좋을 리가 없었다.

"아빠 몇 밤 자고 돌아올 거야?"

예은이가 혀 짧은 소리로 물었다. 예은에게 중요한 것은 아빠
가 〈몇 밤〉 자고 돌아오는가 하는 것이었다. 어린 예은에겐 아
빠가 일을 잘하고, 돈을 많이 벌고, 이런 게 중요한 게 아니라
언제 집에 들어오고, 몇 밤 자고 돌아올 것인가밖에 없었다.

"열 밤 자고 돌아올 거야."

"그렇게 길게?"

이제 아주 예린이가 새된 소리를 질러 버렸다. 사실 열흘도
좀 타이트하게 잡아서 며칠 더 있어야 할지도 몰랐다.

"고모 있잖아."

승제가 변명하듯 은조를 방패막이 삼아 세웠다.

"고모가 아빠야?"

예린이는 이제 거의 취조하다시피 했다. 크면 좋은 변호사가 되지 않을까 하는 생각을 은조가 잠시 하다가 살짝 웃었나 보다. 눈이 허공에서 승제와 마주쳤을 때, 그가 난처한 미소를 짓고 있는 것을 발견했다. 이쯤에서 그를 구해주는 게 좋겠지.

"예린이 바이올린 연습하기로 한 거 했어?"

그러자 예린이가 까먹었는지 아차하는 표정을 지었다.

"빨리 가서 해. 다 한 뒤에 나중에 아빠한테 선물 뭐 사다달라고 할지 우리 의논해 보자."

그러자 예린이가 입을 삐죽 내밀긴 했지만 마지못해 자기 방으로 갔다. 멀뚱하니 있던 예은 역시 그리던 그림을 마저 그리려는지 크레용을 들고 스케치북을 바라보기 시작했다. 그제야 한숨 돌린 승제가 쓴웃음을 지었다. 딸들이 이렇게까지 그의 출장을 싫어하는 줄 미처 몰랐던 사실이었다.

가기 전날 짐을 꾸리는데 문 두드리는 소리가 났다. 은조일까? 그는 잠시 손을 멈췄다. 자기도 모르고 은근히 그녀를 봤음하는 마음이 있다는 걸 알아버렸다.

"네, 들어오세요."

은조는 낮은 저음의 목소리가 자기도 모르게 심장이 엇나간 듯 두근거리는 걸 알았다. 문고리를 잡은 손에 절로 힘이 들어갔다.

"아, 언제 출발하시나 싶어서요."

"수요일 오후 비행기인데 아무래도 회사 들렀다 가야 해서 평소처럼 나갈 겁니다."

은조가 알았다는 듯이 고개를 끄덕였다.

"핸드폰 로밍해 갈 거니까 혹 무슨 일 있으면 전화 주세요."

"네."

"그리고…… 애들 부탁할게요."

"예. 걱정 너무 많이 하지 마세요. 그럼 쉬세요."

그 말을 한 은조가 인사를 꾸벅 한 뒤에 밖으로 나갔다. 하지만 승제는 왠지 이제는 지겹기만 한 출장 준비로 돌아갈 수가 없었다. 마음 한끝을 뭔가 잡았다 놓은 것처럼 허전하기만 했다.

다음날 그는 평소 출근하던 시각에 집을 나섰다. 평소완 달리 커다란 캐리어를 끌고. 그걸 지켜보는 예린, 예은은 아빠의 출장이 역시 마땅찮은지 불퉁한 표정이었지만 잘 다녀오라고 손 흔드는 걸 잊지 않았다. 원래 낮 시간에 아빠랑 시간을 보낸 적이 없어서 그런지 평소와 많이 다르지 않게 시간이 흐르는 듯했다.

하루 일과를 끝내놓고 평소처럼 아빠 문자를 기다리며 핸드폰을 옆에 두고 책상에서 공부하는 척을 하려는데 핸드폰이 울렸다. 이 시간에 누구인가 싶어 보니 〈임승제〉라는 이름 석 자가 떠 있었다.

"여보세요?"

마치 서울 시내에서 거는 것처럼 가깝게 승제 목소리가 들렸다.

[은조 씨, 저 임승제입니다. 집에 별일없죠?]

"네. 예린이 예은이 잘 있어요. 잘 도착하셨어요?"

저도 모르고 반가워서 목소리 톤이 높아지는 것 같았다.

[전 별일없어요. 혹 모르니 무슨 일이 생기면 전에 알려 드린 번호로 전화하세요.]

그가 예전에 긴급 연락망이라고 혹시 승제 없을 때 무슨 일 생기면 그의 아버지에게 전화하라고 일러준 번호가 있었다.

"네."

겨우 이런 일을 얘기하려고 전화한 걸까. 그는 그러나 뭔가 할 말이 있는데 미적거렸다.

[이런, 꽤 늦은 시간이겠네요. 미안해요. 어서 자요. 그럼 이만.]

그러더니만 은조가 뭐라 인사고 뭐고 할 틈도 없이 끊어버리는 것이었다. 겨우 이런 얘기를 하려고 전화를 한 걸까?

승제는 전화를 끊고 나서 자기의 바보 같음을 또 탓했다. 최근 들어 바보 임승제가 될 때가 너무 많았다. 좀 자연스레 얘기를 하면 오죽 좋으려나.

출장에서 돌아와 아무도 없는 어두운 집에 들어갈 때 확실히 좀 외롭다는 게 이런 기분이구나 라고 승제는 느끼곤 했다. 부인이 살아 있을 때도 혼자 서재에 있을 때 종종 이런 기분을 느끼곤 했다. 아마 어머니 돌아가시고 나서 시작된 것 같았다.

공항에서 바로 사무실에 가서 그동안 한 일 정리하고 차를 몰고 돌아오면서 자기도 늙었구나 싶었다. 예전엔 생생했는데 이젠 출장을 다녀오면 좀 피곤했다. 그동안 체력 관리를 워낙 잘한 탓에 남보다 네다섯 살 이상 어려 보이는 편이었다. 일요일 아침마다 연수원 동기들이랑 계속 테니스를 친다든지, 주에 삼 회는 헬스를 다닌다든지 하는 식으로 체력 관리를 했다. 남들 하는 것처럼 골프 칠 맘이나 시간은 없었다. 가끔 아버지가 원하면 그 뒤에 좀 따라다니는 정도였지. 애들이 깰까 봐 아주 조용히 들어온 승제는 가방을 거실에 내팽개쳐 둔 채 부엌으로 들어갔다.

놀랍게도 부엌 불이 켜져 있었다. 조리대 앞에 서 있는 건 낯선 여자였다. 감은 지 얼마 안 된 긴 머리가 허리까지 내려와 있었다. 창백하고 하얀 작은 얼굴에 새까만 눈망울이 보였다. 오밀조밀한 이목구비. 우렁각시라도 갑자기 떨어진 듯싶었다. 그냥 예쁘다 라는 말로 모자랄 정도의 미인이었다. 이 시간에 자기 집에 있을 여자라곤 딸들과 은조밖에 없었다.

"언제 오셨어요?"

여자가 자길 보고 깜짝 놀라 인사를 했다. 그래도 승제가 넋놓고 바라보자 뭔가 생각이라도 난 듯이 덧붙였다.

"저 은조인데요. 안경을 벗어서 못 알아보셨나 보네요."

그게 재미있는지 살짝 웃기까지 했다. 웃을 때 눈이 처지는 걸 그제야 알았다. 볼 한복판에 생기는 볼우물이 귀여웠다. 약간 홍조를 띤 하얗고 통통한 볼이 나이보다 어려 보이는 걸 그제야 알았다. 막 샤워하고 나와서 자러 가기 전인지 잠옷 차림이었다. 테디 베어가 그려진 예린이나 입을 법한 잠옷을 입은 그녀의 봉긋한 가슴선에 시선이 가려는 걸 억지로 돌려 버렸다.

"언제 오셨어요?"

"아까 오후에 도착했는데 사무실 들렀다 오니 좀 늦어졌네."

그때 그는 왜 자기가 부엌에 들어왔는지 생각해 냈다. 배가 고픈데 부엌에 뭐가 있는지 그는 통 몰랐다.

"냉장고에서 먹을 것 좀 찾아줄 수 있어요?"

"네? 잠시만요."

여자가 냉장고를 뒤져 보고 밥통을 열어보더니만 얼굴을 살짝 찌푸렸다.

"밥이 없네요. 도우미 아주머님이 아침마다 밥을 하시는 편이라서 밥이 없나 봐요. 잠시만요."

그러더니만 찬장을 뒤져서 뭔가 찾아냈다.

"애들 간식으로 먹는 쿠키 있는데 그거라도 드실래요?"

승제가 고개를 끄덕이자 찬장에서 능숙하게 접시를 찾아 꺼내더니 예쁘게 덜어서 그가 앉은 식탁에 내려놓았다. 산 것치고 모양이 좀 예쁘지 않구나 라고 무심한 생각을 하면서 먹던 그에게 은조가 깜짝 놀랄 얘기를 들려줬다.

"이거 예린이랑 예은이가 직접 만든 거예요. 아빠 오면 자랑한다고 요즘 열심히 했어요."

별로 달지 않아서 맛있게 먹던 승제가 깜짝 놀랐다. 간식으로 아무거나 줄 수가 없어서 유기농 밀가루를 사다가 예린이, 예은이와 함께 직접 쿠키를 만들어봤다. 예린이가 그 일에 쏙 빠져서 쿠키 틀까지 용돈으로 살 정도였는데 덕분에 요즘 집에는 쿠키가 넘쳐 나고 있었다. 은조가 옆에 코코아를 어느새 만들었는지 내려놓았다. 마시멜로가 동동 떠 있는 진하고 뜨거운 코코아. 어릴 때 엄마가 만들어주던 코코아가 생각났다. 이렇게 화려하고 맛있는 것은 아니었는데 그때는 왜 그렇게 그게 좋았던 걸까.

"같이 드세요. 피로 회복에 좋아요."

"요즘 애들 어떻게 지내요?"

그 말에 은조가 건너편 의자에 앉아서 브리핑을 하듯 말하기 시작했다.

"예린이가 월말 산수경시대회에서 1등 했어요. 반 애들 대부분 100점 받는다고 하는데 그래도 잘한 거니까 꼭 칭찬해 주세요. 지난번에 하나 틀려서 속상해했거든요. 이번에 무척 열심히 했어요. 예린이는 요즘 바이올린에 푹 빠져 있어서 발레 강습 가는 걸 별로 안 좋아해요. 예은이는 한 주에 한 번 가는 미술학원을 제일 좋아해요."

여자는 나름 가정교사 일이 재미있는지 인터넷으로 학원 정보도 알아내서 이메일로 승제에게 보내서 학원도 바꿀 정도였다.

"예은이가 요즘 한글을 막 떼었고요. 일주일에 한 번 한글나라 선생님이 오셔서 봐주세요."

애들 과외 챙기고 등하교에 거의 하루 스케줄이 집안일만 안한다 뿐이지 엄마나 다름없었다. 이런 일을 해주는 사람을 구하고 싶었던 승제는 대만족이었다. 그러다 문득 생각이 나서 물었다.

"안경 안 써도 잘 보여요?"

"아뇨, 잘 안 보여요. 그냥 간단하게 우유 한 잔 마시러 나온 거라서요."

확실히 안경을 벗으니 기존의 공부벌레 이미지에서 확실히 달라 보였다. 내리깐 눈의 속눈썹이 얼마나 긴지 그늘이 생길 정도였다. 모양 좋은 도톰한 입술이나, 높은 콧대, 아기 피부같이 하얗고 보드라운 피부. 이런 미인도 드물 정도다 싶었다. 왜 여태 몰라본 걸까. 가느다란 허리에 부담스러울 정도로 풍만한 가슴이 부드럽게 몸에 달라붙는 잠옷 덕에 그 융기가 도드라져 보였다. 시선이 자꾸 그리 쏠리려 했다.

그때 승제의 침묵과 눈길이 부담스러운지 여자가 일어섰다.

"그럼 계속 드세요. 전 내일 일찍 일어나야 해서 그만 들어가 볼게요. 더 궁금한 거 있으시면 메일 주세요. 안녕히 주무세요."

그 말만 한 여자는 쌩하니 자기 방으로 가버렸다. 왠지 어딘가 식탁이 휑해진 게 갑자기 입맛이 뚝 떨어져 버린 승제는 쿠키는 그대로 둔 채 코코아가 든 컵만 들고 자기 방으로 올라갔다. 심장이 이상하게 두근거리는 것 같았다. 침대 앞의 의자에 앉아 멍하니 머그컵을 안고 그냥 있었다. 상념에서 깨어났을 땐 뜨거운 코코아가 어느새 미적지근하게 돼 있었다. 그는 단숨에 들이켜고 배스가운을 들고 샤워하러 들어갔다. 오늘 밤 잠이 잘 올 것 같단 생각을 하면서.

　방에 들어간 은조는 침대에 앉아 한참 멍하니 앉아 있었다. 언제 온단 말도 없이 갑자기 그가 출장에서 돌아온 것도 놀랄 일이었다. 지친 얼굴의 그는 나이보다 늙어 보였다. 종종 그에게서 아버지의 모습을 투영하곤 했다. 해사하고 가녀린 아버지와 장신의 건장한 그와는 외모 면에선 전혀 달랐다. 하지만 고집스럽게 딸만 바라보며 산 아버지가 일에만 매달리는 그를 볼 때마다 연상이 되곤 했다. 어떤 면에선 둘 다 고집스럽고 융통성없는 면에서 같다고 해야 할까? 은조는 슬쩍 웃었다.

La Valse ...four

통학 버스에서 내리는 예린을 데리러 나온 은조에게 예린이 투덜거렸다. 자기가 애냐고 길 몇 번 건너는 정도는 충분히 할 수 있다고 하는데도 예린을 못 미더워서가 아니라 자기가 걱정이 돼서 은조는 꼭 마중을 나오곤 했다.

"고모, 그 올빼미 같은 안경 안 쓰면 안 돼?"

예린이 생각지도 못한 불평을 늘어놓기 시작했다.

"고모는 안경 안 쓰면 아무것도 안 보여."

은조가 그런 예린이가 귀엽다는 듯이 머리를 쓱쓱 쓰다듬어 줬지만 예린이는 계속 투덜거렸다.

"고모 안경 벗으면 무지 예쁜데."

같이 살다 보니 자연스레 은조가 안경 벗은 걸 예린이도 종종 보았다. 무슨 변신 소녀물의 여주인공처럼 안경만 벗으면 너무 예쁜데도 불구하고 고모는 절대 안경을 벗지 않았다.

"응, 고마워. 근데 예린이도 알지만 고모는 안경 못 벗잖아."

"그럼 옷이라도 예쁘게 입으면 안 돼?"

예린의 예상치도 못한 말에 은조가 당황했다.

"왜?"

"다른 애들 엄마는 다 예쁘게 입고 다니는데 고모 혼자 그게 뭐야."

예린이가 그게 신경 쓰였나 보다. 사실 은조도 요즘 신경이 좀 쓰이고 있었다. 아무래도 예린이가 사립학교에 다니다 보니 친구들 엄마들이 옷이 꽤 화려한 것도 사실이었다. 요즘 들어 희지랑 미진이랑 같이 스케이트를 배우러 다니는데 그애들 엄마에 비해서 고모가 좀 초라해 보이는 게 마음에 들지 않았다.

"아하!"

순간 은조가 웃어버렸다. 하지만 예린의 무서운 표정을 보고 표정을 잽싸게 관리했다. 저 자존심이 센 꼬마 숙녀가 몹시 그게 마음에 안 들었나 보다.

"예린이 자존심을 위해서라도 고모가 예쁘게 입어야겠는걸."

"응응."

아무래도 가까운 시일 내 쇼핑이라도 다녀오든지 해야겠단 생각이 들었다. 하지만 엄마를 가져 보지 못한 은조는 아무래도 주변 다른 여자들처럼 무얼 입어야 하는지 잘 몰랐다. 아마 예린이가 더 잘 알 것 같았다. 예린이가 요즘 친한 친구들 그룹이 생겨서 같이 이런저런 과외를 시작한지라 그 엄마들이랑 요즘 어울리기 시작했다. 그네들이 워낙 잘 차려입다 보니 은조도 신경을 좀 써야 할 것 같았다. 무엇보다 이 안경을 벗어야 하나?

유치원 때부터 워낙 예쁘다 보니 이상한 사람들이 많이 달라붙었다. 놀이터에서 아빠를 기다리다 보면 꼭 이상한 남자가 와서 과자 사줄 테니 따라가지 않겠냐고 물어보곤 했다. 아니면 슬그머니 치마에 손을 대려고 하거나. 그럴 때마다 은조는 미친 듯이 비명을 지르면서 울었다. 그러면 아저씨들은 부리나케 도망가는 것이었다. 그런 일이 몇 번 있고 나니 자연스레 치마도 안 입게 됐다. 그 일을 떠올리곤 은조는 씁쓸하게 웃음을 지었다.

그러다 유치원 다닐 때부터 안경을 쓰게 되니 그런 일이 좀 덜해졌다. 은조가 책을 볼 때 코앞에 갖다 대야 글자를 읽는 걸 보고 놀란 큰엄마가 바로 안과에 데려갔다. 알고 보니 은조는 타고난 근시였다. 눈은 계속 나빠졌고 고등학교 때부터 고도 근시인지라 안경알도 두꺼워지고 일부러 올빼미 같은 안경을 찾아 쓰니 사람들 관심이 좀 적어졌다.

은조라고 이 안경이 안 불편할 리가 없었다. 콘택트렌즈를 껴볼까 싶은 맘도 있었지만 남자들이 가지는 관심 그 자체가 부담스러웠다. 어릴 때부터 얼굴 때문에 좋은 일이 없어서 커서도 내놓기가 두려운 것도 있었다. 그래서 오늘날까지 그 안경 뒤에 숨은 채 살았던 것이다. 여태 벗을 필요를 못 느꼈는데 예린이가 원하니까 조금 망설이게 됐다.

"고모, 안경 벗을 거지? 왜 미진이네 엄마도 눈 나쁜데 눈에 넣는 안경 쓴대. 고모도 그거 하면 안 돼?"

"아, 콘택트렌즈?"

"몰라. 아무튼 그런 거."

예린이 집요하게 말하기 시작한 이상, 뭔가 하지 않으면 안 될 터였다. 은조는 예린이 강단있고 고집이 센 걸 알고 있었다. 이성적으로 잘 타이르면 통하지만 이런 일은 절대 씨알도 먹히지 않을 터였다.

"고민 좀 해볼게."

은조는 예린이가 집요하게 물고 늘어지자 망설이기 시작했다.

"고민해 보고 뭐고가 뭐야!"

예린이 결국 화를 내버렸다. 고모가 예쁜데 아무도 알아주지 않는 게 속상했다. 우리 고모 무지 예쁘다고 아무리 말해도 친구들이 안 믿자 화가 나버렸다.

"고모 안경이 안 되면 예쁜 옷이라도 입어."

"알았어, 알았어."

그러나 고모는 별로 심각해 보이지 않았다. 하지만 고모가 한 번 약속한 것은 지키니까. 한편 은조는 한숨이 나왔다. 쇼핑할 시간을 내서 쇼핑을 하러 가긴 해야 할 텐데, 그다지 이런 것에 신경 써본 적이 없어서인지 그다지 요령이 없는 편이었다. 뭘 어떻게 사야 예린이 성에 차게 예쁘게 잘 입을 수 있을까. 요즘 벌이가 괜찮다 보니 조금은 자신을 위해 쓸 여유가 생길 듯도 했다. 하지만 일은 수월하게 풀리지 않았다.

이제 일도 익숙해지고 예린이나 예은이 친구 엄마들이랑도 친해지면서 처음 생각했던 것보다 잘되는 것처럼 보였다. 여기 저기 그룹에 끼고 하면서 예린이나 예은이 둘 다 처음보다 성격도 원만해져 있었다. 다만 날이 갈수록 안 좋아지는 아버지 병세가 은조는 계속 마음에 걸릴 뿐이었다. 예린이, 예은이가 학교에 간 오전에 병원에 가서 잠시 아버지를 보고 오는 것만으로도 만족할 수 없었지만 은조 자신이 돈을 벌지 않으면 안 되는 상황이었기에 익숙해진 일과와는 별개로 마음은 무거워졌다.

게다가 아버지는 툭하면 그냥 퇴원하겠다고 하셨다.

"은조야, 나 퇴원하련다 그냥."

"무슨 소리세요?"

"어차피 이거 해봤자 죽는 건 똑같잖아. 네가 몇 년째 이러고 있는 거 보는 것도 괴롭다. 그냥 퇴원할게."

"무슨 소리세요! 제가 이렇게까지 했는데 아빠가 그러심 안 되죠."

은조가 화를 버럭 내자, 아빠는 한숨만 쉴 뿐이었다. 어린 딸 해주는 거 없어도 혼자 공부 잘하고 똑똑한 딸. 그런 딸이 늙은 아비 봉양하면서 젊음을 탕진하는 걸 보고 있는 아비 심정도 그다지 좋지 못했다.

"다시는 그런 소리 하심 안 돼요."

그 말에 아버지는 병색이 짙은 얼굴로 히마리없이 고개를 끄덕거렸다. 그런 아버지를 보면서 가슴속에 쌓이는 한숨을 꼭 참고 명랑하게 말했다.

"저 가볼게요. 애들 하교할 시간이에요."

요즘 아빠한테 갈 때마다 애들 사진도 보여주고 하면서 이런 저런 얘기를 하곤 했다. 워낙 애들을 좋아하는 초등학교 선생님이었던 아버지는 예린, 예은에게 꽤 관심을 가졌다. 아버지에게 인사를 하고 나가는데 간호사가 은조를 불렀다.

"잠시 저 좀 볼까요?"

"예."

삼십대 중반의 간호사와는 이제 안면도 쌓이고 해서 잘 지내는 편이었고, 편의도 많이 봐주고 있었다. 그녀가 상당히 머뭇거리며 말했다.

"저 총무과에서 할 얘기가 있다고 꼭 좀 들러달라고 하네요. 지금 바로 가보세요."

그 말을 한 간호사는 총총걸음으로 사라졌다. 쇠뿔도 단김에 빼라고 그대로 총무과에 갔다. 어차피 거기 가서 할 얘기라곤 하나밖에 없잖은가.

"지금까지 밀린 게 상당합니다. 일부만이라도 좀 정산해 주시면 안 될까요? 상황은 잘 아는데 저도 좀 압박이 심해서요."

이 병원에서 우은조가 어떤 상황인지 모르는 사람은 없을 것이다. 이미 많은 부분에서 편의를 봐주고 있다고 해도 워낙 장기로 병원에 입원 중이다 보니 그다지 도움이 되지 않았다.

"얼마나요?"

"천만 원 정도만이라도 미리 해주시면 좋겠는데요."

천만 원이라는 말에 은조의 가슴이 벌렁거렸다.

"네. 최대한 빨리 처리해 드릴게요."

말은 이렇게 했지만 어디 가서 천만 원을 구해온단 말인가. 카드빚만은 내고 싶지 않았는데…… 은조의 가냘픈 어깨가 다시 처졌다. 어디 가서 부탁할 데도 없었다. 은행에 대출 받을 집 한 채 없게 된 지 오래였다. 처음 폐암이 발견됐을 때, 수술비는 감당할 수 있었다. 하지만 항암 치료비부터가 문제였다. 그때 갑자기 큰아버지 사업이 기울어지면서 집이 날아갔고, 항암치료 받고 조금 살 만해진다 싶을 때 또 암이 발견됐다. 한 달에 들어가는 약값 대기도 빠듯한 형편에서 다시 수술 받고 병원에 입원하고. 이게 몇 번이나 반복됐는지 몰랐다. 결국 아버지는 그냥 병원에 계시고 은조는 고시원에서 살기 시작했다. 돈을 벌어도 벌어도 언제나 병원비 대고 나면 남는 게 없었다. 학자금을 융자 받아 지난번 수술비로 썼다는 게, 그나마 다행인 상황이었다.

은조가 아는 사람 중 가장 부자이면서 천만 원쯤 빌려줄 능력이 있는 사람은 승제밖에 없었다. 승제에게 말을 하면 그가 들어줄까? 하지만 지금 다른 방법은 생각나는 게 없었다. 큰맘 먹고 승제에게 말이라도 꺼내보기로 했다. 승제가 안 된다고 하면 어떻게 해야 하는 걸까? 카드빚은 여태 진 적이 없는데 이제 카드빚이라도 끌어다 써야 하는 걸까. 그건 피하고 싶었다. 승제가 퇴근하길 기다리는데 입 안이 바짝바짝 말랐다. 승제는 간만에 회식인지 오늘 들어오는 시간이 많이 늦었다.

평소에 아무리 늦어도 열 시 정도까진 들어오고 회식이면 회식이 있다고 말해주곤 했기에 은조는 거실에서 승제를 기다리기로 했다. 들어오는 승제 얼굴은 환했다. 뭔가 여태 끌던 일이 오늘 결판이 나서 예정에 없던 술자리가 있었다. 기분 좋게 마시고 들어오는 참에 은조가 기다리고 있던 듯이 나왔다.

"저…… 변호사님."

"왜요?"

"……드릴 말씀이 있는데요."

피곤해서 바로 잘 맘이었는데 은조의 어두운 얼굴을 보니 무슨 일이라도 있는가 싶었다. 아무래도 술 기운을 몰아내야 할 듯했다.

"먼저 샤워부터 할 테니 할 말 있으면 이십 분쯤 뒤에 서재로 오세요."

"예."

은조의 어깨가 축 처져 있는 게 왠지 신경이 쓰였다. 무슨 일일까. 하지만 샤워하는 내내 술기운 때문인지 뭔가를 흥얼거리게 됐다.

머리를 수건으로 대충 말린 뒤에 서재에 앉아 언제나처럼 무슨 CD를 틀어놓을까 선곡하고 있을 때 은조가 문을 두드리고 들어왔다. 승제 바로 앞에 앉은 은조는 눈도 마주치지 못했다.

"무슨 일인데 그렇게 뜸을 들여요? 예린이가 무슨 사고라도 쳤습니까?"

"그게 아니라 개인적인 일인데요."

"개인적인 일?"

승제가 갸웃하자, 은조가 숨을 크게 들이마시는 게 보였다. 그리고 거리낌없이 말해 버렸다. 이렇게라도 하지 않으면 입 안에서 맴돌기만 할 뿐 입 밖으로 단어 하나 못 꺼낼 것 같은 기분에.

"가불 부탁해도 될까요?"

그가 생각지도 못한 일에 좀 당황했는지 눈썹을 위로 올리며 물었다.

"무슨 일 때문에 돈을 쓰려는 거지요?"

"병원에 밀린 돈이 있어서요. 그거 안 내면 데리고 가라고……"

"얼마나 밀렸어요?"

"천만 원 정도 돼요."

그 정도면 승제한테 그다지 큰돈이 아니었다.

"내일 통장으로 넣어줄 테니까 병원에 수납해요."

"죄, 송해요."

은조가 고개를 푹 숙인 채 머뭇거리며 말했다.

"그렇게 큰돈 아니니 매달 월급에서 20%씩 제할 테니 그런 줄 알아요. 괜히 돈 걱정 때문에 여기저기 신경 쓰는 것보다 난 우리 애들한테 신경 써주는 게 더 좋습니다."

사실 조금 화가 나긴 했다. 혹시 이 아가씨가 영악하게 어린 애들을 볼모로 잡고 요구하는 게 아닌가 싶어서. 하지만 이미 아버지 사정을 들은 이상, 저 고모를 잡기 위해서는 돈을 쥐어 주는 수밖에 없었다. 만일 여기서 비위라도 거슬려 저 아가씨가 나간다고 하면…… 생각만 해도 아찔했다.

5월이 되고 어린이날이 다가오자, 그전에 승제가 날을 챙겨야겠다 싶은지 토요일에 쇼핑을 가자고 제안했다. 검은색 스웨터에 몸에 잘 맞는 진을 입은 그는 나이보다 훨씬 젊어 보였다. 애들 둘을 둔 아빠로 보이지 않을 정도로, 어딘가 남성 잡지의 모델처럼 보일 정도였다.

"예린이, 예은이 여름 옷도 필요하고 어린이날 선물도 사줘야 하니까 같이 백화점 갈까?"

요즘 들어 부쩍 책읽기에 취미를 들인 예린이는 이미 아빠한 테 동화책 전집을 받고 희희낙락한 상태였기에 그냥 같이 어디

나왔다는 것만으로도 충분히 행복해 보였다. 은조가 예은이 원 피스를 입혀보려고 탈의실에 들어간 사이에 예린이가 아빠를 붙잡고 말했다.

"아빠."

"왜?"

"내 옷 대신 고모 옷 사주면 안 돼?"

승제는 생각지도 못한 예린의 부탁에 어리둥절했다.

"왜 그런 생각을 했는데?"

혹시 저 여자가? 승제는 순간 덜컥했다. 지금도 애들 엄마 자 리를 노리는 여자는 많았다.

"아니 그게…… 고모가 나랑 같이 여기저기 다니잖아."

"응."

"근데 고모가 안 이쁘게 하고 다니니까 그게 싫어."

예린이는 자존심이 강한 꼬마 숙녀였다. 다른 애들 엄마처럼 예쁘지 않은 고모가 싫은 거구나 싶어서 조금 웃음이 나왔다. 요즘 들어 안정된 애들을 보면서 은조에게 감사 표시로 뭐라도 좀 해줘야 하지 않을까 싶었다. 어차피 천만 원은 꿔준 것이지, 그가 선물로 준 것은 아니었다. 매달 일정 금액을 제해서 지불 하고 있었으니.

"우리 딸 다 컸어."

"헤헤."

"곧 스승의 날도 오니까 고모 옷도 한 벌 사주자."

다른 학부모랑 보게 될 텐데 한참 이런 거에 민감한 예린이가 절대 가만있을 리가 없단 생각이 들었다. 기본적인 옷 정도는 장만을 해서 예린이의 콧대를 세워줄 필요가 있었다.

"고모 옷은 내가 고를래."

예린이가 대뜸 나서자 승제가 너털 웃어버렸다.

곧 탈의실에서 은조가 핑크색 원피스로 갈아입고 얼굴이 활짝 핀 예은이를 데리고 나왔다.

"예은이 그거 마음에 들어?"

승제가 묻고서 사주려고 하는데 순간 은조가 끼어들었다.

"저기 한 사이즈 큰 걸로 사죠?"

"왜 잘 맞는데?"

"예은이 지금 키 크는 속도로는 한 달 입고 못 입을 거 같아요. 예은이는 콩나물, 머리에 물만 줘도 쑥쑥 자라요."

은조가 예은이 머리에 물 뿌리는 시늉을 하면서 운율을 맞춰서 노래를 불러주자 예은이가 좋은지 깔깔 웃었다. 그걸 보고 예린이도 막 웃었다. 예린이나 예은 자매 둘 다 키가 또래보다 큰 편이어서 예린이도 초등학교 1학년이지만 3학년으로 보는 사람이 있었다.

"나 이 옷 오래 입고 싶으니까 고모 말대로 큰 걸로 살 거야."

사실 승제는 이런 걸 전혀 몰라서 옷도 늘 대충대충 챙겼던 것이다. 아니면 사촌누나인 효진이나 이모에게 의존하곤 했다.

"아, 나온 김에 예린이랑 예은이 양말도 좀 사야 할 것 같아요."

아무래도 사립학교는 교복을 입다 보니 엄마들이 양말과 머리핀 같은 걸로 애들을 꾸미는 경향이 있었다. 예린이도 예전엔 대충 하고 다니다 요즘 들어 부쩍 관심을 가져서 머리핀과 방울을 몇 개 사줬봤는데 나온 김에 좀 더 장만하는 게 좋을 듯했다.

승제는 방울을 보고 좋아서 어쩔 줄 모르는 딸들을 바라보며 한숨을 쉬었다. 그런 그를 바라보며 은조는 활짝 웃었다. 브이넥으로 파진 스웨터 위에 그의 견갑골이 그대로 드러나 있었다. 보통 삼십대 중후반의 남자들은 살이 적당히 붙는데 그는 그런 것조차 없었다. 허벅지는 탄탄하고 허리에는 지방이 보이지 않는 몸이었다. 약간 말랐다 싶을 정도로.

"좋은 거 두 개만 골라."

은조 말에 둘이 막 돌아다니며 머리핀을 보기 시작했다. 서로 비교해 가면서 뭘 사면 좋을지 한참 고민했다.

"딸 키우기 힘들어요. 아들이면 그냥 장난감 차만 안겨주면 됐을 텐데."

그가 한탄을 하자 은조가 막 웃었다.

"그래도 여자애들이 더 예쁘잖아요."

형제를 가져보지 않은 은조에게 예린, 예은 자매 둘 다 없던 동생들이나 마찬가지였다. 외롭단 생각을 안 해본 건 아니었다. 엄마가 없는 만큼 아버지가 얼마나 자신을 아끼고 사랑하고 보듬었는지는 잘 알고 있었다. 그래서 아빠에게 그 사랑을 돌려드리고 싶었다. 하나밖에 없는 가족을 꼭 지키고 싶었다.

"고모."

그가 그녀를 불렀다.

"네?"

"이제 스승의 날도 다가오고 해서 고모한테도 예린이가 선물을 해야 한다고 하는군요."

"네에? 전 됐어요."

은조가 놀래서 설레발을 쳤다.

"예린이가 고모가 예쁜 옷 입고 마중 나오고 했음 좋겠답니다. 이제 곧 학교 행사도 있고 해서 학교도 가야 하는데 옷은 좀 맞춰 입어야 하지 않습니까?"

"그건 그렇네요, 정말."

학부모 행사나 이런 데도 다녀야 하는데 요즘 들어 예린이가 좀 투정을 부릴 때가 있어서 은조도 신경이 안 쓰이는 건 아니었다. 하지만 대학 들어온 이후에 제대로 자신한테 신경을 써본 적이 없어서인지 어떻게 해야 할지 알 수 없었고, 전보다야 여유가 생겼지만 아버지 병원비 때문에 사정이 크게 여의치 않아 쇼핑을 망설이던 차였다.

"그래서 예린이가 고모 옷을 골라주고 싶다는군요."

"예린이가요?"

자기 얘기가 나오자 저쪽에서 동생 머리핀을 골라주던 예린이 귀를 종긋했다. 예린이 예은을 부추겨 잽싸게 머리핀을 고른 뒤에 숙녀복 매장으로 의기양양하게 은조를 끌고 갔다. 예린이

뒷짐을 지고서 쇼윈도 구경을 하기 시작했다.

"예린아, 고모는 너무 비싼 건 싫으니까 적당한 거 골라줘. 예린이만 믿을게."

"응. 나만 믿어 고모. 돈은 어차피 아빠가 내는데 아빠 요즘 계속 늦게 들어온 거 보면 일 많이 한 거 같으니까 돈도 많이 벌었을 거야."

예린의 말에 승제는 쓴웃음을 지었다. 요즘 애들은 은조에게 맡기고 사실 그간 못 만났던 친구들도 만나면서 밤놀이에 좀 열중했던 것이다.

승제는 어떤 옷이 필요할지 잠시 생각해 보았다. 일단 원피스와 정장류가 좋을 듯했다. 정장은 재킷에, 바지, 스커트가 딸린 거면 좋겠지. 생각해 보면 시계 외에 액세서리를 하고 있는 것도 못 본 듯했다. 그 흔하디흔한 귀도 안 뚫었다. 분명 전에 부엌에서 마주쳤던 안경을 안 쓴 외모는 깜짝 놀랄 정도로 아름다웠는데 왜 자신을 이렇게 꾸미지 않는 걸까. 보통 그 나이 또래 여자애들한테 흔히 있는 애교 같은 게 거의 없을 정도로 담백한 여자란 생각이 들었다.

예린이가 백화점 안을 날카로운 눈으로 찬찬히 살피더니 갑자기 마네킹을 가리켰다.

"고모, 저거야 저거."

오드리 헵번이 입었을 법한 검은색 원피스였다. 분명 화려한 핑크색 옷을 고르리라 생각했는데 예상 밖이었다. 그런데 그 옷을 바라보는 승제의 표정은 굉장히 착잡해졌다. 아내가 저거랑 비슷한 옷을 갖고 있었다. 가끔 저녁 외출을 하려고 차려입으면 예린이가 굉장히 좋아했는데 아내는 어린 예린이를 밀어냈다. 옷 구겨진다고.

진주 귀걸이에, 진주 목걸이를 하고, 붉은 립스틱을 바르고 성장한 아내는 아름다웠다. 그런 아내가 즐겨 입던 모던하고 도회적이고 심플한 검정 원피스를 예린이 골랐다는 게 승제는 흥미로우면서도 묘한 느낌이 들었다. 예린에게는 그 옷이 엄마에 대한 좋은 추억으로 남아 있는 모양이었다.

"고모 저거 입어봐."

양옆에서 매달리는 자매 성화에 은조가 옷을 입고 나왔다. 평소에 워낙 굽이 없는 신발만 신어서인지 그렇게 팔다리가 긴 줄 몰랐는데 검은색 원피스를 아래로 긴 다리가 드러났다. 워낙 마르고 가는데다 팔다리가 길어서인지 굉장히 잘 어울렸다. 옆에서 예린이가 마구 성화를 부렸다.

"고모 굽 높은 구두도 사야 돼. 앗, 안경도 벗어봐 빨리~이."

예린이 등살에 못 이긴 은조가 안경을 벗었다. 본인이야 앞이 잘 안 보이는지 눈살을 찌푸렸지만 보는 사람 입장에서는 갑자기 세상이 밝아지는 것 같은 느낌이 들 정도였다. 검은색 스퀘어 넥 원피스 위로 쭉 뻗은 하얀 목이 참 길어 보였다. 옆으로 돌린 은조의 긴 목을 승제는 넋을 놓고 바라보았다.

찌푸린 듯한 눈길이 자길 향했을 때 얼굴을 조금 붉힐 것 같이 심장이 두근거렸다. 잘 안 보이는지 게슴츠레 뜬 눈이 오히려 유혹하는 듯이 느껴졌다. 옆에서 두 자매가 좋아서 난리를 쳤다. 자그마한 하트 형 얼굴에 서늘할 정도로 시원하고 큰 아름다운 눈, 오뚝한 콧날, 붉고 도톰한 약간 큰 듯한 입으로 얼굴이 가득 차 보일 정도였다. 아직 젖살이 빠지지 않아 통통한 하얀 볼엔 홍조까지 띠고 있어서인지 화장하고 성장한 어떤 여자보다 아름다웠다. 하지만 기묘하게 누군가 닮아 보인단 생각을 했는데 그게 누구인지는 머릿속에서 선명하게 떠오르질 않았다. 분명 누군가 아는 사람 중에 비슷한 사람이 있는 것 같은데.

"고모 너무 예뻐."

"고마워."

아래를 내려다보며 예린이 생긋 웃었다. 있는 줄도 모르던 보조개가 쏙 패이는 게 보였다. 주변의 지나가는 사람들 모두 그녀를 바라봤지만 그녀는 관심도 없어 보이고, 아래에 매달려 있는 어린 자매에게만 신경 쓸 뿐이었다.

"기왕 입어보는 김에 저기 있는 정장도 좀 갖다주시겠습니까?"

승제가 저쪽에 있는 검은색 슈트에 안감으로 파란색 새틴을 댄 것이 꽤 마음에 든 모양이었다. 점원이 은조 사이즈에 맞춰서 은조에게 내밀었다.

"이런 것도 필요한 것 같으니 이것도 입어봐요."

그 말에 은조가 아무 말 않고 탈의실에 가서 갈아입고 나왔다.

"고모가 그런 옷 입으니까 아빠 사무실의 아줌마들 같아."

예린이랑 예은이는 은조가 그런 옷을 입은 게 별로 마음에 안 드는 모양이었다.

"아무래도 학부모회 같은 데 가려면 그런 옷이 필요할 거예요."

확실히 은조도 그렇다고 생각해서인지 별다르게 거절하지 않고 받았다.

"아빠 이왕 온 거 고모 안경도 벗겨줘. 은조네 엄마는 눈에 안경을 넣어서 그거 쓰고 있대. 고모도 그거 하나 사줘."

"그건 고모가 알아서 할게, 예린아. 응?"

은조가 계속 받는 게 좀 부담스러운지 예린이를 살살 달랬다.

"정말 고모가 할 거야?"

예린이 고모를 못 믿겠는지 의심의 눈길을 보냈다.

"고모 거짓말 안 하잖아. 고모가 예린이한테 거짓말하지 말라고 했는데 고모가 거짓말 하면 안 되지. 꼭 할 거니까 오늘은 그냥 집에 가자. 예은이 낮잠 잘 시간 다 됐어."

예은이는 예린이보다 체력이 월등하게 약해서 낮잠을 자지 않으면 힘들어했다. 오늘은 한참 흥분해서 막 돌아다니느라 낮잠을 못 잤더니만 평소보다 더 지쳐 보였다. 확실히 승제가 내려다보니 예은이는 은조 손을 꼭 쥐고 졸린 표정을 하고 있었다.

"예은이 많이 졸려? 고모가 안아줄까?"

눈도 제대로 못 뜨고 있는 어린것이 불쌍했는지 젊은 처녀가 번쩍하고 예은이를 안았다. 하지만 다섯 살이 된 예은이가 결코 가벼울 리 없었다.

"이리 줘요. 내가 안을 테니."

승제가 은조에게서 예은이를 건네받았다. 아빠 어깨에 고개를 파묻은 예은이는 금세 깊은 잠이 들었다. 그런 예은이가 예린인 좀 부러운 모양이었다.

"나도 다리 아파."

"그럼 예린이 업어줘?"

"됐어, 됐어. 내가 어린애인가."

"어린애 맞아."

하면서 은조가 예린이 머리를 쓰다듬자 예린이가 입을 삐쭉 내밀었다. 하지만 은조는 그런 예린이 마냥 귀여운지 내려다보면서 계속 웃을 뿐이었다. 물론 일이 쉬운 것도 아니었고, 자존심이 강한 예린이나 고집이 센 예은이 둘 다 원하는 대로 움직여 주는 것도 아니었다. 하지만 마치 친혈육인 양 이 자매에 정이 가는 것은 어쩔 수 없었다.

지하주차장으로 내려가려고 엘리베이터를 기다리는데 올라오는 엘리베이터 내리던 여자가 승제를 보고 환한 미소를 지었다.

"어머, 선배님!"

검은색 슈트를 입은 키가 큰 여자가 와 다정하게 승제 옆에 섰다. 짧은 단발에 우아한 화장과 커리어우먼다운 똑 떨어지는 슈트가 승제와 잘 어울렸다. 순간 은조는 자신의 초라한 청바지와 낡은 셔츠 차림이 갑자기 의식이 됐다. 당당한 그녀와 승제는 잘 어울리는 듯해서 더욱 신경이 쓰였다.

"아, 한 변호사."

승제가 아는 척을 하는 걸 보니 승제 밑에서 일하는 변호사 중 하나인 모양이었다. 검은색의 세련된 슈트에 심플한 다이아몬드 세트로 귀걸이와 목걸이를 한 여자는 손톱에 화려한 매니큐어를 하고 있었다. 선명한 붉은 립스틱을 바른 여자는 지나가는 사람 모두 한 번씩 볼 정도로 화려한 모습이었다.

"애들 데리고 쇼핑 나오셨나 보네요."

그녀가 예린 예은을 가리키면서 말했다.

"곧 어린이날이라……."

"안녕, 예린이. 언니 기억나지?"

나름 활짝 웃으며 수정이 아는 척했지만 예린이는 새침하게 인사했다. 원래 예린, 예은은 낯을 좀 가리는 편이었다.

"안녕하세요, 아줌마."

그 아줌마란 말에 수정의 인상이 확 찌그러졌다 다시 펴졌다.

"옆에 있는 분은 누구세요? 처음 뵙는 분인데……."

"아, 애들 돌봐주는 분이세요."

"아."

수정이 환하게 웃으며 인사했지만 눈매는 날카로웠다. 수정은 승제의 곁에 있는 아가씨가 너무 젊은 여자여서 좀 불안하긴 했지만 워낙 볼품없어 보여서 이 정도라면 별 신경 쓸 거리도 안 된다 싶어 금세 관심을 끊었다.

은조는 대충 인사한 뒤에 시선을 승제에게만 고정해 버린 젊은 여자를 바라보며 속으로 한숨을 쉬었다. 만일 아빠가 편찮으시지 않고 큰아버지 사업이 잘못되지만 않았더라도 자신도 저렇게 될 수 있지 않았을까 하는 생각에서였다.

가끔 성공한 대학 동기를 만나게 되면 자신도 모르게 저절로 위축되곤 했다. 이미 누구는 사시 통과해서 변호사니, 검사님이 돼 있는데 대학 졸업도 못하고 남의 집 애들이나 봐주면서 돈을 벌고 있는 자신 신세가 처량해서. 하지만 이건 자신이 선택한 결과였다. 남의 탓이 아닌. 그래서 가급적이면 남과 비교하지 않으려 했다. 그렇게 비교하기 시작하면 처량한 건 본인일 뿐이었다.

"저녁은 드셨어요?"

"집에 가서 먹으려고."

"아직 안 드셨으면 같이 가요. 이 근방에 괜찮은 데 있는데."

수정이 그를 슬며시 떠보았다. 은조가 보기에도 이 야심만만한 젊은 처자는 승제에게 관심이 많았다. 그걸 감추려고도 하지 않았다. 그런 당당함이 부럽단 생각이 들었다. 자신의 미모를 최대한 부각시킬 수 있는 그 자신감도.

"예은이가 피곤해서 데리고 들어가야 해."

그가 안고 있는 예은이를 들여다보며 말하자, 수정이 살짝 인상을 썼다. 그때 지하주차장으로 가는 엘리베이터가 멈춰 섰다.

"그럼 우린 가볼게. 월요일에 봐."

그러더니 엘리베이터 안으로 쏙 들어가 버렸다. 멀뚱하게 남은 수정은 기분이 상해 인상을 팍 써버렸다.

아무래도 어린이날, 어버이날이 겹쳐 있어서 그런지 백화점에서 차를 빼는 것조차 힘들었다. 백화점 앞의 교통정체는 평소의 몇 배는 되는 듯했다. 그 와중에 은조에게 기대 자던 예은이 깨어났다.

"예은이 깼어?"

은조가 눈을 비비며 일어나 앉는 예은이 이마의 땀을 닦아줬다.

"고모, 나 배고파."

예은이는 배가 많이 고픈지 일어나 앉자마자 칭얼거렸다. 하지만 집에 가려면 이 속도로는 한 시간은 넘게 걸릴 것 같았다. 승제가 한숨을 푹 쉬더니만 딸들에게 의향을 물어봤다.

"너네 저녁 뭐 먹고 싶어? 집까지 오래 걸릴 것 같으니까 그냥 이 근처에서 먹자."

"그럼 지난번에 고모랑 갔던 데 가고 싶어."

아무래도 여자애들이라 그런지 종종 외출하면 예쁜 카페나 레스토랑에 가서 숙녀처럼 있고 싶어해서 은조는 예린 자매를 데리고 그런 데를 가곤 했다. 전엔 그런 곳을 따라다녀 본 적이 없어서인지 처음 어쩌다 미술관에 갔다가 미술관 카페에 데리고 가줬더니만 홀딱 빠져서 종종 그런 데 가자고 고집을 부리곤 했다.

가끔 길을 가다 노점에서 꽃도 사주고, 액세서리 하나씩 사주면 그렇게 좋아하는 것이었다. 정상적인 관심을 못 받아봐서인지 은조가 작은 관심만 보여줘도 너무 행복해해 가끔 은조는 난처해지곤 했다. 마치 엄마를 흉내 내는 어린 소녀들처럼 은조의 구두를 신고서 걸어보거나, 은조가 바르는 화장품을 발라본다던가 하는 걸 보면, 가끔 당황스러울 때가 있었다. 이런 건 생각지도 못했던 일이다.

승제는 은조가 애들을 데리고 여기저기 다니는 것은 잘 알았다. 하지만 카페나 레스토랑에 데리고 가는 것은 전혀 모르는 사실이었다. 친아빠인 자신보다 피 한 방울 안 섞인 은조가 딸들에게 이렇게 잘해준다는 게 미안할 정도였다.

"왜 고모 전에 갔던 데 있잖아. 피자 먹으러."

"아, 거기."

전에 이 근방에 있는 이태리 레스토랑에 데리고 가서 피자를 사준 적이 있는데 그게 마음에 들었던 모양이다. 확실히 인테리어도 꽤 예쁘게 꾸며놔서 예린, 예은이 홀라당 빠졌더랬지.

"은조 씨가 어딘지 아는 모양이네요."

"네, 이 근방이에요."

은조 설명한 대로 가서 근처 주차장에 차를 세우고 나왔다. 작은 이태리 레스토랑은 주말 저녁이라 손님이 꽤 많았다. 데이트하는 남녀로 분비는 레스토랑에서 십 분 정도 기다려 자리를 안내 받았다. 그사이 원기를 충전한 예린, 예은은 또 가게 이곳저곳을 둘러보며 눈을 빛냈다. 그런 딸들을 보면서 승제는 반성했다. 딸들이랑 외식을 한 게 언제인지 기억도 나지 않았던 것이다.

음식이 나오자 은조는 거의 먹지도 못하고 아직 어린 예은이 먹는 데 신경을 쏟을 뿐이었다. 예은이 어느 정도 먹고 나자 그제야 자기 걸 먹었다.

디저트까지 먹고 나오는데 기분이 묘했다. 부인 살아 있을 때 네 식구가 이렇게 식사를 같이 한 적이 있던가. 부인은 애들을 남의 손에 맡겨놓고 어딘가 돌아다닐 뿐이지 어린 딸들을 데리고 나가는 걸 좋아한 적이 없다. 애들이 있다는 걸 자체를 잊고 사는 것처럼도 보였더랬지.

그날 밤 평소처럼 승제에게 한 주 보고서를 제출하러 간 은조는 평소처럼 애들 상태에 대해서 이런저런 얘기를 하다 머뭇거리며 물었다.

"……재혼 안 하세요?"

"내 인생에 더 여자를 들여놓을 계획 없습니다."

그가 서먹서먹하게 말했다. 지금까지 자신의 개인 생활에 대해 이렇게 얘기한 적은 없었다. 화제는 언제나 아이들이었다.

"애들한테는 엄마가 있어야지요."

은조가 다른 사람처럼 판에 박힌 말을 했다. 그 말에 승제 이마에 주름살이 확 잡혔다. 승제는 사실 그것에 조금 실망했을는지도 몰랐다.

"애들한테는 필요한지 몰라도 나는 필요 없습니다."

단호하게 말했다. 그의 간략하고도 직선적인 표현 방법에 은조는 속으로 질렸다. 그리고 어쩌면 그것은 의도적일지 모른다는 생각이 들었다. 그는 다른 사람들처럼 〈사랑〉 때문에 믿고 결혼할 처지가 아니었다. 그의 이름, 재산, 명성 등에 부나방처럼 이끌려 오는 그런 여자들을 그가 믿지 못하는 건 당연한 일일 수도 있었다. 하지만 엄마 없이 자라는 어린아이들이 불쌍하단 생각은 지울 수가 없었다.

"애들에게 저랑 같은 고통은 주고 싶지 않습니다."

그가 이 말을 했을 때 은조는 심장이 두 조각이 나는 것 같았다. 이 말을 하는 그의 얼굴 표정은 비틀려 있었다. 그 말에 은조는 아무 말도 할 수 없었다. 그의 감추어진 고통을 본 것 같아 착잡하기까지 했다.

그 여자는 도대체 어떤 고통을 다른 사람들한테 주고 있는 걸까. 아버지를 떠난 뒤에 유명 법무법인 대표를 만나 그의 정부로 들어앉았다 본처가 죽자마자 그 자리를 꿰차 버린 사람이었다. 그런 여자의 피가 자신의 혈관을 흐른다고 생각하면 소름이 돋을 정도였다. 그리고 만일 승제가 그 사실을 알게 된다면······ 자신이 그렇게 증오하는 그 여자의 딸이 자신의 딸들을 돌봐주고 있다는 걸 알게 되면 어떻게 할 것인가! 은조는 승제의 말에 공포가 등 뒤에서 스멀스멀 올라오는 걸 느꼈다.

La Valse ...five

원래 경제의 목적은 사촌형네 집에 은조를 소개한 후에, 그 핑계로 은조에게 접근하는 것이었다. 원체 조용하긴 하나 끈질긴 것으로 따지자면 절대 승제 못지않은지라 그는 은근슬쩍 승제의 집에 자주 모습을 드러냈다. 오래 머물다 가는 것도 아니고 아주 잠깐씩 근처에 왔다면서 들렀다 가곤 했다.

처음에 은조도 자신에게 별말도 없이 예린, 예은과 좀 놀아주다 가는지라 처음엔 그냥 그런가 보다 했다. 하지만 그의 시선이 점점 자기에게 머무는 시간이 길어지고, 알 수 없는 침묵에 점점 부담스러워졌지만 쉽게 싫은 소리를 할 수가 없었다. 경제의 호의가 은근한지라 노골적으로 거절의 말을 할 수도 없었다.

차라리 대놓고 말해주면 좋을 텐데 그것도 아닌지라 은조는 경제의 태도에 은근한 스트레스를 받고 있었다.

도우미 아주머니가 예린이와 예은이를 잠깐 씻기는 사이가 은조의 저녁나절의 휴식 시간이기도 했다. 그때 경제가 예고도 없이 잠깐 들렀다.

"선배, 무슨 일이에요?"

"잠깐 얘기 좀 하자."

커피를 앞에 두고서도 그는 얘기를 못 꺼내고 뜸을 들었다. 은조는 그가 무슨 얘기를 할지 조용히 기다렸다. 그의 맑은 눈이 자신을 응시했다. 사촌형제지만 참 닮지 않았다 싶을 정도와 그와 승제는 달랐다. 승제는 제왕의 카리스마가 드러나는 크고 육중한 체격이었고, 경제는 서생같이 가냘프고 지적으로 보여 그와는 다른 모습이었다.

"나 곧 나가."

"아."

이게 이렇게 힘든 얘기였던가. 그가 오랫동안 유학을 준비한 것은 알고 있었다. 곧 독일로 갈 거라고 했다.

"너랑 같이 가고 싶다."

"네?"

은조가 놀라서 눈을 동그랗게 떴다. 같이 가고 싶다는 것은 프로포즈일까?

"나는 우은조가 그렇게 바보는 아니라고 생각하는데? 알면서 모르는 척하는 거겠지. 내가 어떤 마음을 품고 있는지 잘 알잖아."

경제가 차분하게 말을 이었다.

"무슨 마음이요?"

그러자 경제가 은조를 뚫어지게 바라봤다. 그 시선에 은조는 고개를 돌려 버렸다. 그런 은조의 옆얼굴을 바라보면서 경제는 홀린 듯이 바라보았다. 은조는 자신을 뚫어지게 바라보는 경제의 시선에 약간 볼을 붉혔다. 도대체 이런 자기의 뭘 보고 좋아하는 걸까 그는. 다른 생각을 하는 것처럼 눈도 마주치지 않은 은조를 보다 못한 경제는 약간 화가 나서 자신도 모르게 거칠게 말을 내뱉었다.

"널 좋아해."

은조가 고개를 숙였다. 이제 더 이상 마지노선은 없었다. 숙인 은조의 목덜미의 솜털에 손을 대고 싶은 걸 주먹을 꼭 쥐고 참았다.

"미안해요."

"알아."

눈도 못 마주치고 죄인처럼 눈길을 피해 버리는 은조가 지금은 미웠다. 큰 기대를 품고 찾아온 것은 아니었다. 마지막 한 번만, 부딪쳐 보고 포기할 심사로 확인차 온 것뿐. 은조가 자신에게 뭔가 기대를 했다면 지난 몇 달간의 구애에 뭔가 반응이 있을 터였다. 과연 우은조는 남자랑 손이라도 한 번 잡아봤을까?

"저 선배 무척 좋아해요, 인간적으로. 그런데 이런 건 생각해 본 적 없어요. 죄송해요. 게다가 제가 지금 이런 걸 생각할 만한 상황이 못 돼서요."

말은 이렇게 하는데 순간 아버지 얼굴이 아니라 승제의 얼굴이 스쳐 지나간 이유는 무엇 때문이었을까.

"알아, 나도 별 기대 품은 것도 아니었고 단지 가기 전에 마지막으로 확인해 보고 싶었을 뿐이야. 그러니까 너무 부담 갖지 마. 그리고 앞으로 몇 년 간 못 볼 테니 오히려 더 낫잖아?"

경제는 사람 좋게 그냥 웃으면서 오히려 은조를 위로해 줬다.

"할 말 다 했으니 그만 가봐야겠다."

"예."

가는 경제를 따라 문 앞까지 마중을 나와서 신발을 신는 경제를 지켜보았다. 갑자기 경제가 고개를 돌렸다.

"한 번만 안아보면 안 될까?"

"네?"

진지하게 말하는 경제 얼굴에 묘하게 승제가 겹쳐 보였다. 저 선배가 저런 표정도 짓는구나 싶어 은조는 조금 놀랍기도 하고 두근거리기도 했다.

"딱 한 번만 안아보고 싶다."

워낙 곱상한 외모라 그렇게 남자라고 느낀 적이 많지 않았는데 경제는 자기 생각보다 훨씬 남자였구나 싶었다. 고개를 살짝 끄덕이자 경제가 조금 긴장한 듯이 가슴이 좀 떨리더니 살짝 안았다 싶은 찰나 입술에 뜨거운 뭔가가 살짝 닿았다 떨어졌다. 금방 닿았다 떨어진 정도였지만 부드럽고 뜨거운 감촉에 은조는 가슴이 두방망이질을 할 정도로 화들짝 놀라 버렸다. 은조의 놀란 얼굴을 보면서 경제가 장난스럽게 웃었다.

"선배!"

"원래 법을 잘 아는 사람이 더 악용도 잘하는 거 몰라? 나 가볼게. 나오지 마. 언제 또 볼지 모르지만."

그 말을 한 경제가 웃으며 가는 걸 은조가 마중했다. 그런 경제 양옆으로 예린이 예은이가 언제 욕실에서 나왔는지 붙어서 종알거렸다. 은조는 혹시 애들이 보았을까 섬뜩했지만 예린, 예은 얼굴엔 아무런 기색도 없었다.

"삼촌, 오늘도 고모 만나러 온 거야?"

"응."

"삼촌, 고모 좋아해?"

"응. 아주."

"그럼 고모랑 결혼하면 되잖아."

예은이가 순진하게 말했다. 애들은 어떻게든 은조를 자기네 식구로 엮고 싶어했다. 종종 아빠랑 잘되기 바라는 듯도 싶을 때가 있었다.

"안 된대."

"왜?"

예린이마저 눈을 동그랗게 떴다.

"왜 안 돼?"

"고모가 삼촌을 안 좋아해서."

"아, 그럼 안 되지."

예린이가 납득했다는 듯이 고개를 끄덕였다. 옆에 있던 예은이는 아직 이해를 못한 모양인지 언니한테 이유를 물어보고 있었다.

"선배는 애들 앞에서 못하는 소리가 없어!"

은조가 결국 소리를 버럭 지르자 경제가 너털웃음을 지으면서 마저 예린이 예은이와 볼인사를 주고받은 뒤 저녁은 집에 가서 먹어야 한다고 가버렸다. 경제가 간 뒤에 예린이가 물었다.

"고모, 왜 경제 삼촌 안 좋아해? 결혼하면 좋잖아? 삼촌 잘생겼잖아."

"글쎄, 그건 고모도 잘 모르겠어. 고모 모르는 건 더 묻지 말기. 그런데 예린이 남자 취향은 경제 삼촌처럼 생긴 남자구나? 예린이 숙제 다 했어?"

은조가 질문을 돌려 버리자 예린이 깔깔거리며 웃었다. 그동안 자기에게 좋다고 접근한 남자가 없던 것도 아니었다. 하지만 이상하게 아무도 마음을 줄 수 없었다. 무엇이 문제인지 은조 자신도 알 수 없었다. 분명 자신의 부모님 일과도 관련이 있겠지. 하지만 그것보다 은조는 그렇게 쉽게 끝날 사랑을 믿고 싶지 않았다. 평생 갈 수 있을 정도의 믿음과 사랑이 충만한 그런 관계를 맺고 싶었다. 그런 환상적이고 완벽주의적인 관계를 바라는 것 자체가 가능한 것인지 가끔 자기도 불안할 때가 있었다.

간만에 일찍 와서 평소엔 은조가 해주는 예은이 잠자리 봐주기를 승제가 해주고 있었다. 은조한테 다 맡기기 미안해서 가끔은 승제가 이런 건 해주려 하고 있었다. 그림책을 읽어주기 전에 오늘은 뭐 했나 예은이에게 물어봤다.

"예은이 오늘은 뭐 했어?"

예은이 신이 나서 오늘 한 일을 이것저것 늘어놓다 생각난 듯이 한마디 덧붙였다.

"경제 삼촌이 왔는데 우리 목욕할 때 와서 얼굴만 봤어. 오늘은 놀아주지도 않고 그냥 갔어."

"경제 삼촌이 왔었어?"

승제는 깜짝 놀랐다. 경제가 자기 없을 때 집에 드나드는지 전혀 모르던 일이었다. 경제가 어떤 사람인지 익히 잘 알지만 어린 여자애들만 있는 집에 드나드는 것은 약간 꺼림칙했다.

"응. 근데 삼촌이 고모 좋아한다."

나온 것은 예상 밖의 말이었다.

"어떻게 알았어?"

"고모 좋아한다고 삼촌이 그랬는걸."

경제가 우은조에게 마음이 있었다는 걸 그제야 알았다. 그러고 보니 작은어머님이 경제 유학 가기 전에 선이라도 보게 해서 결혼시켜 내보내고 싶단 얘기를 한 게 기억이 났다. 경제가 극구 싫다고 했다지 아마. 이 녀석, 지 후배에게 마음이 있었구나.

"삼촌 자주 와?"

"어. 종종 와서 놀아주고, 고모랑 얘기 좀 하고 가."

그런데 왜인지 모르지만 기분이 그다지 좋지 않았다. 뭔가 걸리는 게 있었다. 분명하지 않은, 애매모호한.

"그렇구나. 아빠는 그런 것도 전혀 모르고 있었네."

그 뒤에 승제는 예은이에게 그림책을 세 권 읽어주었다. 예은이는 좋아하는 그림책을 고르기까지 했다. 이제 색도 바랜 쿠키몬스터를 안고 잠을 자기 시작한 예은이를 보면서 이불을 덮어주고 방에서 나왔다.

마침 은조도 예린이 숙제를 봐주고 내일 준비물과 과제물을 챙긴 뒤에 예린이 자는 걸 봐주고 나온 참이었다. 이미 열한 시가 다 되어 있었다. 하루 종일 애들과 씨름한 은조는 지친 기색이 역력했다. 은조가 어깨를 축 늘어뜨린 채 자기 방으로 돌아가려는 차에 승제가 불러 세웠다. 슬쩍 보니 승제 얼굴 표정이 그다지 좋지 않았다. 평소의 엄격한 표정에 뭔가 불쾌한 듯이 인상을 쓰고 있어서 약간 긴장이 됐다.

"은조 씨, 서재로 잠깐 와봐."

"네?"

그런 표정으로 바라보니 몸에 힘이 들어갔다.

"잠시 할 얘기가 있어."

"예."

승제 표정이 좋지 않아 은조는 좀 걸렸다. 아무래도 예은이가 경제가 왔다 간 걸 얘기한 게 아닐까 싶었다. 아니나 다를까, 서재에 앉자마자 그 얘기를 꺼냈다.

"오늘 경제 왔다 갔어?"

"네."

역시 말이 짧다. 올 게 왔구나 싶어서 그다지 놀랍지도 않았다.

"요즘 경제 자주 오나?"

"네. 몇 번 왔었는데요."

"그럼 나한테 보고했어야지."

그가 역정을 내자 은조는 좀 당황했다.

"연애 놀음은 밖에 가서 해. 애들 보는 앞에서 뭐 하는 짓이야!"

승제는 아무 말 없이 바닥만 내려다보는 은조를 보면서 속으로 씩씩거릴 뿐이었다. 처음 경제가 은조를 소개시켜 준다고 데리고 왔을 때부터 경제가 은조에게 마음이 있는 걸 은근히 눈치채고 있었다. 좋은 마음으로 두 사람을 지켜봐 줄 수도 있는 건데 왜 화가 나는지 본인도 이해가 가지 않았다.

은조는 뭐라고 변명을 하려고 입술을 달싹거리다 결국 엄격한 승제의 시선에 입을 다물고 말았다. 저 달싹거리는 붉은 입술이 자신에게 어떻게 보이는지 알고나 있는 걸까.

시간이 얼마나 빨리 지나는지 좀 더워졌다 싶으니 바로 예린,

예은의 방학이 시작됐다. 통학이 없어져서 조금 편해지긴 했지만 대신 아이들 시간표를 짜서 그걸 실행시키려고 하니 그것도 나름 힘들었다. 평소에 잘 못하던 예체능 과외에, 예린이는 다음 학기에 배울 과목들 선행학습에 박물관이니 이런 데를 챙겨 다니다 보니 꽤 바빴다. 그 와중에 승제 역시 바쁜지 정신이 없는 모양이었다.

"고모, 여름 방학 끝나기 전에 우리 바다라도 가야 되지 않아?"

그 말을 하는 예린의 입이 댓발은 나와 있었다. 같이 과외하던 친구인 희지가 식구들이랑 동남아 리조트에 놀러갔다 온 모양이었다. 예은이도 옆에서 같이 투덜거렸다.

"고모, 고모 우리도 어디 가자아. 아빠 왜 매일 사무실에만 나가나 몰라."

둘이 옆에서 같이 저녁을 먹다 말고 은조를 조르기 시작했다.

"알았어, 알았어. 아빠한테 고모가 말씀드려 볼 테니까 일단 밥부터 먹자."

그러나 얘기를 할 기회는 좀처럼 오지 않았다. 승제가 엄청나게 바쁜지 밤마다 야근을 하고 새벽같이 출근을 하는 통에. 심지어 집에 오지도 않고 근처 사우나에서 자는 날도 있어 집에 사람을 보내어 옷가지를 챙겨가기도 했다.

힘들게 2/4분기를 끝내고 난 뒤에 좀 한가해지려나 싶었는데 아나나 다를까, 예상치 못한 큰일이 생겨서 그거 막는 데 7월 한

달을 고스란히 바쳤다. 게다가 어떻게든 여름휴가를 써보겠다고 집에도 못 들어가고 미친 듯이 일을 했다. 에어컨을 세게 트는 사무실에서 막판까지 야근을 연달아 일주일을 했더니만 휴가가 시작되자마자 긴장이 풀렸는지 바로 냉방병에 걸려 버렸다. 침대에서 혼자 끙끙 앓다 힘들게 눈을 떴는데 일어나 앉는 것조차 힘들었다. 결국 테이블에서 핸드폰을 찾아 은조에게 전화를 했다. 그때가 거의 정오에 가까운 시간이었다. 새벽에 들어와 누워서 몇 시간을 잔 걸까.

"여보세요?"

막 아버지 병문안을 다녀와서 옷을 갈아입던 은조가 임승제라고 석 자가 핸드폰에 뜨자 무슨 일인가 싶어 전화를 받았다. 쌔근거리는 숨소리와 함께 평소보다 허스키한 승제 목소리가 들렸다.

[혹시 집에 해열제 있어?]

"네?"

놀라서 눈을 크게 뜬 은조 모습이 눈에 선했다.

[해열제.]

이 말만 하는 승제의 목이 쉬어 있는 게 전화상으로도 느껴졌다. 어디 아픈가 보구나.

"어디 안 좋으세요?"

[응.]

"지금 어디세요?"

[내 방.]

은조는 한숨을 쉬고 구급약장에서 해열제를 찾아 들고 물과 함께 승제 방으로 올라갔다. 사실 승제가 방 밖으로 나오지 않으면 승제가 집에 있는지 없는지조차 알 수 없었다. 이층에 따로 개인 공간을 갖고 있는데도 워낙 깔끔한 성격이라 집에 들어오면 자기 구두를 반드시 신발장 안에 넣었다. 그래서 새벽에 그가 집에 들어왔는지 아닌지는 그가 출근하려고 내려와야 알 수 있었다. 그러니 승제가 집에 있는지 없는지 은조가 알 턱이 없었다. 오늘도 일찍 나간 줄 알았다.

침실에 들어오긴 처음이었다. 언제나 볼일이 있으면 서재로 부르고 청소하는 도우미 아주머니도 일주일에 한 번 정도 침대 시트 갈고 청소하러 드나드는 정도였다. 앞에서 한번 심호흡을 했지만 가슴이 떨렸다. 독신남자의 침실에 과년한 처자가 들어서는데 안 떨릴 리가. 문을 똑똑 두들겼다.

"들어와."

평소보다 쉰 듯한 목소리가 힘들게 답했다. 조금 긴장한 손으로 문을 열고 들어갔다.

남자다운 방이었다. 한쪽 벽에 커다란 붙박이장이 있고, 사이드 테이블엔 책이 몇 권 굴러다니고 보기에도 꽤 비싸 보이는 오디오가 한쪽에 턱하고 자리 잡고 있었다. 그는 꽤 오래된 클래식 마니아라서 어린 딸들한테도 피아노와 바이올린 과외를 빼먹지 않고 시켰다. 그리고 본인도 어릴 때부터 첼로를 연주해

135

서 요즘도 종종 연주할 정도였다. 물론 은조는 그걸 들을 때마다 승제의 집안과 자신의 격차를 실감하곤 했다.

커다란 더블 매트리스의 침대에 이불을 뒤집어쓰고 누워 있던 승제가 힘들게 상체만 일으키는 게 보였다.

"그냥 계세요."

그러나 굳이 승제는 일어나 앉았다. 은조가 옆에서 약과 물을 건네자 약을 입에 물고 물 한 컵을 단숨에 비워냈다.

"물 더 드려요?"

가만히 고개만 끄덕였다. 어제 새벽에 인기척을 느꼈는데 그때부터 오후까지 이렇게 끙끙 앓은 모양이었다. 은조가 내려가서 부엌에서 차가운 보리차를 유리병에 담아서 갖다주자, 컵 가득 따르더니 한 잔을 다 마셔 버렸다. 그러고 보니 입고 있는 잠옷도 좀 젖어 있는 듯한 게 땀을 많이 흘린 모양이었다.

"배고파."

"네?"

"배고프다고. 집에 먹을 거 있어?"

그가 배가 고픈지 짜증난 목소리로 말했다. 투정 부리는 어린애 같았다. 들어와서 그 와중에 또 샤워하고 잤는지 머리는 삐죽빼죽해서 그답지 않게 헝클어져 있었다.

"죽이라도 끓여 드려요?"

그 말에 승제는 좀 겸연쩍어하면서도 고개를 끄덕였다. 꽤나 배가 고픈 듯도 했다.

"곧 끓여서 갖다드릴게요. 삼십 분쯤 걸릴 거예요."

아침에 한 밥에 냉동실에 있는 새우와 야채를 넣어서 간단하게 죽을 끓여서 갖다주자, 승제는 호호 불면서 한 그릇 후딱 비워 버렸다. 차가운 보리차를 들이켜는 걸 보고서 쉬라고 하고 나왔다. 서너 시간이 지나도 방에서 미동도 없기에 혹시 괜찮나 싶어 잠시 들여다봤다.

방 안의 그는 어린아이처럼 땀을 흘리며 자고 있었다. 은조가 다가가 이마를 살짝 짚어보니 열이 상당히 높았다. 안쓰러운 맘에 차가운 물수건을 갖고 와서 이마를 닦아주는데, 갑자기 그가 자신의 손을 낚아챘다. 순간 은조는 깜짝 놀랐지만 그는 잠결이었는지 은조의 손을 잡고 뭐라고 중얼거리더니 다시 잠에 빠졌다.

꿈에서 엄마를 간만에 봤다. 어머니가 아니라 엄마. 열이 나서 아프다고 칭얼거리는 승제의 이마에 차가운 물수건을 올려주면서 혀를 끌끌 찼다. 간만에 본 엄마가 너무 반가워서 엄마한테 어리광도 부리고 이런저런 얘기도 늘어놓았다.

승제가 깼을 땐 어두운 방이었다. 일어나려는 순간 뭔가 눅눅한 게 굴러 떨어졌다. 분명 차가웠을 법한 물수건이었다. 은조가 이마에 올려뒀었나 보다. 꿈에서 엄마를 봤던 생각이 나서 순간 울컥했다.

아무래도 땀을 많이 흘려서 그런지 잠옷이 눅눅하게 젖어 있었다. 열도 내린 듯싶어서 방에 딸린 욕실에 들어가 간단하게 샤워를 하고 나왔다. 상쾌한 기분으로 방 밖으로 나가자, 저녁을 먹고 있던 예린이와 예은이가 쫓아왔다.

"아빠, 집에 있었어?"

일부러 은조가 말을 안 한 모양이었다.

"아빠 어제 새벽에 들어와서 여태 잤다."

간만에 승제가 집에 있어서인지 애들이 방방 뛰었다. 이미 막 피아노 교습을 다 마친 예린이도 좋은지 드라이브 가자고 조르고 있는데 전화벨이 울렸다.

"네, 아버지."

딱딱한 얼굴로 전화를 끊은 승제가 애들을 둘러보며 말했다.

"애들아, 곧 할아버지랑 할머니 오신다고 하네. 그 뒤에 나가던가 하자."

그 말에 애들 표정이 우울해졌다.

승제는 한숨을 푹 쉬었다. 근처에 모임이 있어 왔다 잠깐 들러서 얼굴을 보고 간다는데 오면 할 얘기가 뻔해서 답답해졌다. 몇 년째 왜 재혼 안 하냐고 난리였다. 재혼해서 어서 손자 안겨 달라고 하는 얘길 한 지가 이미 몇 년째였지만 마이동풍으로 무시하고 있는 중이었다.

곧 초인종이 울리고 승제가 문을 열자 당당한 체구의 노인과 중년의 부인이 들어왔다. 노인은 이미 일하기 시작한 지 얼마 안 돼 얼굴을 본 터였다. 하지만 엄마 얼굴을 실제로 보는 건 처음이었다. 과연 자기를 알아볼까? 예린이와 예은이가 긴장한 얼굴로 인사했다.

일하는 아주머니는 이미 퇴근한 뒤라 은조가 차를 내오게 됐
다. 어른들이 마실 녹차와 예린이, 예은이 먹을 걸로는 간단하
게 과일 빙수를 만들어 내갔다. 아무래도 여름 들어서 둘 다 아
이스크림 노래를 불러댔지만 너무 달기 때문에 가급적이면 이
런 걸로 대신하려 하고 있었다.

예린이랑 예은이는 예쁜 컵에 담긴 빙수를 보고 좋아라 덤볐
다. 은수저를 하나씩 든 예쁜 소녀들은 작은 새처럼 지저귀며
할아버지 할머니를 보고 긴장한 걸 좀 풀었다. 일부러 은조가
백화점에 가서 예쁜 그릇과 은수저를 사서 선물로 안겨준 뒤로
그 둘은 그 그릇만 보면 좋아서 어쩔 줄 몰라 했다.

"고모, 나도 저거 주면 안 돼?"

승제가 딸들 먹는 게 부러웠는지 갑자기 은조를 불렀다. 요즘
들어 승제도 은조한테 고모라고 부르고 있었다.

"예, 조금만 기다리세요."

잠시 후에 은조가 승제용으로 곱게 간 얼음에 녹차 가루를 뿌
리고, 팥과 과일을 넣은 걸 갖고 왔다. 접시를 놓고 들어가려는
은조를 노인이 잡았다.

"아가씨도 저쪽에 앉지?"

"예."

은조가 예린이와 예은이 옆에 얌전하게 앉았다. 어머니를 실
제로 보는 것은 처음이었기에 눈이 그쪽으로 가려고 하는 걸 억

지로 다잡고 아래로 내리깔았다.

"그나저나 아가씨 이름이 뭐라고요?"

나진희 여사가 어디서 많이 본 은조 인상이 눈에 거슬렸는지 슬그머니 물어왔다.

"우은조요."

그 말에 나진희 여사의 보톡스를 맞아 탱탱한 이마가 살짝 올라가는 걸 은조는 놓치지 않았다. 아마도 뭔가 기억해 낸 듯싶었다.

승제의 아버지는 전에는 손녀들이 애들답지 않게 가라앉아서 눈치 보는 게 마음에 안 들더니 행복한 작은 새처럼 조곤조곤 방학 동안 한 일 얘기를 늘어놓는 모습을 다행이구나 싶었다. 새로 온 아가씨는 이 자리가 불편한지 멍하니 탁자만 들여다보고 있었다. 역시 옆 모습이 누군가를 닮았다. 하지만 그게 누구인지는 여전히 기억이 나질 않았다.

"요즘 승제가 많이 바쁘다면서?"

"저야 뭐 늘 그렇죠."

나름 나 여사가 다정한 척 말하자, 승제가 덤덤하게 받았다.

"그나저나 너 얼굴이 왜 그 모양이냐?"

노인이 승제 얼굴을 유심히 보고 있다 혀를 끌끌 찼다.

"여름 감기에 걸렸어요."

승제가 아무렇지 않은 듯 답했지만 노인은 이맛살을 찌푸렸다.

"너도 이제 젊은 나이 아니니 몸 관리를 잘해야지. 쯧쯧. 이럴 때 돌봐주는 부인이라도 있음 오죽 좋아!"

"그러게 말이에요. 승제만 괜찮다면 내가 좋은 처자를 알아봐줄게."

"저놈 기다리다가 내가 먼저 가겠어. 빨리 좋은 혼처 자리 알아보던가 해야지."

은조는 그네들이 얘기하는 걸 그냥 멍하니 듣고 있었다. 그러면서 슬그머니 승제를 관찰했다. 승제의 무덤덤한 표정이 〈좋은 처자〉라는 말이 나오자 불쾌한지 슬쩍 이마에 주름을 잡을 정도로 찡그리는 걸 보았다. 대놓고 화를 내는 대신 아예 저렇게 무시하는 모양이었다. 잠시 집 안에 정적이 흘렀다. 그게 불편했던지 나진희가 그녀에게 관심을 보이는 척했다.

"아가씨 나이가 어떻게 되나요?"

기묘하게 흥분해서 톤이 높아진 새어머니의 목소리에 은조가 작은 새처럼 낭랑하게 답했다.

"스물다섯 살이요."

이제 빼도 박도 못하고 자기가 누구인지 알았을 것이다. 뭔가 더 물어보고 싶겠지. 하지만 남편과 의붓아들 눈치가 있으니 더 묻지는 못하고 그냥 아무렇지 않게 모른 척하려는 게 눈에 보였다.

아버지가 새장가를 든 지 벌써 이십 년 가까이 됐건만 그는 여전히 새어머니가 불편하기만 했다. 아버지가 죽은 본처 사망 신고하기 무섭게 호적신고부터 하고 집에 여자를 데리고 온 순간, 아니, 어머니가 아파서 병원에 있을 때 여자 향수 냄새를 묻히고 올 때부터 그는 아버지에 대한 원망을 차근차근 쌓아갔다. 그래서 자기와 같은 고통을 딸들에겐 물려주고 싶지 않아서 성격이 맞지 않는 부인을 꾹 참고 살았을는지도 몰랐다.

진희는 전처가 낳은 아들에겐 요만큼의 관심도 없었다. 들어와서 늦둥이를 낳자고 아버지를 들볶은 모양인데 의외로 아버지는 꼿꼿하게 절대 안 된다고 반대를 하더니만 아예 정관 수술을 해버리는 걸로 새어머니에게 강한 엄포를 놓았다.

아마 이 자리도 아버지가 가자고 해서 예의상 따라 나온 모양인데 의외로 은조에게 관심을 보이는 게 좀 의외다 싶었다. 애들도 할머니는 어려워하고 좀 무서워해서 절대 근처에 가지 않는 편이었다. 저런 여자에게 모성애라는 게 있을까 싶을 정도였지만 아버지에게 하는 것을 보면 설탕처럼 달콤하기만 했다. 하지만 저 여자를 볼 때마다 죽은 어머니의 창백한 낯이 떠올라서 승제는 가슴이 무거웠다. 아버지가 집에 들어와 살자고 하는 거 끝까지 싫다고 우기는 건 아마도 저 여자가 보기 싫어서였다.

은조 역시 슬며시 처음 보는 어머니와 승제, 그의 아버지를 관찰했다. 승제는 싫다 좋다 내색조차 없는 표정이 가면을 쓴 것처럼 무덤덤했다. 하지만 그의 눈에 내보이는 것은 경멸이었다. 등골이 오싹할 정도의 증오와 함께. 그런 눈길을 받아내며 앉아 있는 게 저 여자는 어떻게 가능하단 말인가. 자기라면 바로 도망갈 텐데.

"흠흠, 간만에 어디 가서 식사나 같이 하자."

그 말에 예린이와 예은이 표정이 확 구겨졌다. 아빠랑 고모랑 넷이서 드라이브 나가서 예쁜 카페에 가려던 차였기에 할아버지 제안이 별로 마음에 안 들었던 것이다. 할아버지는 무섭고 어렵기만 하고, 할머니는 근처에도 못 갈 정도로 무서워하는 두 자매였다. 승제가 예은이의 울먹거리는 표정을 봤는지 분위기를 잡았다.

"이미 저희는 저녁 먹었어요."

"그래?"

그 말에 실망한 표정을 짓긴 했지만 예은이의 풀리는 표정을 보더니 할아버지도 어쩔 수 없었는지 고개를 끄덕였다. 이십 년이나 됐는데 여전히 이 모양이었다. 아들이랑 현 부인의 관계는. 며느리가 있을 때도 다르지 않았다. 아들은 아직도 자기를 용서하지 못한 모양이었다.

아버지 내외를 마중한 후 간만에 딸들을 데리고 나간 그는 어디로 갈까 하다 삼청동으로 갔다. 전에 그 근방에서 괜찮은 레스토랑에 갔던 기억이 났다. 누구와 함께였더라. 회사 회식이었던 듯싶다. 아마 그런 데 밝은 한수정이 제안했던 것 같은데.

자리에 앉아 차와 케이크를 주문하고 났을 때 저쪽에 낯익은 사람 둘이 보였다. 그쪽에서도 그들을 알아본 모양인지 일어나더니 그에게 다가왔다. 수정과 같이 일하는 정 변호사였다. 정

주승은 들어온 지 몇 년 된 변호사로 아직 독신이었다. 아마 수정과 비슷한 또래일 터였다.

"임 변호사님 여기 웬일이세요?"

수정이 그를 보고 반가워서 아는 척했다. 주승 역시 학교 선배이자 한참 위의 고참인 그에게 인사차 왔다 은조를 보고 놀란 목소리로 그녀의 이름을 불렀다.

"우은조?"

그러고 보니 주승은 자신의 과 후배기도 했다. 아마 은조보다 몇 학번 위일 터였다. 그제야 수정이 은조를 돌아봤다. 처음엔 누군가 싶어, 혹시 승제가 데이트하는 여자라도 되나 싶어 경계하는 눈초리였다. 예전에 봤을 때 두꺼운 안경을 쓰고 있다 벗어서 그런지 못 알아본 모양이었다.

"여기 웬일이야?"

"요즘 임 변호사님 댁 애들 돌봐주고 있어요."

은조가 덤덤하게 말했다. 사실 자존심 상할 터였다. 은조보다 몇 살 위였더라. 그가 군대 다녀오고 복학해서 학교 다닐 때 워낙 까마득한 후배라 그냥 이름만 아는 정도였다. 몇 년 전에 사시에 합격해서 큰 로펌에서 변호사로 일한단 얘기는 들었던 것 같은데 그게 승제와 한 회사인 줄은 모르고 있었다. 변호사 딸들 유모나 하는 자신의 초라한 신세와 비교하고 싶지 않았다. 원망 같은 것은 더 더욱. 그럼 더 비참해지니까.

한수정은 깜짝 놀랐다. 전에 지나가면서 봤을 땐 별것 아니었던 것처럼 보였던 여자가 안경을 벗으니 저런 미인일 줄이야. 게다가 주승과 아는 척하는 걸로 봐선 같은 대학 출신인 모양이었다. 예상 밖의 일에 수정은 저 여자를 만만하게 볼 게 아니란 생각을 했다. 게다가 하필 여기서 주승과 같이 있다 만나게 될 줄이야.

앞에 서 있는 화장을 곱게 한 여자를 바라봤다. 전에도 보았지만 도회적인 인상과 화려한 차림이 아마 예린 엄마가 살아 있었다면 이런 스타일이 아니었을까 싶은 사람이었다. 정리가 잘 된 세련된 단발머리에, 심플한 다이아몬드 귀걸이와 목걸이 세트에, 금속으로 된 시계, 하얀색 마직 원피스까지 세련된 차림이었다. 시원시원한 화려한 이목구비까지 갖추었다.

"너 휴학하고 일한다는 얘기는 들었다만……."

주승이 좀 안타까운지 혀를 끌끌 찼다. 대학 때 그렇게 친하게 지낸 선배도 아니었고 워낙 과에 사람이 많아서 은조가 눈에 확 띄는 것도 아니었을 텐데 자신을 기억할 줄은 몰랐다. 은조는 별것 아니라는 듯이 그냥 웃을 뿐이었다. 그에게 대고 자신의 구구절절한 이야기를 늘어놓을 수도 없는 노릇 아니겠는가.

수정이 눈치를 보다 뭔가 마땅찮았는지 갑자기 화제를 돌리기라도 하듯 생긋 웃으며 말을 걸었다.

"합석해요, 임 변호사님."

수정이 달라붙으려 들자 승제는 난처했다. 한 변호사가 업무 외의 관계로 자신을 보려고 한 지 좀 됐다. 그는 여자에게 일절 마음도 없을뿐더러 수정 같은 여자는 그다지 좋아하지 않았다. 만일 자신이 평범한 회사원이었다면 수정이 관심을 표했을까? 승제는 자신이 큰 법무법인 대표의 아들이기 때문에 그녀가 관심을 갖는 거라는 걸 직감적으로 알았다. 그가 만난 여자 대부분이 그랬듯이. 그리고 앞에 서 있는 주승 표정도 그다지 좋지 못했다. 수정에게 마음이 있는 게 분명한데 수정이 이런 식으로 그에게 달라붙으면 저 후배에게 좀 미안해졌다.

"간만에 애들 데리고 나온 거라 좀 힘들 것 같은데."

승제가 애들 핑계를 대면서 점잖게 거절했다.

"뭐 어때요? 괜찮지 예린이도?"

예린이가 별로 마음에 안 드는지 살짝 인상을 썼다. 그 순간 예은이가 포크로 티라미슈를 잘라서 집으려고 했는데 아직 힘이 약해서 그런지 포크가 미끄러지면서 그만 잘못해서 케이크 조각을 미끄러뜨리면서 수정의 옷에 날아가 튀었다. 날아간 케이크 조각이 수정의 하얀 옷에 부딪치자 예은이 깜짝 놀라 울 것 같은 표정이 됐다. 예은이는 무슨 실수만 하면 무조건 울려고 해서 요즘 은조가 그 버릇을 고치려고 무지 노력하고 있었다.

"예은아! 괜찮아, 괜찮아."

은조가 잽싸게 달래기 시작했다. 울려고 볼이 부풀었던 예은이 조금 진정이 되고 은조가 냅킨으로 눈가에 맺힌 눈물을 닦아주었다. 하지만 수정은 그게 아니었던 모양이다. 냅킨으로 거칠게 초콜릿 얼룩이 묻은 원피스를 닦으면서 화를 냈다.

"괜찮긴 뭐가 괜찮아요? 애가 잘못했으면 혼내야죠!"

수정이 앙칼지게 말하자 승제가 당황했다.

"애들한테 너무 오냐오냐하는 거 아니에요?"

"수정 씨, 내가 사과할게. 예은이가 아직 손목 힘이 약해서 종종 이러거든. 세탁비 내가 따로 줄 테니까 너무 화내지 마요."

승제가 이렇게 나오자 수정이 애 앞에서 화는 더 못 내고 기분은 꽤 상한 눈치였지만 승제 눈치가 있어서인지 별 화도 못 내고 가버리더니만 바로 계산하고 가게를 나갔다. 옆에서 주승이 당황한 눈치로 잽싸게 따라나갔다.

그날 밤 샤워하고 옷을 입을 때 문득 자기 얼굴에 낮에 본 나 여사의 얼굴이 투영됐다. 자신도 나이 들어 그 나이가 됐을 때 그렇게 될까. 무척 많이 닮았다고 했다. 큰엄마 말에 따르면 오히려 은조가 훨씬 예쁘다고 했다. 키는 은조가 훨씬 큰 편이었다. 나 여사는 키는 그다지 크지 않아서 155㎝ 정도가 될까 말까였다. 반면에 은조는 165㎝ 정도에 팔다리가 길어서 좀 더 시원해 보이는 인상이었다. 게다가 나 여사는 눈매가 약간 치켜 올라가서 어떻게 보면 좀 독해 보이는데 반해 은조는 눈매가 약간 처져서 좀 더 순해 보이는 인상이었다. 게다가 은조의 차분해 뵈는 표정에 지성미가 엿보이기까지 했다. 나 여사가 입술이 아기 입술처럼 자그마한 편이라면 은조는 아빠를 닮아서인지 입술이 좀 더 도톰하고 큰 편이었다.

이렇게 거울을 보면서 자기 얼굴을 뜯어보니 많이 닮은 듯도 하고 아닌 듯도 하고 잘 모르겠다 싶었다. 하지만 분명 다른 것은 자신은 그런 인생을 절대 살지 않을 것이라는 점이었다.

왜 임씨 부자가 자신과 나 여사의 관계를 전혀 의심하지 않는지 알 수 있었다. 처음에는 들키는 게 아닌가 싶어 조금 조마조마했는데 막상 만나 보니 인상이 많이 달랐다. 분명 좀 비슷해 보일 수 있겠지만 세상에 그 정도 닮은 사람들은 얼마든지 있지 않은가.

은조는 그녀가 자기를 알아봤을까 궁금했다. 하지만 다음날 바로 나 여사의 전화가 왔다. 거실에서 곧 올 예린이 예은이 맞을 준비에 한창이던 은조가 전화를 받았다.

"예, 한남동입니다."

[우은조 씨 부탁합니다.]

높은 톤의 고상해 뵈는 목소리였다.

"네, 전데요."

이미 목소리 듣는 순간 누구인 줄 알았지만 은조는 전혀 내색하지 않고 시치미를 뗐다.

[아래 와 있다. 잠시 내려와.]

일방적으로 말하고 끊었다. 그냥 있을까 싶다가 안 그러면 전화가 계속 와 닦달할 걸 생각하니 피곤해졌다. 아래층으로 내려가니 나 여사의 하얀 벤츠가 보였다. 남한테 과시하는 듯한 큰 차 안에 나이에 맞지 않게 화려한 선글라스를 끼고 성장을 한

나 여사가 앉아 있었다. 한 장만 남아 있는 사진으로 볼 때엔 굉장한 미모였던 것 같은데 지금은 어딘가 모르게 흉측해 보였다.

"왜 여기 취직한 거야? 나 미치는 거 보고 싶어서 그래?"

나 여사가 은조가 앉자마자 소리를 버럭 질렀다. 생각 같아선 머리를 쥐어뜯고 싶은 모양이었다. 은조는 속으로 웃었다. 아빠가 아팠던 것처럼 당신도 아파봐, 라고 마음 같아선 외치고 싶었다.

"죄송한데 예린이 할머님, 무슨 말씀하시는 건가요?"

은조가 모르는 척 시치미를 뗐다.

"전화에서 대뜸 아래 와 있다고 해서 잘못 걸려온 전화인가 했다가 제 이름을 정확하게 말씀하셔서 내려오긴 했습니다만, 무슨 용건이신지요?"

은조의 또박또박한 항변에 나진희는 붕어가 입에 거품이라도 물듯이 입을 뻐끔거렸다.

"너, 너…… 너네 아버지 우성원 맞지!"

이제 거의 소리를 지르다시피 하고 있었다. 히스테리의 극에 몰려 얼굴이 점점 추악해지는 걸 보면서 은조는 희열을 느꼈다.

"네, 우성원 씨 맞는데요. 누구신지 남의 아버님 이름을 함부로 부르시나요?"

그 말에 잠시 나진희의 기가 죽었다. 차마 자기도 본인이 은조를 낳았다고 말할 수는 없는 모양이었다.

"너 내가 누군지 알지?"

"네, 대충 알 것 같긴 합니다만."

은조가 여유있게 답해줬다.

"너, 왜 여기에 있는 거야! 응?"

거의 은조 목덜미를 잡고 흔들 기세였다.

"몰랐어요."

은조는 아무렇지 않은 듯 거짓말을 했다. 일부러, 다 알고서 오지 않았던가. 나 여사가 화를 내는 게 더 보고 싶었다.

"뭐?"

차 안은 나 여사의 진한 향수 냄새로 답답할 정도였다. 붉은 립스틱을 꼼꼼하게 바른 입은 마치 뭔가 집어삼킬 것처럼 말미잘같이 움직였다.

"몰랐다고요."

은조는 아무렇지 않은 듯 무심하게 답했다.

"알았으면 당장 관둬."

나 여사가 당연하다는 듯이 말했다. 당연히 이 말이 나올 줄 알고 있었는데 놀랄 이유도 없었다.

"못 그래요."

"왜?"

눈매가 매섭게 올라갔다. 주름살 제거 수술을 받은 흔적이 고대로 드러나는 것 같아 은조는 사실 조금 웃기단 생각마저 들었다.

"돈 때문에요."

아무렇지 않게 말은 했지만 내뱉는 동시에 씁쓸해졌다. 정말 돈 때문에 여기에 있는 거야? 그것은 결코 아니었다.

"돈은 내가 얼마든지 줄 수 있어!"

자신만만한 그녀의 말에 뭔가 울컥 올라왔다.

"이미 받았어요."

"뭐?"

"이미 받은 게 좀 많아서 못 그만둬요. 그리고 그만두고 나선 뭐 먹고 살라고요? 아버지 병원비도 있는데."

은조가 당당하게 말하자 여자가 풋 하고 비웃었다.

"이제 아프기까지 하니 너네 아버지? 가지가지 하네."

여태까지 잘 참았는데 그 말에 머릿속의 퓨즈가 나가 버리는 것 같았다. 이 여자가 지금 아버지를 두고 이런 비아냥을 할 권리가 있던가!

"네, 가지가지 하시고 계세요. 보톡스론 성에 안 찼나 보네요. 거기서 조금만 더 올리면 눈이 눈썹에 가 붙을 것 같아요."

은조가 아무렇지 않게 나 여사의 성형을 비꼬자 그녀의 얼굴이 울긋불긋해졌다. 화가 얼마나 났는지 입만 벙긋거리는 붉은 입술을 바라보며 은조는 비꼬는 어조로 말을 내뱉었다.

"당신 남편한텐 입도 벙긋 안 할 거니까 여기 다시는 찾아오지 마요. 그깟 돈 얼마 되지도 않은 거 갖고 유세 부리지 말고요."

그 말을 하곤 그대로 차에서 내리면서 조용히 한마디 덧붙였다.

"사람이 늙으면 그간 산 게 얼굴에 나타난다는데 그 말이 맞는 것 같아요. 앞으로 마음 좀 곱게 쓰고 사세요. 영감님 가고 난 뒤에 그 자식 얼굴 어떻게 보고 살려고 그래요?"

차에서 내리고 엘리베이터로 다가갈 때 얼핏 승제의 차가 주차돼 있는 걸 본 듯도 싶었다. 하지만 이 시간엔 승제가 퇴근할 시간이 아닌지라, 같은 차겠거니 싶어 그냥 지나쳤다. 게다가 지금은 어머니 생각만으로도 머릿속이 복잡했다. 생전 처음 단둘이 만났는데 이런 얘기가 오갈 줄이야.

왜 저 여자는 자기가 이 집안에 있는 걸 저렇게 불편하게 여기는 걸까? 뭔가 이유가 있는 게 불편했다. 혹시 전에 딸 낳은 걸 알리지 않은 걸까? 이미 몸에 표가 날 텐데 숨긴다고 숨겨지나.

나 여사의 차가 빠져나가기 무섭게 저쪽 한쪽 주차장에 주차돼 있던 차에서 승제가 핸들을 쾅 하고 쳤다. 집에 놓고 간 서류가 있어서 가지러 온 승제는 차를 주차하려는 순간 새어머니의 차가 들어오는 게 보였다. 그녀가 무슨 일로 온 것인지 궁금하던 차에서 은조가 내려오는 게 보였다. 차분하게 새어머니의 차에 탄 은조는 그녀와 잠깐 얘기를 하고 나서 집으로 올라가는 걸 보면서 뭔가 의아했다. 둘이 처음 만난 사이가 아닌 것은 확실했다.

왜 우은조가 새어머니와 만나고 있었던 걸까? 그렇다면 우은조를 이 집에 들여보낸 것은 새어머니인 걸까? 그녀가 새어머니의 측근이었던가? 그녀를 이 집에 들여보낸 새어머니의 의도는

무엇일까? 아버지의 병 때문에 돈이 필요했다고 말하는데 그 말
도 사실인 걸까? 왜 무턱대고 믿었을까? 자기도 생각해 보면 허
점이 많았다. 그냥 경제 말만 믿은 게 아닐까? 사실 경제도 그녀
에 대해 잘 모르고 있는 것 아닐까? 어쩌면 경제도 자신처럼 이
용만 당하다 채였을 수도 있었다.

　이런 복잡해져 오는 생각들을 떨치듯이 차에 시동을 걸고 다
시 회사로 돌아갔다. 돌아가는 내내 머릿속이 복잡했다. 원래
그 서류가 꼭 필요한 것은 아니었다. 비서를 보내거나 퀵서비스
를 보내도 될 것이었다. 하지만 은조가 왠지 얼굴 한 번이라도
더 보고 싶어서 그 핑계로 회사를 나와서 애들이랑 점심이나 먹
고 들어갈까 했던 것이었다.

　그날 오후 내내 일이 손에 잘 잡히지 않았다. 하지만 그는 프
로였다. 그런 마음을 다잡고 일부러 골치 아픈 사건에 매달리려
고 애쓰고 남들이 퇴근할 때까지 일을 해치웠다. 예전에 부인이
술을 마시기 시작할 때 일부러 어려운 공부에만 신경을 쓰곤 했
다. 복잡한 일에 대해 생각하기 싫어서. 퇴근 시간이 한참 지났지
만 여전히 집으로 가기 싫었다. 누군가 불러내서 뭔가 얘기라도
하고 싶었다. 하지만 은조에 대해선 아무에게도 얘기할 수 없었
다. 가슴속 가득 채우는 무거움과 의심과 불안이 너무나도 무겁
게 느껴졌다. 승제는 낯선 감정에 어쩔 줄 몰라 하며 단골 바에
키핑해 놓은 술을 생각하면서 사무실을 나서는 수밖에 없었다.

La Valse ...six

낮에 나 여사가 왔다 간 뒤에 평소처럼 예린이, 예은이 뒤를 쫓아다니면서 낮의 생각을 떨쳐 버리려고 했다. 분했다, 진심으로 분했다. 그 여자는 그렇게 잘사는데 아버지는…… 그런 생각을 하다 깜빡 잠이 들었는데 깬 뒤에 다시 잠이 오지 않았다. 그냥 멍하니 누워 어두운 천장을 바라보다 보니 갑자기 오늘따라 변호사님도 늦게 들어오는 게 걸렸다. 자기가 왜 그 사람 걱정을 하는지 모르겠단 생각을 하면서 머리를 흔들곤 일어나 앉았다.

냉장고의 우유나 전자레인지에 데워 먹을까 싶어 부엌으로 가던 중 거실 소파를 우연히 보고 깜짝 놀랐다. 들어온 줄도 모르고 있었던 승제가 거실 소파에 널브러져 있었던 것이다. 혹시 계속되는 야근으로 쓰러진 게 아닐까 싶어 다가가 보았다.

언제나 단정하던 그가, 배스가운만 입은 채 소파에 누워 있는 게 보였다. 언제나 집 안에서도 단정하게 입고 있던 그로서는 어지간해선 없던 일이었다. 속에 속옷만 있었는지 단단해 보이는 허벅지가 드러나자 은조는 황망히 시선을 돌렸다.

"괜찮으세요?"

그러나 그는 잠시 아무 말이 없었다. 더욱 걱정이 된 은조가 더 다가가자 어두운 조명 아래 그가 눈을 뜨고 허공을 바라보고 있다 은조 쪽으로 시선을 돌렸다. 평소와는 다르게 시선이 묘하게 풀려 있었다. 근처로 다가가는 순간 술 냄새가 확 났다. 보통 이렇게까지 마시질 않기 때문에 좀 이상한 일이다 싶었다. 그러고 보면 그의 아내 기일이 이맘때쯤인 듯도 싶었다. 요즘 들어 좀 우울한 듯한 예린이 때문에 은근히 신경 쓰고 있었는데 아무래도 그 일 때문인 듯했다. 내일 뭔가 기분이라도 풀어줘야겠다 싶었다.

"술…… 드셨어요?"

은조가 조심스레 물었지만 그는 대답하지 않았다. 오히려 그 기묘한 눈의 광채가 짙어졌다. 그가 자신의 방만한 자세를 그제야 깨달았는지 일어나 앉았다. 샤워한 지 얼마 안 됐는지 축축한 머리가 이마에 내려와 있었다.

"들어가 주무세요."

은조가 재촉했지만 그는 아무 말 없이 그녀를 날카로운 시선으로 바라볼 뿐이었다. 은조는 그 시선을 마주하지도 못한 채 고개를 돌려 버렸다. 잠시 후 아무 말 없던 그가 갑자기 갈라진 목소리로 말했다.

"물 좀 갖다줘."

뭔가 평소와는 달리 기묘하게 거친 말투였다. 술에 취해 그러겠거니 싶었다. 뭔가 신경을 건드리는 게 있었지만 은조는 애써 무시했다. 점잖은 그가 자신에게 어떤 해를 끼칠 리 없다고 믿고 싶었다.

"네?"

은조가 놀라서 반문했지만 그는 그냥 소파 등받이에 기대어 있을 뿐이었다.

"물."

그 짧은 말에 은조가 부엌에 가서 잽싸게 정수기의 차가운 물을 갖고 왔다. 냉장고 디스펜서에서 얼음도 몇 알 떨어뜨려서. 급한 마음에 쟁반에 컵을 갖고 가는 것마저 잊어서 컵을 손으로 쥐어주어야 했다. 컵을 주고받는 와중에 손끝이 슬쩍 차가운 컵을 사이에 두고 마주쳤다. 화들짝 놀란 은조가 놀라서 잽싸게 손을 뺐다. 승제는 잠시 컵을 바라보더니만 단숨에 들이켰다. 옆에 서 있던 은조가 잽싸게 컵을 받았다.

"더 드려요?"

말 대신 고개만 끄덕거렸다. 은조가 긴 머리를 날리며 종종걸음으로 부엌에 가는 게 어슴푸레 보였다. 헐렁한 목이 늘어난 티셔츠 사이로 나와 있는 하얀 목과 가느다란 팔이 왜 이렇게 애처롭게 느껴지는 것일까. 낮에 새어머니와 만나고 있던 것만 생각하면 가슴속 깊은 데 꾹꾹 눌러놨던 감정들이 폭발할 것 같았다. 손댈 수도, 가질 수도 없어 바라만 보던 사람이, 자기가 생각했던 그런 사람이 아니라는 실망감과 분노가 이루 말할 수가 없었다. 누군가에게도 말할 수 없어서 더욱 괴로운 시간이었다.

평소처럼 한두 잔이 아니라 폭음을 하다시피 마시고 나니 꽤 늦은 시간이었다. 집에 들어와 일단 샤워한 후에 술이 조금 깨고 나니 또다시 가슴속의 묵은 분노와 상처가 새삼 또 다가왔다. 화를 낸다고 뭐가 달라지는 걸까. 대충 진열장에 있는 술과 얼음을 침실에 갖다 놓고 마시기 시작했다. 마음을 가라앉히려고 음악까지 들으면서 술을 마셨다. 잘 피우지도 않는 담배 생각마저 나서 선물용으로 사다 놓은 시가까지 한 대 피웠다. 독한 시가 향을 타고 잡념이 사라지길 기대하면서. 그러다 냉수 한 잔 마시려고 내려왔다 그냥 거실 소파에 비틀거리며 가 앉았던 것이다.

은조가 갖다주는 냉수를 마시면서 이성적으로 생각하려고 애썼다. 하지만 앞에 서 있는 가녀린 몸에서 나오는 체취에 정신이 자꾸 어디론가 나가 버릴 것 같았다. 이대로 있다간 큰일나겠단 생각에 은조에게 물컵을 주고 벌떡 일어났다.

그때, 돌아서서 부엌으로 가려던 은조 몸에 우람한 몸이 그대로 부딪쳤다. 생각보다 많이 마셨는지 승제가 술 기운을 못 이기고 비틀거렸던 것이었다. 가녀린 몸에 부딪치는 순간 좀 전부터 괴롭히던 달콤한 냄새와 따뜻한 몸이 전류처럼 와 닿았다. 말랐다고만 생각했는데 그 유연하고 부드러운 몸에 순간 이성이 전깃불이 퓨즈가 나가면 꺼지듯이 그렇게 순식간에 사라져버렸다.

그가 비틀거린다 싶어 부축해 주려는 그 순간, 억센 손길이 은조를 거칠게 잡아끌었다. 깜짝 놀라 비틀거리며 그의 품에 끌려가 안겼다. 깜짝 놀라 눈을 들어 올려다보다 그와 눈이 마주쳤다. 안경도 쓰지 않은 그의 형형한 핏발이 선 눈빛에 고개를 돌리려 했다. 인상을 써서 이마에 생긴 주름살이 왠지 애처로워 보였다. 그는 뭔가 할 말이 있는지 입술을 달싹거리다 도로 다물어 버렸다.

왠지 모르게 그의 흘러 내려온 젖은 앞머리를 쓸어 넘겨주고 싶었다. 저도 모르게 손이 나가 그의 머리카락을 뒤로 넘겨주었다. 그 순간 시선이 좀 더 진해지고 은밀한 것으로 바뀌었다. 이것은 무의식적인 YES나 마찬가지였다. 그가 하려는 게 뭔지 모를 리가 없는데도 불구하고 자신도 모르게 이렇게 돼버렸다. 언제부터 그에게 여자로 보였음 하는 은밀한 소망을 갖게 된 걸까. 아침마다 출근하는 그의 넓은 등을 보면서, 한여름의 헛된 백일몽이라고만 생각했던 게 현실이 되려 하고 있었다.

그의 욕망 어린 거친 시선을 은조가 그대로 고스란히 받아내
자 그는 목 뒤에 손을 넣어 고개를 고정시키곤 그대로 얼굴을
내려 버렸다. 뜨거운 손이 목 뒤에 와 닿자 은조가 놀랐는지 약
간 멈칫하면서 아 하고 입술을 살짝 벌렸다. 그 순간 뜨거운 입
술이 그대로 은조의 입술을 삼켜 버렸다. 그녀가 놀라서 숨을
헉 들이키자마자 부드러운 입술을 날카롭게 가르며 들어온 혀
가 그대로 온 입 안을 약탈했다. 그의 날카로운 혀는 그녀의 입
안을 자유롭게 유영하며 도망가려는 작은 혀를 감아올리며 이
빨로 입술을 자근자근 물었다. 그리곤 소극적으로 반쯤 벌리고
입술을 목을 기울여 좀 더 벌려 버렸다. 그냥 그가 시키는 대로
입술을 벌려주고 있을 뿐 은조는 눈을 꼼 감고 그에게 기대 있
을 뿐이었다.

그의 단단한 몸은 거의 감싸 안듯 그녀를 안고 있었다. 하지
만 그녀는 그에게 몸이 닿는 것도 긴장이 되는지 두 주먹을 꼭
쥐고 기립한 것처럼 서 있었다.

승제는 가슴에 와 닿는 부드러운 살의 감촉을 좀 더 느끼려는
듯 으스러질 듯이 은조의 몸을 안고 그녀의 입술을 마음껏 맛보
았다. 하지만 그럴수록 머릿속의 욕망은 좀 더 커질 뿐이었다.
뭔가 점점 앞으로 나아갈수록 욕심은 커져 갈 뿐이고 머릿속의
이성은 사라지고 점점 본능만이 남는 것 같았다. 그녀를 안지
말아야 하는 이유가 있던가. 지금 그녀는 자신에게 소극적으로
호응해 주고 있었다. 어차피 그녀는 그 여자와 관련있는 사람이

159

고 자신을 속인 사기꾼이었다. 아니, 이것은 거짓이었다. 임승제는 우은조에게 반응하고 있었다. 그녀가 어떤 사람이든 간에 그는 그녀를 사랑하고 싶었다.

결국 그가 마침내 입을 떼었을 때 은조는 산소 부족으로 머릿속이 새하얘질 정도였다. 허덕거리는 가냘픈 몸이 그의 강한 손길에 휘청거리자 승제는 그녀를 자신의 품에 안았다. 그의 넓은 가슴에 안겨 헉헉 숨을 몰아쉬는 그 뜨거운 숨결이 배스가운의 사이의 맨가슴에 와 닿았다. 어린아이같이 보드라운 입술의 그 뜨겁고 달큰한 숨결이 그대로 직격하듯 몸에 와 닿았다. 가뜩이나 많았던 번뇌에 짐이 실어지는 것 같았다. 그대로 한입에 씹어먹고 싶은 욕망이 태풍처럼 그를 덮쳤다. 그녀에 대한 갈증으로 온몸이 떨렸다.

그가 그녀를 좀 더 품으로 끌어당겨 꼭 안고 있었다. 넓은 가슴에 얼굴을 묻고 숨을 골랐다. 커다란 손이 어깨를 감싸 안고 있는 게 기분이 좋았다. 등을 부드럽게 쓰다듬던 손이 어느새 허리로 내려가더니 쏙 들어간 데를 쥐고서 자기 쪽으로 끌어당겼다. 몸에 와 닿는 뜨겁게 느껴질 정도의 단단한 무언가가 뭔지 모를 정도로 은조는 순진하지 않았다. 다만 회오리바람처럼 휘몰아치는 감정들 속에 무얼 어떻게 해야 할지는 몰랐다.

순간 그가 갑자기 몸을 돌려 그녀의 손목을 강하게 움켜쥐더니만 이층 계단 쪽으로 끌고 갔다. 끌려가면서도 강하게 쥔 손목의 압력에 그제야 정신이 돌아왔다. 그가 방에서 무얼 요구할지 모를 정도로 순진하진 않았다. 그는 그녀를 욕망하고 있었다. 갑작스레 정신이라도 차린 듯 은조는 겁이 났다.

"자, 잠깐만요. 아파요."

혹시 예린이나 예은이가 깰까 봐서 그한테 작은 소리로 제지하려 했지만 그는 들은 척도 하지 않았다. 그러나 약간 쥔 손을 슬쩍 풀어주었다. 하지만 놔주지는 않았다. 그대로 침실로 끌고 가는 커다란 손에 은조는 별 반항도 못하고 끌려갈 수밖에 없었다. 엉겁결에 뒤를 돌아봤을 때 푹신한 카펫에 물컵이 나뒹구는 게 보였다.

순식간에 방에 다다르고 문이 마치 저승 문처럼 닫히고 락이 걸렸다. 그때까지 은조는 어찌할 줄을 모르고 당황해서 멍하니 서 있을 뿐이었다. 지금 상황이 잘 믿겨지지 않았다. 방금 전의 키스로 다운이 돼버린 뇌는 아직도 움직이지 않는 것 같았다. 어떻게 여기까지 떠밀려 온 걸까.

기다란 속눈썹은 자그마한 얼굴에 그늘을 드리우고 눈썹 밑에 눈물이 맺혀 있었다. 말갛게 물든 두 볼과 숨을 고르고 있는 도톰한 입술이 부들부들 떨리고 있었다. 가늘게 떨리는 가냘픈 몸을 그가 안았다. 잠시 후 그가 은조가 진정되는 걸 더 이상 기다리지 못하고 얼굴을 내려 입술을 삼켜 버렸다. 그의 거친 입술이 휘몰아치듯 다가와 모든 걸 앗아갔다. 처녀다운 수줍음인지 은조가 고개를 돌려 살짝 피하려 하자 그대로 볼을 감싸듯 안아버렸다. 그대로 그의 키스를 그대로 받는 수밖에 없었다.

키스는 아까보다 더 거칠었고 일방적이기까지 했다. 뭐가 그렇게 조급한지 은조가 입을 열지 않자 아랫입술을 거칠게 문질렀다. 놀라서 앗 하는 사이에 거센 물줄기처럼 뚫고 들어온 혀가 목구멍 깊숙이 들어가 여린 속살을 유린했다. 짓이겨진 꽃잎처럼 입술에서 피가 스며 나와 비릿했다. 거친 입놀림에 입술이 여린 살이 부어오르기 시작했다.

뭔가 정신이 없는 와중에 승제에게 밀렸을 때 다리 뒤에 닿는 게 침대라는 걸 그제야 알아챘다. 뭔가 피하고 자시고도 없이 가볍게 미는 손길에 그대로 킹사이즈 침대로 쓰러졌다. 푹신한 침대가 등에 와 닿는 순간, 승제의 무거운 몸이 바로 얹혀 매트리스 깊이 파묻혀 버렸다. 그제야 그녀는 그를 밀어버리려고 손을 들었지만 그대로 잡혀 머리 위에 한 손으로 고정돼 버렸다. 마치 곤충채집용 나비라도 된 양 그녀를 가볍게 고정했다.

그의 시선에 겁이 나는지 동공이 확대된 그녀의 커다란 눈망울이 눈에 들어왔다. 그러나 지금 어떤 것도 귀에 들어오질 않았다. 몸속 가득 찬 이 갈증만이 그에겐 중요할 뿐이었다. 제발 입을 열고 안 돼라는 말을 하지 않기만을 바랐다. 그때 순간 침대 머리맡에 놔둔 오래된 사진이 눈에 들어왔다. 그의 어깨에도 와 닿지 않을 정도로 가냘팠던 그 인영이 떠오르자 자기도 모르게 이를 악물게 됐다. 그러면서 자연스레 새어머니와 얼굴과 낮에 그녀와 같이 있던 은조의 모습이 떠올랐다. 뭔가 불쾌한 화제가 오갔는지 그녀가 작은 얼굴을 찌푸리고 있었다.

은조는 그의 아래 고스란히 깔려 무거운 몸에서 벗어나려고 했지만 순간적으로 힘이 들어간 손아귀 때문에 그대로 움직임을 멈춰 버렸다. 안경을 벗어서인지 그의 얼굴이 잘 보이진 않았다. 어두운 사이드 조명에 그의 눈이 번득거릴 뿐이었다. 갑작스레 아까 보이던 그런 감정이 아닌 다른 뭔가가 엿보이는 듯했다. 그가 날카로운 시선으로 그녀와 마주하곤 낮은 목소리로 물었다.

"당신 누구야?"

순간적으로 겁에 질린 은조는 어찌해야 할지 몰라 당황하고 있었다. 비명을 지른다고 해도 그 소리가 두툼한 벽을 뚫고 누구에게 다다를 수 있을 것인가. 그렇다 해도 누가 승제를 막을 수 있을까. 승제가 왜 이러는지도 그녀는 잘 알 수 없었다. 방금 전까지만 해도 달콤하게 키스하던 승제가 갑자기 겁에 질린 은조의 눈을 똑바로 바라보며 물어왔다.

"당신, 이 집에 무슨 목적으로 들어온 거야?"

승제의 그 말에 은조는 그가 그녀의 비밀을 알았구나 싶었다. 그의 날카로운 뭔가 광기에 찬 듯한 눈길을 피하지도 못하고 벌벌 떨 뿐이었다.

"목적 같은 거 없어요. 돈 벌러 온 것뿐."

은조는 그의 눈길을 피하지도 못하고 가냘프게 말했다. 하지만 그 말에 승제가 재미있는 농담이라도 들었다는 듯이 웃어버렸다. 거친 그의 웃음소리가 침실 안에 울렸다. 은조는 저승사

자가 웃는 것 같은 공포에 눈을 감아버렸다. 하지만,

"돈 벌러 온 거라면 애들 가르치는 것 말고도 다른 할 일이 있을 것 같아."

승제의 그 말에 눈을 번쩍 뜬 은조는 그를 무섭게 노려봤다. 은조의 창백해진 얼굴 같은 건 승제에게 눈에 들어오지도 않았다. 부릅뜬 눈을 그의 눈에 고정하면서 꼼지락거리면서 그를 피하려고 하면 할수록 욕망이 점점 부추겨지기만 할 뿐이었다. 그런 은조를 그가 비웃듯이 다시 얼굴을 내리고 은조의 여린 입술을 약탈하기 시작했다. 일방적으로 약탈하고 소유하는 움직임일 뿐이었다. 곧 승제가 은조가 잠옷으로 입는 티셔츠를 그대로 올려 버린 뒤에 브래지어에 감싸인 가슴을 와락 물어버렸다. 천을 사이에 두고 이로 거칠게 물고 빨았다.

가슴이 젖은 천에 마찰이 되어 곧 빨갛게 부풀었다. 그 상태가 마음에 들지 않았는지 브래지어 스냅을 찾아 풀자 햇빛에 한 번도 드러낸 적 없는 뽀얀 젖가슴이 그대로 드러났다. 끝에 분홍 물이 살짝 들어 있었고, 겨우 한 줌이 될까 하는 가는 허리에 대비돼 더욱 풍만해 보였다. 그는 숨을 급하게 들이키더니만 그대로 그 가슴에 얼굴을 묻고 마음껏 탐했다.

남자의 수염에 쓸리고 천에 쓸려 따끔거리기 시작한 여린 살을 남자는 이로 물고 짓이기고 빨기 시작했다.

물 밖에 나온 물고기처럼 격렬하게 몸부림치는 은조의 헛된 몸짓은 남자의 단단한 몸에 가 부딪치면서 오히려 욕망을 부추기는 몸짓으로 변해 버렸다. 그대로 몸을 침대로 짓누르고 그대로 트레이닝 팬츠를 팬티째 찢듯이 난폭하게 벗겨 내렸다. 바둥거리던 몸은 지쳐서 거의 이제 반항도 하지 못하고 늘어져 있을 뿐이었다.

"그 여자가 이 집에 들여보내면서 뭐라고 하던가? 홀아비가 여자를 그리워할 거라고 치마폭에 잘 감싸란 얘기는 안 했어?"

그의 느물거리는 말이 귓가에 와 닿았다. 거친 숨결과 더불어. 은조는 그제야 그가 자기와 그 여자와 관련있다는 걸 이 사람이 알았구나 싶었다. 아까 낮에 그의 차가 주차장에 주차돼 있던 듯했던 기억이 그제야 떠올랐다. 그 여자와 있는 걸 보았구나 싶었다. 하지만 그것을 어떻게 설명해야 하는 걸까.

"오해예요."

그래 처음에 경제에게 소개받았을 때, 조건도 좋았지만 그 여자가 이 집안에 있기 때문에 그걸 노리고 들어온 것을 부정할 수가 없었다. 결국 그의 분노가 직격한 것은 은조의 숨겨둔 양심이었다. 그래서 그녀는 아무런 말도 할 수가 없었다.

"뭐가? 설명해 봐. 아니, 지금 말고 나중에. 지금은 내가 좀 바쁘거든."

승제의 분노에, 마음속 깊은 곳의 양심이 그대로 직격당한 듯했다. 그리고 그 앞에서 이십 년 넘게 없던 엄마 얘기를 꺼내기 싫었다. 그 여자와 자기와 어떤 관계성을 만들고 싶지 않았다. 죽어도 그 여자의 피가 자기 혈관을 흐른다는 얘기를 할 수 없었다. 혀를 깨물고 싶은 진실이었다. 승제의 분노에 어쩔 줄 몰라 하면서도 입을 열 수 없는 은조의 마음은 복잡하고 혼돈만 가득할 뿐이었다.

자존심상 죽었다 깨어도 그 여자가 자기 친엄마라는 것을 얘기할 수 없었다. 이대로 그냥 있는 게 오히려 더 나은 선택일 것 같았다. 만일 승제에게 전혀 감정이 없었다면 그녀가 생물학적 어머니라는 걸 말하는 데 하등 불편하지 않았을 터였다. 하지만 승제가 그 여자를 증오하는 게 너무나 노골적이라 말할 수가 없었다. 만일 말을 한다면 다시는 자기에게 방금 전과 같은 다정한 모습을 보여주지 않을 거란 생각이 드니 가슴이 메어왔다.

입을 달싹거리며 아무 말도 못하는 은조를 마치 손아귀에 쥐고 있는 새인 양 관찰하던 그가 그대로 다시 입을 봉해 버렸다. 답을 기대하지 않았다는 듯이.

그는 바로 그녀의 어깨를 잡고 침대에 눌렀다. 그의 강한 손아귀에 놀란 그녀가 몸을 바동거렸지만 붉은 조명등 아래 환하게 드러났다. 풍만한 가슴, 가느다란 허리, 머리카락처럼 검은 삼각지와 그 아래 길고 늘씬한 다리까지.

여자가 고개를 한껏 젖히며 그를 피하려고 다시 몸부림치기 시작했지만 그는 아랑곳하지 않고 드러난 가는 목에 입술을 찍어 낙인을 남겼다. 그녀의 피부는 크림과 같아서 입에서 살살 녹는 것같이 달콤했다. 은조는 그가 목에 고개를 숙이는 순간, 목덜미에서 전기가 통하는 것처럼 등줄기에 전율이 흘렀다. 순

간적으로 두려워져서 피하려고 몸을 바둥거렸지만 남자가 손에
힘을 강하게 쥐고서 위에서 몸을 눌러댈 뿐이었다. 여자의 피부
는 생크림처럼 부드럽고 폭신해서 조금만 힘을 주면 패일 것같
이 가냘파 보였다. 하얀 목선에는 혈관이 파랗게 드러날 정도였
다. 그 혈관을 따라 그는 낙인을 찍으며 내려갔다. 크림을 핥는
고양이처럼.

그의 손은 자연스레 몽실몽실한 젖가슴을 감싸 쥐었다. 풍만
하게 잡히는 가슴의 감촉과 무게를 기억이라도 하듯이 한동안
가만히 만지작거렸다. 그리곤 긴장된 가슴의 정점을 찾아 지분
거리기 시작했다. 귓가엔 짐승처럼 거칠어진 그의 숨소리가 계
속 들렸다. 그의 손가락이 구슬처럼 동그랗게 변한 젖꼭지를 잡
아 조심스럽게 비틀었다.

다른 한 손은 흐느적거리면서 없는 힘으로 바둥거리는 다리
로 내려갔다. 가느다란 다리의 허벅지 안쪽의 속살은 아기 피부
처럼 부드러웠다. 그는 부러운 속살을 만지작거리며 그녀의 입
술을 다시 찾았다. 여자가 그를 밀어내는 것을 느꼈지만 그 작
은 손길은 맹목적인 욕망만 부추길 뿐이었다. 제대로 가질 수
없는 것에 대한 자신 안의 흉포한 파괴 본능에 쓰디쓴 구역감을
느끼면서 승제는 스스로를 컨트롤할 수가 없었다. 사실 그는 우
은조의 대답이 중요한 게 아니었다.

그는 무릎을 오므리려 하는 다리를 강제로 벌리고 그 사이에
자리를 잡았다. 지금은 쫓기듯 그를 덮친 그 욕구밖에는 보이지

않았다. 일단 지금은 그녀의 몸에 자신을 묻어야 좀 진정될 것 같았다. 그 몸 안의 괴물을 어서 내몰아야 한다는 생각밖에 들지 않았다.

허벅지를 더듬던 손가락은 어느새 그녀의 여성을 만지작거리고 있었다. 그 손짓에 그녀가 움찔하면서 몸을 움직이려 했지만 그는 봐주지 않았다. 그가 손가락 하나를 몸 깊이 그녀가 한 번도 만져 보지 못한 곳에 들이밀자 허벅지가 움찔하는 게 느껴졌다. 승제는 아직 촉촉하게 젖어 있지 않은 그 처녀지를 탐험하는 기쁨에 사로잡혀 있을 뿐이었다. 갑자기 그가 몸을 포개더니 입술을 다시 겹쳐 왔다. 아까의 그 다급했던 키스 대신 달콤한 키스가 대신했다. 입 안 곳곳을 맛이라도 보듯 희롱하는 혀에 은조가 달콤한 한숨을 흘렸지만 밖으로 새어나가지 못했다. 그의 손은 아래에서 점점 더 영역을 넓히고 촉촉하게 젖어들면서 뜨거워지는 그녀의 여성을 느꼈다. 벨벳처럼 보드라운 그곳에서 손을 뗄 수가 없었다.

그녀는 이제 지쳤는지 더 이상의 반항 대신 그냥 축 늘어져 있을 뿐이었다. 그는 손놀림을 빨리 하며 입술을 강하게 빨아들이기 시작했다. 숨도 쉴 수 없게 강하게 그녀의 입술을 구해왔다. 허덕거리는 잦은 숨에 그는 그녀를 놔주었다. 그리곤 그는 만족스런 웃음을 띠고 그녀의 몸을 벌리고 자리를 잡았다. 잠시 후에 그가 사이드 테이블에서 뭔가 꺼내고는 부스럭거리는 소리가 잠깐 들렸다. 은조는 이 사태에 그냥 어떻게 된 건지 잘 모르고 멍하니 누워 있을 뿐이었다.

잠시 후 그가 다시 몸을 겹치면서 그녀의 허벅지를 넓게 벌렸다. 허벅지에 와 닿는 뜨겁고 단단한 것에 겁에 질린 작은 동물처럼 바르작거렸다. 하지만 그는 조금의 망설임도 없이 그녀의 여성에 그의 남성을 대고 바로 몸 안으로 들어오기 시작했다. 그의 거친 몸짓에 생살이 찢어지는 고통을 느낀 은조가 놀라 비명을 지르려고 입을 벌렸다. 그러나 그녀의 비명은 그가 다시 입을 막아버리는 바람에 제대로 새어나가지도 못하고 묻히고 말았다. 은조의 반응에 그 역시 당황스럽긴 마찬가지였다. 그녀는 너무나 아름다웠고 매력이 넘쳤다. 그래서 설마 처음일 거라곤 생각지 못하고 있었다.

그녀가 고통으로 몸부림칠 때마다 그녀의 몸속 깊이 묻혀 있는 그는 자극을 받아 온몸이 저릿저릿거렸다. 그는 그녀의 입술을 부드럽게 빨고 혀로 그녀의 부드럽게 매만졌다. 그리곤 귓불을 빨면서 점점 목 선으로 내려가 가슴을 혀와 이로 지분거렸다.

은조는 머리끝까지 치솟는 듯한 고통에 입을 벌렸지만 승제의 입에 의해서 비명은 새어나가지 못했다. 그는 은조를 달래고 기다려 줄 만큼 이성이 남아 있지 못했다. 그 촉촉함과 열기에 언제나 이성적이라고 믿었던 그의 뇌는 동작을 멈추고 본능의 화신이 되어 있을 뿐이었다.

잠시 그가 멈춰서 그녀의 아픔을 좀 달래주나 싶었다. 소리

없이 흐느끼는 와중에 귓가에서 '미안'이라고 낮게 속삭이는 소리를 들은 듯했다. 하지만 바로 그가 움직이기 시작하면서 더 커지는 고통에 그 말은 잊혀졌다. 그의 움직임이 점점 빨라지더니 나중에는 통통한 엉덩이를 움켜잡았다. 일방적으로 약탈하는 움직임이었고, 당연히 은조는 고통밖에 느낄 수 없었다. 몸의 쓰라림이 등줄기를 타고 머리끝까지 전달되는 듯했다. 그는 그녀의 사정은 조금도 신경 쓰지 않고 거칠게 허리를 움직였고 그때마다 그녀의 입에선 가냘픈 신음이 흘러나왔다. 하지만 그의 움직임은 점점 더 거칠어졌고, 종국에는 거친 신음을 길게 내뱉으면서 그녀의 몸에 내려앉았다.

그는 쾌감을 쫓았다. 이 작은 몸에서 자신에게 주는 그 쾌감만을 쫓아 몸을 움직일 뿐, 그 몸의 고통에 눈을 돌릴 여유는 먼지만큼도 남아 있지 않았다. 그는 지극히 이기적이었으며, 처음 하는 남자애처럼 몸을 탐할 뿐이었다. 은조가 고통에 겨워 다리를 떨든, 신음을 흘리든, 정신을 잃든 상관없다는 듯이 이기적으로 움직였다. 다만 저기 다다르면 얻을 수 있을 것 같은 쾌락만이 그가 몸을 움직이는 이유였다. 그래서 몸을 빼자마자 은조와 얼굴도 마주 볼 수 없을 것 같은 양심의 가책에 그대로 몸을 돌려 버렸다.

뭐가 뭔지 알 수 없는 거친 열기에 정신을 잃을 것 같을 때 승제가 거친 신음을 내뱉더니 그대로 몸을 실어버렸다. 숨도 쉬지 못할 정도로 무거웠고 혹사당한 아래쪽의 고통이 묘한 실재감을 띄었다. 그는 그대로 허리를 빼고 옆으로 돌아눕더니 그녀와 더 이상 몸이 닿는 게 불편하다는 듯이 멀찍이 누웠다. 그의 고른 숨소리를 듣던 은조가 조용히 몸을 일으키는 순간 뭔가 허벅지에서 뭔가 흐르는 게 느껴졌다. 그녀는 눈을 질끈 감고 떨리는 손으로 바닥에 떨어진 속옷을 찾아 입고 방을 빠져나왔다.

바로 욕실로 향했다. 뜨거운 물이 더럽혀진 몸을 치료해 줄 수 없는 것은 알았지만 일단 씻고 싶었다. 이 몸이 정욕의 도구로 쓰인 것 같아 가슴이 아팠다. 어쩌면 아예 낯선 사람이었다면…… 승제가 아니라. 호감을 갖고 있던 상대였기 때문에 더 실망감과 배신감에 가슴이 아팠다. 그러나 승제에게는 어떤 얘기도 할 수 없었다. 만일 그가 알게 됐을 경우에 그녀에게 보낼 경멸 어린 시선을 참아낼 용기가 없었다. 그가 그토록 증오하는 나진희의 몸으로 낳은 딸이라는 걸 알게 되는 순간 그가 어떻게 행동할지 알 수 없었다. 그런 생각을 하다가 뜨거운 물 아래 서 있기도 힘들어 그대로 샤워부스 안에 주저앉아 울어버렸다. 이 세상천지에 아무에게도 말할 수 없었다. 혼자라는 게 너무 힘들고 무섭고 절망적이었다.

은조는 옆의 자명종 소리에 겨우 정신을 차리며 스트라이크를 일으키기라도 한 듯이 삐그덕거리는 몸을 추슬렀다. 물에 젖은 솜처럼 무거운 몸을 강제로 일으켰다. 새벽의 일이 악몽 같았다. 손목에는 이미 시퍼렇게 멍이 들어 있었고, 가슴 쪽은 볼 생각도 하지 못했다. 여기저기 들어 있는 시퍼런 멍을 의식적으로 지우고 옷을 차려입고 평상시처럼 애들을 챙기기 시작했다.

스쿨버스를 타고 가는 예린이를 마중하고 예은이 유치원까지 보내고 난 뒤에 집에 들어와 한숨 돌릴 무렵, 승제가 방에서 나왔다. 은근히 집에 돌아올 무렵에 그가 나가 있길 바라고 있었건만. 눈에 핏발이 서 있는 그가 그녀를 응시했다. 평소엔 완벽하게 출근할 준비가 돼 있지 않으면 방 밖으로 나오지 않는지라 이렇게 느슨한 차림을 한 그를 보는 일은 처음이었다. 은조는 핏발이 선 눈과 마주치자 저도 모르게 고개를 돌려 버렸다. 그의 매처럼 날카로운 시선에 저절로 새벽의 기억에 뒤로 주춤 뒷걸음질을 쳐버렸다. 그런 은조가 마음에 안 들었는지 승제가 성큼 다가와 손을 잡아끌었다. 순식간에 손이 잡히자 깜짝 놀란 은조가 손을 뿌리치려고 했다.

"아줌마 봐요. 이러지 마세요."

베란다에서 빨래를 돌리기 시작한 도우미 아주머니의 눈치를 보면서 은조가 말했다. 달싹거리는 입술로 내뱉은 말은 겨우 이런 정도였다. 속으로 자신을 자조했다. 자신이 이렇게 바보 같은 여자였던가.

"아줌마 보는 게 무서우면 가만히 있어!"

낮게 으르릉거리는 승제 손에 끌려 결국 이층 침실까지 끌려 갔다. 딸각하고 닫히는, 문이 잠기는 소리에 은조 가슴이 벌렁거렸다. 새벽의 기억이 점점 선명해지고 있었다. 어제 저 사람

손에 끌려와…… 눈을 질끈 감아버렸다. 그러면 모든 게 다 잊을 것 같고 정상적으로 돌아올 것 같은데.

저승사자처럼 서 있는 그를 바라보지도 못하고 눈을 질끈 감고 어린 사슴처럼 벌벌 떠는 그 가느다란 몸을 보는 순간 솟구쳐 오는 건 욕망이었다. 저 가느다란 목줄기가 얼마나 달콤했던가. 손에 와 닿던 따뜻하고 보드랍던 피부, 그를 감싸고 쾌락을 주던 그녀의 여성까지. 모든 게 그에게 견딜 수 없을 정도의 자극이었다.

아침에 일어났을 때 처음 한 생각은, 큰 사고를 쳤구나 싶었다. 게다가 시트에 남아 있는 흔적을 보는 순간 움찔했다. 처음이었던 여자를 거칠게 다뤘다는 생각에 속으로 자조했다. 그런 남자들을 언제나 경멸하지 않았던가. 어릴 적부터 어머니에게 여자는 존중받아야 한다고 얼마나 가르침을 받았던가. 그런데 자신이 짐승처럼 굴었다는 게 본인도 믿기지 않았다. 술을 너무 많이 마셨던 것일까. 아니, 술이 문제가 아니라 자신의 원초적인 행동에 강한 혐오만 들 뿐이었다.

그녀를 다시 보는 순간 이렇게 끌고 들어오려고 한 것은 아니었다. 잘 얘기를 하고 어떻게든 사과를 하고 뭔가 얘기를 해볼까 싶었다. 하지만 그녀를 보는 순간 이 집에 보낸 게 누구인지 떠올라 버렸다. 분노가 또 뇌수를 집어삼켰다. 병원에 누워서 박꽃처럼 하얗게 죽어가던 어머니, 그가 평생 안고 가야 할 슬픈 기억들. 이제 아무도 어머니를 기억하지 않았다. 그의 가슴

한편에 묻어 있는 그 슬픈 기억과 분노가 그를 또 몰아갔다.

그때 은조가 눈을 뜨고 달싹거리는 입술을 열었다. 아무리 그 여자가 미운 마음에 이곳에 들어온 것이었지만 그와 이런 관계를 만들 수는 없었다. 아버지를 생각해서라도.

"그만둘게요."

그 말에 승제의 눈이 부릅떠졌다. 그래, 이 여자가 그만두고 나가면 모든 게 끝날 관계였다. 그제야 승제는 그들의 관계가 얼마나 아슬아슬하고 가냘픈 것인지 알아버렸다. 절대 놓칠 수 없었다.

"누구 마음대로? 들어오는 건 네 맘대로였을지 몰라도 나가는 건 내 맘이야. 알았어? 아, 그건 그렇다 쳐. 나가면 빚은 어떻게 하려고?"

그의 마지막 말에 은조가 움찔했다. 미처 생각하지 못하고 있었다.

"나중에, 나중에 갚을게요."

사정하는 듯한 은조의 목소리에 남자는 피식 비웃음을 날렸다. 그는 변호사였다. 법정에서 양심을 버리고 자신의 의뢰인을 위해 개처럼 싸워야 하는. 지금 자신은 이 여자를 절대 놔줄 수가 없었다. 본인의 양심을 속일지언정.

"이럴 때 속된 말로 몸으로 갚으라는 게 있지. 그깟 천만 원 나한테 아무것도 아닌 거 알잖아. 버린 셈치고 대신 네 몸으로 갚는 게 나한테는 더 좋을 거 같아. 이자까지 쳐서 말이지."

그 말을 하면서 남자의 긴 손은 여자의 가슴을 감싸 쥐었다. 어제 이미 이 가슴이 얼마나 부드럽고 아름답고 풍만한지 충분히 맛을 본 터였다. 입고 있는 셔츠 단추를 허겁지겁 풀다 결국엔 거의 뜯어내다시피 해서 열었다. 거칠게 브래지어를 위로 올려 버린 뒤에 탄력 있는 가슴에 손을 댔다.

말은 거칠어도 가슴에 와 닿는 손길은 부드러웠다. 그래서 다른 마음이 들려고 하는 몸을 어떻게든 막아보려고 떨궈내 보려 했지만 그가 유두를 쥐고 가볍게 비틀자 입에서 저절로 신음이 흘러나왔다.

"돈은 꼭 갚을게요. 시간만 주시면……."

이성적인 대화를 계속 시도하려 했지만 그녀의 가슴을 홀린 듯이 보고 있는 남자는 비아냥으로 응수할 뿐이었다.

"그럼 죽어가는 당신 아버지한테 말할까?"

순간 머릿속이 새하얘진 은조는 자기도 모르고 남자의 얼굴에 손을 날리려 했지만 그 손이 얼굴에 닿기도 전에 붙들려 버렸다.

"허, 이런 앙탈은 별로 귀엽지 않거든. 우은조 양."

비아냥거리듯 느물느물하게 말하는 승제의 눈을 노려보며 은조가 씨근덕거렸다. 이제는 더 참을 수 없었다. 여기까지 온 이상.

"아버지한테 돈 얘기의 돈 자만 꺼내기만 해봐요. 나도 가만 있지는 않을 테니까!"

여태까지 애원하던 태도에서 갑자기 새끼를 보호하려는 암탉처럼 앙칼지게 대드는 은조를 보면서 그가 피식 웃을 뿐이었다.

"지금 나한테 협박하는 거야?"

은조는 그가 비아냥거리며 웃는 것을 보면서 모멸감에 치를 떨었다. 그에게 대항한다는 것은 계란으로 바위치기나 마찬가지였다. 그가 무엇을 하려고 하는지는 뻔했다.

"그럼 어떻게 하려고? 당신이 할 수 있는 일이 있어? 그 여자와의 관계에 대해 정직하게 말하면 어느 정도 감안해 주지."

승제는 입가에 여유있는 미소마저 지었다. 하지만 그 차가운 눈매는 전혀 웃고 있지 않았다. 머릿속으론 히스테릭한 비명을 지르고 싶었다. 하지만 현실적으로 무얼 어떻게 해야 하는 걸까. 온몸에서 힘이 좌악 빠져나갔다. 그가 어느새 쥐고 있는 은조의 가느다란 손목 안쪽을 기다란 손가락이 은밀하게 쓰다듬었다. 은조는 그를 피하려고 몸을 뒤로 젖히며 반항했지만 바로 목 뒤를 움켜잡는 거친 손길에 그대로 항복했다.

그는 가느다란 두 손목을 한 손으로 잡으면서 속으로 혀를 끌끌 찼다. 어찌나 가는지 한 손에 가볍게 들어왔다. 하지만 이 가냘픈 몸이 자기 몸에 일으키는 화학작용은 절대 간과할 수 있는 수준이 아니었다. 지난 몇 달 동안 그 화학작용이 그를 얼마나 괴롭게 했던가. 그녀가 그를 보면서 살짝 수줍은 듯이 웃을 때마다 위로 올라와 미친 듯이 찬물로 샤워를 해야 했다. 그래서 그는 그녀를 이렇게 보낼 수가 없었다.

어떻게든 그를 멈추게 하고 싶었다. 몸이 고통스러워서가 아니었다. 지난밤에 가장 치욕스러운 것은 자신을 사랑하지 않는 그의 손길에 자신이 욕망을 느꼈다는 것이었다. 이런 몸의 배덕이 가장 참기 힘들었다. 그를 아프게 하고 싶었다.

"여자가 필요하면 차라리 결혼을 하지 그러세요!"

은조가 소리치자 그의 얼굴이 아까와는 다른 긴장감을 띠었다.

"다시는 그런 지옥은 경험하고 싶지 않거든. 대신 썩어 넘칠 만큼 많은 돈으로 해결하려고. 아, 그 여자가 나랑 결혼하라고 시키기라도 하던가?"

"설마요! 당신 새어머니는 나랑 전혀 상관 없다구요!"

은조가 작은 얼굴에 독기를 품은 채 비아냥거렸다.

"그럼 왜 지하주차장에서 그렇게 은밀하게 만나고 있었지?"

그러나 은조는 그 말에는 대답할 수 없었다. 어제 아무런 대답도 하지 않은 이상, 오늘 진실을 말할 수는 없었다.

"예린 아버님이 참견하실 일 아니신 것 같은데요."

그 말에 그가 뭔가 생각하는 듯 이마를 찡그렸다가 입가에 비스듬하게 미소를 지으며 답했다.

"내 결혼도 당신이 참견할 일이 아닌 것 같은데 말이지. 게다가 지금 나에겐 이 욕구를 풀어줄 근사한 아가씨도 있고 말이지."

그 말을 한 그는 얼굴을 내려 한 치 앞에서 눈도 깜박이지 않고 자신을 내려다보았다. 두려웠다. 어젯밤 같은 일은. 그래도 아닌 척하려고 노력해도 서 있는 다리가 후들후들 떨려올 정도였다. 은조가 시선을 마주하기 싫어서 고개를 피하려고 하자 목 뒤를 쥐고 있던 손에 힘이 들어가더니만 바로 거칠게 은조의 보드라운 입술에 자기 입술을 포갰다.

커튼도 걷지 않은 어두운 침실은 남자가 피운 시가 향으로 가득했다. 이 방에 들어온 적은 지난 몇 개월 동안 며칠 전에 감기약을 가져다준 적 외엔 없었는데 하룻밤 사이에 두 번이나 들어오다니. 어젯밤에 마시다 만 위스키가 탁자에 그대로 있고, 얼음은 녹아 물이 돼 있었다.

곧 승제가 은조를 거칠게 침대로 밀어 넘어뜨리고는 거칠게 입고 있는 헐렁한 셔츠를 벗겨 버렸다. 그리고 위로 끌려 올라갔던 하얀 브래지어를 순식간에 벗겨 버렸다. 하얀 무늬 없는 사춘기 소녀나 입을 법한 브래지어는 풍만한 가슴에 비교돼 묘하게 저속해 보였다.

그가 입고 있던 가운의 끈을 푸는 것을 보고선 눈을 감아버렸다. 병원에 누워 있는 아버지를 생각하면서. 머리로는 알고 있지만 가슴으로는 받아들일 수가 없었다. 그런 은조를 현실로 돌아오게 한 것은 승제의 거친 키스였다.

아직 면도하기 전인지 밤사이에 자란 수염 때문에 더 거칠어 보였다. 형형한 눈으로 아래를 내려다보고 있었다. 목줄기를 물어뜯을 것 같은 육식동물에게 두려움을 느낀 나머지 그대로 눈을 감아버렸다.

물어뜯는 듯한 키스에 어젯밤의 상처가 다시 터져 비릿한 맛이 느껴졌다. 욕지기가 날 것 같은데 목구멍 깊숙이 들어온 혀는 은조의 혀를 강하게 얽었다. 손으로 밀어내 보려 해도 밀리지 않는 강한 몸. 가냘픈 자신의 몸이 이때만은 원망스러웠다.

순간 은조의 반항이 느껴지자 그가 양손을 깍지 끼듯 끼었다. 순간 은조의 하얀 작은 얼굴이 눈에 들어온 승제는 조금 정신을 차렸다. 겁에 질린 이 작은 새를 그는 너무 몰아치고 있었다. 하지만 조금만 더 그 달콤함을 맛보고 싶었다, 조금만 더. 아주 조금만이라도. 그래서 달래듯이 입술을 구했다. 상처 난 입술을 핥고 보드랍게 아랫입술을 빨았다.

예쁜 얼굴, 여성스런 몸은 사는 데 도움이 되지 않았다. 만일 자신이 좀 더 평범한 얼굴을 하고 있었다면 이런 일은 없지 않았을까. 한 번도 사랑하지 않았던 엄마에 대한 원망만 더욱 커질 뿐이었다.

갑자기 그의 태도가 조금 달라졌다. 어제처럼 거칠게 다뤄질지 알았는데 웬일인지 그가 소중하다는 듯이 부드럽게 어루만지기 시작했다. 방금 전까지 협박하듯 싶던 그 잔인함 대신에 달래는 듯한 부드러운 애무가 이어졌다.

목덜미에 뜨거운 입술을 대고 핥으면서 점점 위로 올라가더니 귓불을 빨고 귀에 뭐라고 작게 속삭였다. 민감한 귀에서 오싹한 감촉이 느껴지자 은조가 작은 신음을 흘리고는 본인이 더 놀라 버렸다. 승제는 가만히 눈을 감고 숨을 헐떡거리는 작은 얼굴을 내려다보았다. 꼭 감은 두 눈가에 눈물이 맺혀 있는 게 보였다. 그 순간 이성이 돌아오면서 양심이 빼꼼 고개를 내비쳤다. 그대로 그 작은 몸에서 떨어져 나왔다.

그는 아무 말 없이 어느샌가 던져 뒀던 가운을 걸치고는 뒤도 안 돌아보고 욕실로 들어가 버렸다. 마치 자기가 샤워하고 돌아온 후에는 얼굴을 보고 싶지 않다는 의사 표시같이 느껴졌다. 욕실로 가는 그의 단단한 등이 성벽처럼 보였다. 정신적 좌절감과 육체적 피로로 은조는 잠시 멍하니 누워 있었다. 그러다 그가 나오기 전에 방을 나가야겠단 생각에 간단하게 옷을 꿰입고 밖에 혹시 아줌마가 있을까 싶어 눈치를 보며 나와서 자신의 방에 들어가 누웠다.

잠시 후에 승제가 출근하는 듯한 기척에 그녀는 겨우 한숨을 돌릴 수 있었다. 하지만 머릿속에 든 생각은 이게 오늘로 끝날까? 하는 것뿐. 여기서 탈출할 수 있음 좋을 텐데 자신은 그 어떤 해답도 갖고 있지 못했다. 모든 건 승제의 손에 달려 있을 뿐이었다. 자기 인생인데도 적극적으로 자기 몸의 주인이 자기가 될 수 없다는 비참함에 은조는 나올 것 같은 눈물을 꾹 달래었다.

그러나 잘 생각해 보면 이 일을 나진희를 괴롭히는 데 어떤 도구로 쓸 수 있겠단 생각이 들었다. 어린 예린이, 예은이는 차마 어떻게 못했지만 승제가 이렇게 나온 이상 은조도 양심의 가책을 받지 않고 그를 통해 나진희를 괴롭힐 수도 있게 되었다.

그 여자의 행복한 일상을 괴롭힐 수 있다면 그녀는 뭐라도 할 수 있었다. 그런 생각을 하자 조금은 마음이 가라앉았다. 조금 있으면 예린이와 예은이가 올 텐데 그전에 조금이라도 몸의 피로를 풀어두고 싶었다. 그런 생각을 하면서 물기가 남아 있는 눈을 감았다.

그날 오후, 승제는 보고 있던 서류를 덮고 그대로 의자 뒤로 깊숙이 몸을 묻었다. 입에선 욕설이 바로 튀어나올 것 같았다. 어제 그렇게 술을 마시는 게 아니었는데. 은조와 새어머니에 대한 분노를 삭이지 못하고 술을 마셨다. 하지만 그 후가 문제였다. 왜 그때 은조가 나타난 걸까. 감춰둔 숨은 욕망이 그대로 분노와 함께 폭발해 버렸다.

호감을 갖고 있던 여자가 알고 보니 새어머니가 보낸 그렇고 그런 여자였다는 생각에 욕망을 감추지 못하고 그대로 그녀를 안아버렸다. 사실 처녀일 거라곤 전혀 생각 안 하고 그냥 자기 욕구대로 움직였다.

아침에 그가 일어났을 때 침대에는 혼자뿐이었다. 다 구겨진 침대 시트만이 어제의 흔적을 보여줄 뿐이었다. 멍하니 누워 있을 때 방 밖에서 그녀의 목소리가 들렸다. 아마 애들 통학버스에 태워 보내고 들어온 모양이었다. 순간적으로 가운만 입은 채 뛰쳐나와 그녀를 방으로 끌고 들어갔다. 삼십대 중반도 넘어선 자신에게 이렇게 강한 성욕이 있을 거라곤 생각해 본 적이 없었다. 이십대에도 이렇지 않았었는데 어쩌다 이렇게 된 걸까. 싫다는 여자를 끌고 들어와 거의 안을 뻔했다. 모든 게 다 그것을 위한 수단이었을 뿐이었다.

승제는 어두워진 유리창에 비친 자신의 얼굴을 보았다. 자기에게 그런 거친 열정과 욕망이 있었던가. 어젯밤에 은조를 안기 전까지 모르던 그런 어두움이었다. 오로지 일만 알던 임승제는 어디로 간 것일까. 집에 가기 두려웠다. 가면 또 은조를 보게 되면…… 하지만 은조가 가고 없다면? 그런 생각이 들자 승제는 자리에서 벌떡 일어났다. 자신은 손안의 이 작은 새를 쉽게 놔줄 수 없었다. 집에 가기가 두려웠다. 만일 그대로 가고 없다면 어떻게 해야 할까. 하지만 빨리 퇴근해서 어서 은조의 얼굴을 보고 싶다는 욕망과 두려움이 계속 충돌했다. 그는 주먹을 불끈 쥐었다. 죄의식과 번민과 욕망이 그의 마음을 좀먹고 있었다. 오랜 외로움과 과거의 상처까지 덧보태진 그의 마음은 복잡할 수밖에 없었다. 여기서 무얼 어떻게 해야 할지 자신도 알 수 없었다.

일단 그 여자와 우은조의 관계를 알아내야 했다. 하지만 우은조는 입을 열려 하지 않고 있었다. 그런 상태에서 그가 우은조를 안은 것은 최악이었다. 이제 그에게 어떤 선택이 남아 있을까.

이렇게 고민만 한다고 해서 일이 해결될 리도 없었다. 마지못해라고 하지만 사실 은조가 온 이후에 집에 들어가는 게 즐거웠다. 싸늘해서 사람 온기가 필요했던 집도 어느새 진짜 집처럼 돼 있단 느낌을 받을 때가 있었다.

고민 끝에 집으로 들어가자 기다리고 있었다는 듯이 은조가 딸들을 데리고 나와 인사를 시켰다.

"오셨어요?"

인사하자마자 팔다리에 어린 딸들이 달라붙었다. 딸들은 오늘 있던 일을 작은 새가 지저귀듯 아빠한테 막 늘어놓았다. 은조가 나갔더라면 분명 딸들이 울며불며 전화했겠지 싶어 사실은 조금 안심한 차였다. 슬쩍 곁눈질로 살펴보니 평소와 전혀 달라 보이지 않았다. 평소처럼 차분해 보이고 아무 일도 없던 것처럼 평온해 보이는 일상이었다. 은조가 옆에서 보고 있다 애들을 말렸다.

"예린, 예은. 아빠 옷 갈아입고 나오시면 그때 얘기하는 게 어때?"

그러자 애들이 겸연쩍다는 듯이 웃으면서 떨어져 나갔다. 애들이 떨어지자마자 승제는 바로 위층으로 올라갔다. 드레스룸에서 옷을 갈아입고 욕실로 가려다 문득 침대를 보았다. 시트가 바뀌어 있었다. 누가 간 걸까? 도우미가 아님 그녀가?

어젯밤 자신의 품에서 떨던 그 작은 몸이 기억났다. 한 줌도 안 될 것 같은 가느다란 허리와 그에 비교되던 풍만한 가슴. 겁에 질린 작은 얼굴이 원시 시대 사냥꾼의 본성을 끌어냈던 것도 같았다. 그 작은 몸에 대고 밀린 욕구를 거칠게 풀어댔으니, 지금 은조 몸이 어떤 상태일지 모를 리가 없었다. 하지만 오늘 밤 또 그녀를 안고 싶었다. 애들이 없다면 지금이라도 당장 쓰러뜨리고 올라타고 싶었다. 그런 자신을 경멸하면서도 은조가 집에 있는 게 너무 기뻤다. 그 작은 얼굴이 겁에 질려서 자신과 눈길조차 마주치지 못하면서 부들부들 떠는 어린 사슴 같은 은조를 보면서 기뻐했다.

그러나 나 여사와의 관계에 대해서 그는 알아내야만 했다. 과연 우은조와 나진희가 감추고 있는 진실은 무엇인 걸까. 그러나 나 여사가 말할 리도 없고 우은조도 그의 모욕을 참으면 참았지 입을 열 기색은 보이지 않았다. 돈 때문에 협박이라도 당하는 걸까. 우은조의 아버지는 정말 병원에 있는 게 맞을까?

모든 것은 다 은조와 연결돼 생각될 뿐이었다. 그런 잡념보다 그의 몸은 갈급하게 은조를 원하고 있었다. 욕망의 대상으로서. 부드러운 여체에 다시 한 번 몸을 묻고 싶었다. 결국 그날 밤에 혼자 침대에 누운 승제는 당장이라도 은조를 끌고 와 침대 옆자리를 채우고 싶은 욕구를 꾹 눌렀다. 범죄라는 걸 모를 리가 없었다. 하지만 그 작은 몸에 자기가 어떻게 끌리는지 본인은 잘 알고 있었다. 오랫동안 여자를 안지 않아서 오는 욕구불만인가 싶기도 했다. 하지만 그녀를 보낸 사람이 새어머니라는 걸 생각하면 절대 쉽게 넘어가서는 안 됐다. 그녀에게 쉽게 넘어간 자신을 반성하면서, 승제는 그날 밤새 잠을 이루지 못했다.

은조 역시 자려고 눕긴 했지만 잠이 오지를 않았다. 분명 굉장히 피곤하지만 날이 바짝 곤두서서 그냥 침대에 누워 있을 뿐이었다. 원래대로라면 당장 병원에 가서 진단서 떼고, 경찰서에 가서 고소를 하고, 이 집을 나가는 게 순서였겠지. 하지만 그게 가능할까. 예린이, 예은이 얼굴을 봐서라도 힘들고 자기가 고소한다 쳐도 한낱 여대생인 자기와 승제가 대등할 수는 없었다. 게다가 병원에 있는 아버지와, 승제에게 빌린 돈을 생각하면 방법이 없었다. 그리고 어제 있었던 일을 곱씹어볼 때 뭔가 승제가 오해하는 부분이 있는 듯한데 그것은 설명할 수가 없는 것이었다. 그에게 그가 경멸하는 새어머니가 사실 은조 자신의 친어머니라는 걸 어떻게 말한단 말인가. 은조의 자존심상 절대 입밖으로 내뱉을 수 없었다. 같은 피가 흐른다는 게 수치스럽기만 할 뿐이었다. 무엇보다 처음부터 그를 이용할 맘이 조금은 있지 않았단 말인가. 그가 여자인 자기에게 흥미가 있다면 그 여자를 뒤집는 데 이보다 더 좋은 무기가 어디 있단 말인가.

그렇게 그날 밤은 지나갔다.

승제는 은조를 피하기라도 하듯이 아침 일찍 나가 밤늦게 들어오기 시작했다. 그는 그녀와의 어떤 접촉도 피하려는 것 같았다. 어쩌다 식탁에 같이 앉아 있다 뭔가를 건네주다 손가락이 닿을 때마저 움찔할 정도였다. 간혹 눈이 마주치더라도 승제는 겁에 질린 아기 사슴처럼 움츠러드는 은조를 보며 보기 싫다는 듯이 눈살을 찌푸릴 뿐이었다.

승제라고 모를 리가 없었다. 그만 보면 움찔하면서 피하는 은조를 보면서도 아무것도 할 수 없는 자신만 원망할 뿐이었다.

나름 배려를 한다고 일부러 회사에 있는 시간을 늘려 버렸고 자연스레 집에 있는 시간이 적어졌다.

승제의 야근이 길어지자 은조는 조금 마음을 놓고 있었다. 하지만 사형 선고를 기다리는 사람처럼 계속 긴장이 되는 것은 어쩔 수 없었다. 예전에는 어쩌다 스쳐 지나가듯 눈길이 마주칠 때마다 왠지 쑥스러워져서 그의 눈길을 피하곤 했다. 그럴 때마다 가슴이 두근거리긴 했지만 현실상 그와 연인이 되기는 힘들 거라고 스스로 마음을 다잡곤 했다. 그의 눈길이 자신에게 머무는 시간이 점점 길어질수록 아마도 뭔가 희망을 가졌던 듯했다. 그것은 어떤 희망이었을까? 그냥 이십대 초반 어린 여자아이가 가질 법한, 멋진 선배에 대한 동경 같은 것이었을까. 그게 깨어진 뒤, 은조는 자신에게 남겨진 게 무엇인지 알아버렸다.

그 와중에 일주일에 한두 번 꼴로 나 여사가 전화를 걸어오기 시작했다. 거의 저주와 독설에 가까운 언사를 마구 퍼붓곤 일방적으로 끊는 일을 반복했다. 어떻게든 그만두게 만들겠다는 그런 독기 어린 행동에 은조는 치를 떨었다. 왜 그렇게 자신을 미워하는지도 이해가 가지 않았다. 그러면 그럴수록 더욱 이곳에 남겠다는 오기가 생기곤 했다.

"바깥양반 아실까 무척 무서운가 보네요."

그 말에 나 여사가 정말 화가 났는지 전화를 끊어버렸다. 수화기를 들고 멍하니 서 있던 은조는 피식 웃었다. 왜 사람들은 자기를 못 잡아먹어 안달인 걸까? 어머니인 나 여사부터가 저러니 승제가 나 여사와 같이 있는 모습을 본 것만으로도 자신을 저렇게 미워하는 것도 무리가 아니구나 싶었다. 그래서 새삼 더 서글퍼졌다. 하지만 언제까지 이렇게 축 늘어져 있을 수는 없었다. 이럴 때일수록 더 기운을 차리고 싶었다. 자신을 위해서가 아니라 아버지를 위해서. 승제가 자기에게 어떤 감정을 갖고 있고 또 그런 일이 있었다는 걸 알게 된다면 임씨 집안이 뒤집어지는 것은 시간문제였다.

세상의 중심은 은조 자신이 아니라 아버지인 것 같았다. 아버지가 좋아할 것 같아 공부를 열심히 했고 아버지가 다니다 만 대학에 들어갔다. 자신이 법학을 좋아하는지 변호사나 검사가 되고 싶은지 본인은 그다지 심각하게 생각해 본 적도 없었다. 아버지를 위해서라면 자신 따위 어떻게 되어도 상관없단 생각마저 들었다. 아버지 없는 우은조는 누구에게 사랑받는단 말인가.

언젠가 아버지가 돌아가실 텐데 그때는 무엇을 위해 살아야 하는 걸까? 가족도 없는 우은조는 누구를 믿고 살아야 하는 걸까? 이런 생각을 하자 서글픔이 밀려왔다. 아버지 하나만 있음 다 된다고 생각했는데 그 아버지가 세상을 떠날 때가 얼마 남지 않은 지금, 미래에 대한 두려움이 온몸에 새삼스레 실감이 났다.

만일 그날 밤 그런 일이 없었다면, 아니, 그전에 자신이 나 여사와 만나는 걸 승제에게 들키지 않았다면 어떻게 됐을까. 은근스레 마주치던 그 시선들이 예고하듯 뭔가 연애 감정으로 발전했을까. 그 일 이후 그는 집에 거의 있지도 않았고, 그녀를 더러운 벌레를 보듯 피해 다니고 있었다. 집에는 마지못해 두지만 마땅찮은 기색이었다.

이런 생각을 하면서 책을 보다 잠이 들었나 보다. 인기척에 선잠을 자다가 깼을 때 저승사자처럼 자기 침대 머리맡을 지키고 있는 승제를 보는 순간 은조는 가슴이 철렁했다. 이불을 생명줄인 양 붙들고 부들부들 떨자 승제가 이맛살을 슬쩍 찌푸리는 게 보였다. 이제야 겨우 퇴근했는지 아직 슈트를 입고 가방도 들고 있었다. 일이 꽤 고됐는지 지쳐 보이기까지 했다.

"자고 있었어?"

아무렇지 않게 낮은 목소리로 물었다.

"네."

은조 역시 아무렇지 않은 척 답했지만 가슴이 두방망이질 치고 있었다.

"나 씻을 테니까 이층으로 올라와."

"왜요?"

은조가 눈을 치켜뜨면서 독기 어린 표정을 지었다. 그렇지만 그가 피식하듯 웃어버렸다.

"할 얘기 있으니까 올라와. 나 샤워하는 데 십오 분밖에 안 걸린다."

그 말만 남기고 승제가 방을 나갔다. 은조는 넋 놓은 여자처럼 그의 뒷모습만 바라볼 뿐이었다. 그러면서도 머릿속으로 입고 있는 속옷 걱정을 했다. 그게 많이 창피했다. 사실 무서웠다.

하지만 그가 자기에게 다시 온 것이 조금 기뻤다. 이런 이율배반적인 생각을 하는 자신이 너무 부도덕해 보였다. 거절도 못하고 그의 방으로 가는 자신이 한심하기까지 했다. 하지만 병원에 있는 아버지를 생각하자, 원체 부도덕한 여자의 피를 받고 태어난 자신에게 도덕성이란 게 있단 말인가 하는 생각이 들었다. 그 여자에게 복수만 할 수 있다면 무슨 짓이든 하리라 맹세하지 않았던가! 이 집에 들어와 있는 것만으로도 나 여사는 펄펄 뛰고 있었다. 만일 자기와 승제가 이런 것을 알게 된다면 나 여사는 그대로 거품 물고 쓰러질 것이었다.

승제가 샤워하고 나왔을 때 은조가 멍하니 침대에 앉아 있는 게 보였다. 인기척에 창백한 낯으로 자신을 올려다보는 이 어린 아가씨는 아직 볼살도 채 빠지지 않아 볼이 통통했다. 저 통통한 볼에 웃으면 예쁜 보조개가 쏙 팬다. 내리깐 속눈썹이 얼마나 길고 숱이 많은지 그늘이 질 정도이고 오뚝한 콧날, 도톰한 핑크빛 입술, 혈관이 보일 것처럼 하얀 피부, 새파랗게 정맥이 드러나는 가느다란 손목이나 발목까지. 그가 그녀의 몸에 대해 모르는 것이 있을까. 그는 잡아먹을 것처럼, 마치 먹이를 눈앞에 둔 늑대처럼 그녀를 관찰했던 것이다.

이제 그녀가 그의 손에 있었다. 하지만 그녀와 할 수 있는 일은 단 한 가지밖에 없었다. 성급한 임승제가 모든 걸 다 망친 덕이었다.

"나가지 않고 그대로 머물러 있는 것은 내가 원하는 대로 하라는 건가? 아니, 그 여자가 잘됐구나 하면서 더 있으라는 건가? 그 여자랑 무슨 관계인지만 얘기해!"

그러나 은조는 아예 얼굴을 돌려서 그와 시선을 피해 버렸다. 고집스럽게 고개를 돌린 은조의 작은 턱을 쥐고 그가 자기 쪽으로 돌려 시선을 마주했다.

은조의 커다란 눈망울이 다른 얘기를 하는 걸 그가 모를 리가 없었다. 겁에 질린 어린 초식동물 같은 그 눈을 보면서 그는 양심을 순식간에 잊기로 해버렸다. 집 어딘가에서 그녀가 자고 있다는 생각만 해도 몸에 힘이 들어갔다. 이제 슬슬 여름도 한풀 꺾이고 있는데 새벽마다 냉수로 샤워하게 되는 건 그녀 때문이었다. 마흔 살이 얼마 남지도 않았는데 이게 웬 주책일까 싶어 밤마다 한숨만 났다.

그의 손아귀에 있는 이 작은 새는, 언제 어디로 날아갈지 몰랐다. 그래서 최대한 오래 가둬두기 위해 그는 무슨 짓이라도 할 생각이었다.

그녀를 침대로 떠미는 손길에 그대로 눈을 감았다. 매트리스가 등에 닫자마자 바로 무거운 몸이 자신의 몸에 얹혔다. 귓전에 그의 거친 호흡이 들려왔다. 긴장된 몸이 저절로 움츠리며 떨렸다. 그대로 그가 얼굴을 내리는 순간 지난번의 그 폭풍 같았던 키스를 생각해 내고 순간 긴장했다. 얼마든지 참을 수 있다고 생각은 하지만 실제는 달랐다. 며칠 동안 허벅지 안쪽이 계속 아렸던 게 생각나서 자연스레 몸이 긴장됐다. 하지만 막상 닿은 입술은 부드러웠다. 부드럽게 아랫입술을 빨면서 뜨거운 혀가 입술을 가르며 들어왔다.

생각보다 부드러운 입맞춤이었다. 마치 젊은 연인들이 할 법한. 입 안 구석구석 훑으며 요리조리 도망가는 작은 혀를 찾아내어 휘감았다. 그의 혀가 와서 맞부딪치는 그때 그녀가 입에 대고 헐떡거리는 순간, 격렬하게 변해 버렸다. 그냥 작은 헐떡거림이었다. 달콤한 작은 한숨에 그가 갑자기 마냥 달콤할 것처럼 굴다가 갑작스럽게 변해 버렸다. 강한 혀가 온 입 안을 휘저어 숨도 쉴 수 없게 만들었다. 피하고 싶어도 얼굴을 고정하고 있는 그의 손길에 고스란히 뜨거운 입맞춤을 받아야 했다.

그대로 얼굴 여기저기에 뜨거운 키스를 퍼부으며 움직이던 그가 귓불을 입에 물고 귓가에 한숨을 불어넣었다. 그러더니 목을 타고 내려가기 시작했다. 천을 사이에 두고도 와 닿은 그의 몸은 무척 뜨거웠다. 그의 달콤한 키스에 은조의 숨결이 점점 잦아졌다. 자신의 작은 신음 소리에 순간 놀란 은조가 목을 비틀면서 그의 입술을 거부하려 했다. 그러나 그는 멈추려 하지 않았다.

"보이는 데는 흔적 남기지 말아주세요."

그 말에 순간 목덜미를 깨물어 버리려다 왜 우은조가 이 집에 있는지 생각해 냈다. 그의 웃음은 비릿했다.

"그럼 다른 데는 괜찮은가 보네."

무슨 말을 해도 다 야유와 비아냥으로 연결됐다. 그가 성급하게 입고 있는 티셔츠를 올려서 드러난 가슴의 브래지어를 올렸다. 이제 누렇게 된 흔적을 다시 핥고 깨물고 빨아올렸다. 말은 거칠게 해도 행동은 전혀 달랐다. 아이가 엄마 가슴을 탐하듯이 자신의 가슴에 들러붙어 있는 그가 이상하게 애잔하게 느껴졌다.

처음처럼 난폭하진 않았지만 은조는 얼어붙어 있었다. 부드럽게 침대에 밀어붙이더니 그대로 귀부터 시작된 애무가 허벅지까지 주욱 이어졌다. 차라리 처음처럼 그렇게 거칠게 해서 빨리 끝내주는 게 마음이 훨씬 편할 것 같았다. 민감한 부분을 승제가 핥거나 건드릴 때마다 몸에서 전류가 통한 것처럼 짜릿해지면서 입가에서 작은 소리가 새어나갔다. 온몸에 열기가 감돌기 시작하고 전에는 알지 못했던 감각이 깨어나고 있었다.

손가락이 유두를 살짝 비틀자 몸에 짜릿한 기운이 흘렀다. 아픔과 쾌감이 동시였다. 어쩔 줄 몰라서 침대 시트를 움켜쥐었다. 그런 은조를 내려다보면서 승제는 묘한 기분에 젖었다. 볼이 발갛게 물들고 눈꼬리에 눈물이 매달린 우은조는 낮에 자기 딸들과 같이 있던 그 여자와는 전혀 달라 보였다. 그를 지배하는 것은 저 부드러운 몸에 자신을 묻고 싶은 갈증뿐이었다. 어서 저 몸에 들어가 마음껏 탐하고 싶었다.

어느새 그가 그녀의 트레이닝 팬츠와 팬티를 내려 버렸다. 차가운 공기에 갑자기 드러난 하체에 소름이 오싹 돋기도 전 그의 손가락이 작은 돌기를 만지작거린 순간 '헉!' 하고 작은 소리를 내면서 몸을 뒤틀려 했지만 그에게 눌려 있어 꼼짝도 할 수 없었다.

그때 그가 갑자기 하체를 누르며 다리를 벌렸다. 어제 상처가 난 곳이 쓰라려서 자기도 모르게 작은 신음을 흘렸다. 그제야 승제는 며칠 전에 그녀가 자신을 받아들였다는 게 기억이 났다.

갑자기 그의 태도가 조금 달라졌다. 전처럼 거칠게 다뤄질지 알았는데 웬일인지 그가 소중하다는 듯이 부드럽게 어루만지기 시작했다. 방금 전까지 협박하듯 싶던 그 잔인함 대신에 달래는 듯한 부드러운 애무가 이어졌다. 승제의 손은 민첩하게 움직이고 그의 단단한 허벅지가 다리를 벌리며 들어왔다.

며칠 전에 아프게 했던 곳에 손가락이 닿는 게 느껴지자 저절로 몸이 움츠러들었다. 하지만 그는 부드럽게 계속 어루만지기만 했고 그 감질나는 애무에 아랫배에서 간질거리는 감촉이 계속해서 생기면서 뭔가 답답해졌다. 그 순간 그가 기다란 손가락을 어제 상처가 난 곳을 부드럽게 어루만지며 들어왔다. 이미 습윤한 그곳은 부드럽게 그를 받아들였다. 분명 상처가 난 그곳이 쓰라려서 이마를 찌푸렸지만 이미 배덕한 몸은 그의 손에 반응을 보이고 있었다. 그의 손이 부드럽게 왔다 갔다 할수록 뭔가 점점 더 알 수 없는 기분이 들었다.

손가락을 하나 더 안으로 밀어 넣는 순간 그녀는 숨을 헐떡거리고 말았다. 이대로 어떻게 되는 것 같아 침대 시트를 움켜쥐고 몸부림만 칠 뿐이었다. 그때 그가 몸을 떼더니만 미리 준비해 뒀던 피임 도구를 장착한 뒤에 허벅지를 벌리고 자리를 잡았다. 상기된 은조가 눈을 꼭 감고 바짝 긴장하는 게 보였다. 하지만 그는 그녀의 감정은 무시하고 그대로 몸을 실은 뒤에 천천히 뜨겁게 그를 감싸는 그녀의 깊은 곳까지 파고들기 시작했다. 벨벳처럼 감싸는 그녀의 여성에 황홀해진 그는 잠시 이성을 잃을 뻔했지만 겨우 정신을 차릴 수 있었다. 완전히 몸을 묻은 그가 걱정스런 기색으로 그녀에게 물어왔다.

"괜찮아?"

괜찮을 리가 있나. 심장이 작은 새처럼 빨리 뛰고 있는걸. 마치 빗나간 엇박이라도 있는 듯이. 은조가 가만히 고개를 끄덕여 주자, 그가 조심스레 움직이기 시작했다. 분명 아팠다. 하지만 생각지도 못한 쾌감이 기다리고 있었다. 그의 남성이 밀고 들어와 나갈 때마다 생기는 낯선 쾌감이 온몸을 붉게 물들였다.

이마를 찡그리고 헐떡거리는 작은 얼굴은 붉게 상기돼 있었다. 지금 뭘 하고 있나 싶은 자괴감이 들었지만 마치 동물이라도 된 양 멈출 수가 없었다. 이 작은 몸이 주는 쾌락을 한번 맛본 이상 빠져나갈 수가 없었다. 그래도 힘의 강약은 조절하려고 노력했다. 부드러운 피부가 주는 감촉, 온몸을 최대한 붙이고 싶었다. 이렇게 사람과 친밀하게 몸을 대본 적이 있었을까. 형식적이던 전 부인과의 잠자리와는 비교할 수 없었다.

아무리 조심스럽게 안는다고 해도 어제 상처가 난 곳이 안 아플 리가 없었다. 입으로 흘러나오는 작은 비명은 승제 입에서 사라져 버렸다. 승제의 움직임에 고통과 더불어 낯선 감각이 계속 만들어졌고 은조는 그냥 가느다란 신음만 흘릴 뿐이었다. 계속해서 몸을 간질이던 것이 점점 쌓여서 어느 순간 이르자 머릿속이 새하얘질 정도의 쾌감에 온몸이 떨려왔다. 승제는 자신의 몸을 자잘하게 조이며 수축하는 보드라운 여성에, 온몸이 녹아내릴 것 같았다. 분명 멍이 들 것을 알면서도 그대로 힙을 쥐고 거칠게 허리를 움직였다. 가만있을 수 없는 강한 쾌감에 대한 열망이었다. 그가 곧이어 다다른 쾌락에 그는 거친 신음을 흘리며 몸을 부르르 떨더니 은조의 몸에 자신을 실어버렸다. 묵직하게 눌러오는 몸에 마음까지 내려앉는 듯했다.

그가 거칠게 신음을 하고 몸을 부르르 떨더니 떨어져 나갔다. 그런 그를 쳐다보는 것도 두려워 그저 멍하니 잠시 누워 있었다.

그녀가 주섬주섬 일어나 바닥에 떨어진 옷을 주워 입는 걸 보았다. 브래지어를 걸치고 팬티를 찾아 입는 뒷모습을 홀린 듯이 바라보았다. 옷을 다 입고 문 쪽으로 가는 걸 보고 승제는 그제야 침대 밖으로 뛰쳐나가 팔을 낚아챘다.

"지금 뭐 하는 거야?"

거칠게 으르렁거리는 듯한 낮은 목소리에 바싹 긴장한 몸이 얼어붙었다. 그는 뭔가가 마음에 들지 않는 듯했다. 하지만 은조는 그가 왜 화를 내는지 몰랐다.

"방에 돌아가려고요."

뭔가 잘못한 사람처럼 은조가 눈을 피하며 말했다. 그러자 그가 침대로 도로 끌어당겼다.

"난 아직 가란 소리 안 했다."

"애들 깰지도 몰라요."

은조는 문 쪽을 바라보며 어린 짐승처럼 커다란 눈망울을 굴리며 눈치를 보았다.

"해 뜰 때쯤 가."

그 말을 하더니 그대로 끌고 다시 침대로 밀어버렸다. 결국 그의 손에 끌려와 도로 눕는 수밖에 없었다.

"도로 벗길 거 왜 귀찮게 찾아 입었어?"

말은 거칠어도 옷 속으로 들어간 손은 부드러웠다. 은조의 몸을 거의 덮다시피 등 뒤에서 안고서 가슴을 만지작거리더니만 잠시 후 규칙적인 소리를 내며 잠이 들어버렸다. 등 뒤에서 느껴지는 따뜻한 온기와 규칙적인 심장 박동에 은조 역시 슬며시 수마가 밀려왔다.

낯선 자명종 소리에 화들짝 놀라 깨었을 때 누군가 자명종을 끈 뒤였다. 은조가 아직 잠이 덜 깨 잘 안 보이는 눈으로 옆을 바라보자 상반신을 벗은 승제가 보였다. 그가 주욱 기지개를 펴더니만 아침이라고 해도 그다지 잠기운이 남아 있지 않은 얼굴로 그녀를 바라보고 있었다. 은조도 안경을 벗은지라 그가 뚜렷하게 잘 보이는 게 아니었다. 하지만 자고 일어나서 머리가 엉망인데도 그는 여전히 날카로워 보이기만 했다. 안경을 안 써서 더 부리부리한 눈매나 밤새 자란 턱수염이 평소의 깔끔함보다는 좀 더 인간적으로 보였다. 그는 아무런 말 없이 그녀를 바라보고 있었다. 마치 예전에 지나가듯 마주했던 그때의 시선처럼 다정한 눈빛이었다.

그가 아무렇지 않게 드러난 어깨를 턱으로 슬쩍 문질렀다. 밤새 자란 수염에 쓸리자 은조가 조금 아파 얼굴을 찡그렸지만 어깨에서 시작된 입맞춤은 목을 타고 입술로 올라왔다. 지극히 당연하다는 듯이 그는 입술을 겹쳐 왔다. 그냥 부드럽게 부비적거리다 입술을 가르고 들어와 잠시 혀를 휘어잡으며 희롱하다 아쉽다는 듯이 그녀를 놓아주었다.

조금 있으면 그의 딸들이 깨어날 시간이었다. 잠시만 더 이러고 있고 싶지만 은조가 불편해할 듯싶었다. 그도 다른 남자들처럼 그녀에게 뭔가 다정한 말이라도 해줄 수 있다면 좋을 텐데. 미안하단 말조차 할 수 없어서 괴로웠다.

그가 놔주자마자 바로 은조는 침대를 벗어나 옷을 입기 시작했다. 그런 그녀를 침대 위에서 물끄러미 바라보다, 은조가 침대 머리맡에 두었던 안경까지 찾아 쓰자 순간 인상을 썼다.

"집에선 그 안경 좀 벗지."

갑작스레 등 뒤에서 들려온 말에 은조가 고개만 돌려 그를 바라봤다.

"밤엔 콘택트렌즈 못 껴요."

은조가 건조하게 대답했다.

"라식이라도 해!"

그 말에 은조가 눈을 동그랗게 뜨고 그를 바라봤다.

"내가 대충 병원 예약해 놓을 테니 가서 라식하는 거 어때?"

"싫어요. 제 눈이에요."

고집스럽게 말하자 뭔가 못마땅한지 인상을 썼다.

"당신 안경 쓴 거 보기 싫어. 가서 시키는 대로 해! 병원 알아 봐줄 테니까 가서 검사하고 수술해."

그러나 은조는 아무 말 없이 그냥 방을 나가 버렸다. 그렇게 끝날 줄 알았지만 예린, 예은 학교 가고 난 뒤 바로 전화가 왔다.

[난데, 강남역에 있는 병원에 가서 검사 받아. 내가 위치는 이 메일로 지금 보냈어.]

그의 일방적인 행동에 화가 치밀어 올랐다.

"제가 왜요?"

[예약해 놨으니까 가서 검사만 받아.]

그가 은조의 기분을 눈치 챘는지 살살 달랬다.

[검사만이라도 받아봐, 수술 가능한지. 열한 시에 예약해 놨어.]

하더니만 예약해 놨으니까 가서 바로 검사하고 수술 받으라고 채근을 했다.

"제가 알아서 할 문제니까 신경 쓰지 마세요."

은조가 전화기에 대고 화를 냈지만 그는 아랑곳하지 않고 설득했다.

[콘택트렌즈 눈에 좋지도 않고 안경 쓰는 거 불편하잖아. 요즘 고도근시도 수술 잘된다더라. 그냥 가서 시키는 대로 해.]

"그러시는 분이나 하시지요?"

그러자 그가 한참 말이 없다 투덜거렸다.

[난 각막이 너무 얇아서 안 된다고 해서 안 하는 거야. 수술할 만하면 그냥 해. 돈 걱정하지 말고.]

그 말을 하더니만 전화를 뚝 끊는 것이었다. 열한 시면 얼마 남지 않은지라 서둘러야 했다. 아버지가 입원한 병원에 가려고 했는데 결국 강남역에 있는 안과로 가는 수밖에 없었다.

아니나 다를까, 그가 병원 대기실에서 기다리고 있었다. 은조는 여기까지 자기를 감시하러 올 줄 몰랐던지라 깜짝 놀랐다.

검사하는 데 꽤 시간이 걸렸는데 그는 한시도 자리를 뜨지 않았고 결국 고도근시라 라섹을 해야 한다고 의사가 결론을 내리자 은조가 뭐라고 말할 틈도 없이 당장 했으면 한다고 말해 버렸다. 의사는 아예 그를 보호자라고 생각했는지 은조에게 뭐라고 묻고 자시고 하는 것도 없이 간호사에게 수술 준비를 시켰다.

이런 상황에서 은조는 그냥 수술을 당해 버렸다. 그는 역시나 대기실에서 은조 나오는 걸 기다리고 있다가 주차장으로 데리고 내려가서 차에 태우더니만 집까지 태워다 줬다. 그가 운전하는 차에 몇 번 타보긴 했는데 이렇게 단둘이는 처음이었다.

아무래도 익숙하지도 않고 꽤 불편한지 은조는 눈을 감고 차 시트에 몸을 푹 묻고 있었다. 그런 은조의 옆모습을 넋 놓고 바라보다 신호를 놓쳤는지 뒤에서 빵빵거리는 소리에 그는 깜짝 놀라 차를 다시 움직였다. 그 소리에 놀란 은조가 눈을 동그랗

게 뜨고 고개를 갸웃하며 그를 바라보았다. 그는 그만 쓴웃음을
짓고 말았다.

회의를 마치고 와서 의자에 앉아 한숨 돌릴 찰나 핸드폰이 울
렸다. 낯익은 사촌동생 이름이 뜨는 순간, 경제가 무슨 일로 전화
를 한 걸까 긴장했다. 예전에 예은이가 했던 말이 생각났다. 자주
집에 은조를 만나러 온다고 했더랬지. 혹시 은조에 관련된 건가?
"어, 그래?"
[안녕하세요, 저 경제요.]
"그래, 무슨 일이야?"
딱딱하게 받는 사촌형에게 경제가 조금 당황하는 것 같았다.
[형, 저 대학원 입학 자격 받았어요. 그래서 독일로 곧 가요.]
"그래? 잘됐구나. 어디로 갈 거야? 처음 생각대로 쾰른?"
그 말에 승제의 목소리에 들어갔던 힘이 저절로 풀렸다.
[그렇죠 뭐.]
경제는 아무렇지 않게 대충 얘기를 늘어놓았다.
[그래서 오늘 형이랑 저녁이나 함께할까 해서요. 저 가기 전
에 맛있는 거라도 사주세요.]
"그래. 그럼 그러자."
[집에 가서 기다리고 있을 테니 빨리 퇴근하세요.]
단둘이 먹는 줄 알았더니 집에 가 있다고 해서 조금 당황했
다. 하지만 워낙 예린, 예은을 예뻐하는지라 그냥 알겠노라고만

했다. 하지만 전화를 끊고 나서 생각해 보니 예전에 경제가 자기 모르게 드나들던 게 기억나 버렸다.

하던 일 정리를 하자마자 바로 퇴근할 준비를 했다. 어디 갈데가 있다고 슬쩍 둘러대고 바로 집으로 들어가 버렸다. 그러나 집에 들어갔을 때 문을 열어준 사람은 아직 퇴근 안 한 도우미였다. 문이 열리자 거실에서 깔깔거리는 딸들 웃음소리가 들려왔다. 은조는 애들이랑 같이 있는 모양이었다. 딸들 웃는 소리와 더불어 경제의 명랑한 웃음소리도 같이 들렸다.

"변호사님 일찍 퇴근하셨네요."

그가 마지못해 웃는 상으로 마주 인사는 했다. 아빠가 온 걸 알고 딸들이 달려나왔다. 그리고 그 뒤에 긴장한 듯한 은조와 사촌동생 경제가 보였다. 경제가 뭔가 얘기를 작게 은조한테 했는지 은조가 볼우물을 만들 정도로 환하게 웃었다. 가슴이 덜컥 내려앉는 듯했다. 경제랑 은조. 그림이 되었다. 이제 겨우 스물일곱 살 된 경제, 스물다섯 살인 은조.

"언제 왔어?"

"삼십 분쯤 전에요."

경제가 침착하게 답했다.

"은조야, 애들 나갈 준비시켜."

그 말을 하자 딸들이 좋아서 어쩔 줄 몰라 했다. 은조가 고개를 끄덕이더니만 애들을 데리고 방으로 들어갔다. 예린이랑 예은이 입고 있던 티셔츠랑 반바지를 벗기고 대신 좋아하는 원피스로 갈아입혔다.

"고모, 고모도 예쁜 옷 입어. 왜 전에 아빠가 사준 옷 있잖아."

예린이랑 예은이가 둘이 옆에서 성화를 부려서 은조 역시 옷을 갈아입고 나왔다. 지난번에 백화점 갔을 때 승제가 사준 검은색 원피스를 입고 머리는 단정하게 묶었다. 맨얼굴로 나가기가 창피해서 그냥 입술에 립글로스만 발랐다.

그런 은조를 바라보는 경제는 고개를 갸웃했다. 원래 예뻤다. 그건 익히 알았다. 간만에 본 은조는 어딘가 변해 있었다. 전에도 또래에 비해 어딘가 고혹적인 데가 있다는 걸 알았는데 완전히 개화한 꽃처럼 농밀해 보이는 여자의 분위기가 묘하게 풍겼다. 누가 은조를 여자로 만든 걸까. 안경을 벗었기 때문일까. 안경 안 쓴 우은조를 본 게 처음이라, 문을 열어줄 때 보고 깜짝 놀랐다. 수술을 했다고 배시시 웃는 은조가 너무 고와서 입만 딱 벌리고 쳐다봤다. 마치 만화처럼 드라마틱한 변화에 그는 놀랍기 그지없었다.

자기 옆에 앉아 있는 사촌형을 슬그머니 보았다. 앉아만 있어도 온몸을 내리누르는 것 같은 카리스마. 어려서부터 큰아버지의 후계자로 키워져서인지 남다른 데가 있는 사촌형이었다. 의외로 자기 관리에 엄격한 사촌형이 우은조에게 손을 뻗쳤을까. 형이 여자를 멀리하는 건 익히 알고 있었다. 돈 있고 지위 있는 사람에게 흔히 따르는 여자 놀음이 형에겐 해당사항이 없었다. 큰아버지의 바람기를 경멸이라도 한다는 듯이, 룸살롱 가는 것도 기피할 정도로 결벽증이 있다는 사촌형이었다.

경제가 자신과 은조를 수상쩍은 눈길로 관찰하는 걸 승제가 모를 리가 없었다. 은조는 간만에 만난 선배가 반가운지 아님 이틀 후면 떠나는 게 섭섭한지 경제에게 꽤 다정하게 굴었다. 그러고 보니 경제와 은조가 같이 있는 걸 본 게 처음 소개 받은 이후 처음이었다. 그 둘은 어떤 선후배였던 걸까. 경제가 아끼는 후배라고 했는데, 어떻게 은조는 '그 여자'와 알고 지내는 걸까.

경제와 레스토랑에서 헤어지고 집으로 돌아왔다. 은조가 딸들 씻기고 재울 준비를 하는 동안 그는 서재에서 서성거렸다. 분명 은조가 그의 새어머니와 무슨 관계가 있는데 그걸 전혀 짐작할 수가 없었다. 은조는 절대 말하려 하지 않고 있었다. 그렇다고 그 여자에게 물을 수도 없었다. 만일 사람을 붙여본다면? 하지만 그가 처음 은조를 집에 들이면서 신상조사를 했을 때도 깔끔했던 은조였다. 결국 직접 물어보는 수밖에 없는데 입을 열지 않으니. 경제는 무슨 생각으로 은조를 이 집에 소개한 걸까. 저녁에 은조와 경제의 다정한 모습을 생각하자 속에서 갑자기 불길이 확 이는 듯했다.

예린, 예은을 다 재운 뒤에 샤워를 하고 방에 들어서자 승제가 기다리고 있었다. 그는 아무 말도 없이 은조의 손을 잡아끌었다. 아무 말도 못하고 이층으로 끌려 들어갔다. 그는 왠지 기분이 나빠 보였다.

서재에 끌고 들어가자마자 다짜고짜 그가 낮은 목소리로 말했다. 안경 너머의 눈이 너무 날카로워서 은조는 숨 쉬는 것조차 거북할 정도였다. 영혼까지 꿰뚫어볼 것 같은 날카로운 눈이었다. 진실을 알게 된다면 그는 어떤 반응을 보일까.

"당신 진짜 이 집에 들어온 목적이 뭐야? 경제랑은 어떻게 알게 된 거지?"

"돈 벌러 왔다고 몇 번이나 말했어요. 경제 선배는 몇 학기 전에 조별 숙제 하면서 알게 됐어요."

그러나 그는 은조를 믿을 수가 없었다.

"그럼 왜 주차장에서 그 여자랑 얘기하고 있던 거지?"

"그냥 뭐 물으러 오셔서 간단하게 대답해 드린 것뿐이에요."

은조가 지친 표정으로 간단하게 대답했지만 그의 취조는 그치지 않았다.

"그런 것 같지 않던데. 그 여자가 흥분해서 너에게 뭐라고 소리치고 있었잖아."

"아니라고 몇 번이나 말씀드려야 해요. 정 궁금하면 전화해서 직접 물어봐요."

은조가 결국 화를 냈다. 잘 지내는 듯하다가도 그는 뭔가에 몰린 듯이 은조에게 그 여자 얘기를 들먹거리곤 했다. 은조는 이삼 일에 한 번씩 전화해서 괴롭히는 나 여사와 생각날 때마다 추궁하는 승제 사이에서 희열과 동시에 번민에 휩싸이곤 했다. 이 사람들은 도대체 왜 자신을 이렇게 괴롭힌단 말인가.

La Valse ...seven

병원에 들어서는 건 언제나 망설여졌다. 소독약 냄새가 이제는 익숙해지련만 안에 들어서는 건 언제나 고통스러웠다. 아버지가 기다릴 걸 알면서도 머뭇거리게 되는 건 이번이 마지막이 되지 않을까 하는 기우 때문이었다. 평소엔 간병인 외에 찾아오는 사람조차 없는 아버지의 병실에 큰어머니가 간만에 와 계셨다. 거의 칠순이 다 된, 이제는 머리도 하얗게 센 큰엄마는 여전히 정정하셨다. 손주들 키우느라고 바쁜 큰어머니가 간만에 시간을 내신 게 분명했다.

"언제 오셨어요?"

은조가 들어가서 반갑게 웃었지만 큰엄마는 그 특유의 불통한 표정으로 은조를 타박했다.

"얼마 안 됐어. 전화 좀 자주 해라. 너 어떻게 사나 궁금하기도 하고 도련님은 어떻게 지내나 궁금해서 함 들러봤다."

칼칼한 목소리로 은조가 연락없는 걸 통박을 줄 뿐이었다.

"몸도 불편하실 텐데 뭘 여기까지 오시고 그러세요."

성원은 오랜만에 본 형수님이 반가웠지만 몸도 불편한 양반이 손주들 떼어놓고 힘들게 움직였을 게 뻔해서 안쓰러운 마음에 한마디 했다.

"도련님이 못 오시니 제가 와야지요."

당당하게 말하는 큰엄마 말에 아빠는 웃으실 뿐이었다. 원래 큰형님과 나이 차가 많이 났다는 아빠, 어릴 때 큰엄마가 이 집으로 시집오셨다고 했다. 아빠 중학교 때 할머니가 죽고 나선, 고등학교 때부터 큰엄마가 뒷바라지를 했다고 했다. 언젠가 큰엄마가 회상하시길 아빠가 고등학교 다닐 때 큰엄마 손을 꼭 잡고 말했단다. '형님 제가 나중에 돈 벌어서 호강시켜 드릴게요'. 남편한테도 못 들어본 말을 막내 도련님한테 들었다면서 웃으셨더랬다.

그 막내 도련님이 나이 많은 형수보다 더 쇠약해져서 병실에 누워 있었다. 원래대로라면 법대 졸업하고 사법고시 준비를 했어야 했는데 어쩌다 이렇게 인생이 꼬인 걸까. 예전에 큰엄마가 들려준 얘기가 기억났다.

"어릴 적부터 곱상한 얼굴에 공부 잘하고, 노래 잘해서 따르는 여자가 많았더랬지. 그런데 그렇게 될 줄 누가 알았겠니. 일류대 법대에 들어갈 때까지만 해도 창창대로였지. 그러다 그 여자를 만난 거야. 원래 너희 아버지가 뭔가에 열중하면 끝장을 봐야만 하는 독한 데가 있었더랬어. 게다가 너네 할아버지가 얼마나 꼬장꼬장한 분이셨니. 그런 분 눈에 네 엄마가 눈에 차겠어? 멀쩡하고 똑똑한 아들 유혹하는 요사스런 요물로만 보이셨지. 그래서 네 아버지한테 으름장을 놓았어. 집에서 나가라고. 그런데 도련님이 그날 밤에 짐 하나도 안 챙겨서 나가더라. 그리고 일 년 좀 넘어서 너를 데리고 들어왔단다.”

결국 대학 졸업을 못한 아버지는 당시 특별전형을 거쳐 초등학교 교사가 됐다. 원래대로라면 노후 걱정은 별로 없을 터였다. 하지만 퇴임하면서 받은 돈을 큰아버지 보증이 잘못돼 많이 날린지라 실제적으로 은조가 가장일 수밖에 없었다. 큰아버지를 원망할 수도 없는 게 사업에 실패하신 후에 그 충격으로 돌아가시고 말았다. 아버지에게는 큰형님 이전에 아버지나 다름없었고, 특히 큰어머니가 은조를 키워주신지라, 은조에게는 할머니나 다름없었다. 큰엄마네 역시 어렵게 된지라 다 큰 사촌오빠, 언니 집에서 손자들 키워주고 사시는 형편이었고 그런 그녀의 현실 때문에 은조 속도 그다지 편하지 않았다.

이제 다 늙은 큰엄마, 어릴 적엔 호랑이처럼 무서워도 누군가한테 엄마 없는 애라고 놀림 받고 울면서 들어오면 대문 밖으로 나가서 은조 뒤를 쫓아오던 애들한테 무섭게 소리치던 그 큰엄

마. 머리가 새하얗게 센 큰엄마 모습을 보는 은조 마음은 애잔했다.

'큰엄마, 제가 아빠 대신 호강시켜 드릴게요.'

라고 마음속으로 읊조렸다. 그런데 언제 어떻게? 한숨을 몰아쉬며 은조는 가슴이 답답해졌다. 가장으로 병든 아버지를 모시고 산다는 것은 생각보다 힘들었다. 요즘처럼 지칠 때마다 생각나는 건 뜻밖의 인물이었다. 분명 그라면 뭔가 해줄 수 있을 거라고 믿고 싶으면서도 말로 꺼낼 수 없는 이유는 무엇일까. 그는 자신을 상대로 무슨 생각을 하고 있는 것일까? 자기가 벌이고 있는 이 정체를 알 수 없는 수수께끼 게임은.

이런 생각을 하면서 병원 현금인출기에서 돈을 뽑은 은조는 눈을 의심할 정도로 깜짝 놀랐다. 이번 달 월급이 생각보다 너무 많았다. 생각보다 너무 많은 금액보다 분노가 먼저 치솟았다. 방금까지 하던 생각은 어디론가 사라지고 마치 위자료라도 되듯 들어와 있는 돈을 보는 순간 머릿속이 새하얘질 정도였다. 이대로 돈을 받고 만다면 자신의 신분이 승제가 생각하는 대로라는 걸 그에게 보여주는 것과 마찬가지이리라. 반드시 뭔가 얘기를 해야겠단 결심을 하면서 집으로 향했다.

요즘 들어 승제는 다시 일찍 퇴근하고 있었다. 대신 일을 갖고 오는지 씻고 저녁 먹고 나면 바로 서재에서 일을 하는 눈치였다. 가급적 야근보다는 집에서 일을 하려는 모양이었다. 딸들과 보내는 시간도 많아졌으니 아이들이 좋아하는 건 당연했다.

자연스레 은조와도 많은 시간을 같이 보내고 있었지만 그들 사이는 긴장감으로 팽팽하게 잡아당긴 바이올린 현처럼 날카로운 소리가 나기 직전이었다. 가끔 혼자서 비명을 지르고 싶을 때도 있었다. 가사 도우미도 퇴근한 집에 애들 둘과 승제와 갇혀 있다 보면 가끔 애가 둘이 아니라 셋이 된 것 같은 상황도 자주 생겼다. 집에 있는 그는 뭔가 계속 귀찮게 주문했고, 은조는 저녁에 예린, 예은뿐만 아니라 그의 비서 노릇도 해야 했다. 아무래도 통장에 들어온 돈과 관련해서 뭔가 따끔하게 얘기해야 할 것 같았다.

예린, 예은을 재워놓고 잠시 시간을 뒀다가 서재 문을 노크하고 들어갔다.

"왜?"

그가 무뚝뚝하게 무슨 볼일이냐고 물었다. 전엔 애들 일로 간간이 얘기도 주고받았는데 요즘엔 거의 없다시피 했다. 아마 있어도 은조가 피할 것이었다. 다만 침대에서 보내는 시간이 길어졌을 뿐.

"제 월급요."

은조는 막상 얼굴을 마주치니 말도 제대로 못하고 미적거렸다.

"왜? 적어?"

뭔가 보고서 같은 걸 들여다보던 승제가 안경을 닦으면서 이마에 깊은 주름을 잡았다.

"아니…… 평소보다 좀 많이 들어온 듯해서요."

전에 아버지 병원비 때문에 천만 원을 빌리면서 20%는 제하고 주기로 했는데 통장에 들어온 금액은 오히려 처음 받기로 했던 월급보다 훨씬 많았다.

"그냥 받아둬."

그가 별것 아닌 양 무심하게 답했다.

"그럴 수 없는데요."

은조가 고집스럽게 받았다.

"돈 필요하잖아."

"그래도 이건 아닌 것 같아요."

은조의 말에 왠지 기분이 나빠졌다. 이래저래 집안일에 바쁜 은조가 안돼 보여서 혹시 돈이 좀 더 필요하지 않을까 싶어 그로선 생각하고 나름 넣어준 것이었다.

"과외 수당이라고 생각해. 아니, 팁이라고 생각하면 되겠네."

순간 그도 자존심이 상해 버렸던 것이다. 이런 말을 하려던 건 아니지만 결국 또 거친 말이 나와 버렸다. 왜 우은조와 있을 때면 그는 늘 감정의 조절을 잃는 걸까. 왜 그녀는 그를 화나게 만드는 걸까. 그게 가끔 견딜 수 없이 화가 났다. 자기 맘대로 하지 못하는 이 감정도, 그렇게 만드는 그녀도 모두 싫었다.

처음에 승제는 가끔 은조를 찾았다. 참고 또 참다가 결국 참을 수 없어졌을 때만 자기비하를 하면서 은조를 안았다. 그렇게 안고 난 다음날 아침이면 당연히 기분이 좋지 않아서 바로 은조에게 화를 내게 됐다. 그는 어린 여자를 안는 자기 자신을 혐오했다. 이렇게 후회할 바에야 안 하면 되고, 그대로 은조에게 나가라고 하면 될 일이라고 생각하려 했지만. 그러지 못했다. 그래서 자기 자신을 그렇게 만드는 은조를 원망했다.

그의 앞에 온몸에 힘이 잔뜩 들어간 채 서 있는 은조 역시 착잡했다. 그의 비아냥거리는 얼굴에 돈으로 얼굴을 패대기를 치고 싶었다. 그때마다 참는 건 아버지였다. 씁쓸한 표정으로 서있는 은조를 그가 잡았다. 반항할 힘도 없었다. 아침 일찍부터 애들 둘한테 치이고 나면 한밤중엔 젖은 솜처럼 늘어졌다. 그리고 밤늦게 들어와 종종 안는 승제 때문에 잠을 설치고 난 뒤부터는 더욱 피곤했다. 왜 애들한테는 그렇게 좋은 아빠이면서 자기한테 그런 적의를 보이는지 왜 해고를 하지 않는 건지 은조는 가끔 궁금하기까지 했다.

"나는 한 번 산 물건은 아주 오래오래 쓰는 편이니까 너무 걱정하지 말라고."

그의 비아냥을 들으며 눈을 감아버렸다. 말로는 차갑게 해도 실제로 요즘엔 은조를 좀 배려해 주려는지 처음처럼 거칠게 굴지는 않았다. 오히려 평소엔 다정하다 싶을 정도로 대해주곤 했다. 그러나 가끔 뭔가 심기가 불쾌해지면 바로 나오는 그의 독설이 무서웠다. 그의 냉정함이 무서웠다.

분명 뭔가 심기가 불편한지 오늘따라 허겁지겁 덤벼드는 승제는 그대로 서재 옆 침실로 끌고 가더니만 침대에 냅다 떠밀어

눕히더니 육중한 몸을 실어버렸다. 잠시 그의 몸을 그대로 떠안은 채 숨을 헐떡일 찰나 바로 입술을 덮쳐 뜨거운 한숨까지 빼앗아갔다. 손은 그대로 입고 있던 티셔츠를 올려 벗겨 버렸다. 그가 원하는 대로 팔을 올려 티셔츠를 벗자, 바로 브래지어에 감싸인 풍만한 가슴이 드러났다. 직접 보기 전까지 그녀의 몸이 이렇게 아름다울 줄 전혀 몰랐다. 언제나 헐렁한 옷으로 감추던 아름다운 몸 선에 그는 눈을 떼지 못할 것 같았다. 하얀색 평범한 브래지어 위로 가슴선이 살짝 나와 있었다. 나와 있는 보드라운 살에 이를 박고 등 뒤의 후크를 풀었다.

이제 가을이 다가와서 그런지 조금은 차가워진 공기에 소름이 오싹 돋았다. 작은 젖꼭지도 바짝 곤두섰다. 가슴에 뜨거운 숨결이 와 닿는가 싶더니 바로 그의 입술이 가슴을 와락 물었다. 정점을 이로 살짝 건드리며 강하게 흡입했다. 뭔가 안지 않으면 그대로 떨어질 것 같은 조급함에 남자의 머리를 안았다.

곧 손이 스커트 안으로 들어오더니 허벅지 안쪽을 살짝 쓰다듬는가 싶더니만 그대로 속옷 속으로 들어왔다. 뜨겁고 강한 손길이 주저하지 않고 안쪽으로 파고들었다. 이미 따뜻하고 습윤한 그곳을 가르고 들어온 긴 손가락이 주는 선율에 은조는 정신이 나가 버릴 것 같았다.

아무래도 애들 보는 눈이 있어 그런지 목덜미 같은 데는 가급적이면 자국을 내지 않으려 했지만 가슴에는 지독하게 흔적을 남겼다. 때문에 그녀의 가슴엔 검푸른 멍이 없어질 날이 없었

다. 집요한 손길과 입이 점점 노골적으로 변해갔다. 가벼운 욕
망이 아니라 이제는 진해진 욕망 때문인지 남자의 얼굴이 더 거
칠게만 느껴졌다. 작게 찌푸린 표정이 은조가 헐떡거릴 때마다
묘한 표정을 지었다. 뭔가 흐뭇해하는 듯도 하고. 은조는 그가
잘 이해가 가지 않았다.

그가 망설임없이 허벅지를 벌리고 몸을 실어왔다. 거친 허리
움직임에 은조가 결국 얕은 신음을 흘렸다.

"아파?"

아무 말 없는 은조를 바라만 봤다. 은조가 거부하듯 고개를
돌리자 짐승 같은 소유욕이 또 어디선가 머리를 들었다. 그대로
허리를 더 거칠게 움직여 버렸다. 아직 익숙하지 않은 여린 몸
어딘가에 상처가 나는 걸 당연히 알고 있었다. 그럼에도 가슴을
우악스럽게 깨물어 버렸다. 이 작은 몸, 돈으로 사고 있고 자신
을 정신적으로 어떻게 고갈시키고 있는 줄 뻔히 알면서도 절대
손아귀에서 놓지 못하는 스스로에 대한 불쾌함에 더욱 가혹하
게 밀어붙였다. 경멸해야 할 대상은 이 따뜻한 몸이 아니라 자
신임을 알면서도.

승제도 알고 있었다. 거구에 근육질인 자신의 몸과 가냘픈 은
조의 몸의 차이를. 하지만 언제나 자신은 그녀를 거칠게 다루게
되었다. 그녀의 그 무심한 듯한, 먼 곳을 바라보는 눈이 자신의
눈을 쳐다보지 않고 허공만 바라보는 눈이 자신을 미치게 몰아

갔다. 정사가 끝나고 돌아눕는 그녀의 가냘픈 등이나 자신이 원하는 대로 행동하긴 해도 자신의 세계에 침잠해 있는 이 여자가 그의 신경을 계속 건드리고 있었다. 그녀는 깊은 물속에 침잠해서 최소한의 움직임만 하고 있을 뿐, 자신의 감정도 일체 내비치고 있지 않았다. 말 그대로 인형처럼 움직이며 자신의 욕구에 따라 움직이고 있었다. 승제 자신이 생각해도 비인간적인 대우였는데 왜 그녀는 나가지 않는 걸까. 게다가 그녀는 절대 새어머니와의 관계에 대해 입을 열려 하지 않았다.

자신을 생각해 볼 때 그렇게 여자에 대해서 큰 관심이 있는 편은 아니었던 듯싶다. 그래서 여자 경험도 많지 않았다. 고등학교 때 어머니 돌아가시기 전부터 바람을 피우던 아버지에 대한 원망 때문인지 자신만은 그렇게 살고 싶지 않았다. 대학 들어간 이후에도 여자보다는 학업에 더 열을 쏟는 편이었고, 결혼도 결국 선을 봐서 해버렸다. 그는 여자에 대해 잘 몰랐다. 사실 성욕이 그렇게까지 강하다고 생각해 본 적도 없고 오히려 보통 남자보다 여자에 관심이 없는 게 아닐까 하는 생각을 했다. 그런 그가 은조에게 이러는 건 그답지 않았다. 하지만 예전엔 전혀 모르던 새로운 세계에 맛을 들이듯, 늦게 배운 도둑질에 날새는 줄 모르는 것처럼 이 작은 몸에 집착하고 있었다.

가끔 은조가 너무 어려 보여서 기분이 묘할 때도 있었다. 이제 마흔을 바라보는 중년 남자가 이십대 초중반의 아가씨에게 이게 무슨 짓일까 싶어서. 은조만 생각하면 가슴이 아렸다. 부정하고 싶지만 가끔 예린이, 예은이와 은조가 웃고 떠들고 있는 것만 봐도 질투가 일 것 같았다. 그런 예쁜 얼굴은 나한테만 보여줘, 라고 말하고 싶었다. 자기 앞에만 서면 긴장하고 굳어버리는 그녀. 자기 앞에선 표정이 싹 사라지는 그 작은 얼굴을 보고 있자면 그 가느다란 목줄기를 쥐고 소리를 치고 싶을 때가 있었다. 나를 보란 말이야, 나를 사랑해 달라고! 하지만 그의 높은 자존심은 그런 얘기를 할 수 없게 만들었다.

단순히 은조는 돈을 갚기 위해 그에게 안기는 걸까? 그런 생각을 하면 온몸에 분노가 확 일었다. 그런 생각이 그를 거칠게 만들었다. 그래서 안으면 안을수록 점점 더 괴로워졌다. 어떤 거친 짓을 해도 절대 거절하지 않는 그녀가 그를 미치게 만들었다. 왜 그의 비인간적인 처사에 그녀는 어떤 말도 꺼내지 않는 걸까. 그런 초조함과 절박함이 그를 더욱 미칠 것같이 만드는지도 몰랐다. 그래서 갈수록 그 둘 사이의 있는 유일한 끈인 육체관계에 집착하게 되는지도 몰랐다. 같이 있고 싶고, 만지고 싶은데, 이유없이 그럴 수가 없으니까 내키지 않아도 해야만 했다.

어떻게 해야 정상적인 관계가 되는 걸까. 가까이 다가갈 수 없는 높은 장벽이 그들 사이에 존재했다. 하지만 그 장벽의 정체도 알 수 없었다. 다른 여자들은 선물을 안기면 끝이었다. 그렇다면 은조에게도 선물 공세? 사무실에 앉아 있던 그는 몽상에서 벗어나듯 잽싸게 벽에 걸린 시계를 보았다. 점심시간이 거의 다 돼 있었다. 회사에서 조금만 가면 백화점이 있었다. 오후에 미팅이 있긴 해도 잘하면 시간을 맞출 수 있을 법했다.

백화점에 가는 것까지도 좋았는데 무얼 사야 할지 전혀 감을 잡을 수가 없었다. 고민을 하면서 백화점을 둘러보다 문득 속옷이 어떨까 싶었다. 은조가 잘 때 입는 트레이닝복이나 티셔츠에 반바지 같은 게 그는 마땅찮았다.

은조도 여자니까 예쁜 잠옷을 좋아하지 않을까 싶었다. 왠지 보석이나 시계, 화장품 같은 걸 사주긴 아직은 멋쩍었다. 옷은 지난번에 사준 게 있으니 잠옷을 사주는 것도 괜찮은 듯했다. 그의 부인은 잘 때 좀 부드러운 재질의 슬립 같은 걸 입었던 거 같다. 그 사람은 언제나 여자이고 싶어했으니까. 그러나 은조는 그런 것에 큰 관심은 없는 듯 보였다. 하지만 자신이 은조가 예쁜 걸 입고 있는 걸 보고 싶었다.

점심시간에 여자들이 득시글거리는 백화점에서 쇼핑을 하는 건 멋쩍은 일이었지만 그는 자신의 예상보다 더 천연덕스럽게 퀘스트를 완수했다.

"저 이 잠옷 좀 포장해 주십시오."

그가 아무렇지 않은 척 말하자 점원이 친절하게 물었다.

"선물 받으실 분 사이즈 아세요?"

직원이 물었을 때 그는 놀란 표정을 지었다. 사실 그가 여자 옷에 대해 알고 있는 거라곤 벗기는 게 몹시 귀찮다는 정도였다.

"잘 모르겠는데요."

"몸무게나 그런 것도 전혀 모르세요?"

그가 고개를 갸웃하자, 직원이 다시 물었다.

"체격이 어떠신지 아세요?"

"키는 165㎝ 정도인데 좀 말랐습니다."

그 말에 직원이 사이즈를 알려주면서 새 제품을 꺼내서 포장해서 건네줬다.

간단하게 백화점 식당가에서 점심을 먹은 뒤 사무실로 돌아가 곧 출장 갈 일들을 정리하고 나니 시간이 꽤 늦어 있었다. 차에 실려 있는 쇼핑백을 생각하면서 히죽거리며 사무실을 나오는데 한수정 변호사와 마주쳤다. 다른 사람들까지 끌고 모두 한잔하러 가는 듯한 분위기였다.

"어, 선배님 아직 퇴근 안 하셨어요?"

"지금 하려고요."

그러자 한 변호사가 노골적으로 그에게 달라붙었다.

"저희 지금 한잔하러 가는 중인데 선배님도 같이 가요?"

그가 표정을 굳히며 정중하게 답했다.

"저녁에 약속이 있어서, 이만."

길쭉한 그의 뒷모습을 보면서 수정은 새치름한 미소를 지었다. 법조인 집안에서 태어나, 승승장구해 온 수정이 찍은 사람이었다. 처음 보는 순간, 애가 딸린 홀아비라는 걸 알면서도 저절로 관심이 가게 됐다. 당연히 그의 배경이 아니었더라면 그런 관심이 가지 않았겠지. 하지만 알면 알수록 그가 마음에 들었다. 여기저기 떡밥을 던져 놨으니 곧 물겠지, 싶은 생각에 얼굴에 저절로 생선을 앞둔 고양이 같은 미소가 떠올랐다.

그가 노크도 없이 문을 벌컥 열고 들어오는 바람에 핸드폰을 쥐고 있던 은조는 깜짝 놀라 눈이 동그래졌다. 그가 서재에서 일하는 중 알았는데 갑자기 들어왔으니 놀라는 게 당연했다.

"뭐 하고 있었어?"

"아무것도요."

은조가 죄짓다 들킨 애처럼 눈치를 살살 봤다.

"그런데 왜 그렇게 놀라."

"그렇게 갑자기 들어오시니까 그렇죠."

은조가 약간 앙칼지게 대답하자 그의 표정도 좋지 않았다. 그때 핸드폰에서 삑삑 하더니 메시지 왔다는 수신음이 울렸다. 책상 아래를 내려다보자 은조의 낡은 핸드폰이 보였다. 흑백의 낡은, 하지만 꽤 오래 쓴 듯한 핸드폰이었다.

"핸드폰이 오래됐네."

그러자 은조가 별거 아니라는 듯 어깨를 으쓱했다.

"바꿔줘?"

"아니에요. 전 이게 편해요. 오래 써서 손에 익었고요."

은조가 황급하게 말하면서 어서 메시지를 확인하고 싶은 듯했다. 하지만 그가 자리를 안 피하니 안절부절못하는 모습을 보였다.

"누구야?"

"네?"

화들짝 놀라는 은조를 보면서 기분이 좋지 않았다. 이 한밤중에 sms를 주고받는 사람이 누구인 걸까. 경제이려나? 혹시 학교 남자 선배나 동기?

"메시지 보낸 사람 확인해 봐."

"나중에요."

은조가 무심한 척 대답했다. 그에게 자신의 사생활을 알려주고 싶지 않았다. 아빠가 병원에서 밤에 심심하심 종종 이렇게 문자로 대화를 하곤 했다. 그것도 최근 들어 뜸해졌지만. 아버지의 낙이나 다름없었다. 곁에 없는 딸과 종종 문자를 주고받으면서 서로 안부를 묻곤 했다. 진통제 때문에 정신도 제대로 못 차리시는 양반이 하루에 한 번 이상은 꼭 문자를 날렸다. 힘없는 목소리는 들려주기 싫다고 문자를 고집하셨다. 아빠와 한참 문자를 주고받는 중에 승제가 들어온 것이었다. 아빠와의 시간을 방해 받은 것 같아 은조는 기분이 그다지 좋지 않았고 나가는 말도 불퉁했다.

은조가 대답할 기색이 없자 가뜩이나 안색이 좋지 않던 그가 완전 이맛살을 찌푸리더니만 차갑게 말했다.

"이층으로 올라와."

그 말만 하고 나가자, 잽싸게 아빠한테 문자를 보낸 뒤에 그를 따라갔다. 방에 들어오자마자 뭔가 포장된 박스를 들이밀었다. 은조가 얼떨결에 받고 고개를 갸웃하자 그가 낮은 소리로 말했다.

"풀어봐."

"이게 뭐예요?"

은조는 알 수 없는 그의 행동에 고개만 갸웃할 뿐이었다.

"풀면 알 거 아냐."

뭔가 마땅찮은지 그가 불퉁스럽게 말했다. 왜인지 은조만 있으면 성격이 급해진다. 돌부처처럼 진중하다고 놀림을 받았건만 왜 은조만 옆에 있음 안절부절못하게 되는 걸까.

은조의 가느다란 손길이 박스의 포장을 풀기 시작했다. 안에서 나온 것은 잠자리 날개처럼 하늘거리는 실크 잠옷이었다. 은조가 멍하니 들고 뭘 어쩌란 눈빛으로 그를 올려다보았다.

"그거 입고 자라고."

"네?"

"그런 옷 마음에 안 들어."

은조가 입고 있는 트레이닝복을 가리키며 그가 불만족스런 표정을 지었다. 아무래도 집에선 이런 옷을 입고 있는 게 편했다. 그런데 그는 불만이었던가 보다.

"왜요? 전 이게 편해요."

은조가 그를 약 올리기라도 하듯 한 바퀴 뺑 돌았다.

"내가 안 편해. 벗기기 귀찮단 말이야."

그가 인상을 확 쓰면서 더 이상 얘기하고 싶지 않다는 듯이 은조를 획 잡아당겨 안았다.

"뭐 하시는 거예요?"

그가 그대로 입고 있는 티셔츠를 그대로 들어 벗기자 은조가 화들짝 놀랐다. 불도 그대로 켜놓은지라 더욱 당황하고 있었다. 그러나 그는 아무 말 없이 자기가 사 온 잠옷을 그대로 입혀 버렸다. 그녀는 인형처럼 멍하니 그가 놀리는 대로 있을 뿐이었다.

하얀색 얇은 실크가 서늘하게 몸에 닿는 느낌은 좋았다. 그러나 이런 걸 입는다는 게 의미하는 바가 불편했다. 그래서 그대로 벗어버렸다.

"왜? 보기 좋은데."

형광등 불빛이 그의 안경에 반사돼 눈이 보이지 않았지만 그는 상당히 흐뭇해하는 반응이었다.

"전 싫어요."

앙칼지게 말하며 옷을 잘 접어 도로 박스에 넣는 은조를 그는 무슨 생각을 하는 듯이 날카롭게 바라보았다.

"그럼 다른 걸로 바꿔다 줘?"

"옷 입는 것도 내 마음대로 안 되나요?"

그러나 그는 대답하지 않고 뭔가 곰곰이 생각하는 듯한 표정을 지었다. 확실히 실크가 잘 어울리긴 했지만 왠지 아직 어린 은조에겐 잘 어울리지 않았다. 화장기 없는 볼이 통통한 은조에게 면으로 된 퍼프 소매의 귀여운 게 더 잘 어울릴 것 같았다.

"입기 싫음 관둬."

그러더니 그가 상자를 챙겨서 도로 쇼핑백 안에 넣었다. 은조는 멀뚱하니 다시 옷을 입은 다음에 그를 바라보았다. 그의 거친 손놀림에 은조가 조금 놀란 듯 보였지만 쇼핑백을 갈무리한 뒤에, 그가 멀뚱거리며 서 있는 은조를 뭔가 살피는 듯한 눈초리로 온몸을 살펴보았다. 그러더니 갑자기 뭔가 이상한 질문을 해댔다.

"여성복은 사이즈가 어떻게 돼?"

"글쎄요. 그건 회사마다 좀 다른 거 같은데요."

"그래도 간단하게 설명해 봐."

"제일 작은 44가 있고, 55, 66, 77. 이렇게 나가는 게 기본인 것 같아요. 캐주얼은 85, 90, 95, 100, 이렇게 나가고요."

은조가 간단하게 설명해 주자, 그가 열심히 기억하는 듯이 숫자를 반복했다.

"그래? 그럼 넌 뭐 입어?"

"갑자기 왜요?"

은조의 경계하는 질문에 그가 잠시 뜸을 들였다.

"선물할 일이 있는데 뭘 사야 할지 몰라서."

그때 전에 마주쳤던 그의 후배 여변호사가 생각났다. 설마 그녀에게? 만일 은조가 전혀 모르는 사람이라면 차라리 기분이 나으려나? 그 여자와 자기를 은연중에 비교하면서 괜히 비참해할

필요는 없었다. 하지만 왠지 모르게 가슴속을 채우는 이 불안감
은 무엇일까?

다음날 저녁에 돌아온 그는 뭔가 커다란 쇼핑백을 들고 있었
다. 은조는 모르는 척했다. 아마도 내일 회사에 갖고 가서 그녀
에게 선물이라도 할 모양이었다. 곧 애들에게 새엄마가 생기는
걸까. 그렇다면 자기는? 그런 생각에 머릿속이 복잡해졌다. 처
음엔 새어머니 얘기를 곧잘 꺼내서 괴롭히더니만 요즘은 아예
언급조차 하지 않았다.

그에게 자신은 어떤 존재인 걸까. 자기에게 그는…… 이런 생
각을 하면 언제나 가슴속의 진실을 차마 들여다볼 수가 없었다.
그냥 그대로 머리를 타조처럼 모래 속에 묻어버리고만 싶었다.

이런 생각을 하는데 핸드폰에 문자가 삐빅 왔다. 아버지인가
싶어 액정을 들여다보니 놀랍게도 승제였다.

〈올라와.〉

단 한 마디였다.

은조가 문을 두드리고 들어오자 그가 앉으라고 책상 앞 의자
를 가리켰다. 은조가 경계하는 듯한 태도로 앉자 그가 쇼핑백을
들이밀었다.

"이건 또 뭐예요?"

"꺼내봐. 사이즈 안 맞으면 바꿔야 하니까."

원피스 한 벌에, 스커트 여러 벌, 스커트에 맞춰 입으면 좋을 듯한 카디건 세트, 블라우스 등등이 줄줄이 나왔다.

"왜 갑자기……."

"앞으로 치마만 입어."

그가 은조의 복장이 마음에 안 든 모양이었다. 자기가 그렇게 남루해 보이는 걸까.

"왜요? 제가 허름하게 입고 다니는 게 그렇게 마음에 안 드세요?"

은조는 자신의 가난이 자랑스럽진 않지만 비참하다고 생각한 적이 없었다. 지금 이 순간만은 빼고.

"보기 좋게 예쁜 거 입어."

그의 무뚝뚝한 말에 은조가 순간 굳었다가 허탈한 듯이 고개를 돌려 시선을 피해 버렸다. 옆으로 돌아간 긴 목선을 보면서 승제는 또 자신을 탓했다. 이 요령없음은 어디서 오는 걸까.

은조 역시 기분이 좋지는 않았다. 그는 자신을 무엇이라고 생각하는 걸까. 마치 애인이라도 대하듯 이런 걸 갖다 안기는 건 무엇을 의미할까. 아니, 그녀가 예뻐 보이기를 원하는 것은 마치 정부에게 보석을 선물하는 남자와 같은 걸까? 정말 알 수 없었다. 그는 무슨 생각을 하는지.

요즘 들어 퇴근은 일러도 서재에서 좀 오랫동안 일한다 싶더니만 저녁때 그가 아무렇지 않게 곧 출장 간다는 걸 알렸다. 며칠 전에 잠깐 일정을 얘기한 적이 있어서 은조는 알고 있었다.

"내일 아빠 출장 간다."

그 말에 예린이랑 예은이가 싫은지 입을 삐죽였다.

"어디로 가?"

예린이 시큰둥하게 물었다.

"샌프란시스코."

"흐응."

새침하게 눈을 내리깐 예린은 입을 삐죽거렸다. 예은은 이미 반쯤 울 듯한 표정이었다. 승제라고 좋아서 가는 것은 아니었다. 요즘 들어 출장도 자제하고 있긴 하지만 이번에는 꼭 가야하는 일이라서 어쩔 수 없었다. 이럴 때 당근은 선물밖에 없었다. 그것도 요즘 약발이 떨어져 가는지 예전처럼 좋아하지도 않는 눈치였다.

"아빠가 뭐 사다 줄까?"

그 말에 두 여자애들이 머리를 굴리는 게 보였다. 인형이나 초콜릿 이런 건 받아도 예전처럼 기쁘지가 않았다. 눈치를 보던 은조가 잽싸게 진화에 나섰다.

"요즘 예린이랑 예은이 영어 책 좋아하니까 영어 그림책 어떠세요? 아, 맞다. 전에 왜 예은이 종이인형 좋다고 했잖아. 그건 어때? 제가 인터넷 서점에서 봐둔 거 있는데 그것 사다 주실래요?"

"아, 맞다 전에 고모가 보여준 거."

둘이 눈이 반짝거린다. 얼마 전엔 셋이서 역사 공부 같은 걸 하면서 종이인형을 그리며 노는 걸 본 적도 있는 듯싶었다. 여자애들이라 그런지 옷에도 관심이 많아 보였다.

"예린이랑 예은이 가을 옷 필요하니까 사이즈랑 해서 적어 드릴 테니까 좀 사다 주실 수 있으세요?"

"몇 시간 정도는 시간 나니까 괜찮을 거야."

이렇게 은조가 잽싸게 딸들 관심을 돌린 덕에 그는 겨우 헤어날 수가 있었다. 은조 없이 어떻게 살았는지 이제는 잘 생각도 나지 않았다.

승제는 요즘 무슨 일이 있어도 예린, 예은을 아홉 시에 재워서 되도록이면 잠을 많이 자게 하고 있었다. 그 덕에 은조의 일과도 빨리 끝나는 편이었다. 겨우 아홉 시 좀 넘어 한숨 돌린 은조가 서재 문을 두드리고 들어갔다. 평소 이 시간엔 서재에서 음악을 들으면서 독서를 하거나 서류를 들여다보고 있을 텐데 오늘은 짐을 꾸리고 있었다. 이미 옷은 다 꾸렸는지 서재에서 들고 갈 서류를 정리하고 있었다.

은조가 프린트한 걸 내밀자 그가 받으면서 다른 손으로 흘러내린 안경을 올렸다. 아무렇지 않은 듯이 입고 있는 검은색 셔츠, 셔츠 소매를 둘둘 말아 올려서 두꺼운 팔뚝이 드러나 있었다. 여름내 친 테니스 덕인지 꽤 그을려 있었다. 그 팔이 자기를 어떻게 안는지 문득 떠올리자 얼굴이 빨개질 것 같았다. 그런 상념을 깬 것은 승제의 낮은 목소리였다.

"이게 뭐야?"

"필요한 거 정리했어요."

그가 프린트를 휙휙 들쳐봤다.

"장기 출장이시니까 출발 전에 제가 쇼핑해서 그리로 배송받는 건 어떨까요?"

"그러든지. ……당신은 뭐 필요한 거 없어?"

그가 자신을 뚫어지게 바라보자 은조는 왠지 목까지 빨개질 거 같은 당혹감을 시선을 내려 그의 발치께를 보며 새치름하게 답했다.

"없어요."

은조한테 나름 기분 좋게 말했지만 돌아온 대답은 차가운 거절이었다. 그런 승제의 찌푸린 얼굴을 은조가 눈치를 보며 물었다.

"몇 시 비행기예요?"

"열한 시 좀 넘어서. 여기서 여덟 시엔 나가야 할 것 같아."

그 말을 한 뒤에 그가 갑자기 낚아챘다. 그대로 끌려온 은조를 의자 위의 자신의 무릎 위로 끌어 올렸다. 은조는 그대로 얼굴을 마주 보고 안겼다. 은조는 자신의 엉덩이 아래 그의 단단한 허벅지를 느끼면서 눈을 감아버렸다. 그의 눈은 욕망으로 짙어져 있었다. 얼굴을 그대로 내리려다 말고 인상을 확 쓰더니만 안경을 벗어 책상에 아무렇게나 던지곤 그대로 얼굴을 내렸다.

그녀는 그의 무릎 위에 앉아 목에 팔을 두르고 키스에 빠져들었다. 그의 남성적인 체취가 후각을 자극했다. 아침에 그가 면도하는 걸 지켜본 적이 있었다. 거울 너머로 그녀와 시선이 마주치자 싱긋 웃었다. 그가 면도 후에 애프터쉐이브 로션을 바르고 향수를 뿌리는 과정이 묘하게 관능적으로 다가왔다. 자연스레 승제의 몸에서 나는 향은 은조에게 섹시하게 다가왔다.

승제는 섹스의 전채 정도로만 키스를 하지 절대 키스만을 위해선 절대 하지 않았다. 역시 허리를 강하게 잡고 있던 손이 어느새 가슴까지 올라와 스웨터를 위로 올리고 안쪽으로 파고들어 브래지어 끈을 풀었다. 당황한 은조가 그의 얼굴이 목으로 내려간 틈을 타 집요한 손길을 가볍게 뿌리치며 헐떡거렸다.

"안 피곤하세요? 피곤하실 텐데 어서 주무세요."

"이거 끝내고 잘 거야."

그가 웃음 섞인 목소리로 답했다. 티셔츠를 허겁지겁 올린 그가 은조의 가슴에 대고 거친 애무를 시작했다. 이제 막 올라오기 시작한 수염에 스친 보드라운 속살이 따갑기만 했다. 잠시 후엔 빨갛게 부풀어 오르기까지 했다. 뭔가 쥐지 않으면 안 될 것처럼 격한 파도가 온몸에 밀어붙이는 듯했다.

가슴을 움켜쥐고 탐닉하던 그의 다른 손이 치맛자락 속으로 파고들었다. 얼마 전 스커트와 원피스를 여러 벌 사서 억지로 안긴 뒤에 절대 다른 옷은 입지도 못하게 한 승제였다. 그는 아마도 이런 용도로 자기에게 치마를 입힌 듯했다.

치마 속의 슬립을 헤치고 속옷 속으로 기다란 손을 들이밀었다. 가느다란 교성과 농염하며 달콤한 한숨이 그를 미친 듯이 몰아갔다. 처음엔 고통스럽기만 하는 듯싶더니만 요즘엔 익숙한 첼로라도 된 양 그의 손에서 좋은 소리를 내고 있었다.

그의 넓은 가슴에 기댄 은조의 귓가에는 계속 선율이 울리고 있다. 처음 들어왔을 때부터 틀어놨던 곡이었다. 물방울이 떨어지듯 계속 반복되는 선율이 귀를 자극하고 있었다.

집요한 애무에 가느다란 신음이 흘러나왔다. 부드러운 속살을 만져서 희열로 이끄는 익숙한 손길에 온몸이 다 그리로 쏠린 것 같았다. 뭔가 잡지 않으면 떠내려 갈 것 같은 열정의 풍랑 속에서 승제 목을 꼭 안고 있었다. 은조의 여성이 자잘한 수축을 할 무렵에서야 승제가 놔주는가 싶더니 바로 자기의 여성에 와 닿는 단단한 그를 느끼며 은조는 잠깐 긴장했다.

"여기선 싫어요."

은조가 불편한지 몸을 꼼질거리면서 작게 반항했다. 그러나 그는 전혀 듣는 눈치가 아니었다. 붉은 기가 도는 그의 눈가를 볼 때 여기서 멈춰줄 것 같지 않았다. 그의 길쭉한 눈매가 은조와 시선을 마주하고는 서서히 그가 들어오기 시작했다. 그의 시선에 걸려 버린 것처럼 은조는 눈을 돌리지 못한 채 그와 마주 보며 그를 맞았다.

그가 들어오는 그 순간은 언제나 아팠다. 작게 숨을 들이키는 은조가 걱정됐는지, 그가 잠시 가만히 움직이지 않고 은조가 익숙해지길 기다려 줬다. 평소엔 언제나 침대에서 나름 정중하게 안는 편이었는데 오늘따라 왜 이곳인지 잘 모르겠다 싶었다. 준비라도 하고 있었던 듯 콘돔까지 갖다 놓은 걸 보면 미리 계획한 듯했다. 참 알 수 없는 사람이다 싶었다.

몸 안에 들어찬 그의 몸이 맥동하는 게 느껴질 정도로 친밀하게 붙어 있는 것이 창피했다. 얼굴을 마주 보고 있는 것도. 환한 불빛 아래. 그렇게 얼굴을 마주 보기가 민망해져 그대로 그의 가슴에 얼굴을 묻어버렸다. 어느새 풀어헤쳐진 그의 날가슴에 얼굴을 대자, 심장의 강한 맥동이 느껴졌다. 그가 가만히 척추를 따라 쓰다듬어 주는 부드러운 손길이 그 어떤 말보다 더 위로가 됐다. 은조의 찡그렸던 표정이 조금 괜찮아지자 그가 안고 속삭였다.

"네가 움직여 봐."

은조가 뭘 어떻게 할지 몰라 묻었던 얼굴을 들어 그를 바라보았다.

"난 가만히 있을 테니 네가 움직여 보라고. 응?"

그러더니 힙을 움켜쥐고 아래에서 슬쩍 움직였다. 은조가 놀라 허리를 뒤로 젖히다 허겁지겁 승제의 목을 부여잡았다. 아무래도 자세가 그래서인지 그가 좀 더 깊이 들어와 있는 느낌에 은조는 당황하고 있었다. 잠시 후 그가 더 이상 그냥 있기가 싫은지 그대로 허리를 들고 깊이 들어왔다. 그러나 그는 아주 느긋하게 움직였다.

예전엔 폭풍이 몰아치듯 와서 순식간에 끝내고 가더니만 요즘엔 느긋하게 천천히 하는 걸 좋아하는 듯했다. 그의 움직임과 더불어 귓가에는 계속 물이 떨어지듯 피아노 음이 소용돌이쳤다. 선율이 클라이맥스로 올라감과 더불어 승제도 절정을 맞이했다. 지쳐서 승제 목가에 얼굴을 대고 숨을 헐떡거리던 은조가 가느다란 소리로 물었다.

"지금 나오는 곡이 뭐예요?"

"라벨의 라 발스(la valse)야."

그의 거칠고 갈라진 듯한 목소리가 귓가에 대고 속삭였다. 물방울이 떨어지는 것처럼 신비로운 피아노 음을 들으며 은조가 가만히 승제에 기대 있었다. 승제는 자신의 가슴에 기대고 있는 따뜻하고 작은 몸을 어루만졌다. 아직 볼에 젖살도 안 빠진 어린 티가 남아 있는 이 아가씨에게 자신이 진짜 원하는 것을 말할 수 없으니까, 어린아이가 화풀이하듯 이 작은 몸에 풀어낼 뿐이었다. 그런 자신을 알고 있기 때문에 괴로웠지만 그렇다고 놔줄 수도 없었다. 그의 작은 새. 그의 작은 파랑새.

"그런데 왜 이름이 은조야? 정말 새 조자 써?"

잠시 몸을 추스르고 나서도 그는 그녀를 놔줄 생각을 하지 않았다. 나른해진 몸을 그에게 기대고 있을 때 그가 뜬금없이 말을 걸었다.

"아빠가 태몽으로 은빛 도는 푸른 새를 보았대요. 은빛으로 빛나는 푸른 새가 아빠 품으로 쏙 들어와서 아빠가 잡았대요."

"안 잡으면 안 될 정도로 예쁜 새여서 꿈속에서도 이게 태몽인데 잡아야 하나 말아야 하나 고민하다 꼭 잡았지. 그래서 남자애면 청조라고 짓고, 여자애면 은조라고 지어야지 했단다."

나중에 들은 얘기로 그 여자는 아기를 낳지 않겠다고 난리를 치는데 아빠가 강제로 붙잡아 앉히고 설득해서 겨우 낳게 했단다. 하지만 애 낳고 나서 몸조리가 끝나자마자 집 보증금 빼서 날라 버렸다고 했다. 아빠의 전재산이나 마찬가지였던.

"졸려?"

은조가 가만히 고개를 끄덕이자 그가 그대로 안고서 일어났다. 바로 침대까지 안고 간 그는 그녀를 등 뒤에서 안고서 잠에 들었다. 몸을 감싸든 누군가 안고 있는 게 기분이 좋았다.

다음날 그녀가 일어났을 땐 남자는 이미 샤워까지 하고 모든 준비를 마친 상태였다.

"깨우지 그랬어요."

은조가 타박을 하자 상큼한 미소를 지으며 승제가 말했다.

"피곤해 보여서. 좀 더 누워 있어. 아직 애들 일어나려면 멀었어."

그가 배스가운을 벗고 옷을 입는 걸 가만히 지켜보았다. 아무래도 출장이어서 그런지 비행기를 타는데도 슈트를 골라 입었다. 능숙하게 넥타이를 매는 그는, 그녀가 아는 임승제가 아닌 듯했다. 넥타이를 다 맨 그가 고개를 돌려 그녀를 바라봤다. 침대에 멍하니 앉아 이불을 가슴께까지 끌어올린 은조는 부시시

한 머리 때문인지 더 어려 보였다.

그가 다가와 앉더니만 은조를 끌어당겨 안고는 귓가에 속삭였다.

"전화할게."

그 말에 은조는 아무런 답도 하지 않은 채 벌떡 일어나 옆에 걸쳐 놨던 옷을 챙겨 입었다.

뜨거운 커피 한 잔을 앞에 놓고 간만에 여유있는 시간을 갖고 있었다. 방 안에서 예린이 피아노를 치는 소리가 들렸다. 지금 쯤 도착하고 남았겠지. 그는 그녀보다 더 늦은 시간대에 살고 있겠지. 갑자기 그가 서울 하늘 아래에 없다고 생각하니 허전해졌다. 그런 상념을 깨듯 핸드폰이 부르르 떨었다. 그의 번호였다. 로밍해 간다고 무슨 일 생기면 이 번호로 전화하라고 했던 게 기억이 났다.

"여보세요?"

[은조? 나 잘 도착했다고. 집에 별일없지?]

마치 사무실에서 전화 걸기라고 한 듯 가깝게만 느껴졌다.

"네. 피곤하진 않으시고요?"

[그냥 그래. 집에 무슨 일 있으면 내 핸드폰으로 전화해.]

그는 뭔가 할 말이 있는지 머뭇거리다 전화를 끊었다. 하지만 그뒤 은조가 하루 일과를 마칠 때쯤이면 꼭 그에게서 전화가 오곤 했다. 평소에도 별로 말이 없던 사람이었는데 전화로도 역시 말이 없었다. 잠시 짬을 내서 전화하는 눈치였다.

[이거 초당 얼마인지 알아? 뭐라고 얘기 좀 해. 그렇게 침묵만 지키지 말고.]

은조의 말없음을 타박하자 은조가 불퉁스럽게 투덜거렸다.

"제가 무슨 서비스예요, 무슨 얘기를 하라고요."

그러자 그가 기분 좋게 껄껄 웃었다. 사실 목소리 듣고 있는 것만으로도, 아니, 그냥 핸드폰으로 연결돼 있는 것만으로도 좋아서 애들 잘 있나 체크한다는 핑계로 전화를 하는 것이었다.

그때 옆에서 누군가 승제를 부르는 소리가 들렸다. 톤이 높은 게 여자 목소리 같았다. 순간 머릿속엔 몇 번 마주친 그 여자가 자연스레 연상됐다.

[선배님, 커피 드실 거죠?]

[아, 한 잔 부탁해도 될까?]

그가 수화기에서 얼굴을 떼고 말하는 게 고스란히 들리자 은조는 왠지 감정이 상해 버렸다. 그대로 핸드폰 폴더를 닫고 싶어져 버렸다.

[아, 미안.]

"아니에요. 바쁘신 거 같은데 끊으세요. 예린이 피아노 거의 끝났나 봐요."

[그래. 알았어.]

이 말을 하고 핸드폰 폴더를 닫으면서 승제는 얼굴이 풀어지는 걸 조절할 수가 없었다. 승제 뒤에서 커피를 갖고 오던 수정은 그런 승제를 의심스런 눈길로 쳐다봤다.

　승제는 한숨을 쉬며 사무실 검은 유리창에 비친 지친 중년 남자를 바라보았다. 사무실 공기가 왠지 답답해서 와이셔츠 단추 두 개를 풀고 넥타이를 느슨하게 했다. 앞에 쌓여 있는 보고서의 산은 오늘 꼭 한다고 내일 사라질 것도 아니었다. 이제야 피곤이 물밀듯 밀려오기 시작했다. 샌프란시스코 출장에서 돌아오자마자 바로 사무실로 직행해 그간 일들을 보고 받았다. 보고서 쓰고 뭐 하고 하다 보니 어느새 한밤중이었다. 하지만 비행기 안에서까지 계속 일을 할 정도라 퇴근할 엄두도 내지 못했다.

　그는 핸드폰에 있는 번호에서 콜택시를 부르며 미소를 지었다. 은조가 집에서 기다리고 있겠지. 전에는 출장에 다녀와도 집에 가기 싫을 때가 종종 있었다. 딸들을 끔찍하게 사랑하지만 그 큰집이 너무 삭막해서 그도 종종 외로움을 느낄 정도였다. 그만 바라보는 딸들도 부담스럽고. 하지만 이제는 달랐다. 집에 들어가야 할 이유가 생겼으니까.

La Valse ...eight

오늘쯤 그가 도착할 것 같은데 아직 집에 들어오지 않았다. 예린, 예은도 계속 아빠를 기다리는 눈치였다. 워낙 바쁜지라 한국에 잘 도착했나 전화라도 한 번 해보고 싶은데 집에도 바로 못 올 정도로 바쁜 사람 귀찮게 할까 봐서 그냥 멍하니 기다릴 뿐이었다. 결국 지쳐서 잠든 예린, 예은 잠자리를 봐주고 씻고 뭐 하고 하다 보니 훌쩍 열두 시를 넘기고 있었다.

멍하니 누워 있는데 현관문이 열리는 소리가 들렸다. 순간 가슴이 두근거렸지만 책을 보는 척하면서 그냥 침대에 누워 있었다. 잠시 후 누군가 방문을 열고 들어왔다. 모르는 척 그제야 고개를 돌려보니 그가 서 있었다. 지쳤는지 평소엔 가지런하던 머

리조차 약간 헝클어져 있었다. 피곤이 얼굴에 내려앉아 있는 게
보였다.

"왔어."

라고 하는 그의 모습이 어찌나 반가운지, 뛰어가서 안고 싶었
다. 당신 없는 집안은 빈 것 같았노라고 말해주고 싶었다. 하지
만 은조는 참았다. 그녀는 그의 연인도, 부인도 아무것도 아니
니까. 심지어 그의 정부조차도 아니었다. 단지 그의 딸들의 가
정교사일 뿐, 그의 고용인일 뿐. 그런데 그가 보고 싶었다. 낮에
는 예린이, 예은이 뒤를 쫓아다니고, 아빠 병문안 다녀오고, 애
들 숙제 시키고, 공부 좀 봐주고 자고 나면 그때부터 이상하게
잠이 오질 않는 것이었다. 그가 계속 생각났다. 그는 지금 뭐 하
고 있을까? 그가 있는 곳은 몇 시일까? 밤이 이상하게 길게만
느껴졌다.

그는 한걸음에 그녀에게 다가오더니 엉거주춤 있는 그녀를
껴안았다. 은조는 떨리는 손을 들어 그의 등을 마주 안았다. 그
는 그녀를 뿌리치지 않고 오히려 힘을 더할 뿐이었다. 피곤해서
아무것도 하기 싫었다. 단지 이 작은 따뜻한 몸만 그리울 뿐이
었다. 욕망의 대상으로서가 아니라 그냥 안고 싶었다. 사람의
온기가 그립고 힘들고 지쳐 있을 때 위로해 주는 무언가. 그에
겐 살면서 그런 게 없었는데 이제 그게 막 생긴 것 같았다.

"안 피곤하세요?"

은조가 그가 좀 걱정됐는지 약간 얼굴을 떼고 물었다. 그가

작게 웃었다.

"하루 종일 자도 모자랄 정도로 피곤해."

"가서 주무세요."

그녀가 얼굴을 쓰다듬으며 말했다.

"당신이 재워주면 잘래."

잠투정하는 어린애처럼 그가 고집을 부리자 은조가 작게 웃었다. 마치 딸들한테 하듯이. 그리곤 대답도 듣기 전에 거의 감싸 안고서 자기 방으로 끌고 갔다. 한 치도 떨어져 있기 싫다는 듯이 그는 별말도 없이 그녀를 안고서 방에 데려다 놓은 뒤에,

"나 샤워하고 나올 거니까 자지 말고 기다려."

다짐을 받고서 샤워하러 들어갔다. 워낙 깔끔한 성격이라 집에 들어오면 바로 샤워부터 했다. 그렇게 깔끔한 성격이면 좀 피곤하지 않을까 싶은데 보면 자기한테 엄격한 반면에 다른 사람들한테는 기본적으로 유한 성격이었다.

십 분쯤 되자 그가 욕실에서 나왔다. 안경을 벗어서인지 인상이 좀 부드러워 보였다. 젖은 머리를 대충 털어 말리더니 바로 이불 속으로 들어온 그가 은조를 꼭 안았다. 입술에 살짝 입맞춤을 하고 자나 싶더니만 갑자기 생각지도 못한 고집을 부리기 시작했다.

"자장가도 불러줘."

그 말에 은조가 웃어버렸다. 가끔 예린, 예은에게 어릴 때 배운 자장가를 불러주는 걸 그가 들었나 보다. 심지어 선곡까지

했다.

"나는 모차르트 자장가가 제일 좋아."

"자장가 불러주면 뭐 해줄 건데요?"

장난기가 돋은 은조가 약 올리듯이 묻자, 그가 예상치 못한 반격에 투덜거렸다.

"지금은 아무 생각도 안 나니까, 노래 듣고 나서 결정하면 안 될까?"

"먼저 자버리면요? 변호사 상대로 계약 없이 뭔가 해주는 건 불리한 것 같아요."

은조가 진지하게 반론하자 그가 진짜 투덜거렸다.

"왜 뭐 사준다고 하면 다 싫다고 하면서 말이야. 내가 떠나기 전날 뭐 사다 줄까 물었을 땐 다 필요없다고 해놓고. 여자는 왜 다 그렇게 거짓말쟁이인가 몰라. 말해, 뭐가 필요한지."

"그건 선물이 아니잖아요."

은조의 항변에 그가 잠시 머리를 굴리는 듯싶더니만 갑자기 그가 얼굴을 돌리더니 입술을 겹쳐 왔다. 초콜릿을 빨듯이 부드럽게 아랫입술을 빨아왔다. 그동안 수십 번 키스를 했을 텐데, 이렇게 느릿하고 부드러운 고문이 있었던가. 뜨거운 혀가 치아를 가르고 들어와 자신의 혀를 휘감는 게 느껴졌다. 심장이 마구 두근박질치는데 그는 여전히 느릿하고 정중하게 움직일 뿐이었다. 그러더니 갑자기 입을 떼고 눈가에 잔주름이 생길 정도로 활짝 웃었다.

"줬다, 선물."

"이게 무슨 선물이에요."

"거야 주는 사람 마음이지."

그 말에 은조가 분해도 아무 말도 못하다 작은 목소리로 노래를 부르기 시작했다. 어릴 때 칭얼거리는 어린 은조를 팔베개해주고 아빠가 자장가를 불러주곤 했다. 노래를 잘해서 학교 합창단의 테너였다는 아버지. 은조에게 어려운 살림에 피아노를 가르쳐 줬더랬지. 그는 노래를 들으면서 정말 잠이 들었는지 점점 눈이 감기더니 잠시 후 색색 규칙적인 소리를 내면서 잠이 들었다. 은조는 잠시 누워 있다 그가 깨지 않게 조심스레 살며시 빠져나왔다. 그냥 방으로 돌아가기 왠지 아쉬워져 그를 잠시 바라봤다. 사이드 테이블에 있는 조명에 드러난 그의 지쳐 보이는 얼굴은 왠지 나이보다 어려 보이기까지 했다. 아직 젖어 있는 검은색 단정한 머리, 단호해 뵈는 턱선, 날렵한 콧날, 짙게 드리운 속눈썹. 노래 구절처럼 달님은 영롱하게 은구슬 금구슬을 뿌려주고 있었다. 이마에 잘 자라는 굿나잇 키스를 해주고 살며시 방으로 돌아갔다.

은조의 기척에 선잠이 들었다 깨었다. 자기 방으로 돌아가나 싶어 서운해하는 찰나 예상치 못하게 이마에 와 닿는 따뜻하고 보드라운 입술에 기분이 좋아져 버렸다. 그리고 은조는 조용히 문을 닫고 사라졌고, 그도 기분 좋게 꿈속으로 빠져들었다.

예린, 예은을 깨운 뒤에 승제가 한밤중에 온 걸 알리자 예린, 예은이 좋아하면서 당장 이층으로 올라가려고 했다. 하지만 은조가 단호하게 만류했다.

"안 돼, 아빠 어제 한밤중에 오셨어. 일단 아빠 좀 더 주무신 뒤에."

그 말 끝나기 무섭게 승제가 마치 24시간을 자고 나온 사람처럼 생생한 모습으로 아침 식탁에 나와 앉았다. 평소보다 조금 늦게 일어난 정도였는데 참 대단한 체력이다 싶어서 은조는 자기도 모르게 웃어버렸다.

예린, 예은이 승제 팔에 한쪽씩 달라붙어서 눈을 빛냈다.

"아빠 선물은?"

"학교 갔다 와서 고모랑 같이 봐. 지금 보면 학교도 못 갈 거 아니야."

승제가 나름 엄하게 말하자 예린, 예은이 눈을 빛내면서 입을 삐죽거렸지만 뭔가 있다는 걸 알고 좋아하며 학교 갈 준비를 했다. 예린, 예은을 통학버스에 실어 보내고 한숨 돌리고 집에 들어오자 그가 아직 나가지 않고 그녀를 기다리고 있었다.

"출근 안 하세요?"

소파에 앉아 밀린 신문을 주루룩 훑던 그가 신문에 얼굴을 박고 말했다.

"오늘 두 시간 정도 늦게 갈 거라고 미리 말해뒀어. 나도 좀 쉬어야지 사람인데."

농담처럼 그가 말했다. 그러더니 벌떡 일어나더니 별말도 없이 손목을 잡고 방으로 끌고 가는 것이었다. 그러더니 아직 채 짐도 풀지 않지 트렁크 옆에 서 있는 면세점 쇼핑백에서 박스를 하나 꺼내 은조에게 내밀었다.

"이게 뭐예요?"

눈을 동그랗게 뜬 은조를 마냥 사랑스럽다는 듯이 바라봤다.

"당신 거."

뭔가 알 수 없는 고급스런 박스를 바라보는 은조는 당황했다. 분명 애들 선물은 당연하겠지만 자기 것까진 기대하지 않았는데. 그가 반짝거리는 눈으로 어서 풀어보라고 하고 있었다.

한국으로 돌아오는 비행기를 타는데 공항에서 두 시간 좀 넘게 기다려야 했다. 간단하게 라운지에서 커피 한 잔 마시고 산책이나 할 겸 슬슬 돌아다니는데 면세점 쇼윈도에 걸린 것들을 보는 순간 은조가 생각났다. 귀걸이를 보면 은조가 한 게 생각이 나고, 가방을 봐도, 구두를 봐도, 옷을 봐도 모든 게 다 은조와 연관이 됐다. 보고 싶은 게 이런 거구나 싶었다.

유명 브랜드 마크가 찍혀 있는 박스에서 나온 것은 시계였다. 사실 목걸이나 팔찌 같은 걸 선물해 주고 싶었지만 그러면 은조가 부담스러워할 것 같아서 일부러 시계를 골랐다. 시계는 그나마 차고 다녀주겠거니 싶어서.

그가 박스를 열어보고 놀라는 은조를 보며 만족스런 웃음을 띠었다. 그러더니 그녀의 손목을 잡아끌어서 시계를 채웠다. 작은 팔목에서 뛰는 맥. 거기에 입을 살짝 갖다 댔다. 시계줄이 좀 큰 듯도 했지만 대강 맞는 것 같았다. 금색과 은색이 섞인 메탈 밴드에 채워진 그 손목이 너무 가늘어서 아련해 보이기까지 했다. 그래서 그대로 품에 잡아당겨 꼭 안았다.

"계속 이렇게 있고 싶은데 출근해야겠지? 한동안 바쁠 거야."

그가 자조적으로 투덜거렸다. 마치 사랑에 빠진 남자처럼. 은조는 가슴이 두근거렸지만 애써 부정하려고 했다.

"바쁘다시다면서요?"

은조가 품 안에서 꼼지락거리자 그가 더욱 거세게 안아왔다.

"그러니까 못 볼 거 대비해서 이렇게라도 좀 있어야 며칠은 그냥 참고 지내지."

그가 얼굴을 마주하고 눈가에 잔주름이 잡힐 정도로 상냥하게 웃으며 코를 비볐다. 잠시 후에 그가 한숨을 푹 쉬며 놔줬다.

"출근 꼭 해야 하나?"

마치 은조가 잡아주길 바라는 것처럼 혼잣말을 했다. 그러나 은조는 모른 척 다그쳤다.

"어서 씻고 준비하세요."

그러자 그가 좀 섭섭한 듯 보였지만 순순히 욕실로 씻으러 들어갔다. 그런 그를 잠시 멍하니 바라보다 방으로 들어왔다. 이런 것은 뭘까. 마치 진짜 사랑하는 사람처럼 그녀를 그렇게 사랑스러운 눈길로 바라보았다. 이런저런 생각을 하면서 병원에 갈 준비를 하는 마음이 이상하게 가벼웠다.

그가 출근 준비를 하고 나왔을 때 은조도 나갈 채비를 하고 거실에 나와 있었다.

"어디 가?"

"병원에요."

그러고 보니 그와 이렇게 오전에 단둘이 있어본 기억이 없었다. 일하는 아주머니가 장을 보러 나간 뒤라 집 안엔 다른 사람이 없었다.

"아."

아버지가 꽤 중병인 것 같아서 매일같이 문병 다닌다는 얘기는 들은 기억이 났다. 아버지가 이 근방 대학병원에 입원해 있다고 했었는데 까맣게 잊고 있었다.

"내가 태워다 줄게."

"괜찮아요."

은조가 무심하게 거절하자 그게 섭섭했다.

"별로 멀지도 않은데. 차로 금방이야."

그가 잡아끌자 못 이긴 척 따라나섰다. 일부러 그걸 노린 것이었다. 왠지 그와 조금이라도 더 같이 있고 싶었다. 그의 차에 애들 없이 타보는 것은 간만이었다. 앞좌석에 앉자 그가 안전벨트를 찾아 매주었다. 능숙한 동작으로 주차장에서 차를 빼는 그는 햇빛이 눈이 부신지 선글라스를 찾아 꼈다.

"앞으로 좀 바빠질 것 같아. 내가 없어도 애들 좀 부탁할게."

"네."

"언제나 그렇게 말이 짧아?"

은조가 눈을 동그랗게 뜨자 그가 장난스레 코를 살짝 쳤다. 병원 앞에 차를 세우고 내려준 그는 손을 한 번 들어 손 인사를 날리고 가버렸다.

그가 가버리자 왠지 마음이 다시 무거워지기 시작했다. 병원에 가는 게 점점 두려워지기 시작했다. 이게 마지막이 될까 봐, 그게 두려웠다. 시간이 지날수록 아버지는 점점 깨어 있는 시간이 적어졌다. 가수면 상태로 있거나 진통제와 고통으로 흐려진 눈으로 멍하니 은조를 보며 억지로 웃으시려는 아빠 모습을 보는 것은 굉장히 괴로운 일이었다.

그날따라 평소보다 말짱하게 깨어 계셨다. 간만에 기분이 좀 좋으신지 서글프게 웃으셨다.

"너 결혼하는 건 보고 가고 싶었는데……."

이런 말씀은 처음이었다. 은조는 아무 말도 하지 못했다. 승제에 대해서 얘기할 수 있으면 오죽 좋을까.

"너 좋아하는 남자는 있니?"

순간 할 말을 잃었다. 승제가 순간 떠올랐지만 아무 말도 할 수 없었다. 은조는 일부러 명랑하게 말했다.

"나 아빠만 보고 살았는데 다른 남자 생각할 틈이 어디 있어요. 내가 워낙 파파걸이잖아요."

아버지는 쓸쓸한 미소를 흘렸다. 애어른이던 딸은 연애할 틈도 없이…… 그런 아빠의 표정이 마음에 안 들어서 은조는 잽싸게 화제를 돌렸다.

"아빠, 아빠는 엄마 처음 만났을 때 어땠어요?"

은조가 겸연쩍어하며 물어보자 아버지가 활짝 웃었다. 사실 아빠 입으로 직접 엄마에 대해서 얘기를 들은 적은 별로 많지 않았다. 지나가는 말 한두 마디 정도에 그쳤다. 지난번에 대충 듣기는 했지만 좀 더 자세히 들어보고 싶었다. 어릴 때는 아빠한테 엄마 얘기를 해달라고 보채곤 했다. 아빠는 간단하게 몇 마디만 할 뿐 얘기를 꺼내려고도 안 하셨다. 은조에게 엄마 얘기를 들려준 것도 아빠가 아닌 큰엄마였다. 큰엄마에게 대강 사정을 들은 후 다시는 입도 벙긋 안 했는데.

"천사처럼 예뻐 보였어."

아빠는 마치 그때를 회상하시기라도 하듯 아득한 먼 곳을 바라보는 시선으로 말씀하셨다.

"어디에서 만났어요?"

전에 큰엄마한테 익히 얘기는 들었지만 아빠한테 직접 듣고 싶었다.

"명동에 자주 가던 클래식 음악다방이 있었더랬다. 그때야 그런 데 다니는 게 대학생들 사이에선 무지 당연한 거였거든. 네 엄마가 거기 웨이트리스였어. 너무 예뻐서 그녀를 보려고 거기 다니던 사람도 많았어."

예쁘고 야심만만하던 나진희는 웬일인지 다른 사람들은 거들 떠도 안 보고 그에게 관심을 가졌다.

"처음에 이 세상 사람이 아닌 거 같더라. 그런데 그런 사람이 왜 나한테 관심을 가지겠나 싶었지. 그래서 그냥 처음엔 음악이나 들으러 다녔지."

해사한 외모의 부잣집 도령 같은 아버지를 보고 그녀가 찍었던 것이다. 조용히 와서 커피 한 잔 하고 농을 치는 것도 아니고 음악이나 듣고 가던 그에게 저절로 눈이 갔을 거다. 순진해 뵈는 외모가 더욱 그녀에게 쉬워 보였겠지. 그렇게 사랑에 빠진 젊은 남녀. 아버지는 첫 연애였다. 외모에 맞지 않게 고지식하고 한 번 결정한 일엔 최선을 다하는 아버지답게 연애에 모든 것을 바쳤겠지. 주변 사람들이 아는 것은 시간문제였다. 결국 시골의 아버지 귀에까지 그게 들어갔고 당장 뛰쳐 올라온 아버지는 그를 불러다 앉혔다.

"요즘 어떻게 행실을 하고 다니는 게냐!"

보자마자 내뜸 호통부터 치는 늙은 아버지를 어린 아들이 물끄러미 바라봤다. 어릴 때부터 영특해서 천재 소리를 듣던, 그의 자랑거리인 아들이었다. 고시 합격 때 마을잔치를 벌이려고 봄에 진작 송아지 한 마리를 사났건만 아들이 여자에 빠져 공부를 내팽개쳤단 소리에 가슴이 내려앉은 그였다.

"무슨 말씀이신지 잘 모르겠습니다."

성원은 모른 척했다. 모를 리가 있나. 아버지 귀에 들어가면 당장 뛰쳐 올라오실 것은 당연히 알고 있었다. 하지만 마음이 가기 시작하고 이미 사랑하고 있는데 뭘 어쩌란 말인가.

"도대체 어떤 여자를 만나고 다니길래 시골에 있는 내 귀에까지 그 얘기가 들어온 거냐고!"

아버지가 버럭 소리를 지르자 성원은 순간 화가 치솟았다.

"아버지 며느리 될 여자니까 말씀 아끼십시오!"

그 소리에 담뱃대가 날아가고 재떨이가 날아왔다. 옆에서 형수와 형님이 말렸지만 아버지는 거의 뒷목을 잡고 쓰러질 태세였다.

"나가! 난 너 같은 아들 둔 적 없다. 당장 호적에서 파버릴 테니 그런 줄 알아!"

그의 아버지는 원래 다혈질이었다. 꼬장꼬장한 양반이 절대 용납할 리 없었다. 단 한 번도 그에게 반항해 본 적 없는 막내아들이었는데. 그 말에 그대로 방에 들러 겉옷을 입고 모아뒀던 돈을 들고 가방을 들고 나왔다. 단 오 분 걸렸다. 통행금지 시간까지 얼마 남았더라. 그녀 집 근처에 있는 여관까지 힘들게 가서 투숙하자 통행금지 사이렌이 울렸다.

다음날 아침에 그녀 방으로 찾아갔다. 친구들이랑 살고 있는 그녀의 방은 달동네 어귀에 있었다. 자고 있다 문 두드리는 소리에 나온 그녀는 어리둥절해 보였다.

"성원 씨, 무슨 일이에요?"

"어제 아버지가 오셨어요."

그가 자초지정을 설명하자 그녀가 자기 때문에 아버지와 절교했다면서 눈물을 보였다. 그리고 그렇게 그들의 동거는 시작됐다. 그가 갖고 있던 돈으로 힘들게 사글세방을 얻고 아침부터 밤까지 계속 과외를 했다. 명문 법대생인 그가 과외를 구하는 건 어려운 일이 아니었다. 하지만 진희는 그것에 만족한 눈치가 아니었다. 그러다 그녀가 임신을 했다. 아기를 낙태하겠다는 걸 그가 뜯어말렸다. 평소엔 그녀가 하자는 대로 다 하던 그가 이 때만은 눈에 심지를 켜고 달려들어서 어떻게 할 수가 없었다. 석 달 동안 그는 그녀 곁을 떠나지 않았다.

아기가 어느 정도 자라자 그녀도 포기하는 수밖에 없었다. 그 상태로 그는 또다시 미친 듯이 일하러 다니기 시작했다. 아기는 별 진통도 없이 쉽게 나왔다. 보통 갓난아이는 새빨갛다는데 그의 딸은 너무나 작고 가냘프고 그래서 더 예쁜 듯했다. 아기를 안고 집으로 왔지만 진희의 불평은 점점 늘어만 갔다. 가슴이 처진다고 첫 한 달만 수유를 할 뿐 그 뒤로는 분유를 먹여야 했다. 게다가 집안일은 전혀 하지 않고 자신만 가꿀 뿐이었다. 그러더니 결국 어느 날 집에 와 보니 아기를 버려두고 집 전세금을 빼서 날라 버렸다. 갈 데가 없어진 그는 자존심을 꾹 참고 어린 은조만 생각해서 큰형님 댁으로 향했다. 형수님한테 은조를 맡겨두고 과외를 다니고 군대 복무를 마친 뒤에 시험을 봐서 초등학교 교사가 됐다. 방학도 있고 개인 시간도 많은 교사가 되면 사랑하는 딸과 함께하는 시간도 많겠지 싶었던 것이다.

그리고 은조가 마냥 사랑스럽기만 했을까. 가끔 자신의 실패한 과거의 상징 같아서 어린 딸을 보는 게 괴로울 때도 있었다.

하지만 그에겐 여기서 주저앉아 버리면 고아가 돼버리는 어린 딸을 생각해서라도 살아야 한다는 의지가 더 컸다.

말을 마친 그는 뭔가 생각에 빠져 있는 딸을 슬며시 바라봤다. 이제 다 큰 딸은 지 엄마보다 훨씬 예쁘게 자랐다. 얼굴만 예쁜 게 아니라 성격이 반듯하기까지 했다. 이제 그 딸이 사랑을 하고 결혼해서 행복하게 사는 것만 보면 더 바랄 것도 없건만…… 학원 그만두고 새로 취직을 하더니만 좀 여유가 생기는지 전보다는 훨씬 자주 들르고 있었다. 문득 그러다 딸이 차고 있는 시계에 눈길이 쏠렸다. 그러고 보니 요즘 딸은 전보다 더 예쁘게 하고 다니는 듯했다. 혹시 딸이 연애를 하는 걸까?

"못 보던 시계구나."

딸이 차고 다니던 허름한 시계는 고등학교 들어갈 때 그가 선물해 준 것이었다. 그 낡은 시계 대신 예쁜 비싸 보이는 시계를 차고 있는 그 손목이 얼마나 해사해 보이는지 본인은 알까?

"선물 받았어요."

딸이 약간 볼을 붉혔다. 그 순간 성원은 딸이 연애를 하는 게 분명하다 싶었다. 딸은 어떤 연애를 할까? 나쁜 놈 만나면 안 되는데, 아니, 애가 어련히 알아서 잘할까. 현명하고 착한 아이니까 무척 예쁜 연애를 하겠지?

"누가?"

아버지 질문에 좀 더 자세히 답해 드려야 하는데 부담스러웠다. 이렇게 승제와의 관계를 공식화해도 되는 걸까? 아니, 승제와 자신 사이에 어떤 관계라도 있는 걸까.

"그냥 아는 사람요."

그래서 제일 무난한 답을 해버렸다. 더 이상 입을 열진 않았
지만 그는 흐뭇해졌다.

"우리 딸한테 좋은 사람 생기면 좋겠어."

"아빠도…… 언젠가 생기겠죠. 그런데 난 지금 아빠만으로도
충분해요."

은조의 웃는 얼굴을 보면서 성원은 지나가듯 말했다.

"나 가기 전에 소원이 두 개가 있다면 하나는 너한테 좋은 사
람 생기는 거 보고 가는 거고, 나머지 하나는……."

"뭔…… 데요?"

"너네 엄마 마지막으로 한 번만 더 보고 싶구나."

그 말에 은조 표정이 이그러졌다 다시 평온하게 돌아갔다.

"그 여자는 봐서 뭐 하게요."

"그냥 궁금해서."

아빠의 우울한 얼굴에 그 여자를 만났다는 얘기를 할 수가 없
었다. 하지만 아버지의 소원을 들어드리고 싶었다. 그 여자한테
전화 오면 넌지시 얘기라도 꺼내볼까. 승제에게 부탁해서 아버
지한테 인사라도 한번 드려달라고 할까. 과연 해주긴 할까. 가
뜩이나 요즘 바빠서 집에도 못 들어오는 사람한테 시간 내서 병
원 들러서 제 애인인 척해주세요, 하면 들어줄까? 아마 콧방귀
를 뀌지 않음 다행인 일이려나.

그가 바빠질 거라고 하더니만 진짜 바쁜지 가끔은 사무실 근처 사우나에서 자고 들어오는 날까지 있을 정도였다. 사람을 보내 속옷을 챙겨가는 정도만 가능한지 예린이, 예은이도 아빠 얼굴 못 본 지 오래됐다고 투덜거릴 정도였다. 은조 역시 집이 허전하고 텅 빈 것같이 느껴져서 자신도 놀랄 정도였다.

평소처럼 예린이, 예은이 재우고 책상에 앉아서 책을 펴놓고 공부를 하려고 했다. 하지만 이상하게 머릿속엔 다른 잡생각만 들 뿐이고 책이 머리에 들어오질 않았다. 두꺼운 한문이 가득한 법률 서적들. 자꾸 그가 생각이 났다. 지금 그는 무얼 할까? 일은 언제쯤 끝날까? 이런 생각을 하다 퍼뜩 고개를 돌려보니 문간에 그가 서 있었다.

저승사자처럼 갑자기 문을 열고 들어온 그 때문에 책상에 앉아 공부를 하던 은조가 놀라서 눈을 동그랗게 떴다. 오랜만에 보는 그는 술을 마셨는지 얼굴이 약간 붉어져 있었다. 집에 오자마자 바로 들어온 모양인지 양복에 얇은 트렌치코트를 걸친 차림이었다.

그대로 끌려나와 아무 말도 없이 이층 침실로 끌고 들어갔다. 몸을 바싹 붙이며 강하게 끌어안았다. 그대로 침대로 밀릴 줄 알았는데 그냥 한참 안고 있기만 해서 조금 의아했다.

그동안 미국을 계속 왔다 갔다 하던 소송이 이제야 끝이 났다. 관련된 사람들이랑 한잔하고 오는 길이었다. 회식으로 일식 집에서 마시기 시작한 술은 결국 계속 이어졌고, 한수정이 바래다 달라고 조르는 걸 다른 사람에게 넘기고 급하게 오는 길이었다. 한시라도 빨리 은조 얼굴이 보고 싶어서. 오자마자 방으로 끌고 와서 안으니 그동안 쌓여 있던 그리움이 조금은 가시는 듯한 느낌이었다. 그냥 안고만 있고 싶었다. 피곤해서 다른 건 생각하고 싶지도 않았다.

다짜고짜 끌어안은 그에겐 언제나와 같은 그의 체취가 났다. 은조가 코를 킁킁거리자 그가 오랫동안 한 향수만 썼다며 그래서 모든 옷에 그 냄새가 배어 있다고 멋쩍은 듯 말했다. 순간 그의 와이셔츠에 여자 립스틱이 묻은 게 눈에 들어왔다. 그것은 아까 수정이 취한 척하면서 그에게 몸을 부딪칠 때 생긴 흔적이었다.

순간 오싹한 기분이 은조의 등줄기를 스쳐 갔다. 그런 은조의 불안을 모르는지 그는 마냥 다정하기만 했다.

"술 냄새 나지? 오늘 일이 끝났거든. 그래서 같이 일한 사람들이랑 한잔했어."

말은 하지 않아도 보고 싶었다는 듯이 부드럽게 어루만지고 키스해 왔다. 요즘 들어 바쁜지 가끔 새벽에 집에 들어오고 있었다. 그래서 그런지 그녀를 찾지도 않는 날이 꽤 길다 싶었다. 한편으로 궁금하기도 하고 버림받은 기분마저 느끼고 있었다. 게다가 그의 와이셔츠 깃의 립스틱 흔적까지 그녀의 불안에 불을 지폈다. 하지만 그의 입술은 다른 얘기를 하고 있었다. 그의 입에선 스카치 위스키 맛이 났다. 그가 마셨던 걸 공유하는 사적인 느낌에 약간 멋쩍기까지 했다. 그런 그녀의 당혹스러움을 그도 느꼈는지 갑자기 그녀를 놔주며 말했다.

"이라도 닦을까?"

그가 그녀를 놔주며 욕실로 향했다.

"기다려."

그 말을 하고 이를 닦으러 가는 그의 뒷모습을 은조는 멍하니 바라봤다. 침대에서 먼저 그를 기다린 적은 없었다. 사랑에 빠진 여자같이, 첫날밤을 맞는 새신부같이 이렇게 침대에 누워서 남자를 기다리다니. 그는 자신에게 무엇일까? 자기는 그에게 무엇이고? 그냥 육체적인 만족을 채우는 단순하고 손쉬운 상대? 이런 생각에 빠져 있는데 승제가 나오는 소리가 들렸다.

승제는 욕실에서 이만 닦은 게 아니라 면도까지 한 상태였다. 아무래도 수염이 많이 자라서 은조가 종종 쓸려서 아파하는 걸 눈치챘는지 은조를 부르기 전에 꼭 면도를 했다. 평소라면 샤워라도 할 텐데 오늘은 그럴 여유가 없었다. 지금이라도 당장 저 몸과 접촉하고 싶었다. 단순히 안고 싶은 게 아니라 그냥 접촉이 하고 싶을 뿐이었다.

바로 침대로 오는 대신, 옷을 갈아입기 시작했다. 은조는 멍하니 그런 그를 지켜보았다. 잉크색 와이셔츠에, 그보다 좀 더 진한 색 블루 계열 실크 넥타이, 하나씩 깔끔하게 벗어서 정리하는 그를 지켜보았다. 그런 은조의 시선이 노골적이었나 그가 좀 머쓱해하면서 바지를 벗었다. 속에 입는 속옷은 언제나 딱 붙는 트렁크스였다. 그녀의 시선에 이미 흥분하기 시작한 신체는 뜨거워져 있었다. 은조는 조금 머쓱해져서 몸을 돌려 벽을 바라보는 척했다. 심장은 두근두근 곤두박질치는 듯했다.

잠시 후 침대가 출렁이더니 그가 올라온 기척이 느껴졌다. 그는 바로 뒤에서 그녀를 바짝 당겨 안았다. 자신을 끌어안은 팔의 뜨거운 열기, 코에 와 닿는 신선한 애프터쉐이브 향, 귓가에 그가 작은 소리로 속삭였다. 보고 싶었노라고. 그의 열렬한 고백에 마음이 흔들렸다. 그냥 주종관계, 돈이 오가는 관계도 아닌 탓에 그가 이럴 때마다 괴로웠다.

가장 괴로운 것은 배덕한 몸이 아니라 그의 태도였다. 정사가 끝난 뒤에 팔베개를 해주고 싶어하거나 머리를 쓰다듬는 부드러운 손짓, 안고서 하루 일과를 물어보거나, 마치 남들은 식탁에서 나눌 법한 대화를 하면서 계속 안고 있고 싶어했다. 그래서 이런 순간들이 사랑받고 있는 듯한 기분이 들어 좋기도 했지만 한편 당황스럽기도 했다. 그는 아닌데 나 혼자만의 착각이라면?

마치 은조는 그의 진짜 아내라도 된 듯한 착각에 빠질까 두려웠다. 실제로 요즘 들어 이 집을 꾸려 나가는 건 은조 자신이나 다름없었다. 애들 챙기는 일부터 시작해서, 이제 승제까지도 챙기게 됐다. 승제가 자기를 어떻게 생각하는지 가끔 궁금했다. 그냥 잠자리만을 위한 여자인 걸까? 그 외엔 두 사람 사이에는 아무것도 공통된 것이 없었다. 둘 사이에는 애들 얘기 외엔 화제가 없었다. 둘이서 할 수 있는 일이라면 잠자리 외엔 없는 셈이었다. 그것은 언제 어떻게 될지 모를 허약한 관계에 불과했다. 그녀는 그의 집밖의 삶에 대해 아는 게 하나도 없었다. 그는 그녀에 대해 무엇을 알까?

이런 생각은 잠시 후에 입술을 겹쳐 온 그 덕분에 어디론가 사라져 버렸다. 뜨거운 열기 속에 그에게 자신의 존재는 무엇일까 이 생각이 잠시 머리를 스쳤다.

일상은 계속 흘러갔다. 최근 들어 바쁜 걸 해결한 승제는 조금 여유가 생겼는지 예전처럼 여덟 시 좀 넘은 시간에 들어와 뒤늦게 저녁을 먹었다. 오후에 잠깐 간식을 먹고 바로 야근을 해서 저녁은 집에 가서 먹는 식으로 요즘 일을 조절하고 있었다. 아님 집에 일을 갖고 와서 하는 식으로. 씻고 저녁을 먹고 나니 아홉 시가 다 돼 있었다. 은조가 예은이를 씻기는 동안 예린이가 머뭇거리며 승제에게 왔다. 아빠를 어려워하는지라 얘기도 잘 못 꺼냈다.

"아빠."

예린이 뭔가 눈치를 보면서 승제를 불렀다.

"왜?"

딸들은 승제가 있는 이층에 잘 올라오지 않았다.

"아빠 회사에서 늦게 올 때 말이야."

"응."

승제는 예린이 무슨 얘기를 꺼낼지 궁금했다.

"새할머니 왔다 갔어. 그런데 고모한테 막 소리 지르고 가서 고모가 무척 화났어."

새어머니가 왔다 갔단 얘기에 귀가 번쩍 트이는 듯했다.

"너가 그걸 어떻게 봤어?"

"응. 그날 내가 스쿨버스 타고 내리는데 고모가 안 나온 거야. 그래서 그냥 혼자 집에 왔지. 그랬더니만 할머니가 있는데 고모한테 막 소리 지르다가 내가 오니까 가더라고. 할머니한테 전화해서 그러지 말라고 해. 응?"

분명 그의 새어머니와 은조 사이에 뭔가 있는 듯한데 둘의 사이는 그다지 좋지 못한 모양이었다. 은조가 감추고 있는 비밀은 무엇일까. 지금 묻는다면 제대로 말해줄까. 분명 은조가 이 집에 들어온 목적은 떳떳하지도 분명하지도 않았다. 하지만 맡은 바 임무는 훌륭하게 해내는 바, 뭐라고 따지고 자시고도 없었다. 은조가 없어지면 지금 당장 곤란한 건 그였으니까. 그뿐만 아니라 그는 은조와의 잠자리에 만족하고 있었다. 만족만 하는 게 아니라 그 이상으로. 그래서 은조가 감추고 있는 비밀을 더욱더 알고 싶었다. 가까이 다가가면 다가갈수록 더 많은 걸 감추는 그 여자에 대해서.

왠지 예린이가 방을 나간 뒤에도 그는 괜스레 서성거리다 결국 아래층으로 내려왔다. 그때 예은이가 은조랑 복숭아처럼 볼이 발개져서 욕실에서 뛰쳐나왔다.

"예은아, 그렇게 밤에 뛰어다니면 안 돼."

은조가 예은이 뒤를 쫓아가서 수건으로 머리를 말리기 시작
했다. 전엔 관리하기 귀찮아서 짧게 치던 애들 머리도 은조가
온 뒤로는 길게 기르고 있었다. 예은이는 자기의 긴 머리가 제
법 자랑스러운 모양이었다. 어깨 중반까지 내려온 머리를 가끔
은조가 고데기로 말아서 양갈래로 묶어주기도 하는 모양이었
다. 그걸 물끄러미 보고 있던 승제가 갑자기 뭔가 생각이 났다.

퇴근 무렵에 한참 바빠서 정신 없을 때 갑자기 전 장모한테
전화가 왔었다.

[자넨가?]

"네, 별일없으시죠?"

[우리야 그렇지……]

그러더니 말을 좀 늘이면서 승제네 집안 안부를 묻더니만 용
건을 꺼냈다.

[다름이 아니라 우리집 양반, 자네 장인 생신이잖아 곧. 그래
서 말인데 애들 우리가 주말에만 데리고 왔음 하는데 괜찮지?]

거의 협박이나 다름없었다. 승제가 전 부인의 집안과 거의 연
을 끊다시피 왕래가 없는 것은 그들의 훈육법 때문이었다.

"네, 그러십시오."

장인 생일이라는데 굳이 막는 것도 힘들 것 같아 어쩔 수 없
이 허락은 했지만 마음이 복잡했다.

"예은이 잘 체하고 몸 약하니까 이것저것 먹이지 마세요."

전에 예은이 잠시 맡아줄 때 애가 좋아한다고 과자랑 단 걸 잔뜩 먹여서 치과의사인 효진이한테 이만저만 잔소리를 들은 게 아니었다. 그렇게 방종하고 무책임한 게 싫었다.

[알았네.]

장모는 불쾌한지 말을 딱 잘랐다.

"제가 토요일에 예린이 학교 끝나면 데리고 가겠습니다. 그럼 제가 좀 바빠서…… 안녕히 계십시오."

전화 끊고 나서도 기분이 불쾌해서 하던 일을 최대한 빨리 정리해서 집에 들어온 터였다. 집에 오자마자 씻고 밥 먹는 통에 말 꺼낼 기회를 못 잡고 있다 지금 생각난 김에 말해 버렸다.

"토요일에 예린이랑 예은이 외가에 가서 하루 자고 올 거야. 예린이 외할아버지 생신이어서 데리고 가고 싶으시다는군."

그런 말을 하는 승제 표정은 그다지 좋지 않았다. 은조는 그런 승제의 눈치를 보고 있었다. 그러나 예은이는 마냥 좋은지 물었다.

"외할아버지네 집에 가는 거야?"

"응."

무뚝뚝하게 승제가 답했다.

"준비해 놓을게요."

그러면서 토요일에 학교에서 돌아오자마자 점심도 안 먹고 예린이와 예은이를 차에 태워서 어디론가 데리고 갔다. 미리 싸놓은 짐을 챙겨주면서 은조는 좀 걱정이 되지 않을 수 없었다.

"예린이가 언니니까 예은이 챙겨줘야 돼. 예은이는 언니 옆에 꼭 있고."

이러면서 주의를 줬지만 그래도 마치 어린 딸들 어딘가 보내는 엄마처럼 걱정이 됐다. 미리 현관에 나가서 신을 신고 나갈 차비를 마친 승제가 무뚝뚝한 얼굴로 어서 나오라고 성화를 부렸다. 어지간해선 피로가 나타나지 않는 승제 얼굴이 꽤 어두웠다. 요즘 계속 출장을 다닐 정도로 큰일이 있는지 얼굴 보는 시간도 얼마 없을 정도였다.

근처에 사는지 한 시간도 안 돼 돌아온 승제는 표정이 그다지 좋지 않았다. 좀 있다 올 줄 알아서 방에서 낮잠을 자다 나온 은조가 졸린 눈으로 문을 열어주자 승제의 불퉁한 얼굴이 보였다.

"일찍 오셨네요."

그러나 승제는 별말없었다. 신발을 벗고 평소처럼 신발장 안에 신발을 넣고 나더니만 말도 없이 팔을 잡고 끌었다.

"이리 와."

"네?"

"한 번 말해서 못 알아들어? 이리 오라고. 오라고 하면 좀 와."

승제가 화를 버럭 내더니 마지못해 끌려오는 은조를 데리고 이층 계단을 올라갔다. 그러더니만 방으로 몰아넣었다. 햇빛 잘 들어오는 방에 들어오는 건 처음이었다. 그는 다짜고짜 창으로 다가가 커튼을 쳐버리더니만 점퍼를 벗어 옷장에 걸고 셔츠와 치노 팬츠를 벗었다. 그리곤 그대로 잠옷으로 갈아입고 침대에 누워버리는 것이었다.

그런 그를 은조는 어찌할 줄 모르고 그냥 바라만 볼 뿐이었다. 그가 안경을 벗어 탁자에 놓더니만 침대 옆을 탕탕 쳤다.

"뭐 해? 그렇게 서 있고."

말은 직접 안 했지만 옆에 와서 누우라는 것이었다. 이렇게 낮에 그와 얼굴을 맞대본 적이 없는지라 어찌할 줄 몰랐다. 밤의 은밀한 시간이 낮으로 연장되는 것은…… 그가 짜증이라도 나는지 이마를 찌푸리려 하자 마지못해 그의 옆에 가서 누웠다.

"좀, 자자."

그러더니 등 뒤에서 꼭 안고서 정말 쌕쌕거리며 자기 시작했다.

장인을 만나고 오면 기분이 좋지 않다. 애들을 인질로 쓰는 게 아닌가 싶기도 하고. 한국에 귀국하자마자 애들을 데리고 같이 살지 않겠냐고 제안도 했다. 전 부인의 남동생이 있는데도 예린, 예은에게 묘한 소유욕을 보내는 장인 부부를 보면서 가슴이 답답해져 옴을 느꼈다. 왜 그들은 자신을 조종하려는 걸까. 애들을 통해서. 심지어 장모는 예린의 유치원 학예회에도 오려고 했었다. 은조를 들인 것도 그런 장모의 감시에서 애들을 차단하기 위해서였다.

좀 더 있다 가라는데도 선약이 있어 죄송하다고 거짓말을 하고 그냥 돌아와 버렸다. 다녀오자마자 피로함이 물밀듯 밀려들었다. 이번 주엔 정말 바빠서 은조 얼굴을 볼 시간도 얼마 없었다. 아무래도 딸들 눈치를 보다 보니 마음 놓고 은조와 잠을 자거나 한 적이 없었다. 정말 이대로 편하게 안고서 자고 싶었다.

은조는 처음에 승제가 섹스를 바라는 줄 알았다. 하지만 말 그대로 안고 자려는 의도인지 진짜 곧 새근새근 숨소리를 내면서 잠이 든 승제를 바라보다 은조도 깜박 정신을 놓아버리고 말았다. 두꺼운 커튼으로 햇살을 막은 어두운 방에서 승제와 은조는 간만에 다디단 낮잠을 즐겼다.

누군가 입술을 부드럽게 핥고 빠는 게 느껴졌다. 저절로 입술이 벌어지자 혀가 들어와 입 안을 부드럽게 어루만졌다. 기분 좋은 몽롱함 속에서 눈을 살며시 뜨니 마주 보고 자던 승제가 어느새 꼭 껴안고 입맞춤을 시도하고 있었다.

"잘 잤어? 여기서 더 진도 나가면 저녁 외출은 물 건너가겠지?"

혼잣말을 하면서도 가슴께에서 커다란 손이 계속 지분거리고 있었다. 부드러운 입맞춤은 언제까지 계속될 것 같더니만 그가 벌떡 일어나 욕실로 가면서 말했다.

"외출할 준비해. 일곱 시로 예약해 놨어."

자기 전에 말해주면 오죽 좋아. 갑자기 이런 법이 어디 있담. 속으로 투덜거리는데 그는 그 뒤 별말도 없이 욕실에 샤워하러 들어가 버렸다. 은조도 결국 한숨을 쉬고서 거실의 욕실로 샤워를 하러 가는 수밖에 없었다.

그가 예전에 사준 검정 원피스를 입었다. 마스카라를 바르고 아이라인을 그리고 립글로스만 발랐을 뿐인데 거울 속에는 전혀 다른 사람이 서 있는 것 같았다. 그때 서 있던 욕실의 거울에 누군가 와 서는 게 보였다.

그런 은조를 승제가 눈이 부시다는 듯이 바라보다 고개를 갸웃하더니만 인상을 찌푸렸다. 검은색 원피스 위로 나온 긴 하얀 목이 이상하게 허전한 느낌을 주었다. 뭔가 있어야 할 것 같은데. 그때야 생각이 났다. 전 부인은 목걸이와 귀걸이 세트를 옷과 완벽하게 맞추지 않으면 외출을 하지 않았다. 밖에 나갈 때 화장 없이 나가는 건 옷 안 입고 나가는 거랑 똑같은 일이라면서 일어나면 바로 화장부터 하곤 했다. 완벽한 메이크업, 완벽한 옷, 부인이 미인이시네요 라는 얘기를 참 많이 들었다. 하지만 그 미인인 부인이 그를 행복하게 해주었을까? 아니 그 자신도 부인을 행복하게 해주지 못했다. 서로의 욕망이 다른 데 있었으니.

"목걸이 같은 거 없어?"

"없는데요."

뭔가 못마땅한 듯한 눈치로 쳐다보더니만.

"잠시만."

하더니 붙박이장을 열고 장 깊숙한 데서 뭔가 박스를 찾더니만 진주 목걸이를 꺼냈다. 멀뚱멀뚱한 보고 서 있는 은조 뒤로 가더니 목에 둘러줬다. 차가운 진주알이 목에 닿는 감촉에 온몸에 소름이 이는 듯했다. 어디서 난 물건일까, 생각하다 보니 그의 전 부인이 생각났다.

"이런 거 받을 수 없어요."

왠지 불쾌했다. 그의 전 부인이 쓰던 물건을 자신에게 주다니. 그의 지각없음이 불편했고 왠지 자기가 어머니의 전철을 밟는 듯한 기분이라 더욱 불쾌했다. 그런 은조의 묘한 표정을 그가 알아챘는지 덧붙였다.

"그 사람 거 아냐."

"그럼요?"

그럼 누구의 것일까? 누군가 쓰던 흔적이 있는 진주 목걸이였다. 들어 있는 작은 보관상자 자체도 세월의 흔적이 고스란히 묻어 있었다. 그래도 관리를 잘했는지 진주가 흠집이 나거나 윤기를 잃지는 않았다.

"우리 어머니 거야."

십오 년도 더 전에 돌아가신 어머니 유품을 새어머니가 들어오기 전에 승제가 직접 아버지 허락받고 갈무리한 것이었다. 예린 엄마에게 결혼할 때 일부 넘겨줄까 싶었는데 그녀는 오래된 패물에 별 관심을 보이지 않았다. 진주 목걸이, 옥반지, 노리개 같은 건 도회적인 예린 엄마에게 그다지 어울리지 않았다. 어머니가 살아생전 제일 아끼시던 물건이었다. 아버지가 일본에 갔다 오면서 사다 주셨다던가.

그제야 은조 표정이 좀 풀리는 듯했다. 멋쩍어하면서 머뭇거리며 물었다.

　"제가 받아도 돼요?"

　은조가 좀 긴장했는지 작은 목소리였다. 그에게 어머니가 어떤 의미인지 그녀도 조금은 눈치 채고 있었다.

　"어차피 내가 갖고 있기만 했던 거야. 챙겨둬."

　그는 오히려 별것 아니라는 듯이 말했다. 사실 은조가 한 게 보고 싶었다.

　"외출 후에 돌려 드릴게요."

　아무래도 부담이 돼서 그에게 정중하게 거절하려 했지만 그는 들은 척도 안 하고 은조가 들고 있던 코트를 뺏다시피 하더니만 등 뒤에서 입는 걸 도와주었다. 알파카로 된 이 코트도 그의 선물이었다. 예린이, 예은이 코트 사주러 가는데 그가 쫓아가서 거의 반강제로 안긴 것이나 다름없었다. 옆에 예린, 예은만 없었어도 거절하는 건데 둘이 제일 예쁜 걸 입어야 한다고 하도 성화를 부려대서 거절할 타이밍을 놓쳤다. 워낙 비싼 물건이라서 여태 입지도 못하고 옷장에 보관하던 걸 오늘 드디어 처음 꺼내 입었다.

　목까지 올라오는 숄칼라가 긴 목을 감쌌다. 승제는 아이보리색 코트를 입은 은조를 넋을 잃은 듯이 바라보았다. 검은색 벨벳 헤어밴드로 고정한 길고 검은 머리가 코트 색에 대조돼 더 윤이 나 보였다. 눈의 여왕처럼 아름다웠다. 별 화장도 안 한 것 같은데 입술은 평소보다 더 붉고, 뺨의 홍조, 코트에서 나와 있는 길고 가느다란 하얀 아름다운 손. 이 사람은 왜 이렇게 아름다운 걸까. 어딘가에 감춰두고 혼자만 보고 싶기도 하고 남들한테 자랑하고 싶기도 하고, 이 이율배반적인 마음이라니.

"안 가요?"

그런 승제를 은조가 좀 의아한 듯이 고개를 갸웃하며 물어보는 바람에 다시 잡념에서 불러왔다. 승제가 신발장에서 먼저 신발을 꺼내 신고 나서 역시 신발장에서 구두를 꺼냈다. 전에 승제가 출장 갔다 면세점에서 사다 준 것이었다. 언제 자기 치수는 재간 것인지 발에 딱 맞는 것이었다. 평소에 하이힐을 신어본 적 없는 은조에겐 좀 불편한 물건이라 한 번도 신은 적이 없었다.

"이 구두는 왜 안 신어?"

승제가 투덜거렸다.

"이거 발 아파요. 이거 신고 예은이 뒤도 못 쫓아간단 말이에요."

은조가 불퉁거리며 답했다.

"오늘은 예은이 없으니까 신어."

승제가 선언하듯 말하자 은조가 투덜거리며 구두에 발을 집어넣었다. 마치 신데렐라의 유리 구두를 신겨주듯. 구두에 발을 집어넣고 아래에서 위를 올려다보았다. 그는 뭔가 만족스런 표정을 띠고 있었다. 한 점 흐트러짐 없는 정리가 된 머리카락, 햇빛에 적당히 탄 피부, 날카로운 검은 테 안경 너머 눈에 기분이 좋은지 가늘게 돼 있었다. 검은색 롱 캐시미어 코트 깃 사이로 하얀색 셔츠가 보였다. 회사에 출근할 때보다 더 성장을 한 듯했다. 언제나 그에게서 풍기는 똑같은 코에 톡 쏘는 남성 향수 냄새. 면도한 지 얼마 안 돼 파릇한 턱 선. 손을 대서 만져 보고 싶었다.

그가 멍하니 생각에 잠긴 은조를 조르듯이 어깨를 안아오자, 그제야 정신을 차린 은조가 발을 떼었다. 자기 여자라도 되는 양 어깨를 안은 그의 손은 엘리베이터에서도 떠나지를 않았다. 지하주차장으로 내려와 공주님이라도 되듯 조수석 문을 열어 먼저 태운 뒤 운전석에 앉았다. 차 안은 그가 쓰는 향수 냄새가 은은하게 배어 있었다.

이렇게 단둘이 밖에 나온 적은 처음이었다. 마치 첫 데이트에 설레는 소녀 같은 기분마저 들었다. 그가 아무렇지 않게 안전벨트를 채워주고 자기도 하고서 매끄럽게 차를 주차장에서 빼냈다. 운전대를 잡고 있는 그의 손은 손톱이 짧게 다듬어져 있었다. 꽤 크고 긴 손이었다. 능숙하게 핸들을 쥐고 있는 손을 보면서 그 손이 자기를 어떻게 다루는지 생각하자 얼굴이 조금 화끈해질 것 같아 고개를 돌려 창밖을 바라보는 척했다.

차는 그대로 주욱 가더니만 방배동의 언덕길로 구비구비 올라가더니 이태리 레스토랑 앞에 섰다. 발레 파킹하는 사람이 나오자 승제가 먼저 내려 은조가 내리는 걸 도와줬다. 자연스레 그의 팔을 잡고 걷는데 기분이 묘했다.

이런 레스토랑은 아무래도 어려웠다. 그녀가 어떻게 해야 할지 잘 모르는 걸 그가 알았는지 주문도 대신해 주고 긴장을 풀어주려고 애썼다.

"와인 한 잔 할래?"

그러자 은조가 고개를 절래절래 저었다.

"한 잔만 마셔도 빨개져서 안 돼요. 그리고 차 갖고 나오셨잖아요."

그러자 그가 조금 아쉬워하는 것 같았다. 그는 집 안에서의 애들과 함께 있을 때와 자기와 침실에 있을 때의 은조밖에 몰랐다. 술을 마시면 이 사람은 어떨까? 평소보다 말이 많아지려나? 테이블에 켜놓은 촛불 빛에 은조의 얼굴이 발간 게 보였다.

마법에 걸리기라도 한 듯이 지그시 서로를 들여다보고 있을 때 누군가 테이블로 다가와 섰다. 컬을 넣은 짧은 단발머리가 활발해 뵈는 삼십대 여자였다. 목과 귀에 걸고 있는 대담한 디자인의 유색 보석, 검은색 실크 블라우스에 스커트를 매치하고 높은 하이힐을 신고 있었다. 완벽한 메이크업, 날카로울 정도로 높은 콧대와 세련된 이목구비까지.

"어머, 승제 씨 아니에요?"

여자가 호들갑스럽게 승제에게 아는 척해 버렸다.

"아, 안녕하세요."

승제는 조금 당황한 눈치였지만 포커페이스인 그의 얼굴은 그다지 표정 변화가 보이지 않았다.

"여기 무슨 일이에요? 어머, 나 좀 봐. 말 안 해도 뻔한데."

그녀가 다 안다는 듯이 입을 가리고 호호 웃어버렸다. 여자는
테이블 옆에 서서 소개를 바라는 듯했지만 승제는 서로 소개시
켜 줄 의사가 없다는 듯이 그냥 단순하게 안부나 주고받을 뿐이
었다. 속으로는 왜 이 여자가 안 가나 싶어 조바심치고 있었다.
그러다 여자가 좀 어색해졌는지,

"그럼 나중에 봐요."

하고선 자기 자리로 돌아갔다. 은조는 멀뚱하니 둘만 보고 있
다 그냥 눈을 내리깔고 포크로 허부적거리기만 할 뿐 많이 먹지
않았다. 뭔가 기분이 좋지 않았다. 그는 주변 사람들에게 자기
를 소개하는 걸 꺼려하고 있었다. 그럴 거면서 왜 이런 데 이렇
게 입혀서 데리고 나온 걸까. 그의 의도를 알 수 없었다. 그가
무슨 생각을 하는지, 그에게 자신은 어떤 존재인지는 더더욱 알
수 없었다. 이런 생각을 하자 외출할 생각에 들떠 있던 기분이
착잡하게 가라앉았다. 은조가 자연히 말이 없어지고 시선을 피
하자 그도 왠지 기분이 내려앉는 듯했다.

"식욕이 없나 보네. 그만 일어나자."

그가 일어나 나가면서 계산하고 클록 룸에서 코트를 찾아서
그녀 뒤에서 입혀주었다. 이런 친절까지 이제 부담스러웠다. 이
제야 집에 가나 싶어 안심하는데 그는 다른 데로 향하고 있었
다.

"어디 가는 거예요?"

그는 별말없이 운전만 할 뿐이었다.

"간단하게 한 잔 하게."

남산 하얏트 호텔의 바는 전망이 좋았다. 서울 시내 야경이 눈앞에 펼쳐지는데 은조는 조금 서글펐다. 저렇게 많은 집이 있는데 은조에겐 돌아갈 곳이라곤 승제의 집밖에 없었으니. 그때 누군가 옆에 와 서는 게 느껴졌다.

"은조 씨?"

"아, 강 선생님."

은조가 환한 얼굴로 웃었다. 아버지와 친한 레지던트였다. 성실하고 착한 사람이었다. 워낙 입퇴원을 자주한지라 여러 의사를 봐왔는데 그는 담당의는 아니지만 뭔가 궁금해서 질문을 하면 설명도 성실하게 하고 친절했다. 게다가 아버지의 좋은 바둑상대라 가끔 저녁 늦게까지 병실에서 바둑을 두곤 했다. 하지만 그것도 요즘엔 힘들었다. 아버지가 맞고 있는 진통제가 워낙 강하다 보니 깨어 있는 시간도 얼마 되지 않는 탓이었다. 예전엔 종종 산책도 하시고 그랬는데 이젠 화장실 왔다 갔다 하는 것도 힘드시니.

"데이트라도 오셨어요?"

그가 농을 던지자 은조가 좀 당황한 빛이 역력했다.

"아, 그냥 아시는 분이랑 같이……."

"병원에도 이렇게 예쁘게 입고 다니세요. 아버님 좋아하게."

그 말에 은조가 수줍은 듯이 볼에 홍조를 띠고 웃었다.

"강 선생님은 여기 무슨 일이세요?"

그가 너털웃음을 터뜨리며 말했다.

"독신남들이 주말 밤에 할 일이라곤 술 마시는 것밖에 없잖습니까."

그걸 지켜보는 승제의 가슴은 불에 타는 것 같았다. 자기 외에 다른 남자에게 웃어주다니. 아마도 은조 아버지가 입원한 병원의 의사인 모양이었다. 제법 친한지 낯을 가리는 은조가 스스럼없이 웃고 있는 걸 보자 가뜩이나 불쾌했던 기분이 더 나빠졌다.

"바둑이라도 한 판 두시지."

라고 은조가 농담을 던지자 그가 진짜 웃더니만 언짢은 기색인 듯싶은 승제를 곁눈질로 보고는 잽싸게 피해 버렸다.

"그럼 전 가서 친구 상대로 부인 험담 들을 테니, 즐겁게 시간 보내세요."

이상한 날이었다. 둘의 첫 외출인데 이런 식으로 각각 아는 사람을 만나다니. 잠시 둘은 아무 말 없이 테이블 위에 켜놓은 초를 쳐다볼 뿐이었다. 촛불 빛이 어른거리면서 발갛게 은조의 작은 얼굴을 비추었다. 어딘가에 숨겨놓고 싶었다.

앞에 놓인 무알콜 칵테일을 예의상 맛이라도 보는 듯싶었지만 거의 손을 대질 않았다. 그 역시 와인 잔을 조금 기울이는 듯싶었지만 거의 손을 안 대는 건 마찬가지였다.

그는 자신을 어떤 시선으로 보고 있는 걸까. 마음속으론 그냥 지나가는 여자 정도나, 정부겠거니 생각하면서도 어느 순간 묘한 기대를 갖고 있는 자신이 싫었다. 그때 순간 그가 일어났다.

"벌써 가게요?"

"피곤해."

카운터에서 계산을 한 뒤에 뒤도 돌아보지 않고 성큼성큼 걷는 그의 뒤를 은조가 종종 걸음을 쳤다. 순간 불편한 하이힐이 푹신한 융단에 걸려서 비틀거리려는데 그가 어느 순간 다가와서 부축했다.

"조심하지 않고!"

그가 화를 내자 되레 당황했다. 오늘은 예은 뒤를 쫓지 않아도 될 줄 알았는데 막상 그의 뒤를 이렇게 쫓아다니는 게 좀 어이가 없었다.

"무슨 불쾌한 일이라도 있으세요?"

차 안에서 운전하면서 묵묵하게 말이 없던 승제가 걱정이 됐는지 은조가 집에 들어서자 조심스레 물어왔다. 그러나 고개도 돌리지 않은 채 묵묵히 옷만 벗을 뿐이었다. 승제가 벗어서 건네는 재킷과 바지를 옷걸이에 걸고, 그가 벗어놓은 와이셔츠, 양말을 챙겨 세탁통에 넣었다. 그새 배스가운으로 갈아입은 그가 욕실로 들어가나 싶더니만 갑자기 불렀다.

"은조야!"

"네? 왜요?"

은조가 욕실 문을 열고 들어서자 입욕제를 풀던 승제가 고개를 들고 말했다.

"같이 목욕하지?"

"됐어요 전."

은조가 흠칫하면서 정중하게 사양하려고 했지만 승제의 거친 눈길에 고개를 끄덕이고 말았다. 꿰뚫어볼 것 같은 날카로운 눈길이 거절을 용납하지 않았다.

"옷, 갈아입고 올게요. 먼저 들어가 계세요."

그제야 승제가 눈에 서려 있던 매서운 기운을 좀 푸는 게 느껴졌다. 방에 가서 배스가운으로 갈아입고 욕실에 들어왔을 때 라벤더 향 입욕제 냄새가 욕실을 가득 채우고 있었다. 그가 이미 탕에 들어가서 느긋하게 누워서 어느새 갖다둔 샴페인을 한 잔 마시면서 욕실 스피커로 음악을 듣고 있는 게 눈에 들어왔다. 라벨의 피아노 콘체르토가 욕실 안에 울려 퍼지고 있었다.

"어서 들어와."

그가 재촉하자 마지못해 가운의 끈을 푸는데 왠지 민망했다. 이렇게 환한 불 아래에서 옷을 벗어본 적은 없었다. 분명 한두 번 본 것도 아닐 텐데 집요하게 전신을 훑는 그의 눈길이 부담스러웠다.

승제는 은조가 왠지 부끄러워하면서 가운을 푸는 걸 보면서 저절로 목울대를 꿀꺽 움직였다. 마치 수줍은 새신부인 양, 부끄러워하는 은조는 마치 처녀 같았다. 그래, 몇 달 전엔 처녀였

지. 자기가 건드리기 전까지. 은조가 가운을 풀자 하얀 가슴이
드러났다. 가슴 끝에는 분홍 물이 살짝 들어 있었다. 잘록한 허
리와 대비돼 풍만해 보이는 가슴이나 힙, 고슬한 털이 살짝 난
삼각지까지, 그리고 하얗고 늘씬한 인어같이 긴 다리. 보고 있
기만 해도 몸에 힘이 들어갔다.

은조가 그의 맞은편에 앉으려 하자, 그가 자기 앞을 가리켰
다. 마지못해 그의 앞에 앉자 그가 은조의 어깨를 자기 가슴에
기대게 하고 뒤에서 팔을 둘러 감싸 안았다. 은조는 조금 긴장
한 것처럼 그에게 기대 있었다. 그가 막 자라기 시작한 거칠한
수염을 목에 살짝 문대자 은조가 간지러운지 목을 살짝 피하려
고 했다.

"간지러워?"

그의 허스키한 목소리가 귓가에 울리고 그의 숨에 귓속에 들
어오자 온몸의 잔털이 곤두서는 것 같았다. 그의 입이 귓불에
내려와 부드럽게 핥으면서 귓가에 숨을 불어 넣자 잔물결처럼
퍼지는 흥분에 한숨이 절로 나왔다.

"하, 하지 마세요."

은조가 몸을 움츠리면서 그에게 피하려고 하자 물이 첨벙하
면서 튀겼다. 연보라색의 라벤더 빛으로 물든 물 위로 열기로
복숭앗빛을 띤 은조의 상체가 나와 있었다. 상기된 은조의 얼
굴. 발그스레한 볼, 자꾸 괴롭히고 싶었다.

자잘한 키스를 귀와 목가에 퍼부었다. 어느새 앞으로 둘러진

손이 가슴을 지분거리며 손가락에 유두를 끼며 애무해 왔다. 쾌락과 고통 사이의 알 수 없는 열기에 은조의 입에선 자꾸 달뜬 한숨만 나올 뿐이었다. 뜨거운 물 때문인지 등 뒤의 사람 때문인지 몸에서 힘이 빠지면서 점점 나른해질 뿐이었다.

그때 그가 귀에 속삭였다.

"여기서 할까?"

그러면서 단단해진 자신의 남성을 은조의 몸에 대고 문질렀다. 은조가 기겁을 하고 몸을 때려했지만 이미 그가 허리를 안고 있어서 움직일 수도 없었다. 은조가 고개를 반쯤 돌리고 애원하듯 그를 바라보았다. 그 커다란 눈에 담긴 애원에 그도 약해져 버렸나 보다.

그가 벌떡 일어나 물이 튀면서 조금 정신이 들었다. 잽싸게 자신의 가운을 입은 그가 은조를 일으켜 세우더니 커다란 배스타월을 두르더니만, 멍하니 있는 은조를 잽싸게 안아 들어버렸다.

"꺅!"

은조의 비명은 곧 그의 입에 먹혀 버렸다. 그는 은조를 안고 그의 침실로 갔다. 침대에 내려놓으면서도 키스를 멈추지 않았다. 그의 거칠게 달아오른 욕망을 대변하듯 키스는 길고 집요하고 뜨거웠다. 온 입 안을 샅샅이 훑는 뜨거운 혀에 고스란히 내주고 쫓아가기 힘들어 허덕거릴 뿐이었다.

그가 입을 떼었다. 헐떡거리는 숨을 겨우 진정시키면서 등을 돌리자 그가 척추를 따라가며 자잘한 키스를 뿌렸다. 햇빛 한 번 본 적 없는 하얀 등에 뼈가 튀어 올라와 있었다. 가냘픈 그 등을 따라가며 키스를 뿌리자 간지러움에 은조의 입에서 깔깔거리는 웃음소리가 흘러나왔다. 은조는 도망가려고 발버둥쳤지만 승제는 잽싼 동작으로 그녀의 하체를 자신의 거대한 몸으로 눌러 버렸다. 들떠 있는 가슴을 지분거렸다. 그리고 둘은 평소와 다르게 천천히 긴 시간을 들여 사랑을 나누었다.

은조는 지친 눈꺼풀을 겨우 들어 올렸다. 나른한 만족감에 깜빡 졸다 깼을 때 그가 한쪽 팔로 얼굴을 괴고 내려다보며 그녀를 어루만지고 있었다. 사랑스럽다는 듯이 자신을 바라보는 그의 시선에 눈을 감아버렸다. 욕망을 채운 후이니 만족감에 취해 잠을 자면 되는데 그는 왜 자신을 이렇게 바라보며 오랫동안 안고 뭔가 속삭이는 걸까. 맞닿아 있는 어깨에 그의 규칙적인 심장 소리가 느껴진다. 누군가와 이런 따뜻한 온기를 나눈다는 것은 매우 은밀한 경험이었다. 분명히 사랑이 끼어 있어야 하는데. 그가 바라는 것은 무엇일까? 그리고 스스로가 바라는 것은 무엇일까?

그녀가 이렇게 잤던가. 어린아이처럼 몸을 동그랗게 말고 자신에게 기대어 자는 은조를 보는 순간 가슴이 울컥했다. 그리고 행복했다. 속눈썹이 얼마나 긴지 그림자를 드리울 정도였다. 색색거리면서 자는 은조를 보자 이대로 깨우고 싶지 않았다. 그저 영원히 자신 곁에서 저런 모습으로 자고 있기만 해도 행복할 것 같았다. 이 행복함을 어떻게 유지할 수 있을까.

이불 위로 드러난 매끈한 어깨가 그를 유혹하는 듯했다. 살짝 맛만 보려 입을 갖다 댔으나 생각했던 것보다 더 부드러운 피부에 매료돼 수염이 막 돋기 시작한 턱으로 가볍게 문질렀다. 그러자 은조가 간지러운지 '으응' 하면서 몸을 비틀었다. 상체가 틀어지면서 부드러운 젖가슴이 출렁이는 게 보였다. 어젯밤에 저 가슴을 얼마나 탐했던가.

누군가가 자신의 어깨에 부드럽게 입을 맞추고 있었다. 간지러워서 몸을 움직이려고 했지만 꼭 잡고 놔주질 않았다.

"으응……."

은조가 잠투정을 부리자 부드럽고 낮은 웃음소리가 들렸다. 겨우 눈꺼풀을 들어 올렸다.

"피곤하면 더 자."

그러나 입맞춤은 계속되어 결국 잠은 열정에 밀려 이내 사라져 버렸다. 입에서 작은 불만의 소리가 터져 나왔지만 승제는 계속 자기 하고 싶은 대로 느긋하고 천천히 그녀의 어깨부터 등까지 입술을 계속 미끄러뜨렸다.

"더 자라면서요?"

은조가 투덜거리자 그가 낮은 소리로 웃었다.

"넌 더 자. 난 내가 하고 싶은 거 할 테니까."

그러면서 손이 다시 엉큼하게 앞으로 와서 가슴을 지분거리기 시작했다. 아침이라 흥분한 그의 남성을 은조의 몸에 대고 노골적으로 문지르면서.

아침에 이 사람은 이런 얼굴을 하던가. 가슴속에서 거품이 보글거리듯 올라오는 행복감에 도취된 느낌이었다. 아침에 함께 눈 뜨는 게 이런 기분인 걸까? 전에는 알지 못했던 경험이었다. 그는 전 부인에게도 이렇게 했을까? 이런 생각을 하자 울컥하는 게 있었다. 몸에서 슬슬 불붙기 시작한 열정이 차갑게 식는 듯했다. 그래서 거절의 몸짓이 자연스레 나왔다. 그러나 무겁게 짓누르는 그의 몸 때문에 은조의 앙탈은 별 소용없었다.

"하, 하지 마요."

은조가 환한 아침 햇살에 부끄러움을 느꼈다. 얼굴이 빨개진 그녀는 이불로 얼굴을 가리려 했다. 그러나 승제의 집요한 손길은 멈추지 않았다.

"좀 있으면 예린이, 예은이 돌아와요."

딸들 핑계를 대봤지만 마이동풍이었다.

"오후에 올 거야. 걱정 마."

그는 하는 행동을 멈추기는커녕 더 대담하게 다가왔다. 그리고 그는 자신의 뜻대로 또 시간을 들여 안았다.

흥분의 여운이 지나가고 은조는 숨을 거세게 몰아쉬며 침대에 꼼짝없이 누워 있건만, 그는 샤워를 하려는 듯 벌떡 일어서는 것이었다. 그의 탄탄한 몸을 바라보다 갑자기 심술이 나서 베개를 휙 던져 버렸다. 졸지에 가운을 걸치다 베개에 맞은 승제가 뒤를 돌아보았다.

"왜?"

"그냥 미워서요."

사실 본인의 충동적인 행동에 은조 역시 놀랐건만, 그는 그냥 피식 웃기만 하고 욕실로 향했다. 화를 낼지도 몰라서 은근히 긴장했건만 그런 기색은 없었다.

샤워기의 뜨거운 물 아래에 선 승제는 방금 전의 은조를 생각했다. 예전엔 마냥 그를 어려워하더니만 오늘은 격의없이 베개를 던졌다. 베개에 맞고 좋아하다니 자기도 참 유난스럽게 군다 싶었다.

La Valse ...nine

월요일은 언제나 바쁘다. 달콤했던 주말의 여운이 가시기
도 전에 몰아닥치는 일과 회의에서 벗어나 이제 겨우 한숨을 쉬
며 시계를 보니 저녁 시간이 다 돼 있었다. 그때 핸드폰이 울렸
다. 발신인에 낯익은 이름이 보였다. 친구 재우였다. 받자마자
성질 급한 재우답게 질문부터 던졌다.

[누구야?]

"누구?"

알면서 승제는 시치미를 뚝 뗐다. 이렇게 쉽게 알려줄 수는
없지.

[와이프가 토요일에 너의 데이트 현장을 목격했다더라.]

분명 바로 전화를 걸고 싶어 안달을 했겠지만 참다가 전화를 했겠지. 재우의 급한 성미를 아는지라 승제는 너털웃음을 터뜨렸다.

"오래 참았네."

[궁금해서 미칠 뻔했지. 그래, 얘기 좀 해봐. 어떤 아가씨야? 그런데 우리 와이프가 가서 아는 척 좀 하려고 하니까 네가 무척 긴장하면서 소개도 안 시켜줬다고 투덜거리더만. 아가씨가 무척 예쁘고 어려 뵈더라, 이 얘기만 하더라.]

남들 눈에 어떻게 비칠지 잘 몰라서 어떻게 해야 할지 자신도 몰랐다. 고용인인 어린 아가씨를 건드렸으니. 그래서 은조를 다른 사람들에게 자랑하고 싶기도 하고, 숨겨두고 싶기도 했다. 누가 그의 어린 아가씨를 상처 입힐까 두렵고 누군가 채갈까 봐 무서워서.

이리하여 결국 사촌누나 효진 귀에 들어가는 것은 시간문제였다. 그날 저녁에 바로 전화가 걸려왔다. 성격 급한 효진이 그냥 넘어갈 리 없었다. 승제는 핸드폰 액정에 뜬 〈이효진〉이라는 이름을 보고 씩 웃으며 받았다. 아나나 다를까, 다른 말 없이 불쑥 용건부터 꺼내는 효진이었다.

[말 좀 해보지?]

"뭐?"

승제는 시치미를 뚝 뗐다.

[레스토랑에 데리고 온 아가씨 은조 씨지?]

효진은 역시 대놓고 물어보고 있었다. 승제 또한 효진에게까
지는 감추고 싶지 않았다.

"응."

[사귀어?]

그 말에 할 얘기가 없었다. 아니, 일방적으로 내가 좋아해서
억지로 안고 있어, 이런 말을 할 수는 없는 것 아닌가.

"글쎄, 그런 건 아닌 듯한데."

[그럼? 지금 작업이라도 걸고 있는 거야?]

"그런가."

말을 흐리는 사촌동생에게 효진은 결국 화를 버럭 냈다.

[원래 여자는 너처럼 음침한 남자랑 연애는 해도 결혼은 안
한다. 그 음침한 성격 좀 어떻게 해봐! 너 아직도 정신 못 차렸
니!]

고막이 터질 것처럼 효진이 소리를 버럭 지르는 바람에 승제
는 귀를 핸드폰에서 잠시 뗐다. 여전히 씩씩거리며 효진이 투덜
거렸다.

[몇 년째야, 왜 아직도 정신을 못 차려. 이모 가신 지 몇 년이
야, 예린 엄마 간 지는 몇 년이고. 왜 여전히 그 모양이야, 너는?
애들 생각해서라도 정신 차려야지. 은조 씨 나이는 어려도 사람
은 괜찮아 보이더라. 솔직히 너 정도면 괜찮은 남자지, 나이 많
고 혹 두 개 딸린 것만 빼면 네가 흠이 뭐가 있겠어. 그 음침한
성격이 더 문제지. 그러니 이번엔 좀 잘해봐. 괜히 어부적거리

다 다 잡은 고기 놓치지 말고.]

그리곤 승제가 한마디 반박할 기회도 주지 않고 전화를 끊어
버렸다. 효진의 말이 옳은 건 그 역시 알고 있었다. 왜 자신은
은조와의 관계에 자신할 수 없는 걸까. 일방적으로 윽박지르다
시피 강제로 안은 것은 자신이었다. 현재 갖고 있는 것은 은조
의 몸뿐이지 마음은 아니었다. 마음을 먼저 얻었어야 하는데,
순서가 잘못됨을 알고 있다. 그러다 이내 은조가 왜 아직도 이
집에 들어와 있는지, 새어머니와의 관계는 무엇인지조차 알지
못함에 허탈해졌다. 처음엔 굉장히 중요했다 느꼈던 게 지금은
전혀 상관없다 해도 기분인 좀 허무했다.

처음으로 단둘이 외출을 해서 공인된 사이로 인정받고 싶었
다. 그는 그제야 자신의 속마음을 이해했다. 그날 외출한 것은
이 관계를 정식으로 만들고 싶어서였다는 걸. 남들에게 보여주
고 싶었다는 걸.

전화를 끊은 효진 역시 기분이 착잡하긴 마찬가지였다. 저 너
구리 같은 사촌동생, 속은 음흉한데 어떻게 보면 또 순진하고
고지식한. 도대체 그 어린 아가씨와 어떤 관계인지 알고 싶어
미칠 지경이었다. 단순한 데이트는 아닌 것 같고. 전에 본 인상
이나 얘기 듣기로 승제에게 접근했을 것 같지 않았다. 게다가
여자가 접근한다고 호락호락하게 넘어갈 승제도 아니지 않은
가. 그렇다면 승제가 그 아가씨를 좋아해? 아가씨는 승제에게
호감이 있긴 한 걸까?

효진은 안 되겠다 싶어서 이모부에게 전화를 걸어서 슬쩍 상황을 엿보기로 했다. 이렇게 압박이라도 넣어주지 않으면 승제가 움직일 리 없다. 다른 일은 그렇게 깔끔한 놈이 왜 여자 문제에선 이렇게 우유부단한 걸까. 하기야 다 완벽하면 사람이면 좀 많이 재미없지.

아무래도 오래전에 돌아가셔서 이제 왕래가 거의 없다시피 한 이모부에게 전화를 하는 것은 조금 힘든 일이었다. 효진은 호흡을 크게 한번 한 뒤에 다이어리에서 〈임정훈〉 이름 석 자를 찾았다.

"여보세요? 임정훈 변호사님 사무실이지요? 저 조카 이효진이라고 하는데 자리에 계신가요?"

[잠시만 기다리세요.]

하더니만 전화를 바로 돌려주었다.

[효진이냐?]

낮게 깔리는 정훈의 목소리에 효진은 바짝 긴장했다. 언제나 어려운 이모부였다. 이모 살아생전에도 뵐 때마다 어렵기만 했다. 승제한테는 이렇지 않은데 말이지.

"네. 잘 계시죠?"

[나야 그렇지, 허허. 승제 편에 가끔 소식 듣는다.]

그는 간만에 전화를 한 전 부인의 조카가 무슨 용건인지 궁금한 모양이었다.

"저, 다름이 아니라요."

[그래.]

효진이 뜸을 들였다.

"승제 요즘 만나는 아가씨 있나 해서요."

그러자 정훈이 잠시 아무 말도 없었다.

[그놈이 그런 얘길 할 턱이 없잖아, 나에게. 내가 재혼 얘기 꺼냈다가 좋은 소리 못 들은 것도 한두 번이야 뭘 어떻게 해보 든 말든 하지.]

정훈이 무심한 아들이 섭섭한지 투덜거렸다. 잽싸게 효진이 말을 받았다.

"그래서 말인데요. 얼마 전에 누가 호텔에서 승제가 웬 아가 씨랑 있는 걸 봤다네요. 저한텐 아무 말도 안 하니까 이모부가 좀 물어보세요. 네?"

듣고 있던 정훈이 슬그머니 웃었다. 효진은 몰랐겠지만 그가 효진 전화 받을 때 승제 얘기를 꺼낼 줄 짐작 안 하고 있던 게 아니었다. 거의 왕래 끊긴 승제 어머니의 언니 딸인 효진이 전 화 거는 일이라곤 이런 일인 게 당연했다.

[그래, 내 슬그머니 승제 한번 떠보마.]

"제발 그래 주세요. 저도 걔 때문에 미치겠어요."

효진이 그런 승제가 답답한지 투덜거렸다. 둘은 가볍게 주변 사람들 안부를 주고받고는 전화를 끊었다. 주사위를 던진 효진 은 능구렁이 같은 이모부가 알아서 승제를 압박하기를 바라는 수밖에 없었다.

정훈은 효진과의 전화를 끊고 나서 잠시 창가에 있는 국화 화분을 바라보았다. 그 화분 가져다 놓은 지 몇 년이나 됐는지. 예전에 살던 집 팔고 나올 때 그중 가지 하나 꺾어 나온 것이었다. 세월은 정말 빨리 흘러가서 반항적인 눈으로 자기를 바라보던 어린 아들은 어느새 애가 둘 달린 남자가 됐다. 언제까지 아들 녀석 혼자 살 수도 없는 노릇. 그는 한숨을 푹 쉬고 인터폰을 눌렀다.

"임승제 변호사 좀 오라고 해요."

효진의 전화를 끊은 승제는 하기 싫어 미뤄뒀던 서류 업무를 하기 시작했다. 머리가 복잡할수록 이런 일을 하는 게 승제의 일처리 방법이었다. 부인이 술을 마실 때 그는 공부를 더 열심히 했다. 외롭다고 하소연할 때 그는 서재로 들어가 책에 머리를 박았다. 그가 어떻게 해야 할지 알 수 없을 때 그는 종이에 머리를 박았다.

한창 서류 업무에 집중하고 있는데 인터폰이 삑삑거렸다. 아버지가 찾으신다는 비서의 말에 순간 효진의 얼굴이 스쳤다.

"진짜 누나도……."

효진이 성질을 버럭 냈을 때 좀 귀찮게 됐다 싶었는데 아버지에게 뭔가 언질을 준 게 틀림없다. 가뜩이나 요즘 들어 재혼 압박이 거세진지라 이래저래 잘 피해 다니느라 힘들었는데 이렇게 잡힐 줄은 몰랐다. 올해 들어 계속 나오는 재혼 얘기를 묵살

하려 해도 아버지는 고집을 꺾으시려 하지 않았다.

사무실에 들어가자 책상 앞의 소파에 앉아 있는 아버지가 눈에 들어왔다. 아무래도 환갑이 넘은지라 희끗희끗해진 귀밑머리나 부쩍 늘은 주름살이 눈에 들어왔다.

"예린, 예은은 잘 있고?"

아무렇지 않게 손녀딸들 안부부터 물으셨지만 목적이 그게 아님을 잘 알고 있었다. 사무실 안에는 보이차 향이 은은하게 퍼져 있었다. 그가 올 타이밍에 맞춰서 물을 부었나 보다. 아버지는 갑자기 어느 날부터 좋아하던 커피를 끊고 녹차를 드시기 시작했다. 해마다 시간을 내어 중국이나 타이완 같은 데 가서 차를 사 오면서 취미 생활을 즐기는 듯했다.

분명 선물로 들어왔음직한 청자 다완에 보이차의 말간 찻물을 따라서 아들에게 건넸다. 차를 좋아하던 건 돌아가신 어머니였지, 아버지가 아니었다.

승제는 아무렇지 않게 차를 한 모금 마셨다.

"차가 좋네요."

일부러 차 얘기로 관심을 돌렸다. 사실 승제는 이 차가 무슨 차인지 제대로 알지도 못했다.

"한 변호사가 선물했다."

"한수정 씨요?"

순간 놀라서 눈썹을 슬쩍 찡그렸다. 이건 또 무슨 수작이려나.

"그래."

정훈은 별일 아니라는 듯이 답했지만 듣고 있는 승제는 그닥 기분이 좋지 않았다. 갑자기 넥타이가 목을 죄는 듯했다. 아버지나 새어머니가 들이미는 여자들은 수없이 많았다. 하지만 무슨 전형적인 타입이라도 있는 양 비슷비슷한 여자들 틈바구니에서 그는 더 이상 희망을 접었다. 처음 결혼할 때만 해도 어떤 희망이나 비전이 있던 듯한데 이젠 그런 것도 없이 그저 지금 있는 예린, 예은을 행복하고 바른 사람으로만 키우고 싶을 뿐이었다.

"너 요즘 만나는 사람 있냐?"

그러나 승제는 묵묵히 아무 말도 없었다. 이런 질문 하는 의도를 알기 때문에 여기에 쉽게 넘어갈 수 없었다.

"이제 너도 새장가 가야 할 때 아니냐. 언제까지 애들을 저렇게 남의 손에 방치할 게야."

언제나 사람들은 딸들과 남의 손 얘기를 꺼냈다.

"새 부인 온다고 그 사람은 남의 손 아닌가요?"

승제가 거칠게 반문하자 그의 아버지가 오히려 역정을 내려다 말고 꾹 눌렀다. 침착하고 냉정한 아들이 화를 내는 경우는 극히 드물었다.

"이 집안 대는 어쩔 셈이야?"

그 말에 승제는 아예 고개를 돌려 버렸다. 대 같은 게 그렇게 중요하던가. 집안, 대 이런 게 자신에게 무엇을 주었단 말인가.

순간 쓴물이 올라올 정도로 화가 났다. 가슴 가득 차고 올라 튀어나올 것 같은 분노를 가라앉혔다.

그걸 보는 정훈 역시 착잡했다. 재혼 얘기 꺼내자마자 사색이 되는 아들놈은 전 부인과 무슨 문제가 있던 게 분명했다. 하지만 절대 얘기를 꺼내려 들지 않았다. 일만 하는 아들과 외로움 타는 어린 손녀딸들이 안됐어도 그가 어떻게 하는 수가 없었다.

"예린이 예은이만으로 저는 부족하지 않은데요."

"왜 네 생각만 하는 거냐! 집안에는 사내애가 있어야지!"

결국 정훈이 다완을 소리가 날 정도로 탁자에 올려놓으면 성을 냈다.

"전 필요없습니다!"

고집스레 다물어진 아들을 보면서 혀를 끌끌 찼다.

"만나는 아가씨는 있는 게야?"

그러나 승제가 아무 말도 없자 그가 한숨을 쉬었다. 사실 승제는 아버지가 물어보자 은조가 생각 안 날 리가 없었다. 결혼 얘기 오가면 당연히 은조 얼굴이 떠올랐다. 그런데 한참 어린 아가씨 돈으로 묶어놨다고 해도 남에게 소개시킨다는 건 다른 문제였다. 속으로는 어떻게든 이 어린 아가씨를 쥐고 있고 싶은데 어떻게 소개를 시켜야 할지, 또 은조의 의사는 어떠한지도 잘 알 수가 없었다.

갑자기 말이 없어진 아들의 눈치를 정훈이 슬금슬금 보면서 슬며시 말을 꺼냈다.

"없으면 한 변호사 어떠냐? 너한테 관심이 좀 있는 눈치던데."

아버지가 그제야 본론을 꺼냈다. 승제는 그 말이 언제 나오나 기다리고 있었다. 한 변호사가 자기에게 마음이 있는 걸 모를 정도로 둔하지 않았다. 하지만 그는 그녀에게 마음이 없었다. 은조가 없다고 해도 그녀랑 결혼할 마음이 없었다. 이번엔 자기가 선택하고 싶었다. 아버지가 골라주는 적당한 여자와 결혼하는 실수는 지난번 한 번으로 족했다. 그녀는 야심이 너무 많았다. 그녀가 정말 좋아하는 건 자신이 아니라 그 주변 배경인 걸 모를 리가 없었다.

"전 관심없는데요."

그가 단호하게 말했다. 지금 이 시간에 은조와 딸들은 무얼 하고 있을까. 오늘은 예린이가 스케이트를 타러 가는 날이니 아이스링크에 가 있으려나?

"한 변호사 집안이나 나이나 외모나 어디 하나 너와 비교해서 빠지는 데 없는 아가씨다. 한번 진지하게 생각해 봐라."

"뭘요?"

승제는 시치미를 뚝 떼었다. 자신도 아이스링크에 가서 예린이 스케이트 타는 거 구경이나 했음 좋겠다 싶었다. 딸들이랑 은조랑 같이 햇빛 잘 드는 거실에서 굴러다니면서 영화 보고 싶다는 생각도 들었다.

"재혼 말이야. 좋은 엄마가 될 거야."

정훈은 한번 밀어붙인 거 끝을 봐야겠단 생각을 하면서 마지막으로 생각했던 말을 던졌다.

"진짜 그렇게 생각하세요? 그럼 아버지는 재혼하실 때 저에게 좋은 엄마가 될 거라고 생각해서 새어머니 데려오셨습니까?"

정훈은 순간 놀라서 눈을 부릅떴다. 당연히 승제가 시키는 대로 순순히 말을 들을 린 없다고 생각했지만 이런 반응까지 보일 거라곤 생각 못했다.

"넌 그때 이미……."

"그때 이미 알 거 다 아는 나이여서 더 이상 돌봐줄 여자 같은 건 필요하지 않았죠. 아마도 아버지를 돌봐줄 여자가 필요하셨나 보군요."

승제는 이미 튀어나간 말 주워 담지 못할 거, 평소에 생각하던 것까지 말을 해버렸다. 이렇게 세게 한번 못을 박고 나면 당분간 말 못 꺼내겠지.

"승제야!"

그의 아버지가 노기로 새파랗게 질린 얼굴로 그를 노려봤다.

"저를 돌볼 여자든, 제 딸들을 돌볼 여자든 선택은 제가 합니다! 아버지도 아버지가 알아서 잘하셔놓고서 왜 저에게 강요하십니까! 그때 제가 하지 말라고 했으면 안 하셨을 거 같아요? 어머니 살아 계실 때부터 대놓고 만나러 다닌 여자인데! 그래서 행복하십니까? 아들에게도 여자를 골라줄 정도로 아버지 안목이 좋으신가 보군요!"

그대로 일어나 나가는 승제를 그의 아버지는 얼마나 화가 났는지 입을 벌벌 떨 정도로 아무 말도 못한 채 눈만 부릅뜰 뿐이었다.

문을 쾅 닫고 나온 승제는 자신의 사무실로 들어갔다. 의자에 앉아 거칠게 서류를 훑었다. 무엇을 위해 이렇게 일을 한단 말인가. 인생의 의미는 무엇일까? 돈? 명예? 행복? 돈은 이미 꽤 많고, 명예도 얻을 만큼 얻었다. 그는 자신의 이름을 후손에 대대손손 알리고 싶을 정도의 명예욕도 없다. 행복! 행복이 무엇이란 말인가? 그는 행복이 무엇인지 몰랐다. 일할 때 순간 짜릿할 때의 기분은 있었다. 하지만 그가 진정 행복하다고 느낀 것은 은조와 딸들이랑 같이 있을 때 외엔 없었다.

그러나 그가 나가자마자 정훈은 슬그머니 웃으며 혀를 끌끌 찼다.

"청개구리 같은 놈 하고는. 쯧쯧."

기분이 그닥 좋은 건 아니었지만 어쨌든 승제 녀석을 건드려 놨으니 뭔가 반응이 오겠지 싶었다.

병원에 들어가는 은조 역시 조금 신경이 쓰였다. 아버지와 친한 강 선생이 보았으니 분명 귀띔을 해놨을 법했다. 아니나 다를까, 병실에 들어가자마자 간만에 얼굴이 조금 핀 아버지가 말을 꺼냈다. 평소보다 컨디션이 좀 좋으신 모양이었다.

가을이라고 해도 낮에는 볕이 좋았다. 이런 햇살 좋은 가을날 예전에 아빠가 자신을 데리고 왈츠를 추던 게 기억났다. 예쁜 원피스를 입힌 뒤에 왈츠를 틀어놓고 춤을 추곤 했다. 춤이라고 해봤자 빙빙 돌리는 수준이었지만 그게 그렇게 좋을 수가 없었다. 같이 나가면 꽃 한 송이라도 꼭 사주던 아버지였다.

베개에 기대 있는 아버지는 책을 들고 물끄러미 창밖을 바라보고 계시다 은조가 온 걸 알자 고개를 돌리고 활짝 웃었다.

"아빠."

"은조야, 강 선생이 너 봤다더라."

"아!"

은조가 좀 당황한 기색이자 아버지가 짓궂게 물어봤다. 혹시나 했는데 그가 말을 했나 싶어서 어떻게 말을 해야 할지 좀 고민스러웠다.

"누구야?"

아버지의 병으로 지친 얼굴이 보기 드물게 표정이 환했기 때문에 더욱 대답이 조심스러웠다.

"……아는 사람요."

"아는 사람이랑 만나는데 그렇게 예쁘게 입고 나가?"

그 말에 은조가 뾰로통해지자 아버지가 기분 좋게 웃으셨다.

"말 좀 해봐. 아빠 궁금하잖아. 요즘 데이트해? 내가 이렇게 있다고 데이트 같은 거 안 하면 아빠가 섭섭하지."

"그냥 잘 아는 분이에요. 저녁 사주신다고 해서 만났던 거예요."

만일 경제랑 사귀었다면 아빠에게 말할 때 좀 더 떳떳할 수 있었을 텐데. 승제에 대해선 말할 수가 없었다.

"너한테 좋은 사람이 있다니 아빠는 기쁘다. 그가 어떤 사람인지는 상관없이 너 혼자 두고 가지 않게 돼서 너무 기쁘구나."

"아빠는 참……."

아빠의 지레짐작에 어떤 부정적인 말도 할 수 없었다.

'아빠, 사실은 말이야. 그 사람 나 여사의 의붓아들이자 내 오빠뻘 되는 사람인데…… 나랑 잠자리 같이한 지 이미 몇 달 됐고…….'

이런 얘기를 차마 할 수 없었다. 은조의 이런 맘은 전혀 모르는 아버지는 기분 좋은 얼굴로 얘기를 늘어놓았다.

"언제 한번 시간 나면 보고 싶구나."

"네에……."

말끝을 흐렸다. 가슴이 좀 무거워졌다.

얘기를 마치신 아버지는 피곤한지 다시 눈을 감으셨다. 이제 아버지는 하루에 깨어 있는 시간이 얼마 없다시피 했다. 계속 몽롱하게 잠만 자는 아버지. 마음에 준비도 하려고 큰엄마랑 영정 사진도 골라놓았건만. 그냥 하루라도 좀 더 이 세상에 있어주기만을 원할 뿐이었다. 자고 있는 아버지만 봐도 시큰해졌다. 죽음이 얼굴에 이미 내려앉아 있었다. 앙상하게 말라, 시커멓게 탄 얼굴이 처참했다. 언젠가 지나가듯이 〈이렇게 사는 건 사는 게 아니야〉라고 한 적도 있었다. 예전에 입원해서 수술하기 전날 젊은 시절 일을 아주 조금 얘기해 주신 적이 있었다.

"내가 가고 나면 아무도 모르잖니."

라고 하면서. 아버지 젊은 시절 사랑의 증거로는 이제 은조와 사진 몇 장밖에 남아 있지 않았다. 그래서 은조는 자기 자신을 사랑하지 못하는 게 아버지한테 죄스러웠다. 자신의 몸에 흐르는 더러운 피를 용서하지 못하는 걸 아버지한테 알게 하고 싶지가 않았다.

"네가 있어서 난 산 거다, 그동안."

이 말씀을 하는 아버지 손을 붙잡고 은조는 울어버렸다. 일생에 하나의 사랑이 아버지 인생 전체를 바꿔놓았다. 자기만 아니었어도 이렇게 망가지지 않고 새로 시작할 수도 있었을 텐데, 아버지는 대신 이렇게 말했다. 너 때문에 살았다고.

아버지 옆에 좀 더 있고 싶은데 곧 예린, 예은 학교에서 돌아올 시간이라 돌아가야 했다. 하지만 지금은 조금만 더 아버지 곁을 지키고 싶었다. 깨어나지 못하는 아버지와 눈이라도 한 번 더 마주하고 싶었다. 참 이상도 하지. 병원에 올 때는 그 발걸음이 참 딛기 힘든데 일단 오면 돌아가기 싫었다.

하루에 몇 번이라도 아버지 생각만 하면 통곡이 저절로 나올 것 같다. 가슴에서 솟구치는 화. 어디에 풀어야 하는 걸까. 은조에겐 유일한 사랑의 대상이나 마찬가지였다.

'아빠, 아빠 저 두고 가지 마세요. 네?'

자고 있는 아버지한테 마음속으로 속삭여도 이미 암이 전신으로 퍼진 아버지는 아무런 대답이 없다. 척추로 퍼지고, 뇌종양으로 수술을 받고, 이미 폐로도 전이된 상태다. 차라리 잠을 자는 게 몸이 좀 덜 힘드시겠지. 이제 뼈밖에 안 남아 먹지도 못하고 괴로워하는 걸 보는 게 너무 힘들었다. 남들에겐 부르기만 해도 울음이 나오는 이름이 엄마라면 은조에겐 아빠였다.

화장실에서 한참을 울고 나오는데 하늘이 노랄 정도로 피곤했다. 정신적으로 피곤했다. 그때 뒤에서 클랙슨 소리가 들려서 무의식중에 돌아보았다. 전에 승제와 함께 갔던 바에서 만났던 그였다. 그가 아빠에게 은조가 남자랑 데이트한다는 걸 몰래 귀띔해 줬는지 아버지가 한참 이것저것 물어보기까지 했다. 아빠는 딸이 행복한지 알고 싶어했다. 그가 시계를 준 그 장본인인지 짐작까지 하고 계셨다.

"은조 씨! 지금 가요?"

그가 다정하게 은조 이름을 불렀다. 워낙 여러 번 입원 퇴원을 반복한지라 그 환자와 그의 예쁜 딸에 대해서 많은 의사가 알고 있었다. 은조가 학교 휴학하고 병원비 버는 사정까지도 대충 알고 있었다. 요즘 들어 많이 예뻐져서 아버지가 자랑스러워하는 것도 알고 있었다. 바둑 잘 두고 사람 좋은 사람이었다. 암 환자라는 게 안타까울 정도로.

"네."

울었는지 눈이 부어 있었다. 몇 년째인데 저 딸은 지치지도 않고 아버지 수발을 들고 있었다. 그래서 더 안쓰러웠다. 병원에 있다 보면 온갖 꼴을 다 보게 된다, 나쁜 쪽으로. 가끔 사람의 본성은 악한 게 아닐까 하는 생각도 하게 된다. 그런데 우성원 씨와 딸 은조를 보면 좀 다른 생각도 들었다. 이세상 사람 같지 않게 선해서 더 안타깝기까지 했다. 축 처진 은조의 어깨가 안쓰러웠다.

"어디 가요?"

"집이요."

그 말에 그가 허허 웃었다. 이제 몇 살이나 됐을까. 레지던트 3년차라고 들었던 기억이 났다.

"집이 어디예요?"

"한남동이요."

"그럼 타요. 나도 그 근처 지나서 가니까."

거절하려고 했지만 시계를 보니 조금 시간이 늦어 있었다. 그의 호의를 거절하는 것도 예의가 아닐 듯해서 그의 차에 올라탔다. 게다가 무엇보다 너무 지쳐 있었다. 정신적으로 고갈 상태라 집에 돌아갈 힘조차 없었다.

"내가 은조 씨 아버님한테 은조 씨 데이트하는 거 봤다고 일렀어요."

그가 웃으면서 농담을 던졌다. 그가 아버지한테 말했을 거라는 건 이미 알고 있었다.

"왜 그러셨어요."

은조의 타박에 그가 싱긋 웃었다.

"자꾸 따님 걱정을 하길래 들으심 좋아하실 것 같아서요. 근데 진짜 꼬치꼬치 물으시더라고요. 남자 분 나이가 좀 많아 뵈더라, 이 얘긴 안 했어요."

"잘하셨어요."

"진지하게 만나시는 거예요?"

그 말에 은조가 별 할 말이 없었다.

"왜 아버님께 말씀 안 드리세요?"

"유부남은 아니니까 아빠 걱정하실 일은 없긴 해요."

은조의 담담한 얼굴을 보면서 그도 더 이상 아무 말도 하지 못했다. 전철역 근처에 세워달라고 했다. 아무래도 집 근처까지 가긴 좀 불편했다.

미팅 때문에 나왔다가 바로 사무실로 가던 승제가 은조를 본 것은 지극히 우연이었다. 옆 차선에서 서 있던 차에 은조가 웬 남자와 앉아 있었다. 은조는 그에겐 보이지 않던 환한 미소를 그에게 흘리고 있었다. 옆의 남자는 은조에게 호의를 갖고 있는 걸 감추는 기색이 아니었다. 요즘 들어 은조와 외출하면 젊은 남자들이 은조에게 집요한 시선을 보내는 걸 그가 모를 리 없었다. 그의 보물, 감춰두고 싶고 숨기고만 싶은 그의 보물을 낯선 수컷에게 넘기고 싶지 않았다. 그런 거친 질투와 소유욕으로 이마를 찌푸린 그는 중년의 외로운 남자에 불과한 자신에게 조소를 보낼 뿐이었다.

이렇게 출구 없이 막힌 답답한 기분은 어떻게 해야 풀리는 걸까. 은조와 알게 된 이후에 이런 기분을 느낄 때가 잦았다. 답답함, 목을 조이는 넥타이를 풀고 와이셔츠 단추 몇 개 푼다고 해결될 것 같지 않은 이 조급증. 한숨만 나왔다.

사무실에 앉아서 서류를 건성으로 보고 있노라니 자신만 한심해질 뿐이었다. 서른일곱 살의 자신에게 무엇이 남아 있던가. 두 딸과 많은 재산, 그리고 일, 일, 일. 이것 외엔 없었다. 사생활이 있던가. 일과 관련된 사람들을 만나는 것 외엔 아무것도 없지 않은가. 물론 일은 짜릿했다. 재판에서 이기고 어려운 일을 풀 때 짜릿했다.

하지만 그의 인생에서 여자 때문에 고민하던 적이 있던가. 결혼하기 전에 사귀던 여자가 없던 것은 아니지만 그는 언제나 쉽게 끝날 수 있는 여자를 택했다. 절대 매달리지 않을 상대를. 그게 편하니까. 그의 인생은 아버지가 정해놓은 레일 위에서 움직여야 한다는 걸 어린 시절부터 알고 있었다. 그 레일 위의 인생답게 선봐서 만난 여자와 대충 몇 번 만나고 결혼을 결정했다. 그래서 그가 행복했을까? 답은 전혀 아니었다.

그런데 우은조가 그의 집에 들어온 그날부터 그는 인생에 거의 처음이다시피 가슴이 두근거림도 갖게 됐고, 조급함이 뭔지도 알았다. 그렇게까지 사람에게 화를 내본 적이 있던가. 자신의 비정상적인 행동에 대해서 누구보다 화가 나고, 또 그래서 그런 만큼 은조에게 상처 주고 있는 걸 왜 본인이 모를까. 그럼에도 불구하고 그 여자를 옭아매고 옆에 두고 싶었다. 이건 사랑이 아니다, 욕망일 뿐이다. 욕망은 언젠가 사라진다, 이렇게 자신에게 몇 번이나 혼잣말을 했던가.

지독한 피부병에 걸린 사람처럼 미친 듯이 그 부위를 긁지 않으려고 해도 간지러워서 계속 긁는 것처럼 그는 우은조에 중독돼 있었다. 계속 간지럽고 긁으면 긁을수록 더 안 좋아지는 걸 알면서도 멈출 수가 없었다. 긁는 그 순간의 환희가 너무 짜릿해서!

늦게까지 사무실에서 골치 아픈 서류 나부랭이를 들여다보면서 아무것도 생각하지 않으려 했다. 그대로 들어가면 목줄기를 잡고서 흔들 것만 같았다. 일부러 늦게 들어간 그를 은조가 기다렸다는 듯이 맞았다. 요즘 들어 딸들과 은조가 나와서 마중해주는 일이 잦았다. 한밤중에 들어간 그를 은조가 잠도 안 자고 기다리고 있었다.

"오셨어요?"

그러면서 그가 건네는 재킷을 받아서 옷걸이에 걸었다. 굉장히 자연스레 은조가 어느 순간 그의 집의 안주인같이 돼버렸다. 거칠게 넥타이를 풀면서 무심한 듯이 물었다.

"누구야?"

넥타이를 받다 말고 은조가 눈을 동그랗게 떴다.

"누구요?"

무슨 얘기 하는 건지 이해를 전혀 못하는 눈치였다.

"한번 남자 맛을 보고 나니까 다른 남자도 궁금하던가?"

그는 일부러 거칠고 속된 말로 물었다. 마음속으로 미칠 것 같았다. 그녀를 보고 다정하게 웃고 있던 젊은 남자, 상냥하게 마주 웃던 그들을 지켜볼 수밖에 없던 삼십대 후반의 지친 중년 남자.

그의 이유 모를 분노에 은조는 당황했다. 그가 무슨 일인지 굉장히 불쾌한 질문을 하는데 이유를 알 수 없으니 답답했다. 그의 험상궂은 표정에 겁이 덜컥 났다.

"지금 무슨 말씀 하시는 거예요?"

은조가 작은 소리로 항의를 했다.

"너를 그냥 이 방에 가둬두고 싶어. 다른 남자한테 꼬리 치는 꼴 안 보게."

그의 무서울 정도의 소유욕에 순간 등골이 오싹해졌다. 순간 공포로 움찔거리며 뒤로 물러났지만 그걸 용서할 리가 없었다. 그대로 낚아채 침대로 떠미는 손길이 거칠었다. 반항할 엄두도 내지 못하고 그대로 찢겨지듯 벗겨지는 옷을 멍한 눈으로 바라보다 질끈 감아버렸다.

그의 거친 애무는, 처음으로 힘으로 자신을 굴복시켰던 그 밤을 연상케 했다. 밀어붙이는 듯한 그의 과격한 애무에 정신이 혼미해졌다. 이런 것은 머릿속으로 생각하던 사랑과는 동떨어진, 단순한 육체적 욕망의 표출로 보일 뿐이었다.

그는 출구를 찾지 못한 답답한 마음이 바로 파괴적인 행동으로 연결되고 있었다. 거친 말로 상처 입히고 거친 행동으로 아프게 만들고 싶었다. 내가 아프고 힘든 만큼 너도 아프고 힘들어야 돼. 나 없이 너는 행복해선 안 돼. 하지만 내가 오히려 행복하게 만들지 못하는걸.

처음 안기던 그날처럼 그는 무언가 화가 나 있었고 경멸과 비난을 담은 시선으로 그녀를 쏘아보고 있었다. 그는 당황한 그녀의 얼굴을 바라보며 목덜미를 잡고 입을 벌려 보드라운 입술에 뜨거운 자기 혀를 밀어 넣었다. 그는 벌이라도 주듯 거칠게 입술을 움직이고 이빨로 물고 빨았다. 견딜 수가 없어져서 가볍게 밀어봤지만 오히려 손을 잡혀 온몸이 그의 몸무게에 고스란히 눌릴 뿐이었다. 그녀의 그런 반항이 마음에 들지 않았는지 그가 얼굴을 떼고 약간 위에서 비웃음을 담고 말했다.

"이런 게 싫으면 다른 방법도 있지."

그 뒤 갑자기 깃털처럼 가벼워진 키스가 위로하듯 보드랍게 구석구석 키스해 왔다. 몸속 깊숙한 데 숨어 있던 곳까지. 배덕한 몸은 의지를 잃고 또 욕망에 지고 말았다. 달콤한 신음을 흘리자마자 그의 의기양양한 얼굴이 떠올라 눈을 뜰 수가 없었다.

그는 자신을 사랑해서 안는 것이 아니라 단순히 욕망의 대상으로 안을 뿐이었다. 순진하던 시절에 이런 친밀한 접촉에는 분명 사랑이 있어야 한다고 생각했더랬지. 하지만 실제로 승제와의 관계에는 아무것도 없었다. 육체적 욕망만 있을 뿐. 그래서 자신의 마음을 배신하고 익숙하게 욕망으로 뜨거워지는 몸 때문에 마음이 더 괴로웠다.

그에 따라 몸짓도 격해져서, 부드럽게 가슴과 허리를 어루만지던 손은 어느새 아래로 내려가 부드러운 허벅지 안쪽 살을 가르고 있었다. 기다란 마디가 굵은 남자의 가운뎃손가락이 어느새 허벅지 안쪽 깊이 들어왔다. 아직 메마른 여성이 손을 보드라운 벨벳처럼 감쌌다. 그 따뜻한 보드라움을 잠시 즐기던 그는 손가락을 움직이기 시작했다.

머릿속에 떠도는 것은 이십대 후반의 잘생긴 청년과 마주 보며 웃던 은조의 모습이었다. 아직 젊은이의 모습이 남아 있는 그와 은조는 잘 어울렸다. 그래서 화가 났다. 화가 나면 날수록 손가락의 움직임이 빨라졌고, 은조의 작은 신음 소리도 좀 더 새되졌다.

은조는 〈그만, 그만〉이라고 하면서 몸을 꿈틀거리며 계속 도망가려 했지만 대답 대신 계속되는 행동으로 거절의 의사를 보여줄 뿐이었다. 어느새 은조의 몸 위에 육중함이 실렸다. 은조는 으레 그렇듯이 눈을 감고 숨을 꼭 참으며, 다가올 고통에 대비했다. 그때, 갑자기 승제가 협탁에 놓여 있던 스탠드의 불을 켰다. 은조는 갑작스런 빛에 놀라 눈을 떴다.

"눈 떠."

은조의 얼굴에 당황한 빛이 역력했다. 그는 저승사자처럼 무섭게 그녀를 바라봤다.

"눈 뜨라고 했어."

은조는 입을 여는 것조차 두려워서 말없이 눈만 깜박였다. 그 때 승제의 몸을 가르며 한 번에 들어왔다. 은조가 순간적인 충격과 고통으로 몸을 움찔하며 굳혔지만 승제의 몸짓은 멈추지 않고 은조의 몸 끝까지 더 들어갈 데를 찾는 것처럼 격렬하게 몸을 갈랐다. 온몸을 한 번에 꿰뚫은 그는 정말 거칠게 자기의 욕망을 밀어 넣었다. 가냘픈 몸이 충격으로 튀어오를 듯하다 그의 격한 동작에 움찔거렸다. 긴 속눈썹 사이로 물기가 새어나온 게 보였다. 붉은 테이블 램프 빛에 창백한 얼굴이 붉은빛을 띠고 있었다. 하지만 새하얀 창백한 얼굴의 붉은 홍조가 그를 미치게 만들었다. 멍하니 누워 있는 게 마음에 들지 않았는지 그가 은조의 팔을 잡아 자기 목에 둘렀다.

"안아."

은조가 멍하니 가느다란 팔을 들어 그의 목을 힘없이 안았다. 그 붉은 입술에 다시 자기 입술을 포갰다. 힘줄이 불끈 솟아 있는 팔이 온몸을 꼭 안다시피 하얀 등 뒤로 둘러져 온몸에 체중을 싣고 있었다.

잠시 그대로 있나 싶더니만 그가 몸을 움직이기 시작했다. 거세게 숨도 쉴 수 없고 안긴 상태에서 몰아붙이듯 그가 허리를 움직였다. 더 최악인 건 승제의 손길에 익숙해지는 배덕한 자기의 몸이었다. 처음으로 가냘픈 신음을 흘리는 순간, 정신이 번쩍 들었다. 이어 승제의 얼굴을 올려다봤을 때 그가 회심의 미소를 띠고 있는 걸 보자 죽고 싶을 정도의 수치심에 눈을 질끈 감아버렸다.

"눈 떠! 눈 뜨라고 했어!"

은조는 힘들게 날카로운 빛을 피하기 위해 게슴츠레 떴다. 무서운 표정으로 그녀를 노려보고 있는 게 희미하게 보였다.

"지금 네 몸 안에 들어가 있는 게 누구인지 똑똑히 보라구!"

그는 난폭한 말을 퍼부으며 거칠게 움직였다. 몸을 쪼갤 것처럼 격하게 뚫고 들어오는 그의 몸짓에 그가 무서워서, 아무 말도 못한 채 숨을 몰아쉬며 어서 고통이 지나가길 기다리고 있었다. 은조의 눈물이 고인 맑은 눈을 바라보며 허리를 움직였다. 마치 뭔가 바라는 어린애처럼 말도 하지 않고 심통을 부리고 있었다. 은조는 승제가 왜 이런 행동을 하는지 이해할 수 없었다.

자꾸 감기려고 하는 눈을 억지로 뜨고 자신에게 시선을 고정한 그를 바라보았다. 자그마한 여린 몸이 그의 움직임에 맞춰 흔들렸다. 괴로운지 고운 아미를 찌푸린 은조의 얼굴이 묘하게 자극적이었다. 은조는 그의 형형한 눈과 마주하다 그의 이마에서 흘러내리는 땀을 손으로 닦아주었다. 본인도 왜 그랬는지 잘 모른다. 그냥 그렇게 해주고 싶었다. 그 순간 그의 육중한 몸이 그대로 실렸다. 잠시 후 그대로 몸을 빼서 옆으로 굴러 천장을 보고 누웠다.

잠시 누워 있다 몸을 일으키려는데 허벅지 안쪽에서 흘러내리는 감촉에 움찔해 버렸다. 저절로 옆에서 나른하게 늘어져 있던 승제에게로 시선이 갔다. 그녀의 당황한 표정을 알아챘는지 표정 없이 답했다.

"그냥 했어."

"네?"

믿을 수 없었다. 술에 취해서 안았던 첫날에도 꼼꼼하게 피임을 했던 그였다.

"콘돔 다 떨어졌어. 그래서 그냥 했어."

거짓말이었다. 콘돔은 사이드 테이블 서랍 안에 잔뜩 남아 있었다.

차라리 아기가 생긴다면 잡을 수 있지 않을까. 무뚝뚝함 아래 무서울 정도로 강렬한 욕망이 잠자고 있었다. 남자의 사냥 본능. 원시시대 때부터 남성은 쫓고 사냥하는 그런 존재였던가. 어린 초식동물처럼 커다란 눈망울에 겁을 담아 바라보면 그대로 달려가 목줄기를 물어뜯어, 아니, 그대로 침대로 끌고 와 〈너는 내 여자다〉라고 온몸에 낙인을 찍어주고 싶었다. 그래서 그런 소유욕이 무서워서, 그런 자신이 더 무서워서 모든 걸 은조에게 돌려 버렸다. 네가 그런 눈을 바라봤으니까, 너는 원래 그런 여자니까.

"너무 걱정하지 마. 남자는 서른 살 넘으면 생식율이 반 이하로 떨어진다니까."

그가 비아냥거리듯 한마디 보냈지만 은조는 그를 이해할 수 없었다. 그대로 샤워를 하러 욕실에 들어가 뜨거운 물을 맞으며 생각했다. 지금 이 상황 자체가 이해가 가지 않았다. 하지만 한편으로 그가 질투하고 있다는 게 조금 기뻤다. 만일 아기가 생긴다면…… 여태 생각해 본 적이, 아니, 생각하지 않으려 한 일이었다. 그를 쏙 빼닮은 아들을 그가 안고 가는 게 연상되자 생각을 털어내기라도 하듯 머리를 흔들었다.

뭔가 그가 오해하는 게 있었고 폭력적으로 안겼다. 분명 몸은 상처받았는데 그가 오해하고 질투하는 게 기뻤다. 자신과 그의 관계는 오로지 그의 욕망에 따라서만 좌지우지되었으나 그가 흉포한 소유욕을 보였을 땐 기뻤다. 아무리 그를 좋아한다고 해도 이런 폭력에 화가 나지 않는 것은 아니었다. 그동안 그에게 길들여진 것인가. 사랑에 눈먼 어리석은 여자처럼 행동하는 자신이 미웠다.

은조가 욕실에서 나왔을 때 승제는 이미 침대에 이불을 덮고 누워 있었다. 방으로 돌아가려고 문에 손을 대기 무섭게 자는 줄 알았던 승제가 뒤에서 손을 잡았다.

"가지 마. 응?"

뒤에서 온몸을 푹 덮을 듯이 푹 감싸 안고 그가 속삭였다. 만일 그가 강하게 회사에서 부하직원에게 하듯 말했다면 화가 나서 문을 열었을지도 모른다. 하지만 그는 대신 몸으로 미안하다고 호소하고 있었다. 그가 침대로 잡아끌자 못 이기는 척 침대로 끌려왔다. 그가 이끄는 대로 순순히 눕자 이불을 덮어주고는 옆자리에 자기도 누워 온몸을 껴안았다.

"화…… 많이 났지?"

눈치를 보듯 귓가에서 소리가 들렸다.

"무슨 일로 화를 내셨는지 제가 알아야 화를 내든 말든 하죠."

은조의 냉정한 목소리에 그가 흠칫하는 게 느껴졌다. 순간 덩치 큰 사냥개가 생각이 났다. 자기 눈치에 따라서 왔다 갔다 하는.

"낮에 법원 가다가 네가 차에 타고 가는 걸 보았어."

"아!"

은조는 갑자기 미친 듯이 웃고 싶어졌다. 겨우 고작 그런 일로 이 사람은 이렇게 화를 냈단 말인가. 허탈하기까지 했다.

"강 선생님이 병원에서 나오는데 근처 지나가신다고 태워주신다고 했어요. 그것뿐이에요."

"알아, 안다구."

그가 자조적으로 말했다.

"그런데 왜 화가 났어요?"

"몰라."

그가 고집스레 입을 꾹 다물어 버렸다. 승제라고 속이 좋을 리 없었다. 일단 화는 냈지, 나쁜 짓은 했지, 알고 보니 화낼 거리도 아니었지. 민망해 죽을 것 같았다.

"근데 저 사과 못 들은 것 같아요."

"어엉⋯⋯."

순간 승제 얼굴이 새빨개졌다. 심지어 그가 목까지 빨개진 게 뒤돌아보지 않아도 느껴질 정도였다. 순간적으로 그가 흠칫하면서 숨까지 멈출 정도였다. 은조가 몸을 돌려 그의 얼굴을 바라봤다. 스탠드 빛에 이미 붉게 된 그의 얼굴이 들어왔다.

"안 할 거예요?"

은조가 몸을 휙 돌리면서 등을 돌려 눕자, 그가 놀라서 벌컥 뒤에서 안았다.

"미안해. 잘못했어! 다시는 안 그럴게. 됐지?"

"그게 사과하는 사람 태도인가요?"

은조가 시큰둥하게 말하자 그가 진짜 어쩔 줄 몰라 했다. 그런 그를 보면서 은조는 사실 좀 당황스럽기도 했다. 과거에 결혼한 적이 있던 사람이고 나이도 훨씬 많았다. 그런데 이런 행동들을 할 때 보면 그는 전혀 여자를 사귄 적이 없는 사람처럼 구는 것이었다.

"있잖아요, 전에 예린이 어머님이랑 싸운 적 없어요?"

은조는 결국 궁금한 걸 물어보고야 말았다. 잠시 그가 말이 없더니만 의외의 답을 했다.

"내가 싸우려고 한 적이 없으니 싸움이 안 됐다가 맞겠지."

분명 그녀는 불만이 많았고, 미친 듯이 화를 내면서 자신을 몰아붙이곤 했다. 그럴 때마다 승제는 그녀를 무시하고는 서재로 들어가 버렸다. 왜 화를 내는지도 이해가 안 갔고, 왜 싸워야 하는지도 몰랐다. 지금 생각해 보면 그는 지극히 비인간적이었다. 그녀에게 술을 먹게 부추긴 것은 자기나 다름없었다. 그래서 그는 괴로웠다. 지금 은조에게도 그렇고, 그의 두 딸의 엄마에게도 그렇고.

전 부인처럼 은조도 그렇게 떠나 버림 어쩌지? 갑자기 그 생각이 들자 등골이 송연해졌다. 그는 은조를 꽉 끌어안았다.

슬슬 졸음이 오려고 하는데 갑자기 승제가 끌어안자 은조 역시 조금 놀랐다. 그러면서도 드는 생각은 자신들의 관계는 지극히 불안정할 수밖에 없었다. 이 집에 처음 들어올 때는 분명 나진희의 행복한 인생을 방해하고 돈을 벌겠다는 지극히 간단한 목표만 있을 뿐이었다. 하지만 어느 순간 승제가 끼어들면서 그 감정이 묘하게 변해 버렸다. 그리고 승제와 이런 관계가 된 순간부터 지금은 자기가 뭔지 알 수가 없었다. 우은조는 임승제에게 무엇일까? 임승제 딸들의 가정교사? 정부? 아니면 애인? 승제는 자기를 두고 어떤 게임을 하는 걸까. 은조 역시 자신이 승제를 두고 뭘 하고 있는지 이젠 알 수 없었다.

La Valse ...ten

아무리 아버지를 위한 것이라고 해도 나 여사에게 전화를 하는 것은 쉬운 일이 아니었다. 아버지가 보고 싶어하시니까, 전화해서 병원에 잠깐 들러달라고 부탁을 해야 하는데 그게 어찌나 어려운지! 전화를 해야 하는 것은 알았다. 머리로는 생각하는데 마음과 몸은 움직여지지 않았다. 결국 전화를 한 것은 일주일이 지나서였다. 전화기를 몇 번이나 들었다 놓았다 했던가. 그 여자한테는 약한 소리를 하고 싶지 않았다. 하지만 아버지가 원하셨다. 결국 그가 출근하고 난 뒤에 예린, 예은이 없는 틈을 타서 수화기를 앞에 두고 한숨을 크게 한번 쉬었다. 원래대로라면 이 시간에 병원에 갔어야 하지만 지금은 그보다 더 중

요한 용무가 있었다. 그 여자한테 전화를 해야 했다. 아버지의
마지막 소원이라는데 무얼 못하겠어, 응? 큰 숨을 들이킨 뒤에
떨리는 손으로 무선전화기의 번호를 꾹꾹 눌렀다.

일하는 사람인 듯한 아주머니가 전화를 받았다.

"나 여사님 부탁합니다."

은조는 최대한 감정 없이 말하려고 노력했다. 전화기를 쥐고
있는 손이 부들부들 떨렸지만 목소리만은 한없이 차분했다.

[누구라고 전해 드릴까요?]

"한남동이라고 하심 아세요."

마침 나 여사가 집에 있었던 듯 전화는 나 여사에게 전달됐
다.

[여보세요?]

톤이 높은 듯한 그 목소리에 그대로 당장 수화기를 내던지고
싶은 걸 꾹 참았다.

"저 은조예요."

[무슨 일이야?]

약간 목소리를 낮춘 그녀의 쌀쌀맞은 목소리에 수화기를 쥔
손에 더더욱 힘이 들어갔다.

"아버지 병문안 한번 오시라고요."

더도 덜도 말고 딱 그 말만 했다.

[내가 왜?]

"얼마 안 남으신 것 같아요."

이 말이 왜 그리 어려웠을까. 그래, 이성으론 아는데 마음으론 받아들일 수가 없었다. 그 여자도 약간 당황했는지 별말이 없었다.

"지금 중앙병원 1306호실에 입원 중이세요. 헬스클럽 가실 때 잠깐 틈내서라도 한번 들르세요."

비아냥거리듯 결국 한소리가 나와 버렸다. 혹시 못된 소리라도 할까 두려워 무슨 말이 나오기도 전에 허겁지겁 끊어버렸다.

"별 용건 없으니 이만 끊을게요."

그 말만 하고 전화를 끊고 나자 온몸에서 힘이 주욱 빠지는 듯했다. 그러나 이러고 있을 게 아니었다. 지금이라도 잠깐 병원에 가서 아버지를 보고 와야 했다. 은조는 부랴부랴 외출 준비를 했다.

병원에 들러서 이제 거의 정신을 차리지 못하고 잠만 자는 아버지 얼굴 잠깐 보고, 의사 만나 얘기 좀 하고 집에 들어오니 딱 열두 시 삼십 분쯤 돼 있었다. 조금 있음 예린, 예은이 올 시간이었다.

학교 다녀온 여자애들 데리고 스케줄대로 왔다 갔다 하고 숙제 봐주고, 씻기고, 재우니 어느새 아홉 시가 넘어 있었다. 텔레비전 앞에서 요즘 통 진도가 안 나가던 책을 갖다 놓고 간간이 뉴스를 보면서 책을 읽었다. 그러나 눈에 활자가 전혀 들어오지 않았다.

요즘 들어 부쩍 안 좋아진 아버지 생각에 밤에도 잠이 잘 오지 않았다. 아버지는 점점 안 좋아지고, 희망은 자꾸 사라지기만 했다. 언제 돌아가실지 알 수 없는 아버지, 자신의 이런 신세가 처량했다. 왜 사는 건지 삶이 무의미하게만 느껴졌다. 여태껏 아버지만 보며 살았는데 아버지가 가고 난 뒤엔 무엇을 위해 살아야 하는 걸까. 정말 신은 있는 걸까. 아버지는 신을 믿는다고 했다. 은조는 그때 깜짝 놀라 말했다. 〈어떻게 신이 있다면 그렇게 아빠를 힘들게 살게 둘 수가 있어요!〉라고 처음으로 아빠 말에 반항했다. 하지만 아버지는 그냥 허허 웃으실 뿐이었다. 힘들지 않았노라고, 그래도 행복했다고. 아버지는 엄마를 사랑했고, 그래서 그 사랑의 결과물인 은조 역시 매우 사랑한다고 하셨다.

그렇다면 자신은 승제를 어떻게 받아들여야 할까. 아버지가 엄마를 용서했듯이 자기도 승제를 용서하고 모든 것을 사랑으로 받아들여야만 하는 것일까? 생각해 보면 자기도 처음부터 좋은 의도로 이 집에 들어온 건 아니었지 않은가. 그녀는 지금 승제와의 관계를 이용해서 그 여자에게 협박을 하고 있었다. 게다가 승제는 지금 뭔가 오해를 하고 있고, 가끔 이렇게 불같이 화를 내도 결코 나쁜 사람은 아니었다.

마치 연인에게 하듯 잠에서 깨자마자 하는 모닝 키스, 가끔 안고 있다 이마나 머리카락에 하는 부드러운 키스에 심장이 덜컥 내려앉는 것 같을 때도 있었다. 밥 먹다 눈이 마주쳤을 때 슬그머니 윙크를 한다든지, 눈가의 잔주름이 생길 정도로 활짝 웃는 둥 이 남자는 심장에 그다지 좋지 않은 영향을 끼쳤다.

출장 다녀오는 길에 샀다면서 이것저것 안기면서 눈치를 보는 것도 그랬다. 분명 미워해야 하는데, 아니, 증오의 대상이어야 하는데 그럴 수가 없었다. 이 사람에게 자기는 정부밖에 되지 않는 걸 분명히 알면서도…….

커다란 몸에 안겨 있을 때 어릴 적 아버지한테 안겨 있을 때의 그 평안함과 세상에 뭐가 와도 안전하다는 생각이 떠올랐다. 뜨거운 체온이 등에 맞닿으면 뜨겁고 건강한 남자의 몸이 주는 그 안정감이 은조의 고단한 삶을 위로해 주는 것 같아 좋았다. 무슨 일이 생겨도 그가 해결해 줄 것 같은 그런 안정감. 그럴 리가 없다는 걸 알면서도. 누군가 믿고 의지하고 싶었다.

이런 생각을 하면서 거실에서 텔레비전을 틀어놓고 책을 쥔 채 잠이 들었나 보다.

늦게까지 야근을 하다 집에 온 승제는, 열쇠로 문을 열고 들어오자 거실 텔레비전이 켜져 있는 게 보였다. 그 바로 앞 소파에서 은조가 피곤한 듯이 핸드폰을 쥐고 아기처럼 쪼그리고 자고 있었다. 옆에 서서 이마의 보송한 솜털을 쓰다듬었다. 뭔가 안 좋은 꿈이라도 꾸는지 얼굴을 찡그리고 식은땀도 약간 흘리고 있었다. 이마를 훔치자 그 기척에 은조가 몽롱한 눈을 떴다.

"안 좋은 꿈이라도 꿨어?"

그가 다정하게 눈을 마주하고 묻자, 갑자기 은조가 벌떡 일어나 앉더니 그의 목덜미를 강하게 안았다. 자발적으로 안긴 적은 처음 있는 일이었다. 피곤했기 때문에 은조를 안을 생각은 없었다. 그냥 가만히 안고 다독거려 줬다. 하지만 목에 감은 팔엔 의외로 강한 힘이 들어가 있었다.

자연스레 입술을 찾아 부비적거렸다. 부드러운 입술이 열리고 작고 뜨거운 혀가 자신의 입술에 와 닿았다. 그 작은 혀를 강하게 빨아들였다. 피곤하고, 씻고 침대에 눕고만 싶었는데 그런 생각은 어디론가 사라졌다. 품에 들어온 이 부드러운 몸을 품고 싶다는 생각만 들었다.

하지만 그보다 은조가 좀 더 적극적으로 행동을 시작했다. 그의 단단한 가슴 위로 손을 미끄러뜨리더니 바로 셔츠를 빼내고 옷 속으로 손을 집어넣었다. 작은 손이 가져오는 환희에 그는 피곤함을 잊었다. 그녀의 손은 점점 대담해졌다. 가슴을 어루만지던 손이 점점 아래로 내려와 복부를 만지는 순간 근육이 긴장됐다. 은조는 그의 몸이 얼마나 단단하고 아름다운지 익히 잘 알고 있었다.

그가 괴로운지 가는 신음을 흘리다 결국 은조를 번쩍 들어 안았다. 은조는 그의 목을 감싸 안고 숱 많은 머리카락에 손을 넣고 입을 겹쳤다. 침실로 가는 내내 정신없이 키스를 했다. 아무것도 기억하고 싶지 않았다. 단지 그만이 중요할 뿐이었다.

침대에 그가 내려놓았다. 그의 단단한 가슴에 자신의 부드러운 가슴이 부딪친다. 그의 커다란 몸에 자신의 가녀린 몸이 와서 닿고, 그의 몸이 자신을 눌러 버렸다. 은조는 자신의 허벅지를 그의 허벅지에 대고 살짝 부비자 그의 눈빛이 달라지는 게 보였다. 그러나 몸을 겹치기도 전에 은조가 그의 바지 벨트를 서툴게 풀고 손을 집어넣는 순간 정신이 나가 버릴 것 같았다. 처음 있는 일이었다. 작은 손은 너무 서툴기만 해서 오히려 그를 더욱 조바심치게 했다.

겨우 벨트를 풀고 바지 안으로 들어간 작은 손이 단단하게 서 있는 그의 남성을 조심스레 만졌다. 몇 달이나 같이 잠자리를 했다지만 은조가 먼저 다가와 안기고 그를 만진 적은 없었다. 이런 적은 처음이었다.

은조 자신 안에 있는 여성의 힘을 깨달았다. 자신이 만질 때마다 그는 괴로운 신음을 흘렸다.

그녀는 분명 서툴게 움직이는데도 건드릴 때마다 미쳐 버릴 것 같은 기분을 느꼈다. 이대로 깔아뭉개고 바로 집어넣고 흉포하게 움직이고 싶은 걸 꾹 눌러 참았다. 그의 호흡이 거칠어지면 거칠어질수록, 은조 역시 볼이 빨개지기 시작했다. 결국 그가 못 참고 은조의 얼굴을 양손으로 거칠게 잡아당기며 키스했다. 폭풍처럼 밀어닥친 그의 혀에 온전히 자신을 내주었다. 온 입 안을 훑고 강하게 자신의 혀를 얽어온다.

육중한 몸이 자신의 몸을 깔아뭉개면서 온몸을 겹쳐 왔다. 익숙한 무게감에 그의 목에 팔을 감고 최대한 몸을 붙였다. 집요한 애무에 길이 든 은조의 몸은 갈수록 민감해져서 승제를 기쁘

게 했다. 어디를 만져야 고양이처럼 가르릉거리는지 누구보다
잘 알고 있었다. 목에 입김만 닿아도 어쩔 줄 몰라 하는 그 민감
한 몸이 무엇보다 좋았다. 작은 유두를 살짝 핥다 빨 때 내는 그
작은 소리는 천상의 멜로디같이 달콤했다.

그가 몸을 밀어붙이면서 안에 들어가기 위해 다리를 벌려 자
리 잡으려 할 때 갑자기 은조가 몸을 비틀어 일어나더니 그를
타고 앉았다. 눈에서 불꽃이 튀는 것처럼 요염하게. 그러더니
요녀처럼 웃었더랬다. 그대로 얼굴을 당겨 키스를 하려고 했는
데 그녀가 살짝 비키더니 입술을 부드럽게 물었다 놓더니 턱으
로 내려갔다. 집에 들어와서 면도하고 자시고 할 시간도 없어서
많이 따가울 텐데 내색도 않고 부드럽게 턱을 애무하기 시작했
다. 작고 따뜻한 혀의 느낌에 그대로 숨을 들이켰다. 그가 자세
를 바꾸려고 하면 은조는 부드럽게 거절했다. 그래서 대신 그는
은조의 가슴을 쥐었다. 자신의 손 안에서 부드러운 살을 쥐었다
놓으면서 그 끝을 괴롭혔다.

은조는 어느새 목덜미로 내려가서 쇄골 뼈를 핥으며 점점 내
려가고 있었다. 어느새 그의 검붉은 유두를 입에 물고 살짝 핥
다가 이빨을 세우자 온몸에서 짜릿한 전율이 스쳤다. 이를 악물
고 참아도 달콤한 고문은 계속됐고, 결국 점점 아래로 내려가
배꼽에 다다랐다. 옴폭 들어간 배꼽을 혀로 핥는 게 느껴지자
그도 결국 못 참고 벌떡 일어나 그대로 은조를 덥썩 안아버렸
다. 은조도 그 이하로 내려가는 건 난처했는지 기쁘게 그의 품

으로 들어왔다.

성난 십대 소년처럼 그대로 그 몸에 돌진해 들어갔다. 활처럼 허리를 휘면서 자신을 맞이하는 은조가 느껴지자 그냥 그대로 움직여 버렸다. 통통한 엉덩이를 터질 것처럼 강하게 움켜쥐었다. 거칠게 허리를 놀릴 때마다 작은 신음 소리가 흘러나왔지만 은조는 결코 싫은 내색이 아니었다. 홍조를 띤 작은 얼굴이 너무 사랑스러웠다.

그의 허리 놀림이 빨라질수록 그녀의 그르릉거리는 소리는 점점 잦아지더니만 자잘하게 수축하는 여성이 느껴지는 순간, 그대로 가버렸다. 아, 진짜 절정이란 건 이런 거였구나. 일방적으로 혼자 가는 게 아니구나. 그 생각이 들자 그대로 자그마한 얼굴을 쥐고 키스해 버렸다. 뜨거운 열기 속에서 그의 마음의 끝을 한순간 본 듯도 싶단 생각이 들었다.

처음엔 은조가 자신과의 관계를 혐오하는 게 확실했다. 하지만 말로는 싫다고 거절해도 결국 끝에 가면 고양이처럼 가르릉거리는 소리를 내며 달라붙었다. 그런 은조 자신을 혐오하는 걸 승제가 모를 리가 없었다. 하지만 가끔 그런 은조를 보면서 승제는 희열에 떠는 자신이 더 혐오스럽단 생각이 들었다. 어린 여자애에게 못할 짓이라는 걸 머리는 아는데 몸은 따라주질 않았다. 육체적인 만족이 커지면 커질수록 마음은 점점 멀어지고 황폐해지는 듯했다. 가끔 그 어린 몸에게서 자기가 구원을 바라는 게 아닌가 싶어 괴로울 때도 있었다.

이제 와서 몸밖에 없는 이 관계는 오로지 몸으로만 연결돼 있을 뿐이어서 어떤 얘기도 가능할 리가 없었다. 그래서 승제는 자주 후회하고 또 그래서 그 몸을 구했다. 하지만 얼마 전부터 이런 관계가 조금씩 바뀌고 있었다. 마치 연애하는 것처럼. 지금 은조가 먼저 자신을 구했다는 것은 그 관계가 바뀌고 있다는 증거가 아닐까, 이런 생각을 하자 옆에 누워 있는 은조가 더 사랑스럽게 느껴졌다.

피곤한지 눈을 꼭 감고 누워 있는 은조를 자기 몸 위로 끌어다 올려놨다.

"피곤하시다면서요?"

은조가 놀리듯이 그의 가슴을 톡톡 쳤다.

"피곤해. 오늘 일이 좀 정리돼서 한동안은 좀 덜 바쁘겠지. 내일 월차 내고 같이 어디라도 갈까?"

마치 지난번의 분노는 어디론가 간 듯이 갑자기 다정해졌다. 은조도 이렇게 다정한 그가 좋았다. 그의 넓은 어깨에 기대고 세상일은 다 잊고 싶었다. 그가 딸들을 보듬어 안고 있듯 자기도 보듬어 안아줬음 좋겠단 생각을 했다.

"어디 갈지 생각 좀 해봐. 점심에 부암동 가서 만두 먹고 에스프레소 마실까? 아님 애들 데리고 경기도에 꿩만두라도 먹으러 갈까?"

그가 나름 이런저런 코스를 마구 얘기했다. 뭔가 미리 생각이라도 해둔 모양이었다. 은조는 그냥 듣고만 있었다. 평화롭구나

라는 생각이 들었다. 세상의 번뇌 같은 거 모두 잊고 이 우주에 단둘만 있는 듯한 포근함이었다.

그때 그 아늑함을 깨뜨리기라도 하듯 핸드폰 진동이 시끄러운 소리를 내며 울렸다. 정신없는 와중에도 어느새 은조가 핸드폰을 챙겼던 모양이었다. 핸드폰 진동 소리를 들은 은조는 얼굴이 사색이 됐다. 이런 새벽에 전화 올 데는 한 군데밖에 없었다.

은조의 충격을 승제가 알아챘는지 손을 바들바들 떠는 은조 대신 핸드폰을 집어 폴더를 열어 건넸다. 흘러나올 것 같은 눈물을 억누르고 바로 핸드폰을 확인했다. 찍혀 있는 번호는 낯익은 것이었다. 병원.

[우은조 씨, 아버님이 위독하시니 어서……]

간호사의 급한 전화였다. 오지 않기 바라던 것이 왔다. 예감했던 일인데도, 머릿속에선 정신 차리라고 해도 마음은 그렇지 못했다.

"아, 아빠!"

오열하듯 몸을 떨던 은조는 그대로 아무 옷이나 마구 꿰어 입기 시작했다. 옆에 있던 승제가 그런 은조를 다독이며 역시 대충 챙겨 입고 있었다.

"내가 태워다 줄게."

은조는 거의 넋을 잃고 허둥지둥할 뿐이었다. 오히려 먼저 옷을 입은 승제가 은조 옷을 마저 입히고 아래층으로 끌고 내려가 은조 점퍼와 지갑 등을 챙겨줬다. 그리고선 넋이 나가다시피 한

321

은조를 태우고 병원으로 달려갔다.

병실에 들어서자 의사와 간호사가 서 있다가 은조에게 간단한 설명을 해줬다. 지난번에 봤던 그 레지던트였다.

"은조 씨, 아버님이 갑자기 상태가 안 좋아지셨으니 마음의 준비를 하셔야 할 것 같아요."

그 말에 은조는 아무 말도 못하고 큰 눈에 눈물부터 그렁거렸다. 은조가 우는 걸 본 적이 있던가. 언제나 웃기만 했는데 저 작은 가슴엔 어떤 상처들이 있을까.

산소 호흡기를 끼고 누워 있는 아버지에게 은조가 한걸음에 달려갔다. 승제는 멍하니 문가에 서 있었다. 한번 정도 병문안을 왔어야 하지 않을까 싶기도 하고 두렵기도 했다. 그의 모습을 보니 예전에 어머니가 병원에 계시던 생각이 났다. 결국 어머니는 승제가 학교에 있는 사이에 조용히 가셨다. 옆에 아무도 없을 때. 그런 생각하면 코가 시큰해졌다. 은조가 아버지 가시는 걸 보게 돼 다행이라는 생각이 들었다.

산소 호흡기를 쓰고 누워 있던 아빠는 눈을 게슴츠레 뜨고는 은조를 알아보고 입을 들썩거렸다.

"아빠, 저 왔어요."

힘없는 손을 들어 딸의 눈물을 닦아주려고 했지만 잘되지 않았다. 대신 은조가 그 손을 꼭 쥐고 뭐라고 속삭이는 게 보였다. 승제가 낄 자리는 없었지만 이대로 두고 갈 수도 없었다. 성원이 딸에게 웃어주려고 애쓰고 있었지만 잘되지 않는지 무척 힘들어했다. 그가 문간에 서 있는 승제를 본 모양인지 눈인사를 했다. 승제는 그제야 은조 아버지 병문안을 진작 왔어야 하는 게 아닌가 생각을 했다. 그동안 자신만 생각한 걸 후회했다. 진작 찾아뵙고 〈따님을 주십시오〉라고 말이라도 한마디 했더라면 얼마나 좋았을까.

잠시 후 성원이 최후의 마지막 숨을 들이켰다. 아버지가 웃으면서 마지막 가는 길을 지켜본 은조는 그제야 참고 있던 울음을 터뜨리며 침대에 쓰러졌다. 승제가 급하게 달려가 안았다.

작은 몸에선 어떻게 이 많은 울음이 솟아나는 걸까. 어머니가 가셨을 때 자기도 이렇게 울었을까. 그때는 너무 분해서 주먹만 부릅 쥐고 있던 슬픈 기억이 났다.

"사망 시간 03시 23분."

이라고 곁에 있던 레지던트가 사망선고를 했다. 그러나 은조는 눈물을 그치지도 못하고 아버지 옆을 뜨지도 못했다. 옆에서 승제가 결국 억지로 침대에서 떼어내었다. 성원의 얼굴에서 산소호흡기가 거둬지고 결국 하얀 시트가 얼굴을 덮는 걸 보면서 은조는 이제 오열을 하다 못해 통곡을 했다. 처음엔 소리도 없이 눈물이 흘러내리더니 이제는 콧물까지 흘렸다. 그런 은조 옆에서 달래지도 못하고 한참 안고 있던 승제가 어느 정도 진정이 된 은조에게 물었다.

"연락할 친척 없어?"

그제야 은조가 핸드폰을 꺼내 들고 큰엄마한테 전화를 했다.

새벽이라 한참 뒤에야 전화를 받았다.

"큰엄마, 저 은조요."

거기까지만 말하고 다시 울음을 터뜨린 조카를 보고 대충 사정을 짐작하신 모양이었다.

"네, 네. 지금 가셨어요."

그 뒤 수속 등은 승제가 직원이랑 얘기해서 어느 정도 처리해주었다. 어머니가 돌아가셨을 때 아무것도 할 수 없었던 무기력한 자신의 모습에 은조가 투영돼서 그냥 가만있을 수가 없었다. 이 자리가 불편해도 도와주고 싶었다.

아버지를 장례식장에 모시고 어느 정도 사무적인 처리를 끝내고 난 뒤에 큰엄마가 사촌오빠와 함께 왔다. 그들은 은조에게 저 사람 뭐 하는 사람이냐고 묻는 듯한 눈치였다. 여기에는 자기가 있을 곳이 없었다. 그는 은조의 직장 상사이지, 대외적으로 어떤 관계도 아니었다. 그리고 은조가 곤란할 것 같아 자리를 피해주는 게 낫겠다 싶었다.

"나 가볼게. 낮에 다시 올게."

"안 오셔도 돼요."

차갑게 말하는 은조가 섭섭했지만 지금은 긴 얘기를 나눌 틈이 없었다. 승제는 은조 큰어머니에게 가볍게 인사를 하고 나왔다. 새벽 동이 터오는 도로는 한산하기 짝이 없었다. 은조의 아버지는 어떤 사람이었을까. 은조는 사랑을 많이 받고 자란 반듯한 아가씨란 생각을 가끔 하곤 했다. 그녀에게 어떤 사정이 있는지는 몰라도 새어머니와 어떤 연관이 있는지만 확실하다면 이대로…… 이런 생각을 하다 보니 어느새 집에 도착해 있었다.

병원에서 돌아오자마자 침대에 누웠지만 잠이 오지 않았다. 그러다 깜빡 선잠이 들었나 보다. 갑자기 방으로 누군가 우당탕 달려오더니만 소리를 빽 질렀다.

"아빠, 고모가 없어졌어!"

자다가 깬 승제가 얼굴을 찌푸렸다. 예린이랑 예은이가 눈물이 글썽해져 있었다. 승제가 떨리는 목소리로 예린이와 예은이를 달랬다.

"고모 아버지가 어제 돌아가셔서 거기 갔어."

"고모 아빠한테?"

예린이가 눈이 동그래졌다. 예전에 한 번 은조를 따라서 병원에 간 적이 있었다. 갈 때 셋이 같이 만든 종이꽃을 선물로 갖다 드렸는데 고모 아버지는 너무 좋아하셨더랬다. 예린이도, 예은이도 눈물이 글썽글썽했다. 아무래도 어릴 때 엄마가 돌아가셔서 그런지 자매는 이런 일에 굉장히 약했다.

"진짜? 고모 어떡해?"

예린이는 고모가 불쌍한지 아침부터 눈물이 범벅이 되도록 울었다.

"고모 간 거 아니지?"

아직 어린 예은이는 고모가 자신들을 두고 간 게 아닐까 걱정돼 언니를 따라 울었다. 아침부터 두 딸의 울음소리에 가뜩이나

심란한 승제도 더 복잡해졌지만 일단 우는 어린 딸들을 달래야
했다.

"고모가 자기 짐 놓고 갔을 리가 없잖아. 고모 갈 집도 없다고
고모 입으로 전에 그랬으니까 걱정하지 마."

예린이가 자기한테 말하듯 꾹꾹 눌러 말했다.

"고모한테는 아빠가 전화할 테니까 걱정하지 말고 밥 먹고 어
서 학교 갈 준비해야지."

다행히 급한 일도 없고 해서 회사에 비서에게 전화해서 휴가
를 신청하기로 했다. 며칠간 회사에 나가고 싶지 않았다.

"여보세요? 은주 씨? 저 임승제입니다. 집안 사정 때문에 일
주일 정도 휴가를 신청해야 할 것 같습니다. 제 휴가가 며칠이
나 더 남아 있나 확인해 주실 수 있습니까? 여름에 사흘 정도 썼
으니까 아마 아직 일주일 이상 남아 있을 겁니다. 네, 네. 전화
주세요. 그럼."

전화를 끊고 잠시 후 그의 비서가 전화를 해서 그에게 아직
휴가가 많이 남아 있고, 며칠 전에 급한 일을 끝낸 덕에 현재는
잠시 쉬어도 될 것 같고, 작은 일은 다른 변호사들에게로 돌리
겠노라고 연락을 해왔다. 하지만 당연히 아버지에게 전화가 왔
다.

[무슨 일이야? 어디 아파?]

갑자기 장기 휴가를 썼으니 아버지 귀에 들어가는 게 당연했
다.

"애들 돌봐주는 아가씨가 상을 당해서 당분간 제가 집을 지켜야 할 것 같아서요."

[그래? 그래도 우리 집에서 일하는 사람인데 화환이라도 하나 보내줘라.]

"네. 그렇잖아도 하나 주문해 놨어요."

[낮에 무슨 약속이라도 있나?]

"아뇨, 집에 있을 겁니다. 예린, 예은이가 한 시쯤에 돌아오니 집 비우면 안 돼요."

[그렇구나. 같이 점심이나 먹을 겸 들르마. 내가 알아서 대충 초밥 싸갈 테니까 그냥 있어.]

"네, 알겠습니다."

아버지라고 하지만 어릴 적부터 그에게 엄격하고 대하기 어렵기만 했다. 그래서 그런지 식구라기보다는 직장 상사라고 하는 게 어떨 때는 더 정확한 게 아닐까도 싶었다. 그런 아버지가 집에 들러서 점심을 드시겠다고 하니 걱정이 안 될 수가 없었다.

유명한 스시집 쇼핑백을 들고 들어온 아버지는 지쳐 보였다. 그는 그제야 아버지가 행복해 보이지 않는다는 걸 알았다. 아버지 연세가 얼마나 됐는지 헤아려 보고 그는 깜짝 놀랐다. 생각보다 많은 나이에. 그에겐 언제나 무섭기만 한 아버지였는데.

정훈은 나무젓가락으로 초밥을 깨작거리며 입맛이 없는지 초밥도 몇 개 먹다 마는 아들을 보면서 혀를 끌끌 찼다. 요즘 들어 표정이 환해진 아들이었다. 지 어미가 죽은 이후, 새어머니가 들어왔을 때 그 순간 아들의 상처받은 표정을 모른 척해 버렸다. 그때 눈을 딱 감고 난 뒤로 그는 아들 인생에 어떻게든 간섭할 수가 없었다. 알아서 훌륭하게 잘 큰 아들이었다. 그래서 자랑스럽기도 하고 안쓰럽기도 했다. 마치 자기 전철이라도 밟듯 혼자 된 아들은, 자신과는 다른 길을 걷겠다는 듯이 재혼도 하지 않고 저렇게 혼자 살고 있었다. 그래서 더 가슴 아팠다.

"왜 혼자 오셨어요?"

"그 사람이야 나 없어도 충분히 바쁘잖아."

계모임이다 뭐다 해서 놀러 다니기 바쁜 여자였다. 들려오는 소문에 의하면 종종 바람도 피우는 모양이었다. 자기 욕망에 철저하게 충실한 그 여자가 경멸스러웠다.

"멀리 나갈 것 없이 여기서 술이나 한잔하자. 술은 있지?"

"낮부터요?"

"아, 뭐 어때? 내가 아들이랑 술 마시겠다는데. 어차피 오늘 점심 먹고 퇴근한다고 말하고 나왔어."

환갑이 넘은 나이에도 실무에서 손을 놓지 않던 워커홀릭 아버지가 오늘은 웬일인가 싶었다. 물론 그 아들인 자기 역시 마찬가지였다. 오늘은 부자가 쌍으로 일은 안 하고 회사를 탈출해 낮술이라니, 아는 사람들이 보면 기가 차할 노릇이었다.

"안주가 치즈랑 크래커 정도만 있는데 괜찮으시겠어요?"

"상관없다."

서재에서 치즈랑 얼음, 위스키만 놓고 홀짝거리며 마시기 시작했다. 아버지와 이렇게 술을 마신 것은 처음이었다. 만일 어머니 제사라도 있음 술이라도 마시겠지만 크리스천이었던 어머니는 자기 죽은 후에 추도 예배를 부탁했을 뿐이었다. 어차피 예배라고 해도 승제의 집에서 가볍게 아버지와 어머니 쪽 친척 몇 정도 모여서 간단하게 보고 끝내는 정도였다.

"네가 너한테 못할 짓 한 것 같다."

술잔을 굴리며 앉아 있던 아버지가 한 잔 마시고 나더니만 문득 말을 꺼냈다.

"뭘요?"

아버지 잔에 술을 따르면서 승제가 무심하게 답했다.

"나 같은 실수는 하지 마라."

"어떤 실수요? 그리 말씀하시면 저는 몰라요."

끝까지 무심한 아들이었다.

"그냥 나같이 살지만 마라. 행복하게 살아. 가고 난 뒤에 후회해도 다 소용없더라. 돈, 명예 이런 게 이제 와서 무슨 소용 있나 싶을 때도 종종 있다."

아버지 입에서 나오는 얘기에 승제는 깜짝 놀랐다. 돈과 명예욕을 빼면 임정훈 변호사에게 남는 게 뭐가 있단 말인가.

"요즘 들어 네 엄마가 생각날 때가 많다. 가을 국화를 보면 특히 그러지. 왜, 예전에 성북동 살 때 기억나?"

회상에 잠긴 듯이 허공을 바라보던 아버지가 갑자기 이런 얘기를 꺼냈다.

"네."

정원 화단 가꾸는 건 어머니의 유일한 낙이었다. 바빠서 집에 거의 없다시피 한 남편 대신 화단을 애지중지 가꾸며 지냈다.

"네 엄마가 여름에는 모란, 가을에는 국화, 이렇게 화단을 가꿨잖아. 모란이 얼마나 큰지 집에 오가는 사람들이 놀랄 정도였어. 장미는 너무 서양 꽃 같아 싫다고 모란이랑 국화를 특히 좋아했더랬지. 가을에 국화 피면 그거 잘 모아서 말렸다가 베개를 만들어주지 않았겠니. 겨울밤에 내가 잠이 안 온다고 하면 국화차랑 마당 감나무에서 따서 말려놓은 곶감이랑 주었지. 요즘도 그 쌉싸름한 국화차 맛이 종종 생각난다."

이런 얘기는 생전 처음 듣는 것이었다. 그러고 보니 어릴 때 엄마가 가을에 곶감을 말리던 게 기억이 났다. 그 곶감 훔쳐 먹다 걸리면 엄마가 〈곶감 많이 먹으면 변비 생겨〉 하면서 걱정을 하시곤 했지. 아버지가 이런 걸 기억하고 있을 줄은 꿈에도 몰랐다.

"너 아주 어릴 때, 네 엄마가 그나마 건강하던 때 얘기야. 워낙 몸이 약해서 결혼할 때 워낙 반대가 많았어. 그래도 그땐 내가 잘해줄 수 있을 거라고 자만했는데 갈 때까지 고생만 시키고……."

아버지 얼굴에 가득 내려앉은 회한을 보면서 자신도 삼십 년쯤 후에 예린이, 예은이 앞에서 〈너네 어릴 때 가정교사 은조 고모 기억나?〉 하면서 얘기를 꺼낼 자신을 그려보았다. 자신도 아버지처럼 회한이 가득한 얼굴로 후회할까.

"네 엄마 죽고 나서 도저히 그 집에서 다시 모란 피고 국화 피는 거 못 보겠다 싶어서 바로 압구정으로 이사한 거다."

그땐 그러는 아버지가 그렇게 원망스러웠는데……. 이사한 직후에 바로 그 여자를 집에 들여서 승제는 격분하다시피 아버지와 싸웠다. 그리곤 대학 들어가자마자 바로 집을 나와 버렸다. 평소 감정 표현이 거의 없다시피 한 아버지가 그렇게 어머니를 사랑했던가. 어릴 적에 집에는 늘 그와 어머니 외엔 사람이 거의 없었다. 순간 승제는 아버지가 자신처럼 살지 말라는 게 무슨 소리인지 이해했다. 지금 은조를 놓치면 평생 자신을 용서 못하고 후회하며 살겠지. 지금 아무 말도 못하고 그리워만 하느니 청혼이라도 해서 거절당하면 차라리 속 시원하게 평생 그리워할 수 있을 것 같았다.

"네 엄마는 점점 보름달 지듯 사그라지는데 그걸 보는 내 심정이 어땠는지 넌 모를 거다. 입원할 때마다 퇴원하는 걸 과연 다시 볼 수 있을까? 이 생각만 했어."

그 얘기를 늘어놓는 아버지 목소리가 떨렸다.

"차라리 나를 원망하게 만들면 그 힘으로라도 살지 않을까 싶어 바람도 피워봤다. 그러면서 점점 병원에 가기 싫어졌지. 집에 들어가도 비어 있는 집 보는 것도 힘들고. 그러다 지금 그 여자를 만난 거다."

눈물이 촉촉한 아버지의 눈을 보기가 괴로웠다. 한 번도 생각해 보지 못했던 일이었다. 아버지가 그나마 좀 일찍 오는 날엔 어머니가 얼마나 부산스럽게 왔다 갔다 했던가. 아버지는 그때마다 어머니한테 화를 버럭 내곤 했는데 그게 어린 승제 눈에 마땅찮아 보였다. 이제야 알 것 같다. 몸 약한 어머니를 배려하려는 아버지의 걱정이었다는 걸.

"그래서 그 사람 갈 때 나 걱정 안 하게. 그런데 그 사람이 그런 내 심정을 알았는지 원망의 말 한마디 안 하고 그저 네 걱정만 하더라. 그래서 왜 내 걱정은 안 해주오 하니까 나는 새장가 들면 되지만 어디 새엄마랑 친엄마가 같냐고 하더라. 네 엄마는 끝까지 네 걱정만 하고 갔어."

순간 승제는 왜 새어머니가 왜 그렇게 좌불안석으로 사는지 이해했다. 아버지는 평생 고집스럽게 어머니만 사랑했다고 가슴 절절하게 고백하고 있었다. 그러면서 자신과 같은 실수는 하지 말라고 충고하셨다.

"요즘 네 얼굴 보니 행복해 보이더구나. 그래서 좋은 사람이 생겼구나 싶어서 떠보려고 전에 부른 게야. 한수정 변호사가 너한테 흑심있는 거 내가 모를까 봐. 하지만 그 아이는 아니야. 좋은 엄마가 되기에 너무 야심만 강해. 차라리 좋은 변호사면 모를까. 어떤 아가씨야?"

아버지가 업무 외에 자기를 그렇게 관찰하고 있을 줄은 몰랐다. 불시에 공격당한 승제는 쓴웃음을 지었다.

"아직은 말씀드리기 좀 그래요."

"네가 어련히 알아서 잘하리라 믿는다만……."

아버지가 어떻게 염려하는지 그도 알았다. 하지만 그는 이미 은조에 대해서 마음의 결정을 한 상태였다.

"걱정할 일 없어요. 좋은 사람이에요. 저한테 과분한."

그때 그는 자신의 마음을 확실하게 깨달았다. 이 사람을 놓치면 다시는 다른 사람이 오지 않을 터였다. 놓치느니 자존심이고 뭐고 버리고 다 잡기로 결심했다.

"네가 그렇게 말하니 내 믿으마."

정훈은 술을 마시면서 이런저런 일을 늘어놓고 예린, 예은과 좀 놀아주다 꼿꼿하게 집을 나섰다. 낮술을 한 할아버지답지 않게.

정훈이 평소보다 좀 일찍 귀가했을 때 당연히 나 여사가 쇼핑이나 골프니 해서 집에 없을 줄 알았다. 하지만 그녀는 웬일인지 안방 침대에 누워 이불을 뒤집어쓴 채 끙끙 앓고 있는 것이었다.

"왜 그래? 어디 아파?"

그러나 나 여사는 대답없이 이불만 뒤집어쓰고 있을 뿐이었다. 갑자기 나 여사가 이불을 휙 내렸다. 울었는지 화장이 번져 얼굴이 엉망이었다. 보고 있던 정훈이 혀를 끌끌 차면서 휴지를 건네주자 팽하고 소리가 나도록 풀었다.

"허."

그가 신기한지 탄성 비스무레한 소리를 내자 나 여사가 휙 돌아보면서 도끼눈을 떴다.

"왜요?"

"웬일이야?"

그는 오히려 되물었다.

"뭐가요?"

"아냐."

그러면서 그는 휴지를 좀 더 뽑아줄 뿐이었다. 이십 년 가까이 함께 살았지만 그 앞에서 나 여사가 흐트러진 적은 한 번도 없었다. 완벽한 아내가 되기 위해 전심전력하는 게 눈에 보였다. 단 하나 승제와 관련된 것만 아니면 그녀는 언제나 그 하나만을 위해 살다시피 했다. 마치 뭔가 두려운 여자처럼 항상 그의 눈치만 볼 뿐이었다.

사랑해서 한 결혼도 아니었고, 더러운 욕망에 이끌렸다고 생각했는데 어느새 같이 산 지 이십 년이 돼간다고 생각하니 감개무량해졌다.

"당신은 왜 나랑 같이 살아요?"

나 여사가 코를 팽하고 푼 뒤 휴지를 바닥으로 던지고 정훈에게 물어왔다.

"갑자기 그건 또 왜?"

초기에 사랑하냐고 시도 때도 없이 물어서 정훈이 몇 번 역정 내고 난 이후에 다시는 말을 꺼낸 적이 없었다. 이것은 또 다른 사랑해 타령인 걸까. 그는 나 여사에게 그다지 할 말이 많지 않았다.

"가뜩이나 머리 복잡한데 시답지 않은 소리 그만 하고 아프면 약 먹고 자요."

"내가 아파서 운 게 아니라는 거 아시잖아요!"

나 여사는 지금 소리를 지르거나 신경질을 부리거나 한 게 아니었다. 분명 화를 내고 있었다.

"그럼 왜 울었는데?"

"내가 불쌍해서 울었어요."

그 말에 그가 허허 웃어버렸다.

"당신이 뭐가 불쌍한데? 돈 잘 버는 남편 있어, 철마다 골프여행 가, 명품 쇼핑하러 가, 매일 백화점에 출근 카드 찍어, 성형 수술이니 보톡스니 맞아. 도대체 당신이 부족한 게 뭐요?"

그 말에 나 여사는 갑자기 어린아이처럼 얼굴을 찡그리더니만 대성통곡을 하기 시작했다.

틀린 말은 아니었다. 하지만 뭔가 늘 허전하기만 했다. 뭔가 사도 사도 갖고 가져도 가슴의 빈공간은 무엇으로 채워야 하는 걸까. 그의 보잘것없는 연약한 사랑에 기대어 사는 자기 인생이 얼마나 빈해 보일까. 그의 사랑을 갈구하면서 과거에 성원과 동거했던 게 가뜩이나 보수적인 그에게 알려질까 얼마나 신경을 곤두세웠던가. 그런데 그간의 노력을 은조 년이 나타나 단숨에 모두 부수어 버렸다. 언제 승제가 와서 지 아버지에게 미주알고

주알 다 불지 생각하면 등에 식은땀이 솟고 자다 깰 정도였다.

요즘 들어 식욕도 없고 피곤해서 신경이 곤두서 있는데 은조까지 나타나 저러니까 미칠 것 같았다. 갱년기가 오려는지 생리불순도 심해지고 해서 진통제 먹고 누워 있는 지금도 배 안쪽이 콕콕 쑤시는 게 병원에 가봐야 하나 슬슬 고민을 하는 중이었다.

그렇게 가뜩이나 아파서 앓아누워 있는데 정훈이 와서 괴롭히니 짜증이 날 수밖에 없었다. 그런데다 거의 다시 울 것 같은 표정의 나 여사를 정훈은 평소처럼 못 본 척하고 그냥 나가 버리는 것이었다.

커다란 침대에 혼자 남은 나 여사는 소리도 내지 못하고 울었다.

정훈 역시 나 여사에게 승제네 집에 일이 생겨서 가서 애들 좀 돌보라고 말을 꺼내려다 나 여사 몸 상태를 보니 긁어 부스럼이겠구나 싶어 말을 하지 않았다. 최근 들어 몸이 안 좋은지 신경이 곤두서 있어서 잘못하면 승제와 큰 싸움 나겠구나 싶어 짜증스러운 차였다.

그냥 젊은 객기에 어떻게 나 여사에게 홀렸는지 지금 생각하면 자신이 한심할 정도였다. 그래도 말은 잘 들으니 데리고 사는 데 불편한 점은 없었다. 그래서 여태 같이 산 건데. 그간 무수히 바람을 피워서 나 여사 속도 여러 번 뒤집어놨고, 그때마다 훌쩍거리면서 비위 맞추려고 드는 게 안쓰러워서 돌아오길 수차례.

그도 이제 슬슬 지쳐갔다. 돈과 명예는 얻었으나 그 이외의 삶이란 그에게 존재하지 않는 셈이었다. 이제 나이도 환갑을 넘겼으니 슬슬 좀 쉴 때가 되지 않았나 생각이 들었지만 일 이외에 여가라는 게 여태 없던 거나 마찬가지인 임정훈은 무엇을 해야 할지 몰라 그냥 일을 하고, 습관적으로 술을 마시고, 여자질을 할 뿐이었다.

그런 자기도 불쌍하고 자기만 바라보고 있는 나 여사도 불쌍하단 생각을 잠시 해보는 그였다.

아버지는 평소 소원대로 화장을 하기로 결심했다. 납골당에 모시고 돌아왔을 때야 비로소 이 넓은 하늘 아래 갈 데가 승제의 집밖에 없음을 알았다. 갈 데가 그곳밖에 없다니. 하얀 소복을 입고 왔던 옷으로 갈아입은 은조를 큰엄마가 걱정하는 눈초리로 보더니만 손을 꼭 쥐고 말했다. 고된 일로 까슬까슬해진 주름진 손이 은조의 작은 손을 억세게 잡았다.

"은조야, 무슨 일 있으면 큰엄마한테 꼭 연락해야 된다."

"네."

손을 꼭 잡고 말하는 큰엄마 얼굴을 바라보며 흐릿한 미소를 지었다. 아버지의 가냘픈 육신은 한 줌의 재로 남았다. 그게 억울하기도 하고 분하기도 하고 너무 슬퍼서 울었다. 아빠 없이 이제 어떻게 사나, 이제 누구를 믿고 사나, 우은조는 어떻게 살

아야 하나 그게 너무 걱정되고 서러웠다. 친혈육 없이 혈혈단신
이란 게 이런 거구나 싶었다.

그 와중에도 분노가 치솟았다. 아버지는 결국 돌아가셨다. 평
생 고생만 하고 첫사랑인 그 여자를 그리워하면서. 그 여자는
끝내 아버지를 보러 오지 않았다. 그래서 용서할 수가 없었다.
아버지를 잃었다는 상실감은 분노로 바뀌었고, 그 분노는 나진
희와 그녀의 가족들에게로 쏠렸다.

그런데 그 와중에 예린이, 예은이는 잘 있나, 승제는 어떻게
지내나 걱정이 되었다. 참 아이러니하게도. 은조는 마을버스에
서 내려 마치 컴퓨터에 입력이 돼 있기라도 하듯 자동적으로 집
으로 향했다.

은조가 창백해진 얼굴로 돌아오자 예린이와 예은이는 처음엔
좋아서 난리를 치다가, 어두운 안색의 은조를 보고 걱정이 되는
지 방에 들어가 쉬라고 등을 떠밀었다. 어린 소녀들이 그동안
있던 일을 얘기하고 싶어서 안달복달을 하다가도 은조의 얼굴
을 보면서 '고모, 가서 자'라고 하다가 결국 예은이가 울음을 터
뜨렸다. '고모 가지 마! 나 무서워'. 그래서 은조가 결국 예은이
를 안고 달래줘야 했다.

그동안 승제가 오전에 회사 가서 일거리를 갖고 와서 집에서
일을 한 모양이었다. 예린에게 예은을 맡겨두고 사무실에 급한
일을 처리하러 나갔던 승제는 저녁 되기 전에 들어왔다. 간단하
게 전화로 집에 돌아온 걸 보고한 터라 별다르게 놀라운 건 아

니었다.

　승제는 들어오자 딸들과 서 있는 은조를 보고 안색을 살짝 찌푸렸다. 창백한 얼굴이 마음에 걸렸지만 딸들 앞에선 할 얘기가 아닌 듯해 일단 그냥 넘어갔다. 은조는 밥 먹는 내내 좀 멍해 보였다. 그래도 예린이, 예은이 얘기에 집중하려고 노력은 하는데 정신이 다른 세상에 가 있는 듯했다. 애들도 지쳐서 그런가 보다 하면서 은조에게 어서 가서 쉬라고 자꾸 등을 떠밀었다.

　"고모 숙제는 내가 알아서 하고, 예은이도 내가 봐줄 테니까 고모는 어서 가서 쉬어."

　예린이가 제법 어른스럽게 말하자 은조가 간만에 살포시 웃어버렸다.

　"예린이 고모 없는 새 다 컸어. 어른이야, 어른. 애어른."

　그러면서 머리를 쓰다듬자 예린이가 좋은지 에헤헤 웃었다. 활짝 웃는 어린 소녀들을 보는 은조의 마음속에선 분노의 불길이 꺼지질 않았다. 그 여자를 잡아 찢고 싶을 정도로 원망스러웠다.

　일단 샤워를 하고 침대에 눕긴 했는데 잠이 오지 않았다. 병원에서 계속 선잠을 잤는데도 말이다. 결국 조금 졸다 깨다를 반복하다 벌떡 일어났다. 시계를 보니 새벽 한 시쯤 돼 있었다. 나오자마자 자기 방문 앞에서 서성거리는 승제가 서 있다 놀란 기색이었다.

　"왜, 더 안 자고?"

"잠이 안 와요."

은조가 고개를 돌리고 부엌 쪽으로 가려고 하는데 그가 비키질 않고 팔을 잡았다.

"그래? 그럼 잠깐 얘기 좀 할까?"

"그래요."

그는 은조를 데리고 이층 서재로 데리고 가더니만 앉혀놓고는 차를 끓였다. 뜨거운 물을 붓자 찻주전자에서 향긋한 냄새가 났다. 그의 커다란 손이 주전자를 잡고서 익숙하게 찻잔에 차를 따랐다. 하얀 도자기 잔에 붉은 차가 퍼졌다. 그가 찻잔을 조심스레 그녀 앞에 내밀었다. 한 모금 마셔 깔깔해진 입을 적시고 심호흡을 한번 크게 했다. 일생의 대도박이었다. 그가 무슨 말을 하기 전에 먼저 선수를 치고 들어갔다.

"그만두고 싶어요."

그 말에 자기 찻잔에 차를 따르던 승제의 손이 떨리면서 찻물이 약간 밖으로 흘렀지만 그는 신경 쓰는 기색이 아니었다. 바로 찻주전자를 내려놓고 그녀를 바라봤다.

"뭐야? 이유가 뭐야?"

그의 냉철한 눈빛을 받자 저절로 떨렸지만 심호흡을 했다. 어떻게든 그를 잡아야 했다. 그렇게 해야 그 여자를 괴롭힐 수 있으니까. 이렇게 끌고 가는 관계는 그녀도 힘들었다.

"아버지도 돌아가시고…… 이제 좀 쉬고 싶어요."

승제는 뭔가 할 말이 많은지 입술을 달싹거렸지만 곧 침착하게 말했다.

"갈 데도 없을 텐데 생길 때까지 여기 있어. 애들이나 돌보면서."

저절로 말이 퉁명스럽게 나가 버렸다. 그러나 은조는 고개를 돌려 버렸다.

"돈은 곧 갚을게요."

그 말에 순간 울컥해 버려서 생각지도 못한 말이 튀어나왔다. 돈, 고작 돈 때문에 여기 머물러 있는 거란 말인가! 그동안의 관계는 무엇이었지. 그래, 싫다는 여자 협박이나 해대면서 억지로 안았으니 관계의 어그러짐은 그의 잘못이었다. 그 카르마가 순식간에 이렇게 닥치고 있었다. 몸은 즐기되 마음은 얻지 못하는.

"어떻게 갚으려고?"

그 말에 은조가 찻잔을 탁자에 내려놓고 입가에 삐뚜름한 미소를 띠었다.

"지금이라도 갚아드려요?"

당장이라도 입고 있는 잠옷을 벗으려는 듯이 단추를 푸를 기세였다. 그러나 승제의 비뚜름한 미소가 그런 은조를 제지했다.

"겨우 그런 몸뚱이에 거액을 줄 사람은 나밖에 없을 듯한데."

승제의 비아냥거림은 자신을 향한 비웃음이었지만 듣고 있던 은조에겐 그렇지 않았던 모양이다. 입고 있던 잠옷 단추를 하나하나 풀기 시작했다. 가느다란 어깨, 이제는 사라지고 있는 가슴의 멍 자국이 드러났다. 하얀 엉덩이에는 며칠 전에 거세게 잡았던 자기 손자국이 그대로 푸르스름하게 남아 있는 게 보였다.

은조가 처연한 눈길로 그를 바라보았다. 그 순간 가슴에 쌓아둔 벽이 우르르 무너져 내리는 듯했다. 이제 승제도 어떻게 할수가 없었다. 인정할 건 인정해야 했다. 자신은 이 어린 아가씨 없이 살 수 없었다.

그래서 가슴이 아팠다. 이렇게까지 몰아붙인 자신의 이기심에 구역질이 났다. 은조의 가슴 저리는 눈길을 피하려고 그대로 은조를 안고 눈을 감아버렸다. 입술을 구하는 대신 그냥 꼭 안았다. 이 가냘픈 뼈만 앙상한 어깨를 자기에게 기대고 좀 쉬어도 좋지 않겠냐고, 사실은 이런 말이 하고 싶었더랬지.

장례식장에 찾아갔다. 병원 지하 음침한 장례식장 안에 혼자 하얀 상복을 입고 앉아 있는 은조를 보았더랬다. 그녀는 울어서 퉁퉁 부은 눈으로 처연하게 앉아 있었다. 문상객도 별로 없는 장례식장에서 은조 혼자 넋 놓고 앉아 있는 게 보였다. 그래서 더욱 다가가기 힘들었다. 그게 너무 안됐어서. 그런 은조를 보면서 사흘 내내 얼마나 걱정했던가.

승제는 은조가 던져 놨던 면으로 된 잠옷을 다시 입힌 뒤 그냥 자기 방으로 데리고 가서 눕힌 뒤에 이불을 덮어주었다. 그러나 은조는 벽 쪽으로 고개를 돌리고 부들부들 떨 뿐이었다. 간헐적으로 떨리는 어깨를 바라보며 어떻게 위로를 해야 할지 알 수 없었다. 누워 있는 은조의 머리를 안고서 한참 쓰다듬어

주었다.

"미안해, 말 험하게 해서. 당신 나간다니까 내가 제정신이 아니었나 봐."

승제는 일단 은조를 좀 다독였다. 은조가 먼저 치고 나오는 바람에 막상 해야 할 말은 못했다. 심호흡을 크게 하고 조금 뜸을 들였다.

"아무래도 재혼…… 해야 할 것 같아. 애들을 위해서나 나도 앞으로 많이 바빠질 것 같고, 와이프가 필요해."

그러나 그의 품에 안겨 있는 은조는 잠시 움찔할 뿐 아무 반응도 없었다.

갑자기 평소에 안 하던 사과를 하더니만 저런 얘기를 꺼내는 이유는 무엇일까. 은조가 아까 일부러 그를 자극한 건 포석을 깔기 위해서였다. 하지만 일은 생각과 다른 쪽으로 흘러가고 있었다.

"그래서 말인데, 당신은 돈이 필요하고 나는 와이프가 필요하니 딱 맞는 거 아니겠어?"

나름 은조를 설득하려고 내놓은 카드인데 자기가 생각해도 저열하기 짝이 없는 말투라 승제는 속으로 자신을 욕했다. 어쩌자고 이런 인간으로 태어난 걸까. 이럴 때 멋진 멘트 같은 걸 해도 되건만, 아니, 사실 그냥 〈사랑해. 결혼하자〉 이 말만 했어도 좀 더 나을 텐데 말이다.

"네?"

지금 청혼을 받았다는 걸 머리로는 이해하겠는데 그래도 감정적으로 불쾌해져서 결국 또 비아냥거리고 말았다.

　"저는 정육점 고기가 아니라서 킬로당 얼마가 아니거든요."

　은조의 뼈 있는 말에 승제의 표정이 싹 바뀌었지만 꾹 눌러 참으며 하고 싶은 말을 계속했다. 마이동풍처럼 자기가 하고 싶은 말만 할 뿐, 절대 들어주지 않았다.

　"결혼하자."

　그제야 그 말에 그동안 피로로 부르튼 입술을 열었다.

　"그런 건 제 인생에 없어요."

　"내 인생엔 있어."

　은조 얼굴에 비딱한 웃음이 떠올랐다. 자기에게 다시는 와이프가 없다고 말한 게 어느 동네 누구더라.

　"돈은 몸이라도 팔아서라도 갚겠지만 결혼은 됐어요."

　고집스레 고개를 돌려 버렸다. 그러나 그는 역시 자기 하고 싶은 말만 할 뿐이었다. 마치 벽에 가로막힌 듯 그와는 어떤 의사소통도 되질 않고 있었다.

　"당신, 책임질게."

　그러자 비웃듯 은조가 내뱉었다.

　"어떻게 책임지게요? 처녀를 건드렸으니까?"

　그는 앙칼지게 소리치는 그녀를 괴로운 듯 이마를 찌푸린 채 바라보았다. 유독 지쳐 보이는 그 얼굴이 조금 안쓰럽게도 느껴졌다.

승제는 은조가 없는 내내 많은 생각을 했다. 이 소유욕은 어디서 오는 걸까, 그녀와 함께 있을 때의 그 평안함, 자신의 어두움을 모두 이해해 줄 거라는 근거없는 믿음, 모든 감정은 어디서 오는 걸까. 두 딸을 몇 년 동안 홀로 키운, 세상 누구와도 속 깊은 얘기를 나눠본 적 없는, 옆에 어린 두 딸 외엔 아무도 없는, 삶에 지친 남자에게 한줄기 희망이 된 이 여자. 그는 그녀를 사랑하고 있었다. 그간 인정하고 싶지 않았지만. 아무에게도 주고 싶지 않았다. 그는 그녀가 감추고 있는 비밀이 무엇인지에 관계없이 그녀를 사랑하고 있었다.

"내가 당신이랑 결혼할 거라는 자신감은 어디서 나오는 거죠? 당신 말에 따르면 나는 아무한테나 다리를 벌리는 천한 여자인데. 그러니 허튼소리 작작 해요."

은조의 도발에 잠깐 승제가 말려들었다.

"진짜 그렇게 하는 순간, 그때는 진짜 지옥을 맛보게 해주지."

"이미 지옥이 어디인지 나도 알고 있어요."

은조의 날이 잔뜩 선 대답에 그는 마음속 깊은 곳을 상처 입었다. 이 작은 몸에 대한 자신의 비뚤어진 욕망과 소유욕에 괴로워하는 서른일곱 살의 홀아비 주제에 아직 어린 아가씨에 대한 욕망으로 괴로워하는 자신에 대한 혐오감이 느껴졌다. 만일 누군가 중년 남자가 젊은 여자를 어린 딸들 가정교사로 들였는데 그 어린 가정교사에게 욕정을 하게 돼서 어느 날 침대로 끌어들였다는 그런 얘기를 듣게 되면 그 당사자를 비웃고 화를 낼 만하다는 생각이 들었다. 이 관계를 정상적으로 돌리는 길은 하나밖에 없었다.

"천천히 잘 생각해 봐. 일단은 좀 쉬어."

그가 그 말만 하고는 바로 잠이 드는 기색이 느껴졌다. 은조 역시 사람의 따뜻한 몸과 익숙한 심장박동 소리를 듣자 그동안 쌓였던 피로가 몰려오면서 잠이 들어버렸다.

얼마나 잤을까, 익숙한 자명종 소리에 자기도 모르게 침대 옆 협탁을 더듬었지만 다른 쪽에서 팔이 뻗쳐 와 자명종을 껐다. 어리둥절한 표정으로 그를 바라보자 그가 은조 이마에 가볍게 키스를 하고 일어나더니 샤워하러 갈 준비를 하면서 말했다.

"좀 더 누워 있어. 샤워하고 와서 깨울 테니까."

그리곤 욕실로 들어가 버렸다. 몇 시간 안 잤어도 곤히 잤는지 생각보다 머리가 말똥거렸다. 그가 어제 자기에게 청혼을 했다. 좋은 기회였다, 그의 집에 정식으로 들어가 그 여자를 파멸시킬 수 있는. 그렇다면 그 후에 그녀는 어떻게 되는 걸까. 승제나 예린, 예은은? 일단 그런 건 생각하지 말자. 지금 생각할 건 단 하나였다. 그 여자는 아버지에게 끝끝내 오지 않았다는 것. 용서할 수가 없었다. 아버지가 암에 걸린 것도 모두 그 여자 때문인 것 같았다.

승제가 짧은 샤워를 마치고 나왔을 때 은조가 침대 헤드에 기대어 있는 게 눈에 들어왔다.

"몸은 좀 어때?"

"푹 잤나 봐요. 생각보다 괜찮아요."

은조가 억지로 웃으려고 해 보였다. 수건으로 머리를 터는 그를 바라봤다. 얼굴이 참 잘생겼다 싶었다. 단정하고 잘생긴 남자. 자기는 그에게 어떤 존재일까? 그리고 그는 자기에게 어떤 존재일까? 이제 세상과 어떤 연도 남아 있지 않은 지금, 이 세상과 자신을 연결하는 줄은 무엇이고 인생은 왜 살아야 하는지 알 수 없었다. 지금 우은조를 움직이는 원동력은 복수뿐이었다.

"결혼요."

"그래."

승제가 긴장한 표정이었다.

"할게요."

그 말에 승제의 표정이 바뀌었다.

"정말?"

어이가 없어져서 그만 웃어버렸다. 그러나 승제는 마냥 좋은지 은조를 놔줄 생각조차 안 하고 성질 급하게 몰아붙일 뿐이었다.

"오늘이라도 가서 신고부터 하자. 결혼식이야 천천히 하면 되지. 응? 응?"

이건 생각지도 못했던 전개였다. 일단 승제네 집안에 파란을 일으켜서 나 여사를 건드리겠단 생각이 들었다. 당신의 그 가증스런 행복, 내가 어떻게든 깨주겠어! 이런 생각밖에 없었다. 하지만 지금 승제는 호적 신고부터 밀어붙이고 있었다. 어떻게 어물쩍 넘기고 애들 깨기 전에 방에 돌아가야겠다고 도망을 가긴 했다.

하지만 이미 회사에 휴가를 써서 시간이 좀 있는 승제는 주 안에 다 끝낼 생각인지 딸들이 학교에 가자마자 다시 말을 꺼냈다. 도저히 승제를 막을 방도가 없었다. 게다가 순간 아버지 얼굴이 스쳤다. 두 가지를 소원하셨던 아버지. 그 여자가 보고 싶다고 했지. 한 번도 아버지를 만나러 가지 않은 그 여자에 대한 원망과 자신의 남자 친구가 보고 싶으시다던 아버지. 눈 한 번 질끈 감으면…….

승제라고 속으로 아무 생각이 없는 게 아니었다. 뭔가 분명 은조에게 이상한 게 있었다. 은조와 나진희 여사 사이에 뭔가 있음에도 불구하고 아무 말도 하려 하지 않고 있었다. 만일 결혼한 뒤에 뭔가 생각지도 못한 진실이 밝혀진다면…… 그땐 어떻게 해야 하지. 그러나 그는 질끈 눈을 감고 자신의 감을 믿기로 했다. 은조 없는 자신의 삶은…… 생각할 수 없었다.

일단 결혼 애기가 나오자 그는 들뜬 목소리로 계획을 애기하기 시작했다.

"식은 내년 5월에 하자. 혼인신고부터 일단 하고 나서."

"네?"

"오늘부터 같이 살려면 혼인신고라도 해야지. 애들 보는 눈이 있는데."

그가 슬그머니 예린, 예은 핑계를 댔다.

"아, 그래도 그건 좀…… 너무 일러요."

사실 진짜 결혼할 생각을 했던 것은 아니었다. 다만 분명 승제가 결혼한다고 아버지한테 얘기하는 순간 있을 파란만 생각했을 뿐이었다.

"그럼 혼인신고 안 하고 같은 방에서 자면 애들이 어떻게 생각하겠어?"

"같은 방에서 안 자면 되잖아요."

"그래도 난 지금처럼 이렇게 왔다 갔다 하는 거 싫어."

그가 딱 잘라 말했다.

"결혼식을 빨리 할 수 있는 것도 아닌데 혼인신고부터 그냥 하자고!"

승제가 고집을 피우기 시작하자 은조는 어찌할 바를 몰랐다. 이건 순간적으로 욱 치받쳐서 나온 승낙이었던 만큼 승제가 밀어붙이기 시작하자 뒷일이 갑자기 무서워지기 시작했다. 은조의 어두운 표정을 승제가 살피듯 바라봤다.

"왜? 걱정돼?"

은조가 고개를 끄덕이자 그가 품에 당겨 안았다.

"걱정하지 마, 아무것도. 다 내가 알아서 할 거니까. 응?"

그런 말을 기다리고 있었는지도 몰랐다. 순간 그의 품에 안겨 그의 위로를 받고 세상과 격리된 그 느낌이 좋았을는지도. 마치 아빠가 어릴 때 〈다 아빠가 알아서 할게〉라고 할 때처럼. 지금 우은조에게 필요한 것은 그런 믿을 수 있는 남자였다. 다만, 그가 나진희의 의붓아들이라는 게 문제일 뿐.

결국 승제는 오전에 잠깐 회사에 나가서 일처리를 하고 온다고 나갔다. 하지만 오후에 들어오자마자 은조를 찾아 봉투에서 뭔가 꺼내 내밀었다.

"이게 뭐예요?"

"혼인신고서. 도장 찍어. 오늘 내로 접수할 거니까."

"그렇게 빨리요?"

"기왕 할 거 후딱 해치우자고."

"그래도 큰엄마한테 말도 해야 하고……."

은조가 어물어물거리며 말을 돌리려 했지만 승제는 조급하기만 했다.

"그런 건 천천히 해도 되잖아. 응? 결혼식은 화창한 5월에 하자. 왜 전에 예린이, 예은이 데리고 갔던 양평 별장 기억나? 거기서 하면 어떨까?"

승제가 밀어붙이자 은조도 마음이 흔들렸다. 그가 만일 처음 결혼 얘기 꺼냈을 때처럼 일방적이었다면 대번에 거절했을 터였다. 하지만 소년처럼 눈을 빛내면서 얘기하는 그에게는 거절을 하기 힘들었다.

"천천히 생각해요."

"난 그렇게 못해."

그러면서 그는 계속 결혼 얘기를 늘어놓았다.

"5월이면 날도 따뜻하니까 야외에서 할 수 있을 거야. 사람은 많이 초대하지 말자. 신혼여행은 어디로 가면 좋아? 이때 유럽에 가면 정말 좋을 것 같은데 유럽으로 갈까? 이태리, 스페인? 스페인에서 모로코를 가는 것도 재미있을 거 같아."

그의 빛나는 눈은 이미 어딘가 미래를 향해 달려가는데 은조 자신은 그러지 못했다. 마음속의 죄책감은 갈수록 커졌다. 하지만 이미 분노로 무거워진 가슴은 양심의 가책 때문에 더욱 무거워졌다. 하지만 이미 주사위를 던진 이상 앞으로 계속 가는 것밖에 없었다.

하지만 마음속으로는 알고 있었다. 평생 한 사람만 그리워하던 아버지가 돌아가셨고 누군가에게 자기의 이 죄책감과 분노를 돌리고 싶었다. 그 대상이라고는 그 여자밖에 없었다. 그 여자가 괴로워했음 좋겠다고 생각했다. 그래서 그 여자를 괴롭히려는 데 그 여자가 그렇게 숨기고 싶어하는 가족 안으로 들어가는 것만큼 좋은 게 어디 있단 말인가.

끝까지 그 여자가 아버지한테 가지 않았다는 게, 엄청난 배신감으로 느껴졌다. 어떻게 한 남자 인생을 망쳐 놓고 혼자 잘살수가 있단 말인가! 죽은 사람 소원도 들어주는 마당에 죽어가는 사람이 죽기 전에 얼굴 한 번 보고 싶다는데 그것마저 거절했다는 사실을 그녀는 용서할 수가 없었다.

하지만 승제한테 그런 얘기는 차마 말할 수 없었다. 승제가 정말 나쁜 사람이라면 이런 죄책감을 느낄 수 없을 터였다. 사실 처음 결혼 신청 받았을 때 조금 두근거리면서 기쁘기까지 하지 않았던가. 과연 자신은 복수 하나만으로 이 남자와 결혼하겠다는 걸까. 가슴 어딘가의 이 두근거림은 무엇일까.

그리고 승제에게 나 여사가 자기 친어머니라는 것을 어떻게 말해야 할지도 알 수 없었다. 처음부터 말을 했더라면 좋았을까. 지금 아무것도 모르는 이 남자에게…… 만일 말했다면 자기를 용서할까. 이런 생각들로 머리가 복잡해졌다. 하지만 끝내 병원에 들르지 않은 그 여자를 생각하자, 아버지 얼굴이 머릿속을 스치면서 또 가슴에서 울컥하고 뭔가 치받아 오르려고 했다. 그래, 그냥 자기가 눈만 한번 감는다면…… 하지만 은조의 숨은 속을 모르고 마냥 좋아하는 예린과 예은도 걸렸지만, 지금 옆에서 이미 미래를 계획하고 있는 이 남자 때문에 마음이 더 괴로워졌다.

과연 잘하는 일인지 계속 번뇌하면서 떨리는 손으로 도장을 찍으려고 할 때 예전에 처음 만나 계약서에 사인하던 그날이 생각났다. 그때 만일 거절하고 그냥 전처럼 일을 했더라면 인생이 어떻게 바뀌었을까.

그날 승제는 딸들이 학교에서 돌아오자 거실 소파에 앉힌 뒤에 선언하듯 말했다.

"오늘 오후 스케줄 몽땅 취소다!"

밥 먹다 말고 예린이가 갸우뚱했다.

"아빠, 나 오늘 피아노 배우는 날인데? 무슨 일 있어?"

예린, 예은은 논다니까 마냥 좋아하는 것처럼 보였다. 무슨 일인지 궁금해하는 어린 딸들을 앞에 놓고 그도 약간 부끄러운 지 볼을 붉혔다. 하지만 오늘부터라도 당장 침대를 같이 쓰려면 이 방법밖에 없었다. 은조가 딸들 몰래 한밤중에 왔다 새벽에 빠져나가는 게 싫었다. 밤에 내내 같이 있고 싶었다. 그날 하루 의 시작과 끝을 같이하고 싶었다. 누군가와 이런 기분이 들어본 적이 있던가. 그는 왜 사람들이 결혼을 하는지 이제 알 것 같았 다. 그래서 딸들에게 말해야 했다. 애들이 고모라고 부르는 은 조와 침대를 같이 새날을 열고 그날의 마지막을 같이 보내기 위 해.

"사실…… 오늘 아빠가 고모랑…… 결혼했어."

"정말?"

둘이 눈을 빛냈다. 고모가 엄마가 되면 좋겠단 소망이 있었지 만 말로는 차마 못하고 은근스레 갖고 있기만 했는데 고모가 엄 마가 됐다니까 마냥 좋아했다.

"이제 고모가 아니라 새엄마야?"

예은이 그림책에 나오는 새엄마들을 생각하곤 이맛살을 심각 하게 찌푸렸다. 반면에 예린이는 다른 데 더 관심이 많았다.

"결혼식도 없이? 드레스 안 입고?"

"그건 나중에 날 좋아지면 할 거야. 지금은 추워서 밖에서 결 혼식 못하잖아."

승제가 잽싸게 예린의 질문에 답했다. 이것저것 질문이 많은 딸들 앞에서 승제가 침착하게 답을 해줬다. 은조는 승제가 결혼 얘기를 꺼낼 때부터 볼이 붉어져서 아무 말도 못했다. 분명 예상했던 일인데도 불구하고 창피해서 애들 눈도 마주치지 못했다. 새엄마라고 예린, 예은이 불렀지만 대답도 못하고 볼만 더 붉어졌다.

"그래서 오늘 저녁에 나가서 맛있는 거 먹자."

승제가 당황한 은조를 이렇게 구해줬다.

"어디 가서 뭐 먹을 건데?"

"예린이랑 예은이는 뭐 먹고 싶어?"

"난 케이크!"

단걸 좋아하는 예은이 승제의 말이 끝나자마자 대답했다. 이에 질세라 예린이도 대답했다.

"난 전에 먹었던 프랑스 요리!"

전에 생일에 갔던 프랑스 레스토랑이 마음에 들었던 모양이다. 그러자 승제가 잠시 고민을 하더니 말했다.

"그럼 거기에 지금 전화해서 물어볼게, 기다려 봐."

바로 전화를 하더니만 예약을 한 모양이었다. 승제가 핸드폰을 쥐고 있는 동안 옆에서 예린과 예은은 이것저것 은조를 상대로 다다다 물어보기 바빴다. 은조는 땀을 뻘뻘 흘리면서 대충 답은 해주며 승제의 널찍한 등을 슬쩍 쏘아보았다.

"지금 가자! 어서 가서 준비해."

그 말에 예린, 예은이 방으로 달려들어 가고 은조가 그 뒤를 따라갔다.

"당신도 준비해."

"네."

방에 들어와 예린, 예은 옷장에서 겨울 원피스를 꺼내는데 둘이 여전히 묻고 싶은 게 많은지 옷은 거들떠도 안 보고 은조만 바라봤다.

"고모, 아니, 새엄마 언제부터 아빠랑 사귄 거야?"

그 말에 은조 얼굴이 새빨개졌다.

"고모 얼굴이 빨개."

예은이가 은조를 보고 싱글벙글했다. 걱정했는데 생각보다 아이들은 반응이 좋았다. 예은이는 어릴 적 엄마 기억이 없어서인지 새엄마가 생기는 게 마냥 좋은 모양이었다. 예린이도 은조가 새엄마라니 좀 안심한 모양이었다.

"고모, 난 말이야. 고모가 새엄마가 돼서 너무 다행이다. 왜냐하면 모르는 사람이 새엄마 되면 무섭잖아."

예린이 진지하게 은조를 보고 말했다. 그 말에 눈물이 핑 돌 것 같았다. 자기만 평생 바라보고 산 아버지 생각이 나서.

"어서 옷 입자. 뭐 입을래?"

둘이 좋아하는 원피스를 꺼내자 그것에 맞춰서 겨울 스타킹을 찾았다.

"자, 이제 옷 갈아입어. 고모도 옷 갈아입을 테니."

전에 승제가 사줬던 옷 중에 적당한 걸로 골라 입었다. 예전에 준 진주 목걸이를 걸고 시계를 차고 간단한 화장을 했다. 약간 볼이 상기된 젊은 여자가 거울에 보였다. 그러고 보니 몸에 두른 거의 모든 게 승제가 사준 것이었다. 어느 순간 이렇게 된 걸까. 남들이 보면 돈에 팔려갔단 얘기를 하겠지. 열 살이 넘는 나이 차이에, 빈부의 차이 등으로 말이 많을 걸 생각하니 약간 기분이 우울해졌다. 하지만 원래 목적을 잊어선 안 됐다. 그 뒤에는 아무것도 생각하지 말자, 하나만 생각하자 속으로 다짐하듯 꼭꼭 불안한 마음을 눌러 담았다.

은조가 나오자 예린, 예은 자매와 승제가 기다리고 있었다.

"준비 다 됐어?"

"네."

승제가 은조와 딸들을 데리고 간 레스토랑은 도산공원 근처에 있는 테이블이 몇 개 되지 않는 곳이었다. 일전에 예린이가 생일이었을 때 그곳에서 식사를 한 적이 있었다. 그날 은조와 단둘이 오면 좋을 거 같단 생각을 슬쩍 했는데 이렇게 오게 될 줄은 몰랐다. 프로방스의 시골집 같은 인테리어에, 벽에 라벤더니 로즈매리니 하는 말린 허브를 잔뜩 걸어두었고, 테이블은 달랑 4인용 테이블 두 개밖에 없었다. 점심시간 이후 오후에는 원래 영업을 안 한다는 걸 설득해서 레스토랑 전체를 빌려 버렸다.

식사하는 내내 예린, 예은은 들떠서 수다를 떠는데 반해 은조는 조용했다. 그녀의 눈동자는 먼 곳을 바라보고 있는 것 같았다. 승제는 그런 그녀를 현실에 붙잡아두고 싶단 생각만 간절히 했다.

후식까지 먹고 났을 때 승제가 주머니에서 뭔가를 꺼냈다. 계속 눈이 마주치면 강렬한 시선으로 바라봐서 난처했는데 그는 기분이 좋은지 눈가에 잔주름이 잡힐 정도로 계속 웃고 있어서 그게 묘했다.

그가 꺼낸 박스를 은조 앞에 내밀었다. 찻잔을 들고 있던 은조가 고개를 갸웃하자 그가 말했다.

"열어봐."

유명한 귀금속 브랜드 로고가 새겨져 있는 벨벳 박스를 열자 나온 것은 반지였다. 은조 탄생석인 작은 사파이어가 세팅된 반지를 눈앞에 두고 옆에 앉은 예은, 예린이 탄성을 질렀다.

"너무 예쁘다! 빨리 껴봐."

그런데 승제가 다시 박스 하나를 더 내미는 것이었다. 열어보라는 턱짓에 은조가 떨리는 손으로 박스를 열었다. 이번 것 역시 플래티넘에 다이아몬드 하나가 세팅된 클래식한 반지가 들어 있었다.

"처음 건 약혼 반지고, 이건 결혼 반지."

승제가 조금 쑥쓰러워했다. 결혼을 생각하니 좀 전통적인 방식으로 선물을 해주고 싶었다. 나이가 조금만 젊으면 함이라도 하는 건데 하는 생각마저 들 정도였다.

은조가 박스 두 개를 앞에 놓고 어쩔 줄 몰라 할 때 승제가 박스에서 반지를 차례대로 빼서 손가락에 껴주었다. 묵직한 차가운 금속에 은조는 갑자기 영혼이 졸리는 듯한 충격을 받았다.

승제가 다시 박스 하나를 더 꺼내더니 자기 손을 내밀었다.

"나도 껴줘야지."

떨리는 손으로 은조는 차가운 반지를 쥐고 그의 왼손 약지에 끼어 넣었다. 고대 이집트인들은 왼손 약지가 심장과 바로 연결돼 있다고 믿었다고 한다. 그래서 결혼반지를 왼손 약지에 끼게 됐다고 어디선가 읽었더랬다. 그땐 그냥 로맨틱하다고만 생각했는데 자기 손가락의 낯선 반지는 가슴 뿌듯하기도 하고 무섭게도 느껴졌다. 앞으로 자기가 할 일을 생각하면 오싹하기까지 했다.

집에 들어와 방에 가서 옷을 갈아입고 샤워하고 이층으로 올라오자 역시 샤워하고 잠옷으로 갈아입고 있던 승제가 약간 이맛살을 찌푸렸다.

"내일이라도 당장 짐 옮기지?"

"저 앞으로 공부도 해야 하는데 그 방 그냥 쓰면 안 되나요?"

그는 그제야 자기가 은조가 아직 학생인 걸 잊고 있다는 걸 깨달았다. 결혼하게 되면 다시는 소유욕이나 집착이라는 괴물이 안 튀쳐나올 줄 알았다. 하지만 자신은 마치 하늘나라 선녀의 날개옷을 감춰서 잡아놓은 나무꾼처럼 언제 날아올라 갈지 모르는 부인을 둔 것처럼 안절부절못하고 있었다. 분명 우은조는 다른 생각을 하고 있을 게 뻔했다. 그녀는 무슨 생각을 하고 있는 걸까. 그녀의 비밀은 무엇일까. 그럼에도 불구하고 그녀를 옆에 두고 싶은 욕심에 그것을 눈감고 있는 자기 자신에 대한 경멸까지. 어떻게 이 여자를 잡아놓을지만 생각하게 되는 자신. 여전히 추했다.

"아기 가질 생각 없어?"

"저 곧 학교에 복학하고 싶어요."

애들 학교에 보내놓고 그 시간에 다시 학교에 다닐 생각을 하고 있었다. 조금 무리를 해서 학점을 오전에 몰아서 듣는다면 가능할 것도 같은데. 일하는 사람을 최대한 이용한다면야.

"내 나이도 있는데 빨리 갖는 게 낫지 않겠어?"

그는 아이를 낳을 걸 아예 염두에 두고 말하고 있었다.

"저는 예린이, 예은이만으로도 족한데요."

"나는 하나 더 있었으면 좋겠어. 아무래도 아버지가 아들도 바라시고."

은조는 말을 흐리면서 피할 뿐이었다. 이 사람이 이런 데서 자식 욕심을 부릴 거라고는 생각해 본 적이 없었다.

"난 아직 준비 안 됐어요."

그런데 그는 이상하게 조급해하고 있었다.

승제는 아이가 생기면 은조가 도망가고 싶어도 아이 때문이라도 내 옆에 남아 있겠지, 이런 생각에서였다. 그저 은조와 자신 사이에 태어나는 아이가 보고 싶을 뿐이었다. 단지 그런 이유로 아이가 갖고 싶었다.

"오늘부터 피임 안 할 거야."

"그거 일방적인 통보인가요?"

은조가 불쾌한 듯이 침대에서 책을 읽다 화를 냈다. 아버지 장례 이후 그녀는 많이 피곤해하고 있었다. 식욕도 별로 없어 보였고, 애들을 뒤따라 다니는 것도 많이 힘들어해서 그도 슬슬 걱정이 되고 있었다. 그러나 그는 아무 말도 하지 않았다.

"나도 마음의 준비 같은 건 있어야 하잖아요."

"어차피 애 생기면 다 돼."

그가 경험자인 양 그렇게 말해 버리는 게 더 화가 났다.

"저 아직 졸업 안 했어요. 이제 복학도 해야 하는데……."

"천천히 해도 되잖아!"

그가 소리를 지르자 은조가 고개를 설레설레 흔들었다.

"진짜 이해 안 돼요. 당신 하고 싶은 것만 생각하고 내 감정이 나 사정은 전혀 신경 안 쓰면 내가 어떻게 당신이랑 같이 살아 요?"

은조가 그에게 화를 냈더라면 차라리 나았을는지도 몰랐다. 그녀는 화를 내는 대신 이렇게 자조적으로 하소연하듯 늘어놓 더니 그대로 침대에 누워버렸다. 더 이상 할 말이 없어진 승제 는 더 얘기를 이을 수가 없었다.

"자게?"

"요즘 좀 피곤해요."

그러더니 이불을 쓰고 벽을 보고 누워버렸다.

결국 승제도 불을 끄고 따라서 옆에 누워서 등 뒤에서 은조를 감싸 안았다. 제일 행복한 시간이 같이 침대에 누워 있을 때였다. 이젠 전처럼 안는다고 끌어다 놓고 안고 싶지 않아도 몸을 붙이고 싶어 억지로 안는 일은 없었다. 그냥 안고만 있어도, 작은 심장이 콩닥거리는 소리만 들어도 행복했다. 안고서 귓가에 이런저런 얘기하고, 작은 목소리로 오늘 있던 일 얘기 듣고. 그게 그가 바라는 삶이고 행복이었다.

결국 다음날 일어나자마자 승제가 난리를 치는 통에 방에 있던 물건 중 옷이나 화장품 등은 다 승제 방으로 옮겨야 했다. 원래 넓은 방이고 안 쓰던 붙박이장 청소를 해서 은조 짐만 간단하게 정리하는 걸로 이사는 끝났다. 심지어 화장대가 필요할 거라면서 손수 주문해 놓는 통에 은조는 뭐 어떻게 손쓸 수가 없었다. 그러고 보면 결혼부터 해서 계속 승제 페이스에 휘말리고 있었다.

짐 옮기고 뭐 하는 북새통에 하루가 어떻게 지나갔는지도 몰랐다. 샤워하고 나와 화장대에서 로션을 바르고 있는 은조를 승제가 침대에 누워 책을 보다 말고 빤히 쳐다보았다.

"그것밖에 안 발라?"

"뭘 더 발라요?"

은조가 고개를 갸웃하자 그가 어깨를 으쓱했다.

"예린이 엄마는 훨씬 더 많이 발랐거든."

"그랬어요?"

그러고 보면 그가 예린의 엄마에 대해서 얘기한 적이 없었다. 그녀는 어떤 사람이었을까. 대단한 미인이었을 텐데. 그의 전 부인의 집안 역시 평범한 집안은 아닐 터였다.

"전 부인이랑은 어떻게 만났어요?"

"선봤어. 그 사람에 대해서 별로 말하고 싶지 않으니까 묻지 말지? 그건 그렇고 언제 잘 거야? 나 피곤해."

그는 전 부인에 대해서 얘기하고 싶어하지 않아했고, 얘기를 꺼내는 것도 질색했다. 왜 얘기하고 싶지 않은지 궁금했다. 그의 전 부인은 어떤 여자였을까? 얘기만 꺼내도 상처가 쑤실 정도로 사랑했던 것일까?

이런 생각을 하면서 은조가 팔다리에 로션을 대충 바르고 와서 누웠다. 그가 기다렸다는 듯이 안았다. 오늘은 그냥 잘 모양인지 안고 한참 있다 졸음이 몰려올 무렵에 갑자기 말을 꺼냈다. 요즘에 이상하게 피곤해서 잠이 늘어났다. 낮잠을 잤는데도 이상하게 피곤했다. 식욕도 안 당기고.

"당신은 어디 말할 데 없어? 큰어머님께 말씀드린다면서? 언제 말씀드릴 거야?"

"아!"

그러고 보니 큰엄마를 잊고 있었다. 어차피 좋게 끝날 리가 없는 결혼 말씀드려 뭐 하나 싶다가도 괜히 죄책감이 들어 말씀드려야 할 듯도 싶고……. 그리고 자기에게 무슨 일이 일어난다면 제일 먼저 큰엄마한테 말씀드리고 싶었다. 결혼식도 안 하고 혼인신고만 한 상황에서 그런 건 일단 감추고 큰엄마한테라도 소개해 주고 싶었다.

"큰엄마 한번 초대해도 될까요? 아무래도 소개해 드려야 할 것 같은데."

"언제가 좋을지 날짜 정해서 나한테 말해주면 맞추도록 할게."

"네."

그가 자기 머리에 키스하는 게 느껴졌다. 다정한 키스라 가슴이 두근거렸다. 그래서 더욱 가슴이 괴로웠는지도 모른다.

"피곤해요."

그러면서 은조가 그의 품을 벗어나 옆으로 가려 하자 그가 강하게 껴안았다.

"안 돼?"

라고 강한 열기를 품은 목소리가 물었다. 거절하려고 해도 그가 너무 다정하게 웃어서 할 수가 없었다. 이미 그의 커다란 손이 어느샌가 내려가 잠옷 단추를 풀고 있었다.

La Valse ...eleven

다음날 예린, 예은 학교 보내고 난 뒤 큰 결심을 하고 큰엄마한테 전화를 했다. 승제는 사무실에 오전에 전화해 보더니만 잠시 다녀온다고 나간지라 집에 일하는 아줌마와 단둘이었다. 전화벨이 울리자 한참 뒤에 받는 큰엄마 뒤로 어린애들 뛰어다니는 소리가 들렸다. 카랑카랑한 목소리도 전처럼 힘이 있지는 않은 것 같아 목이 시큰해졌다.

"큰엄마."

[은조니? 아이고, 은조야, 어떻게 지내? 너 요즘 어떻게 지내나 걱정돼 내가 잠도 잘 안 온다. 전화해도 안 받고 말이야. 뭐하다 지금 전화한 거야?]

전화에 대고 카랑카랑한 소리로 잔소리부터 시작하는 큰엄마 모습을 떠올리며 잠시 웃었다.

"그동안 좀 아팠어요."

[어이구. 이 녀석아, 아팠으면 전화를 했어야지.]

듣고 있던 큰엄마가 혀를 끌끌 차는 게 들렸다.

"저기, 큰엄마."

[왜?]

"저…… 소개하고 싶은 사람이 있는데……."

그 말에 잠시 침묵이 흘렀다.

[전에 병원에 왔던 그 남자야?]

"네."

[나이가 좀 있어 뵈더라.]

큰엄마가 묻고 싶은 게 많으신 것은 알겠는데 그런 걸 다 털어놓을 수는 없었다.

"네. 좋은 사람이에요."

그 말에 큰엄마가 한숨 쉬는 게 들렸다.

그래, 은조랑 같이 있던 그 남자가 보통 샐러리맨 같지는 않아 보였다. 은조 혼자 지 아버지 병원비 내고 했던 걸 그녀가 모를 리가 없었다. 은조의 선택에 이제 와서 자기가 무얼 한단 말인가.

"한번 만나주실 수 있으세요?"

[그래, 그래.]

"큰엄마, 택시 타고 오세요. 주소 불러 드릴게요. 제가 나가 있을 테니까 택시비는 걱정하지 마시고요. 언덕배기라 오시기 힘드세요."

[그런 건 염려 마라.]

큰엄마가 호탕하게 대답했지만 은조는 걱정이 앞설 뿐이었다.

"언제가 좋으세요?"

[가까울수록 나야 좋지.]

"그럼 내일 저녁이라도 오실 수 있으세요?"

[그래, 알았다.]

큰엄마는 호탕한 성격답게 쉽게 약속을 정했다.

"그럼 출발하실 때쯤 전화 주세요. 꼭 택시 타고 오셔야 해요."

은조가 신신당부를 하고 전화를 끊은 뒤에 비로소 자기가 긴장했었다는 것을 알았다. 이제 승제에게 말하고 내일 저녁 메뉴를 생각할 차례였다. 부산 출신인 큰엄마가 좋아하는 해물 종류로 하면 되겠지. 승제야 어차피 빨리 부르라고 했던 터였으니.

승제가 집에 돌아오자마자 은조는 바로 큰엄마 얘기를 꺼냈다. 그는 알았다며 고개만 끄덕였으나 상기된 표정이 역력했다.

다음날 저녁 큰엄마 전화를 받고 나와 택시를 기다리고 있던 은조는 택시에 다가가서 요금을 치르려고 했지만 이미 큰엄마가 택시비를 지급한 뒤였다.

"큰엄마, 제가 낸다니까."

"나도 그 정도 돈은 있다."

큰엄마가 나름 점잖게 옷을 빼입고 계셨다. 예전에 은조가 선물한 정장이었다. 어버이날 선물로 아버지 옷을 사면서 백화점에서 세일하는 니트 정장을 한 벌 샀는데 그걸 입고 오신 터였다.

"들어가세요."

승제가 나와 있다가 반겼다. 예린, 예은에게도 미리 말해놓은지라 와서 예쁘게 인사했다. 예린, 예은은 큰엄마를 무척이나 신기해했고, 큰엄마도 워낙 애들을 좋아하는지라 예린, 예은을 무척 사랑스러운 눈빛으로 바라봐 주었다.

"큰엄마, 얘가 예린이고, 얘는 예은이에요."

"몇 살이야?"

예린이는 여덟 살이라고 대답했고, 예은이는 손가락을 펴면서 다섯 살이라고 대답했다. 애들의 대답을 들은 큰엄마가 이내 승제를 바라보자 승제도 머뭇거리며 답했다.

"저는 서른일곱입니다."

그 말에 큰엄마 성격에 역시 그냥 넘어갈 리가 없었다.

"좀 많구먼."

은조가 잽싸게 식탁으로 인도했다.

"시장하시죠? 큰엄마 좋아하시는 해물탕 준비해 놨어요."

어릴 때부터 영특하고 예쁘고 손도 야물딱진 애라서 좋은 데

시집보내야지 하는 생각이 있었다. 그냥 대학 척척 붙고 말 안 해도 돈 벌어서 지 아버지 수발들더니만 결국 홀아비한테⋯⋯. 이 생각을 하면 자다가도 벌떡 일어나서 냉수 한 잔 마셔야 할 것 같았다. 와서 조금의 흠이라도 보임 그냥 단단하게 뒤집어엎을 각오로 온 것이었다.

그런데 생각보다 좀 달랐다. 일단 은조가 그 어린 소녀들한테 홀딱 빠진 게 보였다. 어릴 때부터 동생, 동생 있었음 좋겠단 소리도 곧잘 하고 지 사촌오빠, 언니 애들도 그렇게 예뻐하더니만. 지 딸들이라도 되는 양 아이들을 챙기고 있었다. 그리고 어린애들도 얼굴도 예쁘지만 은조한테 싹싹하게 달라붙어 있었다. 남들이 보면 어린 이모랑 조카 같은 분위기긴 했지만.

그리고 식탁 상석에 앉아 있는 남자는 사실 나이가 조금만 덜들었더라도 제법 괜찮구나 싶은 그런 사람이었다. 처음 봤을 때도 잘생겼다 싶었는데 이렇게 눈앞에서 봐도 괜찮은 용모였다. 말이 그렇게 많은 것 같지는 않았다.

"그래, 하시는 일이 뭐고?"

"변호사입니다."

"우리 은조는 어떻게 만났나요?"

"제 사촌동생이 은조 대학 선배입니다."

"큰엄마, 천천히 얘기해요."

은조가 눈치를 보다 끼어들었다. 딸들 있는 데서 혹시 험한 얘기라도 오갈까 싶어 아무래도 조심스러웠다.

잠시 후에 거실로 가서 앉자 은조가 차랑 과일을 준비해서 들고 갔다. 그리고 잠시 후에 예린, 예은을 데리고 방으로 들어갔다. 일단 애들에게 그날 밤에 할 일 간단하게 지시해 놓고 다시 거실로 나왔다. 큰엄마가 이것저것 묻는데 승제가 답변하는 듯했다. 뭐랄까, 승제 표정을 보니 좀 난처해하는 듯한 표정이 있어서 사실 좀 고소하다 싶었다. 저 카랑카랑한 양반이 이것저것 물어봤겠지.

"은조, 너도 여기 와서 앉아봐라. 너 아버지도 가신 지 좀 됐고, 집안 어른으로 내가 한마디 정도 해야겠구나. 일단 은조 네가 어련히 알아서 잘했으련만, 아무래도 노인네가 걱정만 많아서……."

큰엄마가 말을 흐리더니 결국 차를 한 모금 마시고 말을 이었다.

"내가 다 늙어서 너한테 해줄 게 뭐가 있겠니. 그냥 너 좋을 대로 하라고 하는 수밖에."

그냥 그 말을 하고 입을 다물었다.

"걱정 끼치는 일 없게 제가 잘하겠습니다."

"그래 주면 고맙고."

식사를 마친 후 차 한 잔을 마시자 큰엄마가 바로 일어섰다.

"그만 가봐야겠다."

"좀 더 있다 가세요."

은조가 잡으려고 했지만 별로 마땅해하지 않았다.

"네 새언니 일하고 돌아와서 좀 있다 잘 시간이다."

그 말에 은조가 입을 삐죽했지만 별말을 못했다.

"제가 배웅해 드릴게요."

예린, 예은의 인사를 받은 후 큰엄마와 은조는 함께 엘리베이터를 타고 아래로 내려갔다.

"좋은 사람인 것 같더라. 나이 많고, 애 딸린 것만 빼면. 같이 산 지 얼마나 된 거야?"

"3월에 들어왔으니까 꽤 됐죠."

"사귄 건?"

큰엄마의 본격적인 취조가 시작됐다. 아무래도 승제 앞에선 제대로 묻지 못하고 계셨나 보다.

"몇 달 안 됐어요."

"사람은 좋아 보여서 내 별말은 안 하마. 그래도 걱정은 되누. 어서 날 잡아야지, 언제까지 같이 살기만 할 거야."

"신고는 벌써 했어요."

은조는 이왕 이렇게 된 거 솔직하게 말해 버렸다. 사실 누군가에게 제대로 축복받고 싶기도 했다.

"뭐?"

"저이가 서두르는 바람에 얼떨결에 등 떠밀려 했어요."

그러자 큰엄마가 한숨을 푹 쉬었다.

택시를 잡아서 큰엄마를 배웅하고 돌아오자 승제가 집 앞에서 서성거리고 있었다. 아무래도 많이 긴장했던 모양이다.

예린, 예은을 재우고 이층으로 올라가자 승제는 서재에서 책을 읽고 있다가 은조의 기척을 듣곤 서재로 불렀다.

"이제 우리 아버지한테도 말씀드릴게."

그 말에 잠깐 은조가 움찔하더니만 담담한 표정을 지었다.

"그러세요. 어차피 다 아시게 될 분들인데."

어차피 언제 터질 폭탄인지 모르는 것보다 최대한 빨리 터지고 끝내는 게 낫다는 게 은조 생각이었다. 휴가가 끝나 승제는 내일부터 정식 출근할 터였다. 그러고 나면 바로 그 여자가 다시 와서 은조를 괴롭히겠지! 은조가 승제와 결혼한 걸 알게 된 그 여자 얼굴이 보고 싶었다. 그러나 그 복수의 짜릿함을 생각하면서도 마음 한구석의 무시해 버린 양심 때문에 불편해지는 건 어쩔 수 없었다. 승제가 알게 된다면 그의 분노는 어떻게 해야 하는 걸까. 그건 그때 가봐야 알겠지. 그건 자기가 신경 쓸 바가 아니라고 생각하려 했지만 승제에게 저절로 신경이 가는 것은 어쩔 수 없었다.

그렇게 오래 자리를 비운 게 아닌데도 불구하고 집보다 더 오랜 시간을 보낸 사무실이 낯설게만 느껴졌다. 자리 비운 게 고작 일주일인데도 100년 만에 온 것마냥 옛날처럼 느껴졌다. 하기야 그 일주일 동안 그에겐 많은 일이 있었다.

간단하게 책상 정리를 하고 나서 아버지 사무실로 갔다. 워커홀릭인 아버지 역시 아침 일찍 출근하는 걸 그는 알고 있었다.

역시 임정훈 대표는 사무실에 있었다.

문을 두드리자 낮지만 힘있는 목소리가 안에서 들렸다.

"어, 그래. 그동안 잘 쉬었고?"

승제가 문을 열고 들어가자 책상 앞에 앉아 신문을 읽고 있는 아버지의 모습이 보였다.

"저야 뭐 그렇죠."

"은조 씨는 상 잘 치렀다냐?"

그러나 승제는 그 말에 대답하지 않았다.

"……아버지."

"그래?"

무심하게 아들과 대화하면서 신문을 훑어보던 그가 긴장한 승제 얼굴을 보더니 그제야 좀 이상함을 눈치 채고 자세를 바로 했다.

"무슨 일이길래 그렇게 뜸을 들여?"

"저 은조 씨랑 혼인신고 했습니다."

"뭐!"

그가 쓰고 있던 돋보기를 벗어서 소리가 날 정도로 세게 책상 위에 내려놓았다.

"이미 혼인신고 한지라 무효 소송 같은 거 불가능하니 여기서 더 끼어서 어쩌실 생각 하지 마세요."

그 말에 정훈이 이마에 잔뜩 주름을 잡았다.

"지나칠 여자이니 대충 연애만 하다 끝낼 것이지, 어쩌자고 혼인신고까지 한 건지 궁금하구나. 여지껏 결혼 안 한다 해서 괜찮은 선 자리 모두 거절해 왔는데 이제 와서, 그것도 왜 하필 그 아가씨인지 설명해 봐."

정훈의 냉정한 추궁에 승제는 치미는 화를 꾹 눌러 참고 물었다.

"은조 씨 없는 동안 많이 생각해 봤는데, 그 사람 없으면 행복하지 못할 것 같더군요."

그 말에 정훈은 아무 말도 하지 않았다. 무슨 생각을 하는지 아들을 한참 바라보더니 한숨을 푹 쉬었다.

"이미 혼인신고까지 했다는데 내 여기서 무슨 말을 더하겠어. 나가, 오늘 일할 거 없다."

그러더니만 의자를 돌려 버리는 것이었다. 승제 역시 더 이상할 말이 없어 그냥 사무실을 나왔다. 처음부터 좋은 말 들을 리없다는 것은 알았다. 생각보다 크게 화를 내지는 않으셨지만 꽤기분이 나쁘신 것 같았다. 하지만 일단 얘기까지 드리고 나니속이 시원해진 승제는 착한 아들답게 아버지가 시키는 대로 사무실에 돌아가 짐을 챙겨 집으로 가버렸다.

나 여사는 간만에 일찍 집에 들어온 남편의 안색을 살폈다. 갑자기 골프나 칠까 싶어 필드에 가려고 할 때 전화가 걸려왔다.

[어디야?]

"필드 나가려고 가는 중이에요. 왜요?"

"지금 당장 집으로 들어와. 아줌마는 퇴근시키고."

다짜고짜 하는 소리에 가슴이 덜컹했다. 부리나케 집에 와서 대기하고 있었다. 뭔가 기분이 많이 언짢은 듯이 보였다. 혹시 전에 골프 가르쳐 주는 기사와 바람피운 게 들키기라도 했나 싶어 괜스레 조마조마했다. 요즘 들어 카드로 이것저것 많이 긁었는데 그것 때문에 그럴까. 아님, 은조 일을 알아내기라도 했던가.

나진희는 전세금을 빼서 도망간 뒤에 탤런트가 돼보겠다고 얼씬거리다 운 좋게 삼류 모델이 됐다. 몇 번 광고에 나오고, 조역으로 텔레비전에도 잠깐 비췄다. 그러다 어떤 모임에서 우연히 그를 보았다. 나이가 좀 있긴 해도 훤칠하고 날카로운 인상, 그리고 온몸에서 부티가 절로 났다. 누군가 옆에서 무슨 법무법인 대표로 집안에 법조인이 좍 깔려 있단 얘기를 전해줬다. 아버지가 대법원장을 역임했고, 현 헌법재판소 원장이 그의 숙부라나. 게다가 지금 부인이 꽤 오래 앓아누워서 지금 병원에 입원 중인데 곧 죽을 것 같단다. 맛있는 먹이였다. 어린 시절부터 이상하게 나진희는 변호사가 좋았다. 그래서 일부러 은조의 아버지인 성원에게 접근했던 것이었다.

일부러 정훈의 옆을 지나면서 뭔가에 걸려 넘어진 척하면서 들고 있던 칵테일을 쏟았다.

"어머!"

"괜찮으십니까?"

그가 당황한 기색 없이 주머니에서 손수건을 꺼내 건넸다. 점잖은 그의 모습에 진희는 얼굴을 붉히는 척했다. 그때 그가 명함을 건넸다.

"옷 세탁비를 물어드려야 할 것 같군요. 아님 제가 새 옷을 선물하도록 하겠습니다. 연락처를 주시겠습니까?"

그가 유부남이든 말든 그것은 안중에도 없었다. 진희는 눈웃음을 살살 치면서 그에게 연락처를 불러주었다. 성원과의 일 때문인지 그동안 남자를 꽤 조심해서 이상한 소문 같은 것은 없는 편이었다. 이번에 큰 밥이 걸려들었으니 어디 입질 좀 잘해볼까 하는 생각밖에.

그가 얼마 뒤 전화를 했고 그들은 그렇게 만나기 시작했다. 그러나 그는 생각보다 쉽게 넘어오지 않았다. 어느 날 밤, 그가 술을 잔뜩 마시고 바로 집으로 찾아왔더랬다.

"어머, 임 선생님! 이 시간에 웬일이세요? 이렇게 잔뜩 술 드시고. 몸 생각하셔야죠."

진희가 애교스럽게 말하면서 그의 몸을 부축하는 척하면서 불룩한 가슴을 일부러 몸에 기대었다. 거의 통금 다 된 시간이라 그는 더 이상 움직일 수 없을 터였다. 그가 순간 강한 힘으로 그녀를 끌어안더니 이글거리는 눈으로 바라봤다. 그러더니 얼굴을 쥐고선 입술을 겹쳤다. 진희는 순간 처녀적 수줍음을 연기하듯 간단하게 앙탈을 부리다 못 이긴 척 그의 품에 떨어졌다.

다음날 일어났을 때, 그는 사라지고 없었다. 하지만 그녀는 회심의 미소를 지었다. 최근에 혹시나 싶어 처녀막 재생수술을 했고 그간 몸 관리를 잘한지라 아무도 그녀가 아기 하나 낳았다는 걸 믿을 리가 없었다.

그날 저녁 정훈이 다시 찾아왔다.

"어젠 미안했소."

그 앞에서 진희는 억지로 손수건을 콕콕 찍어가면서 우는 척을 했다. 그러나 그는 별말없었다. 그러더니 그날도 거기서 자고 갔다. 그렇게 된 관계는 그의 부인이 죽고 난 뒤에도 한동안 집안에 들이지 않았다. 일 년이 좀 넘어서야 겨우 정부인 자리를 냉큼 낚아챘다. 밖에서 자기를 뭐라고 부르든 말든 그건 상관없었다.

그럼에도 불구하고 진희는 마음속 한구석 불안했다. 정훈은 그녀가 처녀로 알고 있었고, 은조를 낳은 걸 전혀 몰랐다. 만일 그걸 알게 된다면? 결혼한 지 이십 년 가까이 됐건만 그건 좀 많이 걸렸다. 결혼한 뒤에 아기 하나 낳자고 졸라댔지만 그는 자기가 수술하는 걸로 간단하게 정리해 버렸다.

오늘 그는 무슨 할 얘기가 있다고 일찍 들어오라고 한 걸까.

초인종 벨이 울리자마자 쪼로로 달려갔다.

"이제 오셨어요? 무슨 일이에요?"

그러나 그는 들어오자마 옷 갈아입을 생각도 안 하고 소파에 앉았다.

"냉수 좀 갖고 오구랴. 목이 타네. 아, 주전자째로 갖고 와."

그러더니 유리컵에 담긴 시원한 물부터 쭉 들이키더니만 잠시 유리병을 바라보았다. 그러더니 눈을 올려 죄지은 사람처럼 안절부절못하는 진희를 똑바로 바라봤다.

"도대체 행실을 어떻게 하고 다니는 거야?"

"내, 내가 뭘 어쨌다구요?"

선생님 앞에 선 학생처럼 진희는 안줄부절못할 뿐이었다.

"당신 승제 일에 신경 한번 써봤어?"

"승제야 제가 신경 쓰는 거 안 좋아하잖아요. 어련히 알아서 잘하는 애한테 제가 뭘 어떻게 해요."

나이 차이가 얼마 안 나는 의붓아들이 언제나 어렵기만 했다. 게다가 그 며느리라고 들어왔던 기지배는 얼마나 싹수가 노랗던지.

"승제 은조 양이랑 혼인신고 했다는군."

"네에? 누구요?"

진희의 얼굴이 창백해졌다.

"왜 승제네 집에서 애들 돌보는 아가씨 있잖아."

"그 아가씨랑요?"

거의 새파랗게 질린 진희는 거의 쓰러지기 직전이었다. 그대로 유리잔을 바들거리는 손으로 잡더니만 물을 흘리는 둥 마는 둥 마셨다. 진희의 새파래진 얼굴을 정훈은 냉정하게 바라봤다.

"언제요?"

"오늘 아침에 와서 통보하고 갔어. 그 아가씨네 아버지가 죽어서 상 치르고 왔는데 그게 무지 안쓰러워 보였고, 그동안 자긴 이 사람 없음 안 되겠구나 싶었다는 거야. 거기에 대고 내가 무슨 소릴 해?"

"은조네 아버지가 죽었어요? 그 사람이 죽었어요?"

진희가 완전히 사색이 된 얼굴로 이상한 질문을 하자 정훈이 뭐 하는 수작이냐는 듯이 바라보자 진희가 고개를 돌려 버렸다.

"아무튼 그 집에 내일 가서 그 아가씨랑 만나보고, 예린이 예은이 잘 있나 확인 좀 해. 진작 당신이 좀 봐주면 좋았잖아. 애들이랑 같이 살자고 내가 몇 번이나 말했어. 다른 건 다 해도 죽어도 그것만은 못하겠다고 당신이 그랬지. 그때 뭐라고 했어? 자기가 가서 자주 돌보겠다고 했지? 그동안 나 없을 때 몇 번이나 그 집에 가봤어? 어?"

그러나 이미 진희의 귀에는 정훈의 잔소리가 그냥 멀리서 들려오는 효과음 정도에 불과했다. 성원이 죽었다는 건 엄청난 쇼크였다. 은조가 제발 한 번만 찾아가라고 했건만 절대 갈 수가 없었다. 자기가 도망가도 어디선가 잘살겠지 라고 생각했는데 은조만 바라보고 그렇게 초등학교 선생으로 살았다는 걸 믿을 수가 없었다. 그런 성원이 죽었다니. 그 사람 인생은 나진희 자기 손으로 망친 거나 다름없었다.

"저 가서 좀 쉴게요."

"뭐?"

이제 정훈이 기도 안 차다는 듯이 진희를 바라봤지만 진희는 그대로 흔들리는 몸을 이끌고 침대에 가 누웠다. 눈을 딱 감으면 새로운 세상이었음 좋겠다는 생각만 들었다. 왜 걔를 낳아서 이렇게 좌불안석으로 살아야 하는지, 그때 성원의 말을 들은 자신을 원망할 뿐이었다.

승제가 회사에 간다고 하고 나갔는데 나간 지 얼마 안 돼 바로 들어오자 은조는 의아했다. 하지만 집에 돌아온 승제의 표정이 밝은 걸 보니 큰일은 아닌 모양이었다. 코트를 받아 거는 은조를 보면서 말했다.

"아버지한테 말씀드렸어."

처음엔 무슨 말을 하나 싶었는데 금세 알아챘다.

"……뭐라세요?"

"뭐, 별말있진 않았는데……."

자세한 얘긴 안 했지만 그의 아버지가 화를 냈을 걸 짐작 못할 정도로 바보도 아니었다. 아들이 어디서 구르다 왔는지도 모르는 여자랑 혼인신고를 했다는데 어떤 아버지가 가만히 있단 말인가. 그리고 그의 아버지를 통해 나 여사의 귀에 들어갔을 테니 나 여사가 출동하는 것은 시간문제였다. 아마도 내일쯤이려나? 애들 학교에서 오기 전일 테니 늦어도 열두 시 삼십 분 이전엔 오겠지.

"몸은 좀 괜찮아?"

"네? 저요?"

"아까 아침 먹는 거 보니 새모이처럼 먹던데 소화가 잘 안 돼?"

그가 그런 것까지 보고 있나 싶어서 순간 움찔했다. 뭔가 이맛살을 찌푸리면서 생각하는 듯한 표정을 지었다.

"입맛이 계속 없어요."

"아직도 그래? 많이 피곤해 보이네. 병원 가보지?"

"네에……."

그러다 퍼뜩 생각이 났다. 생리가 시작될 때도 됐건만 아직 소식이 없었다. 생리 주기가 아주 정확한 편도 아니긴 했지만 계속되는 미열과 식욕저하가 걸렸다. 그래, 내일 병원에 다녀오는 거다. 확인하러. 병원에 갔다 오면 기다리다 잔뜩 열이 오른 나 여사가 와 있겠지.

"언제 갈 거야?"

그가 다그치듯 말했다.

"애들 학교 보내고서 갈게요."

"꼭 가."

"네."

그리곤 별다른 말이 없었다. 그래도 결혼이라고 혼인신고 하고 달라진 게 뭘까. 이제 예린, 예은이 새엄마라고 부른다거나 전처럼 몰래 침대에서 빠져나오지 않아도 된다는 게 달라진 정도랄까. 아무래도 전부터 일하시던 아주머니 뵙는 게 좀 민망해진 정도. 하지만 실제로 바뀐 것은 생각보다 많았다. 승제가 갖고 있는 재산에 대해서 꼼꼼하게 알려주기도 했고, 어머니 기일이나 챙겨야 하는 제사, 알아야 할 집안사람들 등을 깔끔하게 파일로 정리해 넘겨주기까지 했다. 전에는 그냥 예린, 예은과 관련있는 정도만 알았는데 이제 집안 전체를 다 알려고 하니 파악하는 데 꽤 많은 시간이 걸렸다.

하지만 무엇보다 많이 달라진 것은 밤 시간을 같이 보낸다는 것이었다. 전에는 침대 밖에선 존재하지 않았던 관계가 새로 만들어지는 것이나 마찬가지였다.

침대에서 일어나기도 힘든지 지쳐 보이는 얼굴을 승제가 바라보더니 작은 한숨을 쉬었다. 누워 있으라고 해도 끝내 일어난 은조는 평소처럼 예린, 예은을 통학버스에 실어 보냈다. 승제는 출근하면서 병원에 꼭 가보라고 신신당부를 하고 출근길에 올랐다.

은조는 침대에 눕고 싶은 마음을 억지로 다잡아 집 근처 가정의학과로 향했다. 예전에 예린이, 예은이 감기 걸렸을 때 몇 번 데려갔던 병원이었다. 의사가 청진을 한 뒤에 은조를 바라보며 물었다. 사십대 초반의 여선생이었다.

"마지막 생리가 언제셨나요?"

아버지가 돌아가시기 전이니 한 달 반쯤 된 것 같았다.

"한 달 반 전이요."

의사가 생리 얘기를 언급할 때 짐작했다.

"소변 받아오시겠어요? 간호사가 통 줄 거예요."

잠시 대기실에 앉아 초조하게 기다렸다. 의사가 다시 진찰실로 부르더니 간단하게 말했다.

"축하합니다. 임신이시네요. 지금 초기라서 조심하셔야 해요. 결혼은 하셨나요?"

은조가 고개를 작게 끄덕이긴 했지만 예상하지 못한 소식에 어떤 표정을 지어야 할지 몰라 멍해졌다.

"산부인과 가셔서 정식으로 검진 받으셔야 돼요. 보니까 안색도 안 좋으신 게 좀 쉬셔야 할 것 같네요."

결국 근처 산부인과에 들러 다시 검사를 받았다. 초음파로 아기가 제대로 자리 잡은 걸 확인했다. 아직 납작한 이 뱃속에 아기가 있다니. 뭔가 작은 게 움직이고 있는 듯한데 자기 뱃속이란 게 실감이 나질 않았다.

"너무 마르셨네요. 게다가 초기에 입덧이 있으면 빈혈로 힘드실 것 같은데."

생각지도 못한 소식에 은조는 그대로 굳어버렸다.

"결혼은 하셨어요?"

너무 앳된 은조 얼굴을 보면서 의사가 살피듯 물어왔다. 은조는 가만히 고개를 끄덕였다.

"그럼 낳으실 건가요?"

의사가 무심하게 기계적으로 말했다. 은조는 거기에 어떤 말도 할 수가 없었다. 그건 자기 혼자 결정할 일이 아니었다.

집에 오자마자 전화벨이 울렸다.

"여보세요?"

[나다. 어디 갔다 지금 오는 거야? 지금 혼자야?]

"네."

[올라간다.]

이 말만 앙칼지게 하고 나 여사는 전화를 끊었다. 아마도 한참 기다린 모양이었다. 은조는 속으로 쾌재를 부르면서 그녀가 오길 기다렸다. 아무래도 긴장이 되는지 손에 땀을 쥐었다. 전기 주전자 스위치를 올려 차 끓일 준비를 했다. 나 여사는 들어오자마자 바로 소리를 꽥 지를 태세려다가 은조가 아무 말 없이 소파로 안내하자 별수없이 약간 눈치를 보기 시작했다.

"잠시만 기다리세요."

그리곤 부엌에 준비해 뒀던 홍차를 가져와 나 여사 앞에 놓았다.

"내가 지금 차 마시게 생겼니!"

소리를 꽥 지르는 나 여사에게 은조가 찻잔을 놓고 말고 빼꼼 쳐다볼 뿐이었다.

"애가 지금 어디서 눈을 부라려? 도대체 네 아빠는 뭘 가르친 거니?"

그러나 은조는 아무 말 없었다. 말이 없는 은조가 나 여사는 더욱 무서웠다. 애가 지금 무슨 생각하는지 알 수 없어 두려웠다. 분명 자기를 잡으려고 잔뜩 독이 들어가 있는 게 분명했다.

"너 지금 무슨 목적으로 이러는 거야?"

처음엔 달래려고도 해봤다.

"너 아직 젊잖아. 아니, 어리잖아. 그런 애가 뭐가 좋다고 승제 같은 애랑 결혼을 한 거야. 이제라도 물러. 혼인무효소송이라고 있잖니."

역시 변호사 아내라 그런지 주위들은 걸 나열하면서 나 여사가 은조를 설득하려고 들었다.

"말씀 다 끝나셨어요? 저 아시는지 모르겠는데 저희는 혼인무효소송 대상이 될 수 없어요. 그리고 저 그 사람이랑 갈라설 생각 없고요."

"누가 뭐라 해도 너는 내가 낳았어. 너랑 승제는 오누이라고. 그러니 이쯤에서 조용히 물러나! 승제 아빠가 알면 가만있을 것 같아?"

"다행히 제 호적에 어머니 이름은 공란이어서 말이지요, 어.머.님."

은조가 비아냥거리듯 마지막 어머님을 스타카토로 끊어서 말했다. 그러자 가뜩이나 올라갔던 눈이 완전 시뻘게질 듯 불타올랐다. 악을 쓰듯 절규했다.

"네가 원하는 게 뭐야? 너 죽고 나 죽자는 거야! 승제가 알면, 승제 아버지가 알면 가만있을 줄 알아? 넌 내가 낳았다구, 네가 아무리 부정한다고 해도 내가 낳은 걸 어쩌라고 나도!"

그때 문이 달각하고 닫히는 소리가 들렸다. 둘 다 깜짝 놀랐다. 어느새인가 온 줄 몰랐던 그가 현관에 서 있었다. 검은 코트를 걸친 훤칠한 승제는 무표정하게 현관에 서 있었다. 저승사자처럼 서 있는 승제를 보고 두 여자 다 입만 벌리고 아무 말도 하지 못했다.

창백하다 못해 납빛처럼 된 그의 얼굴은 그가 받은 쇼크를 여실히 보여줬다. 하지만 그 순간에도 그는 침착했다. 금속 프레임 속의 눈은 매서워서 겨울의 칼바람보다 더 시렸다.

초인종을 누르려다 요즘 몸이 안 좋아서 병원에 다녀온다던 게 생각이 나서 키패드를 열고 패스워드를 누르고 들어왔다. 그런데 집 안에서 생각지 못한 목소리가 들려왔다. 그리고 승제는 현관에서 모조리 듣고 말았다.

"그만 가시는 게 좋을 것 같네요."

그러자 창백해진 낯으로 그 여자가 후다닥 가방을 들고 현관으로 향하다 뭔가 생각난 듯이 그의 눈치를 보았다.

"오늘 일……."

"나중에 얘기하시죠."

그 말에 더 아무 말도 못하고 그녀가 가버렸다.

표정 없이 가면이라도 뒤집어쓴 사람처럼 침착하게 있는 그가 더 두려웠다. 아무렇지 않게 넥타이를 헐겁게 하고 재킷을 침대에 던지더니 냉수를 한 잔 따라 들이켰다. 그리곤 얼굴을 내려다보며 말을 했다.

"이렇게 된 건지 설명해 봐."

단지 그 말뿐이었는데도 재판석에 선 죄인처럼 가슴이 떨려왔다.

"할 말 없어?"

입이 달싹거리긴 하는데 말이 되어 나오지 않았다. 갑자기 그가 등을 돌리더니 소리를 버럭 질렀다.

"무슨 일인지 설명하라고 했잖아! 그래, 그럼 간단하게 묻지 저 여자와 어떤 관계야?"

더 여기서 무슨 말을 해야 하는 걸까.

"생물학적 어머니예요."

그 말에 그가 컵을 으스러질 것처럼 쥐더니만 다시 부엌에 가서 물을 한 잔 벌컥 들이킨 뒤에 돌아왔다. 성처럼 꼿꼿하게 선 그와 대면하는 것은 힘든 일이었다.

"알고서 내 집에 들어온 거지?"

"네."

은조는 이 순간이 빨리 지나가기만 바랐다.

"왜? 그 여자가 시키던가?"

"아니요. 그 여자가 당황하는 게 보고 싶었을 뿐이에요."

은조는 담담했다. 이렇게 들킨 게 속 시원하기까지 했다. 이제 막장이었고 원하던 대로 됐다. 그런데 왜 마음은 이렇게 우울하고 세상이 끝난 거 같지…….

"그럼 왜 나랑 결혼한 거지?"

"그 여자가 싫어하는 게 보고 싶었어요! 태어난 지 한 달도 안 된 어린 딸 버리고 도망가 당신 아버지 정부로 들어앉은 그 여자가 몸을 떨면서 싫어하는 게 보고 싶었을 뿐이라고요!"

소리 지르다시피 마음속에 담아뒀던 말을 말해 버렸다.

"그럼, 나는 뭐야?"

그가 갑자기 냉정을 되찾고 속삭이듯 말했다. 갑자기 몇 살은 늙어 보일 정도로 피곤해 보이는 그의 얼굴을 보자 죄책감이 물밀듯 밀려왔다. 지난 몇 달 동안 눈감아왔던 그런 죄책감이었다.

"어차피 당신도 무죄는 아니잖아요?"

그 말에 그가 고개를 돌려 버렸다.

"어차피 당신과 나 사이에 섹스밖에 더 있나요!"

은조가 화가 나서 생각도 안 하고 소리쳐 버렸다. 그의 긴장한 턱 근육이 움찔하는 게 보였다. 분노로 단단히 뭉쳐진 그의 어깨도. 자신의 분노에 눈이 덮여 그의 분노는 안중에도 없었다.

"원하면 이혼해 줄게요. 아주 순순히 물러나 드리죠."

"누구 마음대로? 내가 당신 놔줄 것 같아?"

그가 한걸음에 다가와 손목을 낚아챘다.

그가 차라리 화라도 냈음 좋을 텐데 그의 냉정함이 싫었다. 그는 화를 내지도 않고 죄인을 취조하듯 제삼자를 대하듯 질문을 던질 뿐이었다.

"더 이상 건드리지 않는 게 좋을 거야."

"여기서 내가 더 무서울 게 있나요?"

은조가 막나가자 그도 더 이상 참을 수 없었는지 한걸음에 다가와 그대로 손목을 움켜쥐었다.

"당신이 얼마나 잘난 인간이어서 다른 사람을 정죄할 수 있는지 잘 모르겠지만, 어차피 당신도 그 여자 피를 이어받지 않았던가? 당신 몸속에 흐르는 피의 반이 어디서 왔는지 본인이 더 잘 알잖아!"

그가 낮게 으르렁거리는 소리로 말하면서 쥐고 있던 손목을 탁 놔버렸다.

이 사람에겐 죄가 없었다. 그 여자를 괴롭히려고 그의 가정에 들어와 도구처럼 이용했다. 순간 숨어 있던 양심이 머리를 들었다. 그가 자기 몸을 탐할 때 떳떳할 수 없었던 건 다른 아닌 이 집에 들어온 이유 때문이었다. 언제나 순수한 척 고결한 척하고 있었지만, 자기 역시 죄인인 건 마찬가지였다.

그때 갑자기 머리가 어질어질해지면서 자기 앞에 등을 돌린 승제가 아른아른거리기 시작했다. 그리고 은조는 정신을 잃었다.

일어났을 때는 해기 진 뒤인지 두꺼운 커튼 때문에 시간을 알 수 없었다. 침대 옆 테이블의 사이드 조명만 켜져 있었다. 어두컴컴한 방에서 승제가 테이블 앞에 앉아 물끄러미 자신을 내려다보고 있었다.

"몸은 좀 괜찮아?"

은조는 말이 없었다. 할 말이 없었다. 창백해서 핏기 없는 얼굴이 들어왔다. 그러나 그 눈은 승제를 보지 않았다. 멍하니 허공만 바라보고 있는 은조 눈에 승제는 보이지 않는 듯했다. 땀에 젖은 이마의 보송한 솜털을 훑으며 승제가 말했다.

"어디 불편해? 앰뷸런스 부르려다가 특별히 이상 없는 거 같아서."

"몇 시예요?"

"예린이, 예은이는 자기네 방에서 숙제하고 있어. 걱정하지 마."

그가 은조의 생각이라도 읽기라도 했는지 답해줬다.

"병원에서 아직 안 돌아온 줄 알고 문을 따고 집에 들어온 거였어."

병원이란 단어에 갑자기 돌아가지 않던 머리가 가동되기 시작했다. 아아아, 그에게 그 소식을 어떻게 전해야 할지.

"병원에 갔다 왔어?"

그는 지극히 냉정했다.

"네……."

여기서 더 몰아붙였다간 더 안 좋을 듯했다. 승제 역시 묻고 싶은 게 많았다. 하지만 이 작은 새를 영원히 잡아두려면 이 수밖에 없었다.

"뭐래?"

그는 은근히 기대했다. 만일 아기가 생긴 거라면, 그의 기대처럼 된 거라면.

"……육 주 됐대요."

"그런 것 같았어."

그 말만 하고 남자는 더 말이 없었다.

"집 근처에 다닐 만한 병원 있어? 내일 큰 병원이라도 가지?"

"아기는 잘 자리 잡아서 괜찮대요."

그는 처음부터 임신이라고 짐작하고 있었나 보다. 아마 그래서 자기와 결혼한 거겠지? 그렇지 않고서야 은조 같은 여자랑 왜 결혼 같은 걸 할까. 아주 잠깐이지만 좋은 꿈을 꾼 것 같았다. 짧았지만 의외로 믿음직한 남자의 등에 기대어 있는 게 편안했다. 그러다 뱃속에 있는 새로운 생명에 대해 생각이 났다. 기쁜 소식이었는데 그 여자의 등장으로 모든 게 엉망이 돼버렸다. 처음부터 잘못 끼운 단추였지. 이제 원하던 대로 됐는데도 허탈하기만 했다. 왜 이렇게 마음이 빈 것같이 허전하고 슬픈 걸까.

"원하는 대로 해드릴게요. 당신한테 어떤 나쁜 마음 품은 적은 없어요."

"뭐? 어떤 나쁜 마음 품은 적은 없는데 결혼을 했단 말이지?"

그는 아까의 냉정한 분노와는 비교도 안 될 정도로 화가 나 있었다. 그가 침대로 와 그대로 은조의 손목을 낚아채더니 자신의 가슴으로 끌어들였다. 그리고 고개를 돌려 얼굴을 피하려는 은조의 얼굴을 잡아 자신을 쳐다보게 했다.

"난 말이지. 나쁜 마음 품은 적은 없다고 말하는 여자와 결혼을 했단 말이지. 그런데 내가 그 여자와 결혼한 건, 그 여자가 내 가려운 부분을 긁기 때문이야. 내가 당신 몸을 좋아하는 걸 감사하게 여기라고. 안 그랬으면 가만두지 않았을 테니까."

그러더니만 바로 입술을 겹쳤다. 잔인한 입맞춤에 은조가 놀라서 숨을 들이키며 얼굴을 돌리려 했지만 될 리가 없었다. 난폭한 입맞춤에 입술이 부딪치면서 찢어졌는지 피맛이 느껴졌다. 피맛이 혀에 느껴지는 순간 웬일인지 구역질이 갑자기 올라왔다. 순간 사색이 된 은조가 절박하게 몸부림을 치면서 그에게서 떨어지려 했다. 그러나 그는 움켜쥐고 있는 손목을 놔줄 생각도 안 하고 점점 손아귀에 힘을 줄 뿐이었다. 결국 힘이 빠진 은조가 반항을 포기하는 순간 그가 힘을 풀었고, 그가 잡을 새도 없이 그대로 욕실로 달려가 변기를 잡고 그대로 토했다.

먹은 게 얼마 없어 그런지 쓰디쓴 위액까지 토해낸 은조가 겨우 세면대에서 얼굴을 씻고 일어날 때까지 그가 옆에서 지켜보고 있었다. 그의 얼굴을 마주 볼 수가 없었다. 그가 비틀거리는 은조의 얼굴을 수건으로 닦더니만 바로 부축해서 침대로 데려가 눕혔다.

"나도 지금은 당신 얼굴 보고 싶지 않아. 지금 내가 어떻게 할 생각 없으니 맘 놓고 쉬어."

그 말을 한 승제가 문을 닫고 나간 뒤에 은조는 침대에 멍하니 누워 허공만 바라볼 뿐이었다. 울고 싶은데 눈물은 나오지 않았다. 그때 문이 빼꼼 열리더니만 예린이와 예은이가 들어왔다. 두 소녀가 정말 걱정을 많이 했던 모양이다.

"고모, 괜찮아?"

"응, 고모가 좀 아픈 것뿐이야."

아직 새엄마라고 부르기 낯선지 예린, 예은은 고모라고 부르고 있었다. 예은이는 겁이 난 모양이었다. 고모가 엄마처럼 두고서 가버릴까 봐서. 애들 앞에서 화난 모습을 보여주고 싶진 않았다.

"고모, 많이 아파?"

"아니, 고모가 열이 좀 나서 그렇지 많이 안 아파."

"고모, 있잖아. 나……."

예은이가 고모 없는 동안 한 걸 얘기하려 하자 예린이가 동생 손을 잡고 끌었다.

"아빠 말 못 들었어? 고모 아파서 쉬어야 한댔잖아. 나가자, 예은아."

애들이 나갔다. 머리맡의 물을 마시자 너무 피곤해서 도로 자고 싶었다. 넓은 승제 침대에 이렇게 혼자 누워 있어본 적은 없었다. 언제나 옆에 승제가 있었지. 사실 지금 누군가의 체온이 그리웠다. 넓은 어깨에 기대 울고 싶었다. 아직도 가슴은 시커멓게 타는 것같이 아팠다. 누구에게도 제대로 말 못했던 그 상처들이 무겁게 다시 자리 잡는 듯한 고통에 흐느끼지도 못하고 밤을 새고 말았다.

그날 결국 승제는 은조 옆에서 자지 않았다. 나중에 서재에 가니 이불이 깔려 있는 게 눈에 들어왔다. 한숨을 쉬면서 이불을 접어서 장 안에 집어넣었다.

평소와 같이 저녁때쯤 들어온 승제는 그다지 말이 없었고 은조와의 접촉은 여전히 피하는 눈치였다.

승제는 서재에 멍하니 의자에 기대어 눈을 감았다. 현실을 외면한 채 눈을 뜨고 싶지 않았다. 귓가에는 무의식중에 틀어놓은 음악이 와서 부딪치지만 전혀 듣고 있지 않았다. 그때 자기가 조금만 더 늦게 왔더라면, 은조가 차라리 먼저 얘기했더라면 이런 생각만 들었다. 은조가 원망스러울 뿐이었다.

무얼 해야 할지도 알 수 없고, 한 치 앞도 알 수 없었다. 게다가 무엇보다 상처받은 그 분노에 그는 쓰디쓴 가슴을 억눌러야 했다. 하지만 더 비참한 건 그럼에도 불구하고 그녀를 놔줄 수 없는 자신의 한심한 모습이었다.

이미 임신한 은조를 내칠 수도 없고, 그 여자의 딸을 그대로 집안에 들일 수도 없었다. 게다가 자신을 복수의 도구로 이용당했다는 쓸쓸함과 배신감에 머리를 쥐어뜯고 싶었다. 아무것도 손에 잡히질 않았다. 은조는 은조대로 방에 틀어박혀 나오지 않았다.

은조가 분명 나 여사와 뭔가 관계가 있는 것을 알았지만 다 극복해 낼 수 있을 줄 알았다. 하지만 막상 그 비밀을 알았을 땐 그 무게감과 분노에 흔들리고 말았다.

지금 조금만 더 냉정하게 생각해 보자.

그는 우은조를 좋아했다.

그는 무엇을 두려워하는 걸까? 아버지? 나 여사?

그가 두려운 것은 은조의 본심이었다. 그녀가 단순히 복수 때문에 그와 결혼을 허락한 걸까. 거의 강간하다시피 안고 몇 달에 걸쳐 정신적으로 괴롭힌 그와?

결국 그도 은조에게 못할 짓을 한 것은 피차 마찬가지였다. 과거에 결혼 생활이 어떻게 깨졌는지 생각하자 순간 아무것도 두려울 게 없었다. 이 사람만 있으면 세상을 다 얻은 것 같은 그런 기쁨도 있었고 같이하는 미래가 얼마나 아름다울지 확신하지 않았던가.

솔직하게 말하고 얘기를 해본다면 뭔가 길이 보이겠지. 만일 은조가 그와 계속 같이 살기를 거부한다고 해도 지금 은조 뱃속에 있는 아이를 위해서라도 뭔가 대책을 세워야 했다.

그는 우은조에게 절대 결백한 희생자가 아니었다. 가해자이고 과거에 그의 부인을 거의 죽음으로 몰아넣은 무심한 남편이기도 했다.

이런 생각을 하자 조금 마음이 가벼워졌다. 은조가 상을 당해 집을 비웠을 때 어떤 결심을 했었던가. 말도 못하고 그냥 지나갈 바에야 그냥 말하는 게 낫다고 생각하지 않았던가.

이런 생각을 하는데 갑자기 노크하는 소리가 들리고 은조가 들어왔다. 문 앞에 서 있는 은조와 눈이 마주치자 은조는 고개를 돌려 피했다. 그리곤 책상으로 다가와 그 앞에 앉았다. 한참 말 없이 움켜쥔 주먹만 뚫어지게 바라보다 힘들게 입을 열었다.

"미안해요."

"뭐가?"

그 말에 승제가 쓴웃음을 지었다. 자기가 이 여자에게 못할 짓을 많이 한 건 알았지만 욕심을 부리는 건 또 다른 문제였다. 본인의 추악한 이기심에 쓴물이 올라올 정도였다. 하지만 잡고 싶었다. 애들을 위해서가 아니라 자신을 위해서. 지금 이 작은 새를 놓치면 다시는 인생이 돌아올 거 같지 않았다. 그 지겨운 회색빛 나날들. 무얼 위해 살고 있는 걸까 일부러 무시하며 살았던 날들.

"이렇게 될 거라고 생각한 건 아니었어요."

"알아."

그 사람은 평소처럼 짤막하게 말했다.

"왜 화 안 내요?"

"왜 화 안 내냐고?"

그가 잠시 입가에 쓰디쓴 미소를 지었다. 자조적인 중년 남자의 웃음이었다. 갑자기 늙어버린 듯한 그녀의 남편을 바라보았다. 그는 잠시 아무 말도 안 하고 가만히 있다 큰 결심이라도 한 듯 갑자기 말을 쏟아내기 시작했다.

"예린이, 예은이 엄마…… 우울증에 알코올 중독이었어. 예은이 뱃속에 있을 때부터 술 마시기 시작했던 것 같아. 그래서 내가 예은이의 건강에 그렇게 신경 쓰는 거고. 예은이 낳고 우울증이 심해져서 술 마시고 고속도로로 운전하다 사고가 나서 죽었지. 애들은 전혀 몰라. 예린이만 약간 기억할 뿐이야. 난 그때 학교에서 학위 받는 데만 신경 쓰느라고 예린이 엄마가 그렇게 되는 것도 전혀 몰랐지."

은조는 생각지도 못했던 얘기에 눈을 동그랗게 떴다.

"한동안 애들 보기도 무서웠어. 그 사람 생각이 나서. 그래서 애들 내팽개치고 일에만 몰두했더니만 어느 날 보니까 애들은 애들대로 엉망이고, 나는 나대로 엉망이더라고. 그래서 잘해보고 싶었어. 그래서 당신 고용한 거였지. 난 나이도 무척 많고, 달려 있는 혹도 두 개나 되고, 돈밖에 없는 늙은 남자야 이제. 돈밖에 당신한테 줄 수 있는 것도 없어."

"지금 그런 얘길 왜 하는데요?"

"어차피 나도 제대로 된 인간이 아니란 얘기야. 어차피 직업이 남 설득하고 법 피해서 나쁜 짓 하는 것인 정말 속된 말로 찌질한 남자야. 좋아하는 여자한테는 막상 말로 못하고 원시 시대처럼 덮치거나 했지. 당신 좋아해, 당신이랑 함께 있고 싶고. 그래, 이 말 하는 게 왜 그렇게 힘들었나 몰라. 그동안 내가 무척 괴롭혔겠지. 나도 알아, 안다고. 그런데 나도 내가 뭘 원하는지 인정하기까지가 무척 힘들었어. 이제야 비로소 당신한테 본심을 말할 수 있어. 난 당신을 사랑하는 거야. 그런데 난 죄인이거든. 내가 아무리 변호사로 나 자신을 변호하려고 해도 판사인 당신 입장에서 생각해 보면 용서 안 될 것 같아. 그런데도 나는 당신 없으면 안 되거든. 그래서 이런 얘기도 횡설수설 늘어놓는 거야."

그는 진지하게 말을 늘어놓고 있었다. 분명 근사한 말로 변명을 했으면 그 자리에서 박차고 일어나 나가 버렸을 테지만 그가 횡설수설하면서 무슨 말을 해야 할지 몰라서 당황해하고 있었다.

"지금 당장 용서하란 말 같은 건 나도 차마 못하겠다. 나는 당신이 내 자식을 낳아줬음 좋겠고, 행복하게 키워줬음 하는 이기적인 남자야."

거기까지 말을 쏟아 부은 그는 그녀를 바라보았다. 은조는 묵묵히 서서 어떤 반응을 해야 할지 몰라 그냥 물끄러미 바라볼 뿐이었다. 그때 승제가 다가 은조의 손을 잡고 시선을 마주했다.

"사랑해. 그래, 당신을 사랑해."

그 말에 은조가 흠칫했다.

"경제를 질투했어. 내가 한참 아래인 사촌동생을 질투해서 그놈한테가 아니라 당신한테 성질 부리고, 화내고, 짜증 부리고. 당신은 한마디 변명도 안 했지. 그게 더 화가 났어. 이성적으로는 당신한테 다가가선 안 된다고 하는데 마음은 아니더라. 그래서 더 힘들었어. 그러다 결국엔 나중에는 컨트롤이 안 됐고, 그러다 보니 나도 막나갔어. 여기서 더 변명하면 더 화만 나겠지?"

말라비틀어진 입술을 열어 탁자에 있는 물을 한 모금 마시고 내려놓았다. 판사에게 자비를 구하는 죄인처럼 그가 간절하게 바라봤다. 분명 그가 자기에게 몹쓸 짓한 건 알고 있었다. 하지만 그럼에도 불구하고 자기도 끌리지 않았던가. 그가 자신을 돌아봐 줬을 때 마음 한구석에서 은근히 기뻐했던 걸 본인도 알지 않던가. 예쁜 얼굴, 풍만한 몸매를 원망하면서도 그가 자신을 여자로 봤을 때 느꼈던 희열을 분명 은조 자신도 알고 있었다.

자신 역시 순수하지 않았다. 그래서 그에게 안 된다는 말을 할 수가 없었다. 처분을 바라고 있는 죄인처럼 묵묵히 승제가 서 있었다.

"모르겠어요. 아무것도 모르겠어요."

은조가 혼란스럽다는 듯이 고개를 흔들었다. 어린아이가 뭔가 복잡한 걸 생각하듯이. 그 말에 다시 우울해졌다.

"내가 당신이랑 결혼한 건 당신가 좋아서이고, 당신이랑 함께이고 싶고, 놓치면 후회할 거란 생각이 들어서였어. 내가 비인간적으로 굴었던 걸 참회할 기회를 달라는 것이기도 하고."

은조가 허공을 바라보다 고개를 돌렸다. 지금은 아무것도 생각하고 싶지 않았다. 너무 지쳐서 앉아 있는 것조차 피곤했다.

"나중에 네 생각이 정리되면 얘기해."

"그래요."

그 말을 하고 침대로 돌아와 다시 누웠다. 왠지 잠이 조금 올 것 같았다. 계속 머릿속에는 '사랑해'라고 그가 속삭이던 소리만 울려 퍼지는 듯했다.

자다 깨서 옆에 놓인 물컵에서 물 한 잔을 마셨다. 잠도 더 오지 않는데 몇 시나 됐나 시계를 보니 새벽 한 시였다. 어질어질한 와중에도 일어나 앉았지만 마땅히 뭘 해야 할지 알 수 없었다. 이제는 익숙해진 승제의 방. 방에 가서 책이나 한 권 빼올 심산으로 내려갔다. 그러다 한구석에 챙겨온 아버지 짐가방이 놓여 있는 게 보였다. 아버지 짐은 얼마 없었다. 병원에 있는 책 몇 권 정도. 가방을 열어 몇 년 동안 보시던 손때 묻은 성경책을 꺼냈다. 이거라도 잡고 있고 싶었다. 무심코 넘기는데 아버지가 책갈피를 껴놓은 페이지가 펼쳐졌다.

〈내가 사람의 모든 말과 천사의 말을 할 수 있을지라도, 내게 사랑이 없으면 울리는 징이나 요란한 꽹과리가 될 뿐입니다. 내가 예언하는 능력을 가지고 있을지라도, 또 모든 비밀과 모든 지식을 가지고 있을지라도, 또 산을 옮길 만한 모든 믿음을 가지고 있을지라도, 사랑이 없으면, 아무것도 아닙니다.〉

그 글귀를 보는 순간 흐느낌이 터져 나왔다. 그렇게 울었건만 아직도 울 수 있다는 게 신기했다.

"아빠, 아빠."

딸에게 마지막 유산이라도 남기듯이 아버지가 마지막으로 보다 가신 그 구절을 보면서 은조는 계속 울 수밖에 없었다. 〈사랑이 없으면……〉 아버지는 은조에게 줄 수 있는 최선의 것을 주셨다. 돈, 명예, 명성 이런 게 아니라 〈사랑〉이라는 귀중한 보물을. 그런데 자신은…… 그래서 은조는 아버지가 유언처럼 마지막으로 남긴 구절을 붙들고 페이지가 흠뻑 젖도록 눈물을 흘렸다.

은조가 깬 것 같은 기척에 방에 들어갈까 말까 고민하던 승제는 은조가 아래층에 내려가 한참 동안 올라오지 않아 내려와 찾아보았다. 은조가 전에 쓰던 부엌 옆 방에서 희미하게 불빛이 새어나오는 걸 보니 그 방에 있는 모양이었다. 방문 앞에 섰을 때 방에서 격한 울음소리가 들리자 승제가 문을 열고 들어왔다. 방에서 괴로워서 어쩔 줄 몰라 하며 우는 은조를 보고 승제가 걱정이 됐는지 다가와서 어깨를 감싸 안았다.

은조는 그의 품에 안겨서 계속 울었다. 울어도 울어도 왜 이 눈물은 그치지 않는 걸까. 아버지의 말이 귓가에 울리는 듯했다. 〈은조야, 사랑하고 또 사랑해라〉라고 말하는 것 같았다. 고슴도치처럼 성나서 언제나 사람을 찌르려는 태세로만 사는 그 딸이 안쓰럽고 또 안쓰러워서 〈사랑하고 용서하라〉고 하시는 것 같았다. 그래서 더 가슴 아프고 마지막까지 딸만 걱정한 그 아버지에 대한 사랑에 은조는 몸부림을 치며 울며 웃었다.

은조가 어느 정도 진정이 되자 승제가 걱정스럽게 물어왔다.

"괜찮아?"

은조는 그제야 진실을 볼 수가 있었다. 승제는 남자로서의 얼굴이 아니라 한 사람으로서 은조에게 말을 건네고 있었다. 그러나 은조는 흘러내리는 눈물로 그걸 제대로 볼 수 없었다. 가혹한 진실에, 자신을 망치고 있던 건 자신이라는 깨달음에 어쩔 줄 몰라 하며 서서 눈물만 흘릴 뿐이었다.

이 남자는 그런 사람이었다. 감정을 표현할 줄 몰라서 그런 수줍음 모습 보여주는 게 낯설어서 사랑하는 법을 몰라서 법을 모르고, 그런 사람을 다독이며 사랑을 가르쳐 주지 못한 것도 자기에게도 책임이 있었다.

언제나 밤이 오고 새벽이 오고 아침이 오고 있었는데 그걸 모르고 있던 것은 은조뿐이었다. 자신 속으로 침잠해 들어가면서 아침이 오는 사실을 거부하고 있던 것이었다. 매일같이 해가 뜬다는 사실을 새삼 안 것처럼 새로웠다.

그를 사랑해선 안 되는 이유도 없었고, 그를 사랑하지 말라는 법도 없었다. 왜 그를 무턱대고 미워만 한 걸까. 그가 그동안 자신에게 말이 아니라 행동으로 사랑을 보여주고 있었건만 거절만 한 것은 자신이었다. 이제 여기서 어떻게 뭘 해야 하는 걸까. 아버지 말마따나 사랑해야겠지.

눈물이 가득 고인 얼굴로 은조가 속삭였다.

"사랑해요."

그 말을 하자 또 눈물이 가득 고여서 터져 나왔다. 그 말을 들은 승제의 표정이 일그러지더니 격하게 은조를 안았다. 그리고 품에서 놓아주지 않았다. 뭔가 머리카락에 뜨거운 것이 떨어져 옷을 적시는데 그게 자신의 눈물이 아니라는 것만 알 수 있었다.

뭔가 승제가 할 말이 많은 듯한 하지만 벅차오르는 감정 때문에 아무 말도 하지 못한 채 은조를 바라보았다. 그런 승제가 좀 부끄럽다는 듯이 자신의 눈물을 닦았다. 그리고 부드러운 시선으로 그녀를 응시했다. 이 사람이 이렇게 따뜻한 미소를 지었던가. 이렇게 눈으로 많은 얘기를 건네고 있었던 걸까. 왜 자긴 맹인처럼 그걸 몰라봤을까. 언제나 험한 소리를 잔뜩 하면서도 막상 어렵거나 힘든 일이 있을 때마다 승제가 도와줬다. 맹목적인 불신과 미움으로 가득 찬 우은조가 그냥 밀어내고 있고 못 본 척하고 있었을 뿐.

"그렇게 보지 마요."

은조가 왠지 낯부끄러워져서 고개를 슬며시 돌렸다.

"왜?"

"그냥요."

그는 은조가 왜 그러나 싶어서 옆으로 오히려 머리를 가져가 다시 눈을 맞추곤 눈가에 주름이 잡힐 정도로 활짝 웃었다.

"왜 그러는데?"

"그렇게 자꾸 보지 마요. 차, 창피하단 말이에요."

몇 달 동안 자신과 한침대를 쓰고 지금 뱃속에 아기까지 담고 있는 여자가 창피해하고 있었다. 그가 그 말에 힘을 얻은 듯 얼굴을 치울 생각도 안 하고 뚫어지게 바라봤다. 그러더니 이마에 키스를 살며시 했다.

"하나님이 너를 축복해 주셨음 좋겠어. God Bless you."

그러더니 바로 입술을 포개었다. 처음 하는 입맞춤처럼 가슴이 두근거렸다. 부드럽게 다가온 입술은 보드랍게 윗입술 아랫입술을 할짝거렸다. 결국 조급해진 은조가 작은 혀를 내밀어 그의 입술을 건드릴 찰나 갑자기 그의 혀가 은조의 입술을 휘감았다.

어느 순간 그녀의 입술을 점령한 그의 혀가 자기 입이라도 된 양 온 입 안을 헤집고 그의 음흉한 손이 어느샌가 가슴에 올라와 있는 걸 발견했다. 온몸이 계속될 자극을 바라듯이 부드럽게 이완하는 그 찰나, 그가 갑자기 입술을 떼고 손을 내리더니 한숨을 푹 쉬는 것이었다. 그의 목에 매달려 있던 은조가 감고 있던 눈을 뜨고 의아한 듯 그를 바라보았다.

이건 그가 생각하던 코스가 아니었다. 이렇게 여기서 또 안으려고 한 게 아니었다고! 그런 그를 은조가 계속 바라보자 그가 이맛살을 살짝 찌푸리며 어깨를 으쓱했다.

"미안, 이러던 게 아닌데 말이지."

"그냥 평소 사시던 대로 사세요, 임 변호사님."

은조가 그의 콧잔등에 살짝 키스를 한 뒤에, 귀에 속삭이자 그가 몸을 부르르 떨면서 그의 단단해진 하체 쪽으로 몸을 끌어당겼다. 배에 그의 뜨거운 남성이 느껴졌다.

"내가 전생에 나라를 구했나 봐?"

"네?"

"아니, 지구를 구했나?"

"갑자기 무슨 소리예요, 그게?"

"그렇지 않고서야 이렇게 예쁜 부인과 갑자기 있는지도 몰랐던 정력 같은 걸 새삼 알게 될 리가 없잖아."

그의 능글능글한 대화에 은조가 어이없어했다.

뜨거운 시간이 지나고 그의 단단한 팔을 베고 누워 있을 때 위에서 그가 말을 걸었다.

"어떻게 할래? 아버지한테 사실대로 말하고 미국으로 가버릴까?"

그는 생각보다 느긋했다. 사실 은조는 이게 발각될 때 그가 어떤 행동을 취할지 알 수 없었다. 아무래도 재산 때문이라도 그는 아버지에게 연연하지 않을까 싶었는데…….

"줄행랑치자고요?"

"응. 난 상관없어. 나 뉴욕 시 변호사 자격증 갖고 있거든."

그가 자랑이라도 하듯 말했다.

"어이구, 잘나셨어요."

은조 기분도 조금은 가벼워졌다.

"농담 아니야."

그가 은조의 뺨을 톡톡 치면서 마냥 귀엽다는 듯이 바라보고 있었다.

"이제 애가 셋에 당신까지 있으니 열심히 벌어야겠는걸. 뭐, 미국은 변호사로 먹고 살기 좋은 편이니까 너무 걱정하지 마."

"정말 갈 거예요?"

"봐서."

그는 자신만만했다.

"뭘 봐서예요."

"아버지 하는 거 봐서 갈 거야. 아버지한테 말씀드려 놨으니까 이제 아버지가 판단하셔야지."

기함 잔뜩 들어간 어린애처럼 굳은 표정을 짓는 그가 조금은 믿음직해 보이기까지 했다.

다음날 승제가 아버지만 따로 집에 불러 은조를 정식으로 소개한 뒤에 같이 저녁을 먹고 둘이 서재에 처박히더니만 긴긴 얘기를 나눈 모양이었다. 새어머니가 아버지와 결혼 전에 낳은 호적에도 안 올라가 있는 딸이라 도덕적인 문제는 있을 수 있었다. 하지만 법적으로 그들은 아무런 관계가 없었다. 남들 입에만 안 올라가게 잘 숨기면 되는 일이었다. 그리고 새어머니에 대해서는 그건 승제가 신경 쓸 부분이 아니었다.

"당신 좀 불편하잖아. 편할 대로 해. 원하면 미국 가고. 아, 무리하면 영국도 가능할지 몰라. 이참에 영국 가서 공부할까? 런던 대학 비즈니스 스쿨이 괜찮다던데."

"나 대학 졸업하고 싶어요!"

은조가 강한 의지를 담아 말했다. 아버지의 소망이었다.

"대학 졸업하고 변호사 될 거예요."

"왜?"

"되고 싶어서요. 당신처럼 로스쿨로 유학도 갈 거고요."

"휴~"

"왜 또 한숨 쉬어요?"

"당신 학비 대려면 허리 휘겠구나 싶어서. 게다가 지금 예린, 예은 학비에 그리고 태어날 애 학비에 생활비에, 돌봐주는 사람도 구해야 돼. 과외 선생도 새로 구해야 돼. 나 정말 회사 못 그만두겠잖아."

"돈 벌어요, 돈."

은조가 반쯤 장난으로 팔을 찰싹 때렸다.

"내가 처음 반했던 우은조라는 사람은 이렇지 않았는데 어쩌다 이렇게 된 거야? 응?"

"우은조 속에 아줌마가 숨어 있었나 보죠."

은조의 천연덕스런 말에 그는 고개를 설레설레 흔들 뿐이었다.

그는 아줌마 우은조가 좋았다. 전에 처음 보았던 그가 손댈 수 없을 것 같았던 아가씨 우은조보다 훨씬 좋았다. 아침에 깨어날 때, 자기 전에 마지막으로 보는 게 우은조인 게 너무 좋았다. 어쨌든 새어머니가 아니었더라면 은조는 이 세상에 없을 터였다. 그런 점에서 새어머니에게 약간은 감사의 마음을 갖게 됐다. 그녀가 없었으면 은조가 이 집에 들어오지 않았겠지. 그래서 과정이 어쨌든지 간에 현 결과에 그는 120% 만족하고 있었다. 우은조 없는 삶은 상상하기도 싫었고, 과거의 그 회색빛 삶에 대해서 1%의 미련도 없었다. 자신의 인생은 그저 우은조 이전과 이후로 나뉘어질 뿐이었다.

행복해서, 너무나 행복해서 세상 누구나 용서해 주고 싶고 이해할 수 있을 것 같을 때, 비로소 그는 사랑의 의미가 어떤 것인지 알았다.

집에 돌아온 정훈은 복잡한 표정이었다. 나 여사는 거실에 소파에 멍하니 앉아 텔레비전을 들여다보고 있었다. 홈쇼핑 채널에서 뭔가 열심히 떠드는데 보고 있는 것 같진 않았다. 그간 보톡스나 주름살 제거 수술로 열심히 가꾼 덕에 확실히 젊어 보였다. 하지만 오늘 보니 이 사람도 늙은 티가 나는구나 싶었다.

승제에게 들은 얘기가 너무 충격적이라 처음엔 할 말을 잃었다. 아무래도 남 보기 그닥 좋지는 않다란 생각도 들었지만 다행히 호적은 깨끗하니 별문제는 없겠구나 라고 그 와중에도 냉정하게 생각했다. 그런 냉정한 자신에게 익숙해진 지 오래인 터였다. 하지만 나 여사를 어떻게 해야 할지 생각하자 머릿속이 복잡해졌다. 집으로 돌아오는 차 안에서 내내 그 문제만 생각하다 결론을 내렸다.

"나랑 잠깐 얘기 좀 하지."

그 말에 나 여사는 올 게 왔구나 라는 표정이었다.

"승제에게 얘기 들었어."

"그래요? 위자료나 잘 챙겨주세요."

나 여사는 심지어 텔레비전에서 얼굴도 돌리지 않고 시큰둥하게 말할 뿐이었다. 몸이 안 좋은지 누렇게 뜬 작은 얼굴이 안 돼 보이기까지 했다.

"거, 사람이 말하면 끝까지 들어. 왜 결론부터 내려."

정훈이 화를 버럭 내자 그제야 고개를 슬쩍 돌려 되레 성질을 냈다.

"왜 나한테 화만 내요?"

"승제네 건드릴 생각 하지 마. 임신했대."

그 말에 나 여사가 충격으로 하얗게 질린 얼굴을 그에게 들이밀었다.

"네? 뭐라고요?"

"임신 이 개월째 들어섰대, 이미."

그 말에 나 여사가 입을 붕어처럼 뻐끔거리며 아무 말도 하지 못했다. 겨우 정신을 차린 나 여사가 갑자기 발톱 세운 고양이처럼 앙칼지게 따졌다.

"왜 화 안 내요? 승제한테 다 들었을 거 아니에요. 왜 화 안 내냐고요!"

"화를 왜 내야 하는데?"

정훈의 냉정한 표정에 진희는 소름이 오싹 돋았다. 전에도 가끔 자신이 낯선 사람과 같이 사는구나 싶을 때가 있었다. 뭘 모르는 사람들이야 남편이 잘생겼지, 돈 많지, 나이가 좀 많은 거 외엔 뭐가 불만이냐 싶겠지.

하지만 그는 한 번도 그녀와 감정을 나눈 적이 없었다. 가끔 소름 끼칠 정도로 냉정한 그의 시선이 두려웠다. 그는 자기에게 관심이 없었다. 그냥 자기는 그의 욕구를 풀어주고 대외용 와이프일 뿐이었다. 그래서 언제나 조급해하고 갈구하며 살았건만. 그는 심지어 화조차 내지 않았다. 밖에서 바람을 피워도 자기한테 돌아올 거라고 믿었지만 실제로 그는 마음 한자락 허락한 적이 없었다.

"그쪽에 찾아가지도 말고, 아는 척도 하지 말고, 일절 연락할 생각 하지 마."

그 말만 한 그는 그냥 서재로 들어가 버렸다. 순간 혼자 거실에 남은 진희는 눈물이 핑 돌아버렸다. 이게 인과응보구나 싶었다. 돈과 명예를 좇아 성원과 은조를 버리고 얻은 이 삶이 그닥 만족스러운 게 아니었구나 그제야 깨달았다. 왜 그렇게 은조를 못살게 굴고 쫓아내려 한 것인지 알아버렸다.

더 좌절스러운 것은 여기서 벗어날 방법도 모르고 벗어날 수도 없고 이대로 쭉 살 것이라는 사실이었다. 그게 못 견디겠고 외롭고 슬퍼서 그만 어린아이처럼 울어버리고 말았다.

La Valse ...epilogue

"**발**을 왜 거기서 내밀어요? 오른쪽으로 빼야지."

은조가 잡고 있는 남편 팔에서 손을 떼면서 마구 잔소리를 늘
어놓자 승제가 인상을 팍 썼다.

"난들 못하고 싶나."

나름 왈츠를 춘다고 드레스를 차려입었는데 남편이 별 호응
을 안 해주자 은조는 기분이 상한 모양이었다. 연말에 애들 맡
겨놓고 간만에 오붓하게 여행 얘기를 꺼낸 것까진 좋았다. 예준
이 태어난 뒤에 정신없이 애 셋 끼고 살았으니 뭔가 휴가고 나
발이고 생각할 여유가 없긴 했다. 아무리 집에 일하는 사람을
들인다 쳐도 쉽게 시간 내기가 힘들었다. 이제 예준이도 제법

커서 돌봐주는 사람이 있으면 떼어놓고 짧은 여행을 다녀와도 괜찮을 것 같았다.

여행지를 생각하다 비엔나 얘기가 나왔다. 그러다 비엔나에 간 김에 대무도회를 가보자, 그럼 왈츠를! 해서 시작한 것까진 좋았는데 그 뒤에 연습은 생각보다 잘되지 않았다.

"내가 마흔 살 넘어 왈츠 같은 거 배워야 돼?"

입이 불퉁 나온 승제에게 은조가 야단이 났다.

"내 평생 꿈이라는데 그거 하나 안 들어주는 거예요? 정말 너무하는 거 아냐? 우리 아빠는 나랑 왈츠 추는 흉내라도 냈는데 남편이라고 있는 아저씨는 말이야."

은조가 잔뜩 삐쳤는지 다다다 하려는 태세가 보이자마자 잽싸가 승제가 태도를 달리했다.

"알았어, 알았어. 내가 잘못했어. 응?"

그러다 은조 입은 드레스를 보자 뭔가 마땅찮았다.

"당신, 이거 입고 갈 거야?"

최근에 효진이랑 나가서 사 왔다면서 자랑한 드레스였다는 게 그제야 기억이 났다. 은조가 나름 거액 썼다고 하면서 슬쩍 눈치까지 봤더랬다.

"왜요? 예쁘죠?"

하면서 한 바퀴 빙 돌자 접시꽃 같은 치마가 좌라락 펼쳐지면서 허벅지까지 드러났다. 승제가 순간 눈을 부릅떴다. 그걸 보는 은조는 슬그머니 마음속으로만 웃었다. 연분홍색 실크 드레스는 가슴 부분이 제법 좀 파여 있었더랬다. 은조가 마음에 들지만 가격이랑 디자인 때문에 망설이자 슬쩍 효진이 귀엣말을 했다. 분명 승제가 이 옷 보면 난리가 날 테니 이 옷 그냥 사라고 했다. 이 참에 드레스 두 벌을 챙기라는 효진의 꾀였다.

"안 예뻐요?"

"안 예뻐."

전에 꽤 볼륨 있던 가슴이 예준을 낳고서 좀 더 커진 것 같다고 은조가 투덜거릴 정도였다. 그 가슴선이 보이자 사실 꽤 자극적이기까지 했다. 가슴 부분에 왜 비즈는 박혀 있어 저렇게 강조하는지. 자잘하게 잡혀 있는 주름 때문에 더 불룩해 보이는 가슴이 갑자기 무지하게 신경 쓰이기 시작했다.

"왜요? 효진 언니는 이게 무지 예쁘다고 했어요."

"안 돼. 절대 안 돼."

"왜요?"

"안 되면 안 되는 줄 알아."

승제가 인상을 팍 쓴다고 이제 물러설 은조도 아니었다.

"그럼 뭐 입고 가라고?"

은조가 슬그머니 운을 때자 그가 표정을 풀었다.

"새 옷 사줄게. 내일이라도 나가자."

"그럼 옷에 맞춰서 귀걸이도 하나 사줘요. 응?"

순식간에 옷이랑 귀걸이까지 뜯어내자, 승제는 할 말을 잃었다. 한두 번 당했나, 도대체 그가 알던 그 순진한 우은조는 어디로 가고 이제 속에 꼬리 아홉 개 달린 불여시가 대신하고 있는 걸까. 역시 사람은 같이 살아봐야 안다더니만. 그런 승제의 한탄을 아는지 모르는지 은조는 왈츠의 스텝 밟는 연습을 혼자 열심히 할 뿐이었다.

흘러내린 긴 머리카락이 어깨에 살짝 닿아 있었고, 깊게 파인 네크라인으로 슬쩍 불룩한 가슴 라인이 보일락 말락 했다. 예준을 낳고 살이 좀 붙긴 했지만 여전히 가느다란 허리를 한껏 조인 듯한 장밋빛 실크 드레스를 입고 은조는 혼자 왈츠를 연습하고 있었다. 10월의 가을 햇살이 후광처럼 은조의 몸에 내리쬐고 있었다.

결혼한 지 어느새 삼 년이 흘러 있었다. 시간이 참 빠른 듯 어떻게 살아왔는지 모른다 싶다가도 은조가 없던 때를 생각해 보면 참 단조롭고 느렸던 것 같은 기억이 들곤 했다. 불과 삼 년 전인데도 마치 백 년 전처럼 느껴졌다. 은조는 그 삼 년 동안 예준이 낳고, 결혼식 치르고, 학교에 복학해서 어느새 졸업까지 하고 요즘엔 고시 준비를 하고 있었다.

처음에 새엄마 소리도 못하던 두 딸은 요즘엔 너무도 자연스럽게 엄마라고 부르고 있었고, 그의 아버지는 주말에 한 번씩 와서 식사를 하고 갔다. 나 여사는 그 뒤 가족 모임 있을 때 외엔 만날 기회가 거의 없었는데 얼마 안 돼 자궁경부암 판정을 받았는데 이미 3기여서 수술도 불가능 상태로, 항암치료도 제대로 못 받고 세상을 떠났다.

너무나 복에 겨워, 처음엔 자다가도 불안한 맘에 몇 번을 깨서 옆에서 자고 있는 은조 얼굴을 만지고, 확인했다. 이제 은조 없는 삶은 기억조차 잘 나지 않은 과거일 뿐이었다. 사랑스런 부인, 깜찍한 두 딸들, 귀여운 아들까지 모두 가진 그는 이제 더 바랄 게 없었다.

　임승제는 너무 행복해서, 가끔 꿈인 것 같은 행복감 속에서도 이렇게 한참 어린 부인에게 구박받고 가끔 드레스랑 귀걸이까지 뜯기면서도 너무 행복한 애처가의 삶에 도취돼 있었다.

...작가후기

〈제인 에어〉와 〈키다리 아저씨〉를 재미있게 읽었던 비뚤어진 어른
의 판타지.

〈제인 에어〉의 로체스터는 강요된 결혼으로, 여자도, 사랑도 믿지 않
는 재산만 있는 중년 남자였습니다. 전 여자의 딸을 위한 가정교사로 제
인 에어를 들이면서 그는 아무것도 기대하지 않았지만 그녀가 그의 인
생을 바꿔 버렸지요. 〈키다리 아저씨〉의 저비스 펜들턴은 키만 큰 어른
에 고집불통이었고 재미로 후원하던 고아소녀에게 푹 빠져 버려서 역시
독신을 포기하고 결혼하게 됩니다.

저는 이런 스토리를 아주 좋아합니다. 사랑을 믿지 않았던 남자들이,
아름다운 것도 아닌 어떻게 보면 평범한 여자에게서 사랑을 발견하는
것 자체가 얼마나 놀라운 일일까요. 불가능할 것처럼 보이는 관계에서
사랑이 피어난다면 그것이 기적이지 않을까 싶습니다. 이 넓은 세상에
서 어떻게 사람들이 만나서 사랑하고 평생 사랑하며 살 수 있을까요. 이
것 자체가 기적이겠지요.

혼자서 글을 쓰다가 연재하면서 다른 사람과 소통하는 즐거움을 로
망띠끄에서 가졌습니다. 그동안 같이 달려주신 분들 감사합니다. 또, 그
런 자리 마련해 주신 운영자님께도요.

언제나처럼 글 보고 조언해 주신 분들 감사합니다.

저에게 사립학교에 대해 많은 걸 알려준 수 엄마 고마워요.

지윤 씨 이번에도 고생 많으셨죠. 언제나 제게 조언해 주시는 규진 님과 지원 님 감사합니다.

제목에 대해서 좋은 안을 내주셨던 S님과 J님 두 분 감사합니다.

이 글을 처음 시작할 때 라벨의 〈라 발스〉를 실제로 듣고 있어서 거기서 착안했습니다. 하지만 실제로는 라벨의 피아노 콘체르토 G 장조를 많이 들었고 지칠 때마다 많은 위로를 받았습니다. 중간에 스토리가 아침 드라마처럼 된 것은 제가 그때 과제에 지쳐 허덕이다 보니 그렇게 된 것 같아요.

글을 쓰면서 또 많은 걸 배웠고 로망띠끄에서 게시판으로 독자들과 만나면서 역시 또 제가 전엔 생각하지 못했던 부분들에 대해서 배웠습니다. 앞으로도 계속 열심히 발전하는 작가가 되려고 노력할게요. 감사합니다.

좋은 봄날 되시길 희망하며 채현 드림.